Coupable attirance

COLLEEN THOMPSON

Le canyon des disparues

Traduction française de
PASCALE DOMÉJEAN

BLACK ROSE

HARLEQUIN

Collection : BLACK ROSE

Titre original :
AMBUSH AT HEARTBREAK RIDGE

HARPERCOLLINS FRANCE
83-85, boulevard Vincent-Auriol, 75646 PARIS CEDEX 13
Service Lectrices — Tél. : 01 45 82 47 47 - www.harlequin.fr
ISBN 978-2-2804-8135-9 — ISSN 1950-2753

Composé et édité par HarperCollins France.
Imprimé en novembre 2022 par CPI Black Print (Barcelone)
en utilisant 100% d'électricité renouvelable.
Dépôt légal : décembre 2022.

FSC
www.fsc.org
MIXTE
Papier issu de sources responsables
FSC® C159065

Pour limiter l'empreinte environnementale de ses livres, HarperCollins France s'engage à n'utiliser que du papier fabriqué à partir de bois provenant de forêts gérées durablement et de manière responsable.

1

Bien qu'il ait promis d'arriver à l'heure au rendez-vous prévu aux premières lueurs de l'aube, le soleil était déjà levé lorsque le shérif Hayden Hale-Walker gara sa voiture à côté des pick-up et des vans stationnés sur les pentes de la colline herbeuse. Il descendit de son véhicule, la mâchoire serrée, se préparant déjà à entendre la remarque piquante que son ancienne collègue, Kate McClafferty, n'allait pas manquer de lui adresser pour son retard.

Comme il ne vit personne, il passa entre les véhicules, espérant trouver quelqu'un qui pourrait lui désigner la monture qui lui était réservée, et lui indiquer l'endroit où il pourrait rejoindre l'équipe chargée des recherches. Le lieu était difficile d'accès, et il était prévu qu'ils s'y rendraient à cheval.

Il constata avec dépit que le seul être vivant présent dans les parages était le quadrupède que son ancienne collègue lui destinait : il était attaché au pare-chocs du pick-up bleu qui appartenait à Kate.

— Tu plaisantes ! murmura-t-il en considérant d'un œil circonspect le mulet vigoureux de couleur baie.

Il secoua la tête en souriant, certain que le choix de lui réserver ce canasson était mûrement réfléchi : Kate ne voulait pas rater une occasion de le ridiculiser. Lorsqu'il détacha l'animal et s'apprêta à monter dessus, il la soupçonna d'espérer qu'il allait également récolter quelques bleus, car l'animal refusait de rester tranquille. Il se mit à tourner sur lui-même tout en poussant des braiments retentissants, comme s'il était déterminé à ne pas le laisser mettre le pied à l'étrier.

— Bon sang ! Tiens-toi tranquille ! s'exclama Hayden tout en agrippant les rênes plus fermement pour reprendre le contrôle de la situation.

Même s'il n'était plus monté sur un cheval depuis plusieurs années, il avait commencé l'équitation avant même de savoir faire du vélo, sur le ranch familial. Mais, à chaque fois qu'il essayait de grimper sur le dos du mulet, celui-ci se dérobait et réussit même à lui faire lâcher les rênes, lançant de telles ruades que Hayden fut forcé de reculer.

— Voyons ! Que fais-tu, Jasper ? s'écria une voix familière

Il sentit son visage s'empourprer et se retourna pour voir Kate émerger de la brume matinale sur un grand cheval gris, qui se mit à caracoler nerveusement devant les facéties du mulet. Elle portait un gilet orange fluo et un casque sous lesquels ses cheveux auburn étaient attachés, et elle le considérait de ses grands yeux noirs, l'air accusateur.

— J'essayais de venir vous retrouver, lança-t-il, puisque tu m'as laissé *ça* comme monture pour me punir de mon retard.

— Te punir ? répéta-t-elle d'un ton ironique tout en descendant de cheval. Tu aurais pu t'estimer heureux si je t'avais laissé Jasper : c'est l'animal le plus intelligent, au pied le plus sûr que je connaisse ! Mais il est pour moi.

Tout en lui tendant les rênes du cheval gris, elle s'adressa au mulet.

— Mon pauvre petit ! Qu'a fait ce vilain monsieur pour te faire peur ?

Hayden répliqua :

— Rien, à part esquiver ses coups de sabot. Je n'étais tout de même pas censé rester immobile pendant que ton canasson m'envoyait des ruades !

— Tu étais censé être à l'heure, ainsi que tu l'avais promis, lui rappela-t-elle en grattant l'encolure du mulet, maintenant imperturbable.

Il haussa les épaules.

— Juste au moment où je partais de chez moi, le policier de Memphis qui enquête sur la disparition de la famille Kessler m'a rappelé. Je me suis dit qu'il valait mieux l'écouter en prenant quelques notes plutôt que lui parler en conduisant.

Ignorant ses excuses, elle poursuivit :

— J'ai pensé que cela ferait du bien à Banner de se dégourdir les jambes. Il a tendance à être un peu nerveux par des matinées fraîches comme celle-ci, et je voulais m'assurer que tu parviendrais à le maîtriser lorsque tu arriverais enfin.

— Ça ira. J'espère seulement qu'il est un peu mieux dressé que ton canasson.

Elle s'adressa au mulet.

— Jasper, *stop*.

L'animal s'immobilisa instantanément et elle se mit en selle. Puis, considérant Hayden du haut de sa monture, l'air altier, elle ajouta :

— Tu disais… ?

Il roula les yeux, et monta avec aisance sur Banner, remarquant avec satisfaction que les étriers avaient déjà été réglés pour ses longues jambes.

— Merci, se força-t-il à murmurer. Merci de m'avoir permis de me joindre à vous, de me prêter ce cheval, et d'être venue à ma rencontre… d'autant plus que je me doute que tu n'en avais pas très envie.

Elle ne prit pas la peine de le nier et répondit sur le même ton formel, celui qu'elle employait lorsqu'elle voulait être sarcastique :

— Je vous en prie, *shérif*.

Elle insista sur le dernier mot, lui signifiant ainsi qu'elle n'avait pas oublié la rivalité qui les avait opposés lorsque, après la mort brutale de l'ancien shérif, Arlo Turner, ils avaient postulé tous les deux à sa succession. Ils étaient adjoints à l'époque, et malgré le diplôme universitaire de Kate, son talent et son professionnalisme, les habitants de ce comté rural avaient élu Hayden avec une majorité écrasante. Cela s'était terminé par une entrevue houleuse au cours de laquelle elle avait déposé son badge sur son bureau et était sortie en claquant la porte… pour ne plus revenir.

— Il est inutile de me donner du « shérif ». Tu le sais bien, grommela-t-il.

Il avait du mal à croire qu'à une époque ils étaient si épris l'un de l'autre que plus rien d'autre n'existait.

Il chassa ce souvenir, en se disant qu'ils n'étaient alors que des adolescents. Et pourtant, pendant un instant fugitif, il crut voir devant lui non pas la très belle femme qu'elle était devenue, mais la jeune fille de seize ans qui montait sa jument, Cloverleaf, et qui, sous les acclamations des fans de rodéo, était lancée dans une course qu'elle allait gagner lorsque…

Non. Il ne devait pas penser à cela.

— Bon, d'accord. Je t'en prie, *Hayden*.

Kate réussit à instiller une dose de venin dans le dernier mot, et à faire oublier son ton par ailleurs plaisant.

— Mais, poursuivit-elle, il vaut mieux se mettre au travail, puisque nous avons déjà pris du retard.

Elle s'approcha de lui sur son mulet, sortit une petite tablette de sa poche, et lui montra une carte satellite de la zone. Son visage s'assombrit lorsqu'elle désigna un endroit, près d'un virage en épingle situé au-dessus d'une pente raide et boisée que Hayden reconnut.

— C'est l'endroit où le véhicule de Nicolas Kessler a dévalé dans le ravin, dit-elle.

— Nous avons remonté son corps hier soir, après le coucher du soleil, déclara Hayden en se rappelant cette opération délicate, qui avait obligé les pompiers à intervenir avec des harnais de sécurité. Les secouristes ont déclaré que plusieurs éléments indiquaient que sa femme et leurs deux filles se trouvaient également dans le véhicule. Elles ont dû en sortir et se diriger vers le bas du canyon, puisque la pente était bien trop raide pour qu'elles aient pu la remonter.

Il se souvint de l'angoisse qui l'avait saisi lorsque les pompiers lui avaient appris qu'ils avaient retrouvé le sac à main d'Ada Kessler, ainsi que deux rehausseurs et des bagages contenant des habits d'homme, mais également de femme et d'enfant…, mais qu'il n'y avait plus personne à proximité de l'épave.

Kate secoua la tête en fronçant le front.

— Je sais qu'hier soir on n'avait pas encore réussi à déterminer l'heure de l'accident, déclara-t-elle. Depuis, as-tu obtenu des informations qui pourraient nous aider à savoir où la femme et les enfants pourraient se trouver ?

Hayden secoua la tête.

— La seule chose dont nous soyons sûrs, c'est que la famille entière – le père, la mère et leurs deux fillettes – a été vue pour la dernière fois il y a trois jours, lorsqu'ils ont quitté le motel où ils avaient séjourné à La Nouvelle-Orléans.

— Et depuis, plus rien ?

— Non. Mais pour en revenir à la zone des recherches… comment allons-nous nous y rendre ?

— Pour aller dans le canyon, répondit Kate, il faut grimper au sommet de cette montagne, puis descendre le long d'un sentier étroit en corniche. C'est la partie la plus difficile, mais elle est courte. Et nous n'avons rien à craindre avec ces montures.

— Je te fais confiance, déclara-t-il.

En hochant la tête, elle poursuivit :

— Après cette portion difficile, le chemin devient plus large et plus tortueux. Nous allons le suivre pendant environ une demi-heure pour atteindre le fond du canyon et arriver à l'endroit où se trouve l'épave de la voiture.

— Ada Kessler et ses filles ne peuvent pas être remontées toutes seules en suivant ce chemin, n'est-ce pas ?

Elle hocha la tête.

— Il aurait déjà fallu qu'elles le repèrent. Et cela me semble impossible sans une carte ou un GPS, d'autant plus qu'elles n'avaient aucun point de vue. Et il n'y a pas de réseau ici.

— D'ailleurs, précisa Hayden, on ignore pourquoi les Kessler se trouvaient dans la région. D'après leurs amis, ils devaient tous les deux reprendre leur travail, et leurs filles devaient retourner à l'école le lendemain du jour où ils ont quitté le motel où ils séjournaient à La Nouvelle-Orléans. Mais au lieu d'aller vers chez eux, à Memphis, ils ont préféré rouler vers l'ouest pendant dix heures, jusqu'à ce coin reculé du Texas.

— Ils n'avaient informé personne qu'ils avaient changé leurs projets ? demanda Kate.

Il secoua la tête et ajouta :

— Et personne ne les a vus ni entendus après leur départ de ce motel… Mais, pour en revenir à nos recherches, y a-t-il un autre chemin qu'Ada Kessler et ses filles auraient pu suivre pour sortir du canyon par leurs propres moyens ?

— En restant réaliste, c'est pratiquement impossible, à moins qu'elles n'aient été expertes en escalade.

— Nous parlons de deux petites filles de huit et dix ans qui sont traumatisées par un accident de voiture, et d'une femme qui vient de voir son mari mourir sous ses yeux, et qui, d'après mes informations, n'est pas sportive.

Kate soupira.

— Les pauvres ! Et elles sont peut-être blessées !

— Si tu avais vu l'état de la voiture…

Il sentit son cœur se serrer en repensant aux photos que les secouristes lui avaient montrées après être remontés du lieu de l'accident.

— C'est vraiment un miracle qu'elles aient pu en réchapper ! poursuivit-il. Je suis persuadé qu'avec des pentes aussi escarpées elles n'ont pas pu aller bien loin. D'autant plus qu'elles ont dû souffrir du froid cette nuit, et qu'elles doivent avoir faim maintenant.

Elle hocha la tête.

— Je ne pense pas non plus qu'elles aient pu aller loin. C'est pourquoi j'ai demandé à une partie de mon équipe de concentrer leurs recherches près de l'endroit où la voiture s'est abîmée.

Elle lui désigna l'endroit sur la carte.

— Pendant ce temps, ajouta-t-elle, un deuxième groupe travaille sur ce secteur, à l'est.

— Et nous ? Où allons-nous exactement ?

— Au sud du ravin, le long de cette falaise.

— Et pourquoi là en particulier ? lui demanda-t-il, curieux d'en connaître la raison.

— Tout d'abord, parce que l'endroit semble accessible. Et parce que je pense que nous allons y trouver un petit ruisseau, même si je n'en vois pas sur la carte.

— Avec les précipitations de ces derniers jours, c'est probable, acquiesça-t-il, alors qu'il imaginait Ada Kessler et ses filles frissonnant sous la pluie. Et tu penses qu'elles auraient pu essayer de marcher le long de ce ruisseau, c'est cela ?

Elle hocha la tête.

— La plupart des personnes qui cherchent un chemin restent à proximité des cours d'eau, car beaucoup pensent que les suivre est un bon moyen de retourner à la civilisation.

— Espérons que nous les retrouverons là…

Elle dut remarquer son trouble car elle lui jeta un regard étrange en remettant la tablette dans sa poche.

— Ne me dis pas que tu es devenu émotif, Hayden.

— C'est seulement… Si tu avais été là hier soir, lorsqu'ils ont hélitreuillé le corps du père… Pauvre homme ! Il avait encore des photos de sa famille dans son portefeuille. Il était presque méconnaissable, mais…

Il ferma les yeux un instant, mais ne put chasser ces images dérangeantes de son esprit.

— Sa femme est une jolie blonde avec un large sourire plein de chaleur. Leurs filles sont toutes mignonnes, avec de grands yeux bleus. La plus jeune a des taches de rousseur, un peu comme toi à son âge.

Le silence se fit entre eux, lourd de tous les souvenirs parfois douloureux qu'ils partageaient.

— Bon, déclara calmement Kate, il faut partir maintenant. Tu es prêt, Hayden ?

Kate donna un petit coup de talon à Jasper pour lui indiquer de se mettre en marche : chaque minute de retard réduisait le temps qu'ils pourraient consacrer aux recherches avant la tombée du jour. Elle voulait tout faire pour qu'Ada, Hazel et Charlotte Kessler ne passent pas une autre nuit en étant torturées par le froid, la faim et la peur.

Une mission comme celle-ci, où ils avaient des chances réelles de retrouver des survivants et non des cadavres déchiquetés par les charognards, faisait renaître en elle la motivation qu'elle avait ressentie lorsqu'elle avait accepté ce poste. Elle devait souvent travailler de longues heures durant, dans des conditions difficiles, former et diriger des volontaires parfois obstinés, et supplier des donateurs de continuer à sponsoriser leurs activités.

Elle était surprise de constater que Hayden semblait prendre cette affaire très à cœur : il l'avait contactée lui-même hier soir, par téléphone, au lieu d'utiliser le formulaire qui était sur leur site. Il voulait savoir si elle acceptait de mettre les ressources de son organisation à la disposition de la police, et de diriger des recherches qui auraient lieu à deux heures de route de San Antonio où elle vivait maintenant. Il lui avait même demandé s'il était possible qu'elle lui procure un cheval pour qu'il puisse se joindre à eux.

— Je voudrais être là lorsque nous les retrouverons, avait-il expliqué.

La demande était d'autant plus surprenante que Hayden passait maintenant son temps à diriger le personnel du petit bureau de police où elle avait autrefois travaillé, mais elle avait perçu dans sa voix une détermination sans faille.

La nuit dernière, elle avait fini par se convaincre qu'il cherchait seulement à s'immiscer dans son équipe pour recueillir les lauriers si les recherches s'avéraient fructueuses. Après sa démission fracassante il y avait quelques années de cela, elle l'imaginait très bien minimisant le rôle qu'elle et son équipe avaient joué, en négligeant de mentionner leur contribution à la presse locale. Elle n'avait pas le moindre doute que sa photo finirait en première page, et que son sourire ravageur lui gagnerait le cœur de tous les lecteurs. Du Hayden tout craché ! songeait-elle.

Mais elle avait remarqué à quel point il semblait touché lorsqu'il avait évoqué les photos qui se trouvaient dans le portefeuille de Nicolas Kessler. L'expression de son visage lui avait rappelé le tout jeune homme qu'elle pensait disparu à jamais, ce jeune homme qui avait été son premier amour, celui qu'elle pensait être son âme sœur…

Mais l'accident qui avait brisé son corps avait emporté cette illusion. Lorsque, quelques années plus tard, ils avaient été amenés à travailler ensemble, elle avait eu l'impression de se trouver en compagnie d'un parfait étranger… un étranger qui effectuait son travail avec compétence, mais sans jamais paraître affecté par les accidents de voiture ou les scènes de violence domestique sur lesquels ils intervenaient, et qui la touchaient tant.

Lorsque Kate avait craqué un soir, après une intervention dans une famille où de jeunes enfants étaient maltraités – une situation qui n'avait pas manqué de lui rappeler la sienne avant qu'elle ne soit retirée à ses parents biologiques –, le shérif Turner lui avait fait remarquer que ce genre de faiblesse était une des raisons pour lesquelles il préférait ne pas avoir de femmes dans son équipe.

En quoi cette affaire est-elle différente des autres… ?Ou

alors, est-ce Hayden qui a encore changé ? Et pourquoi trouvait-elle cette idée si troublante ?

Lorsqu'ils atteignirent le sommet de la montagne, Kate n'eut aucune difficulté à guider Jasper sur l'étroit chemin en corniche qui constituait la portion la plus délicate du parcours. Elle s'engagea sur le sentier, et attendit un instant que Hayden négocie la même descente sur son cheval – plus massif et plus musclé – avec une adresse et un sang-froid qu'elle ne put s'empêcher d'admirer. Bon sang, il était toujours aussi beau, même si un peu de sommeil et un bon rasage ne lui auraient pas fait de mal… Visiblement, il ne tenait que grâce à l'adrénaline et au café. Elle aussi d'ailleurs, puisqu'elle avait passé une partie de la nuit à organiser cette opération de recherche, et était partie de San Antonio à 3 heures ce matin.

Lorsqu'ils eurent dépassé cette partie difficile, elle indiqua à Jasper d'accélérer le pas alors qu'ils abordaient une pente plus douce qui allait les amener jusqu'à la zone de recherche. Le martèlement rythmique des pas de leurs montures leur fournissait une excuse pour ne pas parler, ce qui lui permit de retrouver un certain calme… et de se souvenir de toutes les raisons qu'elle avait de se réjouir de ne plus avoir à croiser Hayden quotidiennement.

Elle en était à la quatorzième lorsqu'il l'appela et lui fit signe de s'arrêter.

Hayden sortit son téléphone, qui, comme le sien, devait avoir une liaison satellite lui permettant d'être joignable même dans des endroits isolés. Il parla pendant quelques minutes avant de remercier son interlocuteur et de mettre fin à la communication, l'air perplexe.

— Tout va bien ? lui demanda-t-elle en s'approchant de lui.

Il secoua la tête avec une grimace.

— Pas vraiment. C'était le médecin légiste. L'autopsie de Nicolas Kessler n'est pas encore terminée, mais il vient de passer le corps à la radiographie, et il voulait d'ores et déjà me dire que l'on voyait clairement une balle.

— Kessler a été touché par une arme à feu avant de perdre le contrôle de sa voiture ?

Elle en eut le souffle coupé : ce qu'ils voyaient comme un accident tragique prenait soudain une tout autre dimension.

— Nous ne pouvons pas savoir ce qui s'est passé exactement, lui fit remarquer Hayden. Mais la balle est entrée par l'arrière du crâne, et je ne pense pas que cela ait amélioré sa conduite…

Kate imagina la famille dans le véhicule : ils étaient peut-être en train de parler, de rire, ou simplement de regarder par la fenêtre lorsque la balle avait brisé la vitre arrière. Son cœur se serra alors qu'elle imaginait les cris de terreur, et ce moment terrible où la voiture avait plongé dans le ravin.

Elle essaya de chasser ces images terrifiantes de son esprit, mais elle en avait la nausée en songeant que l'affaire sur laquelle Hayden et elle étaient en train de travailler était en fait un meurtre… et que l'on avait peut-être voulu éliminer une famille tout entière.

Elle ne comprenait pas comment la police avait pu passer à côté de cela.

— Hier soir, comment se fait-il que vous n'ayez pas remarqué une blessure par arme à feu sur le corps, ou un impact sur le véhicule lui-même ?

Il lui lança un regard noir.

— Je sais que tu prends un malin plaisir à me reprocher tout et n'importe quoi, mais tu devrais comprendre : lorsque l'équipe de secours a réussi à retrouver l'épave, la nuit était en train de tomber. Et les pompiers qui sont descendus en rappel étaient surtout intéressés par le fait qu'il y avait une victime et certainement d'autres personnes à secourir.

— Je ne prends pas un malin plaisir à te faire des reproches, répliqua-t-elle, alors que son agacement allait croissant. Et dois-je comprendre que tu n'as pas vu la voiture personnellement ?

— Pas encore, reconnut-il, seulement des photos prises par un drone et par les téléphones portables des secouristes.

— Tu as raison, dit-elle alors que, d'un commun accord, ils remettaient leurs montures en marche. Il n'y avait aucune raison de penser que Kessler ait pu être tué par balle. Mais la question est : qui a tiré ? Était-ce une balle perdue ? Par exemple, quelqu'un qui chassait trop près de la route ?

— Je ne pense pas que ce soit plausible à cet endroit…

Il poussa un juron, puis soupira.

— Désolé. C'est seulement… Je déteste penser à ces enfants, à ce qu'elles ont dû ressentir lorsque le véhicule a plongé dans le ravin.

Une fois encore, elle fut surprise de voir cet aspect vulnérable d'un homme qu'elle considérait comme froid et insensible. Était-il possible qu'il lui ait caché sa véritable nature, lorsqu'ils travaillaient ensemble ?

Jamais elle n'avait envisagé cela… Elle repoussa cette pensée étrange et se concentra sur ce qu'ils venaient d'apprendre.

— Tu penses que ça pourrait être un autre conducteur qui est devenu fou ?

— Nous ne pouvons pas écarter complètement cette éventualité, mais tu sais très bien que c'est le genre de chose qui n'arrive pratiquement jamais dans la région. Il y a très peu de circulation par ici…

— J'en viens presque à me demander si Nicolas Kessler n'a pas été intentionnellement visé, et si on n'a pas essayé de se débarrasser de toute la famille…

— Mais pourquoi ? s'interrogea Hayden à voix haute. Je veux dire : ce type n'était pas vraiment James Bond. D'après Lamar Robinson, le policier de Memphis avec lequel je me suis entretenu, il était expert-comptable et passait ses journées à étudier les bilans d'entreprises et, depuis peu, d'organisations caritatives.

— Je mourrais d'ennui si je devais faire ce métier ! soupira

Kate. Mais qui sait : il a peut-être mis au jour un scandale financier ?

— Tuer un homme est une façon un peu radicale de couvrir une fraude, sans parler de faire disparaître toute sa famille !

— Certaines personnes tuent pour moins que cela. Mais si tu veux avoir des réponses, conclut-elle, il faut que nous retrouvions Ada Kessler.

Hayden hocha la tête.

— Entièrement d'accord. Et il faut le faire avant que quelqu'un d'autre ne décide de se lancer à la poursuite des trois témoins du meurtre de Nicolas Kessler pour les éliminer.

2

Lorsqu'ils atteignirent le sud du ravin, le ciel était devenu bleu azur et la température de ce petit matin de mars assez clémente pour que leur souffle ne forme plus un léger nuage de vapeur. Hayden plissait les paupières et était sur le point de mettre ses lunettes de soleil lorsque Kate s'engagea dans une zone boisée et plus fraîche : ils étaient arrivés à l'entrée du canyon.

— Ho, Jasper, ordonna-t-elle.

Hayden l'imita et stoppa son cheval. C'est alors qu'il entendit le murmure de l'eau provenant de la falaise qu'elle avait appelée Heartbreak Ridge. Il tendit le bras en direction du clapotis.

— Tu avais raison lorsque tu disais que nous allions trouver un ruisseau.

En hochant la tête, elle se tourna vers lui, l'air songeur.

— Si nous pouvons l'entendre d'ici, les Kessler aussi. Et lorsqu'elles ont atteint cet endroit, elles devaient avoir très soif. Donc, nous pouvons commencer nos recherches près de ce cours d'eau.

Il fit la grimace.

— Dommage qu'il ait plu hier soir : la pluie a dû effacer leurs empreintes.

— Nous n'avons pas trouvé tant de boue jusque-là : peut-être parviendrons-nous tout de même à découvrir des traces de leur passage. Mais d'abord, je voudrais appeler les autres équipes pour savoir où elles en sont.

— Vas-y. Pendant ce temps, je vais attacher Banner et aller repérer ce cours d'eau.

— Sa longe est dans la sacoche. Tu peux la fixer sur son licol… Et fais attention ! l'avertit-elle. Je ne veux pas perdre du temps à te repêcher !

— Je suis touché par tant de sollicitude ! marmonna-t-il avant de faire avancer Banner vers un endroit plus ombragé et de mettre pied à terre.

Il attacha le cheval et lui tapota l'encolure.

— Tu as bien gagné quelques minutes de repos, mon grand.

Il pénétra dans le sous-bois. Certains arbres avaient des épines qui s'accrochèrent à ses vêtements. Il dut se dégager et s'immobilisa lorsqu'il remarqua trois filaments clairs et légers qui voletaient. Son cœur se mit à battre un peu plus fort lorsqu'il se rendit compte qu'il ne s'agissait pas d'une toile d'araignée comme il l'avait d'abord cru, mais de cheveux… blonds, comme ceux d'Ada Kessler sur la photo.

Même s'il ne pouvait être certain qu'ils lui appartenaient – ni même d'ailleurs qu'il s'agissait véritablement de cheveux – il sentit l'espoir renaître en lui. Il enfila une paire de gants en latex, puis plaça soigneusement ce filament dans un sac qu'il étiqueta et rangea dans la poche de sa veste.

Il chercha autour de lui mais, ne trouvant rien d'autre, il grimpa sur un petit talus surplombant un escarpement rocheux. Une source jaillissait de sa paroi, formant une petite cascade qui se prolongeait en un ruisseau d'où émergeaient quelques galets ronds, semblables à des carapaces de tortues. Au-delà de ces pierres, le courant s'amincissait jusqu'à ne plus être qu'un filet d'eau bordé d'arbres s'écoulant vers le bas du ravin.

Hayden se dirigea vers la berge du ruisseau, tout en évitant de marcher dans le sable pour ne pas ajouter l'empreinte de ses pas à celles qu'il pourrait trouver. Il regardait attentivement autour de lui, et remarqua soudain un reflet rose sous le taillis, à une dizaine de mètres devant.

Pressé d'aller voir ce dont il s'agissait, il avança un peu trop vite et glissa sur une pierre humide. Il poussa un cri alors que sa tête et son coude heurtaient brutalement le sol et qu'une de ses bottes se remplissait d'eau glacée.

Il entendit Kate accourir en criant :

— Hayden !

— Fais attention : les pierres sont glissantes, dit-il d'un ton pince-sans-rire.

Il posa la main à l'endroit où sa tête avait tapé le sol et grimaça de douleur.

— C'est ce que je vois ! s'exclama-t-elle.

Elle avait l'air inquiet.

— Tu vas bien ? ajouta-t-elle en lui tendant la main pour l'aider à se relever.

Contrarié d'avoir été surpris dans une posture manquant si cruellement de dignité, il se redressa et ramassa son chapeau.

— Tu es certaine de ne pas vouloir faire une photo d'abord ? Tu pourrais la ressortir un jour...

Ils savaient tous les deux que cela ne serait pas la première fois qu'elle prendrait un malin plaisir à le ridiculiser.

Elle laissa retomber sa main et le fusilla du regard.

— Je vois que ton ego, lui, est intact. Mais c'était plutôt ta personne qui me préoccupait : j'ai eu l'impression que tu t'étais fait mal. C'est bien du sang que tu as sur tes doigts, non ? Tu t'es blessé à la tête. Laisse-moi regarder !

— Ce n'est qu'une égratignure, grommela-t-il. Tu sais comme moi que le cuir chevelu saigne beaucoup.

Elle le dévisagea, l'air sombre.

— Tu as aussi du sang sur les lèvres.

Il secoua la tête, alors qu'un goût caractéristique lui envahissait la bouche.

— Je me suis mordu la joue en tombant, c'est tout.

— Laisse-moi examiner ta blessure à la tête, insista-t-elle en s'approchant.

Il s'immobilisa alors qu'elle se penchait sur lui, le tenant par l'épaule d'une main et écartant ses cheveux délicatement de l'autre. Il retint son souffle : cela faisait bien longtemps – dix-huit ans ! – qu'ils n'avaient pas été aussi proches… plus de la moitié de leur vie.

Il étouffa un juron lorsqu'elle trouva l'endroit douloureux et appuya dessus.

— Tu vas avoir une belle bosse, mais tu n'as pas besoin de points, déclara-t-elle en observant son regard un instant. J'espère surtout que tu n'as pas un traumatisme crânien… Si seulement tu portais une bombe au lieu de ce chapeau de cow-boy, comme toute personne sensée !

Elle tapota son propre casque d'un air moralisateur qu'il trouva particulièrement agaçant.

Tout en se frottant le coude, il remarqua :

— De toute façon, tu sais très bien que je l'aurais quittée dès que j'aurais mis pied à terre.

— Je te connais, oui. C'est pour cela que je crains que tu n'aies beaucoup plus mal que tu ne veux bien le dire.

— Tu peux me laisser tranquille ?

Instantanément, il eut honte de sa réaction.

— Je suis désolé. Je n'aurais pas dû te parler comme ça.

— Je l'ai un peu cherché, reconnut-elle. Viens, je vais t'aider à t'asseoir sur ce tronc. Les pupilles de tes yeux ont la même taille. C'est un des éléments qu'ils nous avaient recommandé de vérifier lors du stage de secourisme qu'ils nous avaient obligés à suivre, tu te souviens ? Mais tu as l'air bien sonné.

— Je peux y aller seul, déclara-t-il en se dirigeant vers l'endroit qu'elle avait désigné.

Lorsqu'il fut assis, il cligna des paupières plusieurs fois, tâchant d'y voir plus clair.

— Tu vois combien de doigts ? lui demanda-t-elle d'un air préoccupé.

— Plus qu'un, ce qui, venant de toi, est déjà une petite victoire, répondit-il en tentant d'atténuer la pique par un sourire.

— Je ne plaisante pas, Hayden. Quel jour de la semaine sommes-nous, et que faisons-nous ici ?

Il comprit qu'elle voulait s'assurer qu'il avait tous ses esprits et lui répondit consciencieusement, avant de retirer sa botte emplie d'eau. Il marmonna quelques jurons en considérant le filet qui s'en écoula.

Tout en le regardant d'un air compatissant, elle suggéra :

— Peut-être que tu devrais rentrer. Si tu te sens en état de remonter sur ton cheval, je vais demander à un membre de l'équipe de te raccompagner jusqu'à ta voiture, mais je te conseillerais de ne pas prendre le volant, et de téléphoner à un de tes adjoints pour qu'il vienne te chercher. Et si tu ne peux pas remonter en selle…

— Ne sois pas ridicule ! Ce ne sont pas une simple glissade et une chaussette mouillée qui vont me dissuader de participer aux recherches !

Il se dit que sa vision allait très certainement s'éclaircir s'il se reposait quelques minutes.

— Nous avons à peine commencé, poursuivit-il. J'ai bien répondu à tes questions. Ne me dis pas le contraire, sinon je vais penser que tu veux te débarrasser de moi !

Elle secoua la tête.

— Ne rends pas les choses personnelles, Hayden. Tu as peut-être fait une commotion cérébrale.

— Si je pensais vraiment être blessé, Kate, je t'écouterais, je te le promets. Mais je ne vais pas vous faire perdre du temps pour rien… d'autant plus que je suis presque certain qu'Ada Kessler et ses filles sont passées par ici.

Elle fronça les sourcils.

— Pourquoi dis-tu cela ?

Il lui parla du filament blond qu'il avait trouvé, pris dans des épines à la hauteur où devait arriver la tête d'Ada Kessler.

— Je l'ai recueilli et mis dans un sac. Mais juste avant de tomber, j'ai remarqué autre chose.

— Où donc ?

— Par ici, répondit-il en désignant le sous-bois.

Il parcourut l'endroit du regard, jusqu'à ce qu'il remarque à nouveau la même petite tache de couleur.

— C'est là ! Je vais aller…

Mais alors qu'il s'apprêtait à se lever, Kate le cloua sur place d'un regard.

— Ne bouge pas de là ! Mais donne-moi un de tes sacs si tu veux bien. Et une paire de gants.

Il fit ce qu'elle lui demandait. Elle avait de l'expérience et il lui faisait confiance : elle saurait collecter les pièces à conviction en respectant la procédure.

— Tu vois cette chose brillante sur le sable, dans les herbes ? Fais attention à ne pas glisser dans la boue. Il ne manquerait plus que tu tombes toi aussi !

Elle se dirigea avec précaution vers l'endroit qu'il avait désigné, et s'accroupit pour observer l'objet coloré. Tout en enfilant des gants pour pouvoir s'en saisir, elle déclara :

— Je pense que tu as raison : elles sont passées par ici.

Elle se redressa et lui montra ce qu'elle venait de ramasser : un bracelet d'enfant en perles roses et violettes, avec une breloque argentée en forme de licorne. Elle ôta délicatement la boue qui était encore accrochée au bijou et ajouta :

— On le voyait à peine. Je suis même surprise que tu l'aies remarqué !

— Je ne l'aurais jamais repéré s'il n'y avait pas eu un reflet de lumière sur le pendentif.

Il remit sa botte trempée. La sensation était très désagréable, mais elle avait au moins l'avantage de le distraire un peu de son mal de tête.

— Et tu as également remarqué ces cheveux dans les épines. Tu as l'œil pour ce genre de chose ! Bravo !

Tout en se levant, il la considéra avec perplexité. Mais il devait avoir toute sa tête puisqu'il la voyait nettement maintenant.

— C'est un compliment ? Ou alors la pique est encore à venir ?

Elle poussa un soupir plein de mépris.

— C'est plus facile de te féliciter, maintenant que je n'ai plus à entendre le shérif Turner chanter tes louanges à la moindre de tes arrestations, alors que je devais rester collée à mon bureau pour effectuer les tâches administratives les plus rébarbatives !

— J'admets qu'il a eu du mal à s'habituer à l'idée que des femmes puissent travailler dans son service. Et je comprends que tu aies été très agacée d'être traitée comme un gratte-papier alors que tu étais la plus diplômée d'entre nous…

— Je suis certaine que tu n'as pas manqué de le lui faire remarquer !

— Je t'ai vraiment défendue, Kate.

Il avait en mémoire au moins deux occasions où elle aurait pu être licenciée pour ses prises de position s'il ne l'avait pas soutenue. Mais, même sous la torture, il ne l'aurait jamais reconnu devant elle.

— C'est inutile de ressasser le passé, reprit-il. Surtout quand ces pauvres petites et leur mère ont besoin de notre aide.

— Alors, tu es vraiment en état de poursuivre ? lui demanda-t-elle, tout en lui tendant le bracelet qu'elle avait placé dans un sac. J'espère que ce n'est pas un bête orgueil masculin qui te pousse à le faire !

Il tenta de remettre son chapeau, mais poussa un soupir en constatant qu'il était irrémédiablement cabossé.

— En cet instant, ma fierté masculine est dans le même état que ce stetson. Mais je ne vais pas abandonner, poursuivit-il en levant le sac contenant le bracelet. Pas avant que nous n'ayons rendu ce trésor à la petite fille à laquelle il appartient. Alors, passons d'abord cet endroit au peigne fin, puis nous reprendrons nos montures, d'accord ?

— Mais d'abord, je veux que tu enfiles des chaussettes sèches ! J'en emporte toujours quelques paires supplémentaires de différentes tailles pour mon équipe, parce que je sais à quel point il est déplaisant d'avoir les pieds mouillés.

— Merci ! C'est gentil de ta part.

Cela l'était d'autant plus qu'il avait conscience de ne pas avoir été particulièrement agréable avec elle.

Elle coula un regard dans sa direction.

— C'est peut-être uniquement parce que je n'ai pas envie que tu me ralentisses. Ou peut-être parce que j'ai eu l'occasion de réfléchir au cours des dernières années… et que j'ai compris que les électeurs m'ont rendu service en ne m'élisant pas shérif.

— Oh…

Il préféra rester prudent, se disant qu'une réflexion acerbe allait très certainement suivre.

Mais, à sa grande surprise, elle eut un petit rire.

— Voyons, Hayden, j'étais peut-être compétente, mais nous savons tous les deux que je n'étais pas faite pour m'entendre avec toutes ces vieilles familles de ranchers qui font la pluie et le beau temps dans ce comté. Ils me considèrent toujours comme la pauvre gamine dont les McClafferty ont eu pitié, et qu'ils ont recueillie.

— Tu n'as jamais inspiré la pitié, et je ne suis pas certain que c'était le nœud du problème.

En disant cela, il songeait à la volonté de Kate de moderniser le département de police, non pas par petites touches, en veillant à ne pas froisser les susceptibilités, mais en mettant fin du jour au lendemain à de longues traditions. Cela lui avait valu pas mal d'inimitiés dans cette communauté rurale, et avait même eu l'effet contraire, renforçant l'opposition des administrés à des changements pourtant nécessaires.

— Ah, tu crois ça ? Eh bien, je suppose que tu n'as jamais entendu les remarques méprisantes de ceux qui, lors de l'élection, insistaient sur le fait que mon concurrent, lui, venait d'une honnête famille de ranchers, alors que je risquais fort d'avoir des liens familiaux avec les malfrats du comté !

Il y avait un éclat de fureur dans ses yeux noirs, et il devinait que se réveillait en elle la douleur d'avoir été martyrisée et abandonnée par ses parents. Il savait que son corps en portait encore les cicatrices, et il sentit son cœur se serrer à cette pensée.

— Je suis désolé que certaines personnes ignorantes et sans cœur aient pu dire cela. Je te jure, Kate, que jamais je ne laisserais quelqu'un insinuer ce genre de chose.

— Je le sais. Depuis que je suis arrivée chez les McClafferty, jamais toi ni ta famille ne m'avez traitée comme si j'étais différente.

— Tout simplement parce que mes frères et moi t'avons toujours trouvée bien mieux que les autres filles ! Tu étais toujours prête à grimper aux arbres, à monter à cru, et à plonger dans la rivière… même en hiver, si quelqu'un était assez fou pour te mettre au défi de le faire ! Tu n'avais peur de rien !

C'était toujours beaucoup mieux lorsque tu étais là, faillit-il ajouter avant de se retenir : en fin de compte, elle l'avait surtout beaucoup fait souffrir. Au lieu de le laisser tracer son chemin comme n'importe quelle autre ex l'aurait fait, il avait fallu qu'elle choisisse non seulement de faire le même métier que lui, mais en plus dans le même poste de police. C'était comme si elle voulait achever de le briser en montrant à tous qu'elle était plus intelligente et plus compétente que lui.

— Eh bien, je suis heureux que tu aies finalement trouvé un métier qui te plaise autant, conclut-il.

Elle semblait enfin connaître la paix… et il se demanda s'il n'y avait pas une raison plus personnelle à cet épanouissement.

Lorsqu'elle avait enlevé ses gants, il n'avait pas remarqué d'alliance. Mais il était possible qu'elle ait choisi de la laisser chez elle pour ne pas être gênée pendant cette mission. Que Kate soit mariée ou non, en couple ou non, ou même qu'elle soit devenue maman ou non ne le regardait pas, mais, pour une raison qu'il ne s'expliquait pas, il trouvait très agaçant de n'en rien savoir.

Ou peut-être était-ce son mal de tête grandissant qui le rendait si irritable…

— Et toi, Hayden, as-tu autant de plaisir à être shérif que tu l'imaginais ?

— Il vaudrait mieux, puisque j'ai été réélu en novembre dernier !

— Mais es-tu heureux ? lui demanda-t-elle sur un ton qui l'exaspéra.

Qui était-elle, Kate McClafferty, celle qui lui avait fait tant de mal, pour lui poser cette question ?

— Non, répondit-il plus sèchement qu'il ne l'aurait voulu. En ce moment même, je ne le suis pas, parce que nous sommes en train de perdre notre temps en bavardage stérile, alors que j'ai mal à la tête, un pied trempé, et que j'essaie de sauver une famille dans une situation désespérée… à moins qu'ils ne soient tous morts.

Trop en colère pour supporter d'être aussi près d'elle, il se mit en marche, ou plutôt tenta de le faire.

Elle lui attrapa le bras sans douceur.

— Hayden. Ne fais pas un pas de plus. Regarde sur quoi tu allais marcher !

Il baissa les yeux et marqua un temps d'arrêt.

— Attends un instant… C'est…

Faisant un pas en arrière pour ne pas écraser ce qu'elle lui avait indiqué, il s'accroupit pour étudier une empreinte très nette dans le sable humide.

Venant à ses côtés, elle hocha la tête et remarqua :

— J'ai déjà entendu dire qu'il y avait des pumas dans cette région, mais celui-ci est particulièrement grand !

À en juger par la taille de l'empreinte, il s'agissait vraisemblablement d'un mâle adulte, qui devait faire une bonne centaine de kilos de muscles…

Kate plongea son regard dans le sien, les traits crispés par l'inquiétude.

— Espérons qu'il a réussi à bien se nourrir avec les animaux de cette vallée, et qu'il ne va pas s'attaquer à des humains.

Mais, lorsqu'ils perçurent ce qui semblait être le vrombissement de deux moteurs s'élevant du canyon, Hayden oublia le puma. Il songea instantanément à des prédateurs plus dangereux qui avaient déjà assassiné un membre de la famille Kessler, et qui étaient peut-être en train de chercher à en tuer d'autres.

3

— Ce sont des quads que l'on entend, et ils n'appartiennent pas aux membres de mon équipe, déclara Kate.

Hayden secoua la tête.

— Et comme ce ne sont pas non plus mes adjoints, il faut tout faire pour empêcher ces personnes de trouver les Kessler avant nous !

Sans plus attendre, il se mit en marche vers l'endroit où leurs montures les attendaient.

Kate n'était toujours pas certaine que Hayden soit vraiment en état de poursuivre les recherches. Elle le connaissait assez pour savoir que quelque chose n'allait pas, même si, comme à l'accoutumée, il répugnait à laisser paraître la moindre faiblesse. La lenteur avec laquelle il s'était relevé de sa chute et son irascibilité suggéraient qu'il avait beaucoup plus mal qu'il ne voulait bien le dire. Et maintenant, même s'il était manifeste qu'il ne voulait pas perdre de temps, elle le vit s'arrêter en vacillant et se retenir à une branche pour ne pas tomber. Son visage était livide, et la sueur perlait à son front malgré la fraîcheur du matin.

— Hayden, il faut appeler du renfort, insista-t-elle en l'attrapant par le bras. Il est clair que tu n'es pas en état de…

— Tu entends ? Ils se rapprochent, déclara-t-il en secouant la tête.

Ce mouvement lui arracha une grimace de douleur.

— Et tu sais aussi bien que moi, poursuivit-il, que si

quelqu'un vient m'aider il lui faudra au moins une heure pour arriver. Ce temps est précieux pour Ada et ses filles… si elles sont encore en vie.

— Alors, laisse-moi continuer les recherches seule.

Mais il se dirigeait déjà vers leurs montures. Elle remarqua avec soulagement qu'il marchait d'un pas plus ferme, et il parvint à retourner sans encombre à l'endroit où il avait attaché Banner. Il ouvrit sa veste et en coinça un pan derrière l'étui où se trouvait son arme de service.

— Tu es certain d'être en état de l'utiliser ? demanda-t-elle.

Pour la première fois depuis qu'elle avait commencé sa nouvelle carrière, elle regrettait d'avoir fait le choix de ne pas porter d'arme, pensant que cela serait plus encombrant qu'utile.

— Si c'est nécessaire, dit-il en détachant la longe de Banner, je m'en servirai.

— Peut-être que tu devrais me la confier, Hayden, puisque tu es…

Il lui jeta un regard incrédule.

— Tu es sérieuse ? Il n'en est pas question ! C'est peut-être ton travail de retrouver les Kessler, mais j'ai juré de les protéger. Et de te protéger toi aussi, d'ailleurs.

— Je le sais bien, mais je ne pense pas que tu sois en état de le faire… ni même de monter à cheval.

Il se détourna, agrippa le pommeau de la selle, mit son pied dans l'étrier, et se hissa sur le dos de Banner. S'il s'était agi de tout autre que lui, elle n'aurait peut-être pas remarqué le court instant qu'il mit avant de se stabiliser.

Elle grimpa sur son mulet et lui fit face.

— J'ai bien vu que tu avais eu un étourdissement ! Alors, je t'en prie, Hayden, ne…

Elle s'interrompit : le vrombissement des moteurs avait soudain diminué, mais ils pouvaient encore les entendre ronronner au loin. Comme le bruit se répercutait sur les parois du ravin, il était difficile d'évaluer à quelle distance les véhicules se trouvaient, mais une chose était certaine : ils n'étaient pas loin.

Avant que Kate ne puisse reprendre la parole, des cris provenant de la même direction s'élevèrent, suivi d'un hurlement, manifestement poussé par une femme. L'angoisse qu'on y percevait était telle que Kate en eut le souffle coupé.

— Appelle du renfort, immédiatement ! s'écria Hayden en enfonçant ses talons dans les flancs de Banner.

Alors que le cheval s'élançait, Kate se sentit tiraillée entre son envie de suivre Hayden – et, si besoin était, lui apporter son aide – et la nécessité de faire ce qu'il venait de lui demander. Ses réflexes professionnels reprirent le dessus et elle se força à retenir Jasper, qui s'apprêtait instinctivement à emboîter le pas à Banner. Elle composa le numéro du poste de police et reconnut immédiatement la voix de la standardiste, Marta Clyburn.

Elle lui fit rapidement part de la requête de Hayden et lui indiqua l'endroit où ils se trouvaient.

— Tu ferais bien d'envoyer une équipe médicale également. Je pense que nous aurons besoin d'au moins deux ambulances au point de ralliement. Et il faudrait qu'un hélicoptère se tienne prêt à décoller, au cas où nous en aurions besoin. Je ne sais pas comment les choses vont tourner.

— Soyez prudents, l'avertit Marta, visiblement inquiète. Et je t'en prie, Kate : je sais que Hayden et toi ne vous êtes pas quittés dans les meilleurs termes, mais veille sur lui, aussi.

— Je te le promets. Et maintenant, il faut que j'y aille ! dit Kate en tressaillant, alors que les premières détonations retentissaient.

Trois minutes plus tôt…

— Maman, réveille-toi ! Il y a quelqu'un !

Ada Kessler fut tirée de sa somnolence par la voix de sa

fille cadette, Lottie. Elles avaient passé la nuit blotties les unes contre les autres sur une pente herbeuse, non loin du ruisseau qu'elles tentaient de suivre depuis un jour et demi.

Ada avait à peine dormi, tant elle était tenaillée par l'angoisse, la faim, et la douleur que lui causait son entorse à la cheville, qui ralentissait si cruellement leur progression.

— Quoi ? Que se passe-t-il ? demanda-t-elle d'une voix si aiguë que la fillette eut un mouvement de recul et pâlit.

— On dirait des motos, insista l'aînée, Hazel. Elles s'approchent de nous, j'en suis sûre !

Ada entendait le vrombissement des moteurs maintenant, et elle se raidit, tous ses sens en alerte : était-ce le miracle qu'elle appelait de ses prières, ou étaient-elles menacées par ceux qui avaient impitoyablement tué son mari ?

La dernière image qu'elle avait de l'homme qu'elle avait aimé lui vint à l'esprit : son regard fixe, son beau visage figé en un rictus ensanglanté. Elle la chassa de ses pensées, se blindant contre la douleur. Elle ne pouvait pas se permettre cette faiblesse maintenant, si elle voulait réussir la seule chose qu'elle pouvait désormais pour Nic : mettre en sécurité les deux fillettes qu'il aimait tant.

Elle se leva et les regarda. Leurs cheveux étaient en broussaille et leurs vêtements tachés de boue, mais elles avaient le regard vif et plein d'énergie. En les voyant si fortes, elle se dit qu'elle avait eu raison de renoncer à sa part des barres de céréales qu'elle avait emportées en quittant l'épave de la voiture, et de diviser les rations entre elles deux. Même si elle savait que l'aînée, Hazel, qui avait dix ans, se doutait de quelque chose, Ada leur avait fait croire que leur père – dont les fillettes n'avaient pas bien vu le visage après le déclenchement des airbags – avait seulement perdu connaissance. Dès qu'elles trouveraient de l'aide, leur avait-elle dit en réprimant ses sanglots, elle préviendrait les secours pour que leur papa soit transféré à l'hôpital et soigné.

Ada savait que tous ses efforts seraient vains si ceux qui avaient assassiné son mari les rattrapaient maintenant.

— Il faut que vous vous cachiez, ordonna-t-elle à ses filles, le ventre noué par l'angoisse. Là, derrière ces arbres ! Allongez-vous par terre et ne faites pas un bruit, pas avant que je sois sûre que ces gens sont gentils et que je vous appelle.

— Non, maman. Je veux les voir ! Je veux leur dire qu'il faut aller aider papa ! la supplia Lottie.

Ada croisa le regard de Hazel, et elle sentit son cœur se serrer lorsqu'elle lut dans les yeux bleus de sa fille qu'elle avait compris. Mais immédiatement après elle ressentit une vague de gratitude : elle savait qu'elle avait une alliée en elle.

— Hazel, emmène ta sœur, tout de suite ! lui dit Ada d'un ton qui n'admettait pas de réplique, tout en saisissant d'une main tremblante l'arme qu'elle avait dans sa poche.

À la vue de ce pistolet – à moins que ce ne fût en entendant la fermeté inaccoutumée de la voix de sa mère –, Hazel eut le souffle coupé. Mais elle obéit et saisit le bras de sa sœur.

— Viens, Lottie, insista-t-elle, sinon, je te promets que je vais te pincer très fort !

Refoulant ses larmes, Ada fit une prière silencieuse. *Protégez-les, mon Dieu !* Puis elle reporta son attention sur le vrombissement des moteurs qui allait en s'amplifiant. Ses mains moites de sueur se refermèrent sur l'arme qu'elle n'avait jamais utilisée de sa vie. Mais elle avait la certitude qu'elle n'hésiterait pas à s'en servir s'il le fallait.

Et c'est ce qu'elle fit, très peu de temps après.

Mais il était trop tard.

4

Kate vit les longues oreilles de Jasper se dresser avant même qu'elle ne perçoive le martèlement des sabots d'un cheval au galop.

Quand Jasper ralentit, elle repéra Banner et eut l'impression qu'elle allait défaillir lorsqu'elle remarqua qu'il n'avait pas de cavalier. Jasper appela son compagnon d'écurie, et son braiment retentit à travers les bois, annonçant leur arrivée avec aussi peu de discrétion que force sirènes et gyrophares.

Mais à ce moment précis Kate s'en moquait éperdument. Seul importait Hayden : avait-il été touché par un des coups de feu qu'elle avait entendus ? Gisait-il, blessé, dans les parages ?

Arrête ! Si tu commences à penser à cela, tu ne vas plus rien pouvoir faire !

Elle préféra se dire qu'il était plus probable que Banner, qui était un cheval solide et sûr mais n'avait jamais été exposé à des détonations, ait pris peur et ait désarçonné Hayden en entendant les coups de feu. Ou peut-être Hayden avait-il dû mettre pied à terre rapidement, par exemple pour prendre soin d'une personne blessée, et n'avait-il pas eu le temps d'attacher son cheval ? Quoi qu'il en soit, Banner se dirigea vers Jasper et ralentit lorsque Kate appela celui-ci. Elle put alors attraper ses rênes et le maîtriser.

— Bien, Banner. Ho !

Elle réussit à calmer le cheval et, après avoir attaché ses rênes à la selle de Jasper, le guida vers une pente herbeuse surplombant le ruisseau. Et puisque les animaux et elle avaient déjà fait assez de bruit pour que leur présence soit connue de tous ceux qui pouvaient se trouver dans les environs, elle appela Hayden à plusieurs reprises.

Sa voix se répercuta contre la paroi rocheuse et lui revint en écho. Lorsqu'elle constata que personne ne répondait, elle sentit sa gorge se serrer et les larmes lui monter aux yeux.

Tout en faisant avancer Jasper, elle tenta de se convaincre que Hayden était probablement en train de soigner quelqu'un, ou d'aider les Kessler à se dissimuler jusqu'à ce qu'il soit certain qu'elles pouvaient sortir de leur cachette sans danger.

Mais elle avait à peine parcouru quelques mètres qu'elle eut un étourdissement : il gisait là, dans l'herbe, face contre terre, à quelques mètres d'elle.

— Non ! hurla-t-elle en mettant pied à terre.

Elle lâcha les rênes et indiqua à Jasper qu'il devait l'attendre en criant :

— Stop !

Sans même vérifier que le mulet lui obéissait, elle se précipita sur Hayden, toujours immobile, et tomba à genoux auprès de lui. Elle sentait son cœur tambouriner à ses oreilles.

Elle ne vit aucune trace de sang sur ses vêtements, et le secoua doucement en le suppliant :

— Je t'en prie, Hayden, parle-moi !

Avec difficulté, elle le fit rouler sur le côté. D'une main tremblante, elle chercha son pouls et sentit alors sous ses doigts la pulsation forte et régulière de son cœur. Son arme était tombée à côté de lui, mais elle n'y toucha pas : elle voulait d'abord s'assurer qu'il n'avait pas d'autres blessures.

À part la bosse derrière son crâne d'où suintait encore le sang, elle ne vit rien, en tout cas pas la blessure par arme à feu qu'elle redoutait de trouver. Avait-il perdu connaissance à cause de la chute dont elle avait été témoin plus tôt, ou parce qu'il était tombé de cheval ? Quoi qu'il en soit, elle devait faire en sorte qu'il soit évacué par hélicoptère au plus vite.

Mais alors qu'elle prenait son téléphone elle sentit tous ses sens se mettre en alerte : un enfant pleurait doucement, non loin de là.

— Il y a quelqu'un ? demanda-t-elle, toute tremblante.

Comme elle ignorait qui avait tiré les coups de feu qu'elle avait entendus, elle préféra se saisir de l'arme de Hayden et se redressa.

— Vous avez besoin d'aide ?

Elle n'eut pas de réponse, mais elle entendit quelqu'un retenir son souffle, avant que les sanglots ne s'intensifient. Il s'agissait bien d'un enfant, et elle courut dans cette direction, s'attendant à trouver une petite fille terrifiée et peut-être blessée.

— N'aie pas peur, je suis là pour t'aider ! s'écria-t-elle.

Elle poussa un cri lorsqu'une fillette aux cheveux emmêlés et couverte de boue surgit devant elle, tenant dans ses mains tremblantes une arme qu'elle pointa sur Kate.

— Ne… n'approchez pas ! cria-t-elle d'une voix aiguë.

Son visage était blafard, et ses yeux rougis par les larmes.

— Et ne croyez pas que je ne vais pas tirer !

— Non, arrête ! Je t'en prie ! s'écria Kate en baissant instinctivement le pistolet de Hayden. Je fais partie de l'équipe de secouristes qui est à votre recherche. Mon ami et moi, dit-elle en désignant Hayden d'un coup de tête, nous sommes là pour vous mettre à l'abri, ta sœur, ta maman et toi.

Derrière la fillette, une autre qui lui ressemblait à s'y méprendre, mais plus petite et avec des taches de rousseur, surgit des buissons. Kate remarqua immédiatement qu'elle avait les mains couvertes de sang.

— Vous devez d'abord aider notre maman ! Elle ne bouge plus ! s'exclama-t-elle.

C'est alors que Kate vit Ada Kessler, étendue derrière la fillette. Elle avait les yeux clos et la poitrine couverte de sang. Kate hocha la tête en retenant son souffle.

— Laisse-moi d'abord voir ce que je peux faire pour elle.

Puis je vais téléphoner pour qu'on nous envoie un hélicoptère. C'est la seule façon que votre maman soit soignée rapidement.

En espérant qu'il ne soit pas trop tard pour Ada Kessler…

Le cœur battant si fort que c'en était presque insupportable, Hayden tenta de se redresser en position assise. Ce simple mouvement lui donna la nausée. Il cligna des paupières alors que tout tournait autour de lui. Le bourdonnement de ses oreilles se répercutait dans tout son crâne, mais il distingua tout de même le murmure de l'eau. Cela lui rappela soudain pourquoi il se trouvait ici, et ce qu'il y faisait : avant de perdre connaissance, il avait dégainé son arme en réaction aux détonations qui venaient de retentir.

Ensuite, il n'avait pas le moindre souvenir. Avait-il fait feu, ou avait-il été la cible de tirs ? Comment avait-il fini étendu à terre ? Malgré la douleur qui lui martelait le crâne et les contusions qu'il ressentait dans tout son corps, il n'avait pas la sensation d'avoir été touché.

Il inspira profondément et tenta de s'éclaircir les idées. Où donc était Banner ? Et qu'était-il arrivé à celui ou ceux qui avaient tiré ces coups de feu ?

Une image lui vint alors à l'esprit : celle d'une femme blonde, le visage sale et les cheveux en broussaille, mais avec une détermination inébranlable dans le regard. Elle avait surgi hors du taillis, pointant un pistolet en direction des moteurs vrombissants que l'on entendait sur l'autre rive du ruisseau. En un éclair, il avait compris à sa posture qu'elle n'avait jamais tenu une arme. Pourtant, il était sûr qu'elle tirerait s'il le fallait, pour défendre les deux fillettes dont il avait aperçu les têtes avant qu'elles ne disparaissent derrière des rochers.

Il regarda autour de lui, cherchant des indices de la présence des Kessler, mais tout tanguait. Les images se dédoublaient, laissant des traînées s'il bougeait trop rapidement la tête, et il fut à nouveau pris de nausée. Il se frotta les yeux puis les rouvrit, espérant que sa vision allait s'améliorer. Cette fois, il remarqua Banner, attaché à la selle de Jasper. Le cheval et le mulet se trouvaient à une vingtaine de mètres de lui. Leurs oreilles étaient dressées, et leur attention s'était reportée sur quelque chose – ou quelqu'un – qui était à terre, plus près du ruisseau.

C'était Kate, agenouillée auprès d'un corps. Sous le regard anxieux de deux petites filles secouées de sanglots, elle semblait presser le torse ensanglanté de la femme blonde.

Il fallait qu'il aille l'aider. Mais il s'était à peine relevé sur un genou que tout autour de lui se mit à tourner, et il dut s'arrêter pour prendre sa respiration. Il resta un instant immobile à attendre que les choses autour de lui se stabilisent, lorsqu'il aperçut du coin de l'œil un mouvement sur sa gauche.

Il se tourna dans cette direction et, de l'autre côté du ruisseau, distingua deux hommes d'une trentaine d'années, vêtus de treillis, qui avançaient dans leur direction. Il se rappela en un éclair qu'il les avait déjà vus, sortant du bois sur des quads.

Les souvenirs se bousculèrent alors à sa mémoire : il y avait eu un échange de coups de feu et Ada était immédiatement tombée à terre. Alors, il n'avait rien pu faire d'autre que mettre les deux hommes en fuite pour protéger les fillettes. Mais maintenant ces individus revenaient à la charge, certainement décidés à supprimer tous les témoins de leur forfait.

Dans une tentative désespérée pour aider les petites filles, Hayden voulut prendre son arme : c'était son devoir de les protéger. Mais il se mit à paniquer lorsqu'il se rendit compte qu'il ne trouvait plus le pistolet qu'il avait à la main lorsqu'il était tombé de Banner. Où était-il ? L'avait-il lâché avant sa chute ?

Il n'avait plus le temps de le chercher. Alors, il cria en direction de Kate :

— Les hommes qui ont tiré sont de retour ! Baissez-vous, vite !

Il vit Kate se retourner brusquement et évaluer la situation, avant d'ordonner aux deux fillettes qui contemplaient la scène, les yeux écarquillés :

— Courez derrière ces rochers !

Puis elle brandit une arme et visa les deux hommes qui, surpris par leurs cris, essayaient de déterminer d'où ils provenaient.

— Police ! Lâchez vos armes et mettez les mains en l'air ! hurla Hayden.

Il ne comptait pas vraiment les voir obtempérer, mais espérait qu'il pourrait ainsi permettre à Kate de gagner quelques précieuses secondes.

Pour toute réponse, les hommes tirèrent dans sa direction.

Alors qu'il se jetait à terre, il entendit la riposte de Kate. Il comprit alors que c'était *son* arme dont elle se servait et fut à la fois outragé et reconnaissant qu'elle la lui ait prise sans sa permission. Mais il choisit de s'en féliciter lorsqu'un des deux hommes tomba à terre.

Avec une exclamation de rage, le second fit feu sur Kate, et elle plongea derrière le rocher où les enfants s'abritaient.

Hayden entendit les balles ricocher sur la pierre, puis un cri s'éleva. C'était la voix de Kate. Il eut l'impression que son cœur s'arrêtait de battre… Avait-elle été touchée ?

Il tendit l'oreille dans l'espoir d'entendre un signe de vie, et perçut un déclic venant de l'homme en treillis. Il était à court de munitions.

Hayden chercha autour de lui quelque chose qui pourrait faire office de projectile pour distraire l'individu et l'empêcher momentanément de recharger son arme. Mais lorsqu'il regarda à nouveau dans sa direction il était en train de fuir, abandonnant son camarade tombé à terre pour disparaître dans les taillis.

— Kate !

Hayden rampa dans sa direction, alors que le ronronnement

d'un moteur qui s'éloignait lui apprit que l'homme s'enfuyait sur un des quads.

— Hayden ! s'écria-t-elle, en se redressant derrière les rochers. Tu es…

— Ne t'inquiète pas pour moi. Et toi ? Tu es blessée ?

En hochant la tête, elle leva la main gauche juste assez pour qu'il remarque qu'elle saignait.

— La balle a ricoché et m'a touchée. Mais il faut que je retourne auprès d'Ada.

D'un geste de la tête, elle désigna la femme étendue à terre.

— Elle est dans un état critique. Si j'arrête de comprimer sa blessure, elle aura perdu trop de sang lorsque les secours arriveront.

— Ils sont en route ?

— Je leur ai téléphoné un peu plus tôt et j'ai demandé à Marta qu'un hélicoptère soit prêt à décoller, mais je dois les rappeler. Et l'homme que j'ai touché, il est blessé ou mort ?

— Je vais… Je vais aller voir, lui dit-il.

Tout s'obscurcit autour de lui lorsqu'il parvint à se mettre debout.

— Hayden ! entendit-il avant de perdre à nouveau connaissance.

5

— Alors, heureusement que Kate était là ! s'exclama Ryan, le plus jeune frère de Hayden, lorsqu'il entra dans sa chambre d'hôpital le lendemain après-midi.

Hayden savait qu'il avait eu de la chance de parvenir à le joindre si rapidement. Le gamin – comme il l'appelait encore parfois – était très occupé entre son emploi de contremaître sur un ranch et ses entraînements de rodéo. Une chute récente lui avait valu une très légère cassure à l'incisive, et son sourire n'en était que plus ravageur. Hayden soupçonnait d'ailleurs que son frère en était parfaitement conscient, et que ses nombreuses admiratrices s'étaient chargées de le lui confirmer.

— Je te l'ai dit au téléphone : j'ai glissé sur une pierre, grommela Hayden.

Il n'était pas d'humeur à supporter les railleries de son frère. Il connaissait assez Ryan pour savoir qu'il allait le taquiner, lui qui, pour les besoins de son enquête, avait été obligé de composer avec celle qu'ils avaient surnommée Kate l'ouragan, lorsqu'elle n'était qu'une petite fille essayant de faire bonne figure au milieu des plus grands.

— Et je t'arrête tout de suite, avant que tu te moques de moi en me disant que Kate m'a poussé et que je l'ai bien mérité. Pas aujourd'hui !

Pas après la visite du médecin qui s'occupait d'Ada Kessler, et qui venait de lui annoncer qu'elle avait plongé sa patiente dans un coma artificiel en attendant que son état soit assez stable pour que l'on puisse retirer la balle de son poumon. « En espérant qu'elle tienne le coup jusque-là », avait-elle ajouté.

Hayden savait que Hazel et Charlotte avaient été prises en charge ce matin par une assistante sociale, qui allait placer les deux sœurs physiquement indemnes mais moralement dévastées dans une famille d'accueil, du moins jusqu'à ce que l'on puisse contacter des proches des Kessler.

La lueur malicieuse des yeux bleus de Ryan s'adoucit, et il sembla enfin remarquer que Hayden n'était pas au mieux de sa forme, même s'il était habillé et prêt à partir.

— Il m'est arrivé de faire de mauvaises chutes en rodéo, et je vois bien que tu as mal, déclara Ryan d'un air compatissant. Que t'ont dit les médecins ? Tu as fait une commotion cérébrale ?

— C'est plus ou moins ça, répondit évasivement Hayden.

Il ne voulait pas donner trop de détails, car il n'avait aucunement l'intention de respecter la longue période de convalescence que lui avait prescrite le neurologue. Il avait un bureau de police à administrer et un individu à retrouver, s'il voulait être certain que justice soit rendue pour la famille Kessler.

— Quoi qu'il en soit, je suis vraiment heureux que ce soit toi qui sois venu me chercher, ajouta Hayden avec une grimace. Apparemment, Stacey a appris que j'avais eu un accident, et elle a informé ma secrétaire – autant dire tout le service – qu'elle allait me raccompagner chez moi et prendre soin de moi.

Ryan éclata de rire. Il savait que Hayden avait passé les six derniers mois à essayer de se sortir d'une relation avec une femme qui n'avait pas voulu comprendre – même si Hayden l'avait très clairement prévenue dès le début – qu'il ne cherchait rien de sérieux. Très rapidement, elle s'était mise à parler de mariage, alors qu'ils n'avaient presque rien en commun.

— Elle ne s'avoue jamais vaincue, n'est-ce pas ?

— Voilà ce qui m'arrive pour avoir enfreint la règle que

je m'étais fixée de ne jamais sortir avec quelqu'un qui habite dans la même ville !

Hayden fronça les sourcils, maudissant le jour où il avait invité la jolie jeune femme brune à dîner, en se disant qu'ils pourraient passer ensemble des moments agréables et sans conséquences.

— Le problème n'est pas qu'elle habite dans la même ville, rétorqua Ryan, c'est qu'elle a une envie maladive de se marier. C'était évident, mais tu es totalement aveugle à ce genre de chose.

— Crois-moi, je ne referai plus la même erreur, promit Hayden. Mais je te remercie d'être venu !

— Hé, c'est ce à quoi servent les frères ! répliqua Ryan.

C'était une preuve, s'il en fallait, que les relations entre les trois frères Hale-Walker s'étaient bien améliorées depuis qu'ils avaient recommencé à se parler… même s'il leur faudrait du temps avant de retrouver la complicité qui les unissait avant qu'ils ne soient contraints à se séparer du ranch familial. Quoi qu'il en soit, Hayden se félicitait de ces progrès.

— Si tu es soulagé que je sois venu te chercher, pourquoi as-tu l'air si contrarié ? demanda Ryan.

Hayden fronça les sourcils.

— Comme je ne suis pas un proche de Kate, personne ne veut me dire comment s'est passée son opération, ni si elle va bientôt sortir. C'est vraiment frustrant ! Et comme tu sais bien que sa mère n'est pas ma plus grande fan, il n'y a aucune chance pour qu'elle passe me donner des nouvelles. Mais Kate a été blessée au cours d'une mission que je lui avais confiée, et j'ai besoin de savoir qu'elle va bien, ou qu'elle ira vite bien.

— Je suis certain que c'est le cas, répondit Ryan avant d'ajouter avec un sourire plein d'affection : ce n'est pas une petite balle qui va arrêter notre ouragan !

— J'aimerais en être aussi sûr que toi, déclara Hayden en se souvenant de la douleur qu'il avait lue dans les yeux de Kate lorsqu'elle avait levé sa main ensanglantée.

Ryan haussa les épaules.

— Je suis prêt à parier que dans moins de dix minutes j'aurai réussi à avoir de ses nouvelles, et qu'on nous dira que son opération s'est merveilleusement bien passée.

— Parce que tu penses qu'avec ton sourire et ton bagout tu vas réussir à obtenir des informations censées être confidentielles ?

Ryan écarta d'un geste désinvolte une boucle de cheveux blonds tombée sur son front en lui lançant un sourire éclatant. Hayden aurait volontiers levé les yeux au ciel s'il n'avait craint de faire redoubler le mal de tête qu'il combattait.

Tendant la main, Ryan lui demanda.

— Alors, tu paries combien ? Cent dollars ?

— *Cent* ! Tu crois que je n'ai pas compris ton manège ? Après ton récent séjour à l'hôpital, je suis sûr que tu as une ou deux infirmières dans ta poche !

Ryan prit un air faussement offusqué.

— Une ou deux seulement ? Tu es vraiment blessant !

Hayden ne put s'empêcher de sourire.

— Ou alors tu as rencontré la mère de Kate juste avant de rentrer dans ma chambre…

— Et tu crois que j'oserais dépouiller mon frère en faisant un pari gagné d'avance ? s'exclama Ryan.

— Bien sûr qu'il oserait, déclara Kate tout en pénétrant dans la chambre.

Elle était assise dans un fauteuil roulant poussé par un homme aux cheveux poivre et sel qui avait le maintien d'un militaire. Ses longs cheveux auburn étaient soigneusement peignés et elle était vêtue d'un T-shirt à manches longues et d'un pantalon léger, comme si elle était prête à quitter l'hôpital elle aussi. Elle avait le bras en écharpe et un gros bandage autour de la main gauche, mais elle semblait aller beaucoup mieux qu'il ne l'aurait cru, étant donné l'épreuve qu'elle venait de subir.

— Tu viens de me faire perdre cent dollars, déclara Ryan avant d'ajouter : mais je suis heureux de te voir.

Il hocha la tête pour saluer l'homme derrière elle et le présenta à Hayden.

— Voici le major Simon Corbett, le directeur de l'agence où travaille Kate.

— Kate, major Corbett...

Hayden se leva pour saluer les nouveaux venus, mais regretta de s'être mis debout si brusquement lorsqu'il eut un étourdissement. Il réussit à se ressaisir, et serra avec un peu de retard la main que Corbett lui tendait.

— Enchanté, déclara-t-il, embarrassé de se sentir aussi négligé à côté d'un homme à l'apparence impeccable.

— Inutile de m'appeler « major » : je ne suis plus dans l'armée, lui dit Corbett. Et Kate m'a beaucoup parlé de vous.

— Oh..., lâcha Hayden, ne sachant s'il devait s'en féliciter ou s'en inquiéter.

Kate eut un petit rire gêné.

— Ne t'inquiète pas, Hayden. Je n'ai rien révélé de compromettant !

— Je suis heureux de te l'entendre dire ! répliqua-t-il sur le même ton ironique, avant de désigner son bras en écharpe. Comment vas-tu ? Pas trop mal, à en juger par ta bonne humeur.

Elle fit la grimace.

— On m'a prévenue qu'elle risquait fort de disparaître au fur et à mesure que l'effet des antalgiques s'estomperait.

— Le médecin a bien insisté pour qu'elle ne quitte pas ce fauteuil roulant jusqu'à ce qu'elle soit dans la voiture, et je vais y veiller, ajouta Corbett.

Il avait des accents protecteurs dans sa voix et couvait Kate du regard. Même s'il avait dix bonnes années – quinze peut-être – de plus qu'elle, Hayden soupçonnait qu'il n'avait pas que des sentiments paternels à son égard.

Kate l'avait-elle remarqué ? Ou peut-être étaient-ils...

Non, songea-t-il avec détermination. Kate n'aurait jamais noué une relation avec un collègue. Lorsqu'ils travaillaient ensemble, il se souvenait qu'elle avait refusé les propositions répétées d'un autre adjoint, en arguant qu'une femme ne pouvait pas être prise au sérieux si elle mélangeait travail et plaisir. Et être prise au sérieux était plus important que tout pour Kate. Mais une femme aussi belle et aussi vibrante d'énergie ne pouvait manquer d'attirer l'attention masculine.

— L'opération s'est bien passée ? insista Hayden. Tu vas vite te rétablir ?

— C'est ce qu'ils pensent, répondit-elle. Ils m'ont assurée que dans les mois à venir mes doigts devraient retrouver leur mobilité et leurs sensations.

Il eut le cœur serré en imaginant une fois encore la balle traversant les os délicats de cette main qu'il pouvait presque encore sentir dans la sienne, et qu'il avait autrefois caressée comme si c'était le plus beau trésor du monde.

— *Si* elle se repose et suit les séances de kiné qu'ils lui ont prescrites, précisa Corbett d'un air soucieux.

Hayden le comprenait : Kate était toujours si impliquée dans ce qu'elle faisait qu'il était fort peu probable qu'elle prenne du temps pour elle et se rende à ces séances… tout comme il était lui-même certain qu'il ne respecterait pas les ordres du neurologue à la lettre.

Mais elle le surprit en déclarant :

— Oh ! je te promets que je suivrai scrupuleusement les recommandations des médecins ! Je ne sais que trop bien à quel point la kiné peut aider : si je marche aujourd'hui, c'est grâce à cela. Et je ne veux pas perdre définitivement l'usage de ma main gauche parce que j'aurais refusé de faire des efforts pendant quelques semaines… même si je sais que je vais avoir bien du mal à rester un mois chez ma mère !

— À côté de chez Hayden…

Ryan crut bon de le faire remarquer, comme si Hayden n'avait pas douloureusement conscience de cette proximité.

— Ma mère a beaucoup insisté pour que je reste chez elle lorsqu'elle est venue me voir hier soir, expliqua Kate. Elle est un peu déprimée depuis la mort de mon père, l'année dernière.

— J'ai été désolé de l'apprendre. Ton père était un excellent vétérinaire, et il était très estimé de tous, déclara prudemment Hayden.

Il savait fort bien, tout comme Kate d'ailleurs, que s'il y avait une seule personne que le Dr McClafferty n'appréciait pas c'était lui.

— Je regrette les visites qu'il faisait à Luna Roja, déclara Ryan.

C'était le ranch où il travaillait en tant que contremaître, lorsqu'il ne faisait pas de compétition de rodéo.

— J'avais beaucoup de plaisir à parler avec lui lorsqu'il venait examiner le bétail, poursuivit-il.

— Merci, dit Kate en levant les yeux vers Ryan, avant de se retourner vers Hayden. Et je voulais aussi te remercier d'avoir réparé la boîte aux lettres de maman et la clôture du pré de Moonlight sans qu'elle ait eu à te le demander.

Hayden balaya sa remarque d'un revers de la main.

— C'est bien normal d'aider une voisine qui en a besoin, et ta mère a ensuite déposé une boîte de ses fameux cookies sur le pas de la porte. Donc, je suis largement gagnant.

Lorsqu'elle lui avait apporté ces gâteaux, Rita McClafferty s'était contentée de klaxonner pour l'en avertir, et de repartir illico avec simplement un signe de la main. Il était manifeste qu'elle voulait à tout prix éviter d'avoir à lui parler après des années de silence obstiné. Si, dans le petit mot qu'elle avait laissé avec les gâteaux, elle le remerciait, elle lui faisait cependant remarquer qu'elle était « parfaitement capable » de se débrouiller seule, ou d'embaucher quelqu'un si nécessaire.

Le sourire de Kate s'évanouit rapidement pour laisser place à une expression soucieuse.

— Apparemment, elle aimerait accueillir à nouveau des enfants placés en famille d'accueil. Elle me dit souvent qu'elle a besoin de faire quelque chose d'utile tant qu'elle a encore la santé et l'énergie pour cela.

— Je suis certain que ces enfants auraient beaucoup de chance, répondit Hayden avec sincérité. Mais peut-être que cela serait un peu fatigant pour elle, non ? Je sais qu'elle a des problèmes de santé. Je vois bien qu'elle a du mal à marcher lorsqu'elle promène son chien…

Un chien qu'elle avait probablement dressé à gronder dès qu'il apercevait Hayden.

— Certains enfants sont vraiment épuisants, poursuivit-il.

— C'est exactement ce que j'essaie de lui faire comprendre, déclara Kate. Mais tu connais ma mère quand elle a une idée en tête ! Elle a protesté qu'elle n'était pas sénile et qu'elle refusait de passer ses journées sous le porche dans un rocking-chair. Mais elle a presque soixante-dix ans, avec des poussées d'arthrose qui la font parfois beaucoup souffrir. Et, depuis ce matin, on lui a confié les filles d'Ada Kessler.

— Les filles d'Ada Kessler ?

Hayden l'ignorait.

— J'espère que tu ne penses pas que je suis intervenu pour qu'elles soient près de chez moi et que je puisse les interroger facilement !

Kate secoua la tête.

— Cela ne m'a pas traversé l'esprit. S'il y a une chose que je sais bien, c'est que ma mère et toi faites tout votre possible pour vous éviter.

Hayden ne put le nier.

— Et d'ailleurs, étant donné l'état dans lequel tu étais hier, j'ai bien du mal à imaginer que tu aies pu manigancer quoi que ce soit, ajouta-t-elle avec une grimace. À ce propos, je ne t'ai pas demandé comment tu te sentais aujourd'hui. Je vois que tu es habillé comme si tu allais sortir de l'hôpital. J'espère que cela signifie que tu vas mieux ?

— J'arrive à rester assis sans avoir la nausée, répondit Hayden.

Il se rendit alors compte que, maintenant qu'il y songeait, son mal de tête s'était beaucoup atténué.

— Oui, je vais beaucoup mieux.

L'air soucieux, elle lui demanda :

— Mais tu as fait une commotion cérébrale, c'est bien cela ?

— En quelque sorte… Je vais être obligé de travailler de chez moi pendant quelques jours, répondit-il. Je vais coordonner l'enquête sur la mort de Nicolas Kessler, et je déléguerai le travail de terrain à mes adjoints jusqu'à ce que je sois rétabli.

Il songea à l'appel téléphonique de son bras droit, Clayton Yarborough, qui l'avait informé des derniers développements de l'enquête juste avant l'arrivée de Ryan.

— À ce propos, ils sont encore en train d'essayer d'identifier l'homme que tu as mis hors d'état de nuire.

Il vit le visage de Kate se crisper. Elle leva sa main valide et la passa devant son visage, avant de coincer une mèche de cheveux derrière son oreille.

— Tiens-moi au courant, d'accord ?

— Oui. Et quand tu seras prête, il faudra que je te demande de faire une déposition, dit-il en veillant à parler avec douceur. Je ne me fais aucun souci quant à l'issue de l'enquête, mais je suis obligé de suivre la procédure, puisqu'il y a eu mort d'homme.

— D'après ce que j'ai entendu, Kate mériterait d'être décorée pour avoir neutralisé cet individu ! remarqua Ryan.

Il ajouta en regardant Kate :

— Je regrette seulement que l'autre homme n'ait pas subi le même sort.

Elle secoua la tête.

— Pas moi. Pendant toutes les années où j'ai été dans la police et où j'ai porté une arme, je n'ai jamais eu à l'utiliser. Je tirerais à nouveau si c'était nécessaire, mais il n'en reste pas moins que j'ai la mort d'un homme sur la conscience… et je ne sais même pas qui il est, ni ce qu'il voulait.

— C'est moi qui aurais dû tirer, marmonna Hayden, saisi

par un sentiment de culpabilité. Et maintenant, tu es blessée, et tu dois vivre avec ce poids…

— Ne sois pas ridicule, Hayden : tu avais perdu connaissance !

Hayden ne put que faire la grimace, avant que son frère n'ait la bonne idée de changer de sujet.

— J'ai l'impression que nous allons tous dans la même direction. Si cela peut rendre service à ton collègue, Kate, je peux t'emmener chez ta mère ? À moins que vous n'ayez l'intention d'y aller vous aussi, major Corbett ?

Avant que Hayden n'ait pu déterminer si son frère était en train de tenter de savoir où en étaient les relations entre Kate et son collègue, Corbett secoua la tête.

— Appelez-moi Simon. Et j'avais l'intention de retourner à San Antonio immédiatement après : en l'absence de Kate, je vais avoir du pain sur la planche !

— Je ne peux pas te dire à quel point je te suis reconnaissante !

Kate sourit à Corbett, et Hayden ressentit un pincement qui n'avait rien à voir avec son mal de tête. Il tenta vainement de se convaincre que, même si c'était plus qu'un regard amical entre collègues, il aurait dû être heureux pour Kate, après toutes les années qu'elle avait passées seule.

En se retournant vers Ryan, elle ajouta :

— Si ta proposition est sérieuse, je l'accepte… enfin, si ton frère n'y voit pas d'objection. Je ne voudrais surtout pas que Hayden puisse dire que j'ai contribué à son mal de tête !

— Je pense que nous pourrons réussir à faire le trajet sans nous disputer, pour cette fois au moins, répliqua Hayden.

— Dans ce cas, merci, déclara Corbett.

Il serra la main de Ryan avant de se retourner vers Kate et de pointer le doigt vers elle.

— Quant à toi, souviens-toi que tu n'as qu'une chose à faire : te reposer pour te rétablir, d'accord ?

— Et, rétorqua Kate en fronçant les sourcils, m'assurer

que ma mère est en état d'accueillir de jeunes enfants. À part cela, je ne vois vraiment pas ce que je pourrais faire.

En soutenant son regard, il répondit :

— Je te connais assez pour savoir que dans moins de vingt minutes tu vas proposer au shérif Hale-Walker de participer à son enquête, pour retrouver l'homme qui a tiré sur Ada Kessler et toi.

6

Kate avait insisté pour s'asseoir à l'arrière du pick-up de Ryan. Elle espérait ainsi parvenir à dissimuler la contrariété qui la rongeait depuis que Simon avait affirmé qu'elle ferait tout pour s'immiscer dans l'enquête sur l'affaire Kessler. Elle avait surpris le regard de connivence que Hayden et lui avaient alors échangé, et avait du mal à supporter ce qu'elle considérait comme de la condescendance masculine : pourquoi devrait-elle accepter de se voir dicter sa conduite et d'être toujours reléguée au second plan, par des hommes parfois moins compétents qu'elle ?

Avant de quitter la ville, Ryan s'était arrêté devant une pharmacie pour y acheter les médicaments prescrits pour Hayden, et lui avait demandé :

— Kate, tu es sûre que tu n'as besoin de rien ? Je peux te rapporter une boisson si tu veux.

Elle avait pris sa respiration, se rappelant que Ryan n'était pour rien dans sa colère, et lui avait répondu :

— Je veux bien une bouteille d'eau, merci.

— Moi aussi, si c'est possible, avait ajouté Hayden, au cas où je doive prendre des comprimés antidouleur sur le chemin. Merci !

Lorsque Ryan était sorti, elle s'était adressée à Hayden.

— Je suis heureuse de vous voir tous les deux en si bons termes. Il est venu pour t'aider : c'est ce que l'on fait dans une famille.

Les trois frères Hale-Walker avaient été contraints de vendre leur ranch pour pouvoir financer le procès intenté par l'aîné, Mac, qui souhaitait obtenir la garde de ses enfants jusque-là confiés à leurs grands-parents, en Argentine. Depuis la perte de cet héritage conservé dans la famille sur plusieurs générations, Kate savait qu'ils ne se parlaient pratiquement plus. La cession du ranch, survenue peu de temps après le décès de leur mère, avait brisé des liens fraternels qui semblaient pourtant indéfectibles.

Hayden se retourna pour lui faire face.

— Depuis le retour des jumeaux de Mac, nous essayons peu à peu de reprendre contact.

— Ma mère m'avait dit qu'elle les avait vus en ville avec lui. Vous devez être tellement soulagés qu'ils soient revenus !

Il plongea ses yeux si bleus dans les siens et poursuivit :

— Je n'ai jamais été très intéressé par les enfants…

Il marqua une seconde d'arrêt, et elle vit passer une lueur d'embarras dans son regard. Mais, d'un geste de la main, elle lui fit signe de continuer.

— Mais plus je passe de temps avec Cristo et Silvia, poursuivit-il, plus je comprends pourquoi Mac était prêt à tout pour les retrouver. Ils sont incroyables !

Elle lui sourit.

— *Quoi* ? demanda-t-il en rougissant légèrement, tu me trouves gâteux ? Bon sang, je suis comme mon frère, à m'extasier sur eux à leurs moindres faits et gestes ! Cela en deviendrait presque irritant si nous n'étions pas tellement soulagés de le voir enfin si heureux !

Elle secoua la tête.

— Non, c'est simplement qu'hier, dit-elle, lorsque nous étions sur la trace d'Ada Kessler et ses filles, j'ai été surprise de te voir prendre leur situation tellement à cœur. Mais passer du temps avec ton neveu et ta nièce a dû changer ta façon de voir les choses.

— Tu as certainement raison. J'essaie de rattraper le

temps perdu, d'apprendre à les connaître… Tout comme la nouvelle femme de Mac. Je ne sais pas si tu as appris qu'il s'était remarié ?

— Si, une de mes amies me l'a dit.

— Sara a fait des merveilles, et pas seulement pour les jumeaux. Mac n'est plus le même homme. Cela me fait tellement plaisir de le voir si heureux !

Lorsque Hayden sourit, elle sentit quelque chose fondre en elle.

— Moi aussi… Mais je dois t'avouer quelque chose.

— De quoi s'agit-il ?

— Je suis en rage contre Simon d'avoir prétendu que j'allais tout faire pour intervenir dans ton enquête… et contre toi d'avoir souri.

Hayden répliqua sans pouvoir cacher son amusement :

— J'ai vu ton regard s'enflammer, et je me suis dit que le major ne savait pas ce qu'il avait déclenché !

— Quoi ? Tu penses que c'est amusant que je sois furieuse ?

— Oui, reconnut-il, d'autant plus que je pensais qu'il y avait quelque chose entre vous deux.

Kate éclata de rire.

— Entre Simon et moi ? Tu es sérieux ? C'est un chic type, et un excellent professionnel, mais je ne suis pas du tout son genre !

— Et c'est quoi, son genre ?

Elle réfléchit un instant avant de faire la grimace, en se rendant compte qu'elle ne savait presque rien de la vie de Simon en dehors du travail… Mais les femmes qui l'accompagnaient lors des soirées officielles auxquelles son équipe était invitée étaient toutes aussi insipides les unes que les autres.

— Je dirais dociles…

— Alors je te le confirme, tu n'es pas son genre, répliqua Hayden avec un large sourire. Mais toi, Kate, quel est ton genre d'homme ?

— Ils ont de longues oreilles, quatre sabots graissés et

une selle bien cirée. Plus sérieusement, entre nos missions sur le terrain, le soin des chevaux et la recherche de sponsors, je n'ai pas vraiment le temps de…

— Tu ne vas pas me faire croire que tu n'as pas le temps de faire quoi que ce soit en dehors du travail ?

— En quoi cela te regarde-t-il ? demanda-t-elle d'un ton plus sec qu'elle ne l'aurait voulu. Ce n'est pas comme si nous nous étions quittés dans les meilleurs termes.

Il sourit, et une étincelle brilla dans son regard.

— C'est le moins que l'on puisse dire ! Mais peut-être que j'ai eu le temps de comprendre mes torts dans notre dispute, et que je suis désolé que nous n'ayons pas pu trouver le moyen de travailler ensemble…

— Tu parles ainsi parce que je ne suis plus là, et que tu n'as plus à me supporter ?

— Pas du tout ! Et quoi qu'en dise ton major Corbett…

— Ce n'est pas *mon* major Corbett, corrigea-t-elle.

— Quoi qu'il en dise, je serais très heureux que tu me donnes ton sentiment sur cette enquête… d'autant plus que tu vas vivre sous le même toit que ces deux petites filles, et que tu pourras m'aider à obtenir d'elles des informations sans passer par un interrogatoire en règle, qui pourrait être traumatisant pour elles.

Elle fit la grimace, pensant aux événements terribles dont Hazel et Charlotte Kessler avaient été témoins. S'ajoutait à cela l'angoisse d'être transférées dans une famille d'accueil inconnue. Même si Kate était plus jeune la première fois où elle-même avait été placée, son cœur se serrait encore à ce souvenir.

— Je serais heureuse de t'aider, déclara-t-elle, mais je ne suis pas très douée avec les enfants.

Bien entendu, certains de ses amis en avaient, mais elle n'avait pas l'habitude de leur parler ni de jouer avec eux, et elle évitait soigneusement le genre de réunions où on pouvait lui mettre un bébé dans les bras et lui demander si elle avait déjà pensé à être maman.

Alors que la douleur familière resurgissait en elle, elle croisa le regard de Hayden et crut y lire de la souffrance, comme s'il regrettait ce qu'ils avaient perdu dix-huit ans auparavant. Elle-même s'était juré que jamais il ne saurait à quel point elle avait été blessée par ces événements.

— Tu trouveras les mots, lui dit-il avec douceur, parce que je sais que tu feras tout pour mettre sous les verrous l'homme qui a tué leur papa, et peut-être leur maman, et qui a tiré sur toi. Il faut le retrouver avant qu'il ne lui prenne l'envie d'éliminer tous les témoins de ses crimes.

Elle aperçut au loin Ryan qui se dirigeait vers la voiture, portant quelques sacs, et répondit, la gorge nouée :

— J'ai bien conscience que ces petites filles sont en danger, comme tous ceux qui s'approchent d'elles : nous, et même quelqu'un qui ne cherche qu'à aider comme ma mère.

Pendant le trajet, Ryan écouta de la musique avec ses écouteurs, par égard envers Hayden dont il ne voulait pas accroître le mal de tête, pendant que Kate somnolait à l'arrière du véhicule, assommée par l'effet conjugué des médicaments et du ronronnement du moteur. Hayden regardait défiler le paysage avec les chevaux, les chèvres et les vaches qui paissaient sur les flancs des collines.

Il jeta un coup d'œil à Kate. Il avait été étonné d'entendre autant d'inquiétude dans sa voix lorsqu'elle avait parlé des fillettes et de sa mère. Visiblement, elle avait été très affectée par ce qui s'était passé la veille… à tel point qu'il aurait insisté pour qu'elle voie un psychologue avant de reprendre du service, si elle avait toujours été dans la police.

Mais Kate n'était pas sous ses ordres, et elle n'avait pas tort, se dit-il, de penser que le danger n'était peut-être pas écarté.

Alors que l'éclat du soleil redoublait, son mal de tête s'intensifiait, l'empêchant de réfléchir. Hayden ôta les lunettes de soleil qu'il avait empruntées à son frère et se frotta les yeux, tout en se laissant aller contre le dossier de son siège. Il se demandait comment il allait pouvoir reprendre contact avec la mère de Kate – qui pouvait à peine tolérer sa présence – et parler aux fillettes dont elle avait la charge.

Il se réveilla dans un sursaut alors que Ryan écrasait la pédale de frein en pestant contre les touristes.

Hayden souleva les paupières et vit qu'ils avaient ralenti à cause de la circulation. Ils étaient arrivés dans leur petite ville, Leakey, qui ne comptait que quatre cents résidents à l'année, mais grouillait de monde pendant les vacances de printemps et l'été.

Derrière lui, il entendit Kate bâiller.

— Tu es réveillée ? Comment va ta main ? demanda Ryan en lui lançant un coup d'œil.

— J'ai un peu mal, mais ça va. Ça m'a fait du bien de somnoler, ajouta-t-elle. Je dois dire que ta conduite s'est grandement améliorée depuis l'époque où ta jeep atterrissait dans les buissons ou dans la rivière !

Ryan éclata de rire à ce souvenir.

— Je n'aurais jamais réussi à survivre si je ne m'étais pas un peu calmé !

— Ah bon, tu appelles ça s'être calmé ? le taquina Hayden.

Lorsque Ryan prit l'embranchement qui conduisait vers l'endroit où ils avaient grandi tous les trois, ils furent soudain ramenés plusieurs années en arrière. Alors qu'ils s'approchaient du pont enjambant le Frio, une petite rivière aux eaux argentées, ils durent ralentir pour dépasser un petit bus d'où descendait un groupe de jeunes garçons torse nu, portant des bouées, des glacières et des enceintes.

— Je parierais que ces gamins vont finir la journée rouges comme des écrevisses ! s'exclama Kate.

Hayden sourit, se souvenant des coups de soleil qu'ils avaient tous pris à ce même endroit. Kate en particulier, avec sa peau claire, en souffrait souvent et devait s'enduire de crème solaire. Brusquement, il eut l'impression de sentir l'odeur de celle qu'elle utilisait. Le souvenir était si vif et si présent qu'il en eut mal : il avait presque sous ses doigts la sensation de sa peau réchauffée et rougie par le soleil, la première fois qu'elle lui avait demandé : « Tu peux me mettre de la crème sur le dos, Hayden ? »

Un instant, sa main avait tremblé lorsqu'il avait été tenté de défaire le nœud qui retenait le haut du maillot sur sa poitrine.

Il fut forcé de détourner le regard, et de s'absorber dans la contemplation du paysage jusqu'à ce que la rivière et tous les souvenirs qui s'y attachaient disparaissent derrière eux. Finalement, il lui était beaucoup plus facile d'être en sa présence lorsqu'elle n'était qu'une ennemie qui ne perdait pas une occasion de le remettre à sa place.

À dire vrai, il avait lui-même été dur envers elle. Mais la voir lui rappelait de manière pénible qu'il avait autrefois espéré bien autre chose de la vie.

De *leur* vie, la sienne et celle de la jeune fille dont il voulait faire sa femme dès qu'ils pourraient se marier. Il avait essayé de la convaincre de partir pour le faire sans plus tarder, mais elle lui avait répondu que ce ne serait pas honnête : ses parents venaient de lui faire le cadeau coûteux de l'inscrire à l'une des plus grandes courses de rodéo de la saison.

— Ça sera la dernière, je le promets, avait-elle déclaré en posant la main sur son ventre qui s'arrondissait légèrement sous les vêtements qu'elle choisissait avec soin pour le cacher, en priant pour que personne ne remarque rien pour le moment.

En lui lançant un de ces sourires qui le faisaient fondre, elle avait ajouté :

— Cloverleaf et moi, nous allons faire une course dont ils se souviendront !

Sa gorge se serra et sa vision s'obscurcit, et il se demanda si les cachets qu'il avait pris étaient réellement efficaces. Mais son attention se reporta sur le trajet lorsque Ryan s'engagea sur une route en terre battue qu'ils connaissaient tous si bien.

Hayden eut un pincement au cœur – comme son frère, il en était certain –, alors qu'ils passaient devant l'entrée du ranch qu'ils avaient été contraints de vendre. Même si quatre années s'étaient écoulées depuis que Hayden avait fait l'acquisition d'une maison beaucoup plus modeste un peu plus loin sur la route, il ressentait souvent la morsure du regret lorsqu'il rentrait chez lui. Les mauvais jours, la colère venait aussi. Elle n'était plus dirigée contre Mac, mais contre lui-même, pour n'avoir pas su trouver le moyen de garder dans la famille le ranch que les générations précédentes leur avaient transmis, et ne pas s'être assez battu.

Avant d'arriver chez Hayden, Ryan tourna sur la longue allée de la maison la plus proche, et passa devant un champ parsemé de fleurs bleues où paissait une vieille jument grise.

— Les lupins sont beaux, et je vois que Moonlight se porte à merveille, commenta Ryan.

Mais, alors qu'apparaissaient la grande maison blanche des McClafferty et ses dépendances, Hayden, qui n'avait pas mis les pieds sur la propriété depuis des années, sentit son cœur se serrer. La peinture rouge de la grange était écaillée, et des mauvaises herbes poussaient entre les différents bâtiments. Même la maison, autrefois impeccable, semblait mal entretenue : un gond s'était détaché et un des volets bleus pendait de travers sur la façade, qui aurait bien eu besoin d'être nettoyée. Le père de Kate était mort depuis moins de deux ans, mais déjà l'endroit donnait une impression d'abandon.

— Oh ! maman ! soupira Kate. Pourquoi tu ne m'as pas prévenue, Hayden ?

— D'une part, parce que ta mère ne m'a pas vraiment invité à prendre le thé, répliqua-t-il, et d'autre part, parce que si je t'avais appelée nous savons tous les deux comment tu aurais réagi : tu m'aurais dit de m'occuper de mes affaires et de te ficher la paix.

— Hayden ! s'écria Ryan d'un ton réprobateur.

— Tu aurais tout de même dû m'avertir, insista Kate.

— Si tu te souciais tant du bien-être de ta mère, répliqua Hayden en élevant la voix, pourquoi n'es-tu pas venue lui rendre visite ?

— Parce… parce que papa était mort, et que je ne supportais pas de voir cet endroit sans lui, répondit Kate.

Sa voix se brisa alors qu'elle évoquait son père, celui qu'elle suivait comme son ombre depuis qu'elle avait été adoptée à l'âge de huit ans, et qu'elle avait accompagné sur le ranch des Hale-Walker presque à chaque fois qu'il y était appelé.

— Tu as raison, déclara-t-elle soudain. C'est ma faute. J'aurais dû venir ici au lieu de toujours faire en sorte que ce soit maman qui se déplace. J'aurais dû…

— Vous discuterez de cela plus tard, intervint Ryan en se retournant vers Hayden, l'air furieux. Et si tu la fais pleurer, je jure que…

— Je ne pleure pas, répliqua Kate d'un ton dédaigneux. Certainement pas à cause de ce qu'*il* pourrait dire ou faire.

Hayden fut piqué de l'entendre parler de lui avec un tel mépris. Il savait qu'elle mentait et que chacun d'eux se souciait de l'opinion de l'autre. Ils avaient le pouvoir de se faire du mal, mais la question était de savoir pourquoi ils en ressentaient le besoin.

— Je suis désolé, déclara-t-il avec sincérité.

Étrangement, prononcer ces mots lui apporta un certain soulagement.

— Je suis désolée, moi aussi.

Ses grands yeux noirs le regardaient avec sérieux.

— J'ai été injuste : tu n'y es pour rien. C'est simplement que c'est si dur sans mon père !

— Je comprends.

— Si ta mère a besoin d'aide, intervint Ryan, je serais heureux de la lui apporter. Et je suis certain que Hayden le fera avec plaisir, lui aussi, lorsqu'il sera remis.

Kate secoua la tête.

— Elle ne le voudra jamais.

— Elle me l'a clairement fait comprendre, répondit Hayden avec amertume, songeant au mot que Rita McClafferty lui avait laissé. Mais je pourrais contacter une de mes connaissances, qui est responsable d'une équipe de scouts. Il aime que les jeunes soient occupés, et ils vont entretenir bénévolement les maisons des personnes âgées qui font appel à eux.

— Ma mère préférerait mourir que de demander l'aumône !

— Il ne s'agit pas d'aumône, répliqua Hayden. Cet endroit est trop lourd à entretenir pour une personne seule. Tu sais bien que ton père lui-même faisait parfois appel à d'autres personnes pour l'aider.

— Laisse-moi lui parler d'abord... Mais puisqu'elle veut à nouveau accueillir des enfants, je peux tenter de la convaincre en lui faisant valoir qu'il est nécessaire de leur procurer un environnement sûr.

— Ça me semble une bonne idée, répondit Hayden. Dis-moi si je peux faire quoi que ce soit.

— À vrai dire, je pense que la seule chose que vous puissiez faire, déclara-t-elle alors que Ryan s'arrêtait non loin de l'endroit où le véhicule de Rita McClafferty était garé, c'est de me laisser rentrer seule au lieu de m'accompagner.

— Mais tu viens d'être opérée ! protesta Ryan.

— Il a raison, insista Hayden en ouvrant la portière. Je vais au moins venir avec toi jusqu'au perron.

Il alla ouvrir la portière arrière du pick-up, mais Kate en sortit en secouant énergiquement la tête.

— Tu ne comprends pas ! Je n'ai pas prévenu ma mère que ce serait ton frère qui me ramènerait au lieu de Simon. Et si elle vous voit ici tous les deux, je vais devoir l'entendre me répéter pendant des jours qu'il ne faut surtout pas répéter les erreurs du passé, qui m'ont coûté si cher.

— Qui *nous* ont coûté si cher, corrigea Hayden d'une voix calme mais ferme, tout en la regardant droit dans les yeux.

Il jeta un coup d'œil pour s'assurer que Ryan était toujours à l'intérieur de son pick-up et ajouta :

— Crois-moi, Katie, quoi que tes parents aient pu dire, je peux te jurer qu'aucun de nous deux n'en est sorti indemne.

7

Elle sentit tout son corps se raidir lorsque Hayden l'appela *Katie*. Il en avait perdu le droit le jour où il avait dit l'impensable à ses parents.

J'imagine que je n'ai plus aucune obligation, alors.

Elle se souvenait encore du choc qu'elle avait ressenti, de cette sensation de voir son monde s'écrouler lorsqu'ils lui avaient rapporté les paroles de Hayden, alors qu'elle les avait suppliés de le laisser venir la voir.

La douleur de cet abandon remonta en elle, toujours aussi aiguë malgré les années, et elle détourna le visage et se mit à marcher vers la maison. Elle ne voulait pas qu'il sache à quel point elle souffrait encore de ce rejet.

— Remercie Ryan de m'avoir raccompagnée, lança-t-elle sans se retourner, tout en ajustant son bras dans l'écharpe.

— Je t'en prie, Kate, ne fais pas cela, dit Hayden en la rejoignant à longues enjambées. Je suis désolé ! Si c'est ce que tu veux, je n'en reparlerai plus jamais, je te le promets. Mais ne nous quittons pas sur…

Elle entendit le grattement de griffes contre la porte d'entrée, puis les aboiements du chien de sa mère. Ce montagne des Pyrénées avait été acheté par un rancher du coin pour garder son troupeau. Mais son propriétaire dépité avait fait don de l'énorme chiot au père de Kate lorsque l'animal avait pris la dangereuse habitude d'avaler des cailloux, ce qui avait nécessité plusieurs opérations chirurgicales coûteuses.

Depuis, Thunder avait retrouvé la raison et était devenu un compagnon affectueux pour sa mère. De plus, Kate était rassurée en songeant que sa taille imposante pouvait décourager les intrusions éventuelles.

Quelques secondes plus tard, la porte s'ouvrit. Thunder bondit au-dehors et elle vit se dessiner derrière lui la silhouette mince de sa mère. Elle arborait un haut rose sur un jean, et, contrairement à ce que Kate avait pu observer depuis la mort de son père, elle avait mis des boucles d'oreilles et s'était même un peu maquillée. C'était comme si sa décision récente d'accueillir à nouveau des enfants la poussait à se soucier de son apparence.

Mais, avant que Kate ne puisse la complimenter, sa mère attrapa le collier du chien pour l'empêcher de bondir sur elle dans son excitation.

— Bonjour, Kate ! Assis, Thunder. Fais attention à son bras !

Elle tendit la main et la posa doucement sur l'épaule de Kate, au-dessus du bandage, l'air désolé. Ses yeux bruns exprimaient son désarroi.

— Je n'arrive toujours pas à croire que tu aies été blessée par balle. Quel métier ! Cela fait des années que je redoute cela !

— Je vais bien, maman, ou du moins, j'irai vite bien, affirma Kate d'un ton rassurant.

Elle savait que sa mère avait toujours eu du mal à accepter ses choix professionnels. C'était certainement dû en partie aux deux années qu'elle avait passées à soutenir Kate dans ses efforts pour reprendre une vie normale après son accident.

— Votre fille a été très courageuse, déclara Hayden, qui se trouvait derrière elle. C'est grâce à elle que nous sommes encore en vie. Vous pouvez être fière d'elle.

Kate retint son souffle lorsque les regards de sa mère et de celui qu'elle avait autrefois aimé se croisèrent.

— Peut-être aurait-elle dû être shérif elle-même, puisqu'elle doit faire ton travail à ta place.

— Maman, je t'en prie !

Kate sentit ses joues s'empourprer.

— Hayden a été blessé, lui aussi, expliqua-t-elle, et rien de ce qui s'est passé n'est sa faute.

Elle aurait voulu que sa mère se comporte comme la personne charmante et raisonnable qu'elle était avec tous les autres.

— Peut-être pas pour ce qui s'est passé hier, grommela sa mère.

Elle enfouit les doigts dans l'épais pelage de son chien pour lui gratter le cou. Lorsque Thunder, qui considérait Hayden avec méfiance, commença à se détendre et poussa un soupir, elle sembla prendre cela comme une invitation à faire de même et secoua la tête.

— Je suis désolée, Hayden. Oublie ce que je viens de dire.

Hayden lui adressa un petit sourire crispé. Il avait l'air si tendu que Kate se dit que son mal de tête devait le faire beaucoup souffrir… ou que l'animosité de sa mère l'avait particulièrement affecté.

— Je suis heureux d'apprendre que vous accueillez à nouveau des enfants, madame McClafferty, déclara-t-il prudemment. Comme je l'ai dit à Kate, je sais que Hazel et Charlotte Kessler ont beaucoup de chance d'être chez vous.

— Je te remercie, mais ce n'est pas facile pour elles. Elles ont besoin de temps, de patience, et de tout le soutien qu'on peut leur apporter.

— Je ne suis pas experte en la matière, intervint Kate, mais je ferai tout ce qui sera en mon pouvoir pour t'aider.

— Et moi aussi, renchérit Hayden. N'hésitez pas.

— Elles sont en train de dormir dans leur chambre en ce moment, dit la mère de Kate. Je suis montée les voir seulement quelques minutes avant que vous n'arriviez. D'après ce que l'on m'a dit, elles n'ont pas fermé l'œil de la nuit à l'hôpital.

Kate sentit son cœur se serrer.

— Je m'en doute. Elles doivent se faire tant de souci pour leur maman ! s'exclama-t-elle.

— Lorsqu'elles se seront un peu reposées, l'assistante sociale, ta belle-sœur, précisa sa mère en jetant un regard à Hayden, a promis qu'elle viendrait leur rendre visite.

En baissant la voix, elle ajouta :

— Sara m'a expliqué qu'elles ignorent pour le moment que leur père est mort. Apparemment, leur maman a essayé de les protéger après l'accident, et de le leur cacher.

— J'ai entendu la plus petite demander des nouvelles de son papa aux secouristes hier, dit Kate, qui sentit sa gorge se serrer à ce souvenir.

— Elle veut qu'on l'appelle Lottie, précisa sa mère. Pas Charlotte.

— Je m'en souviendrai, promit Kate.

— Mais ce n'est peut-être pas le moment de leur annoncer une si triste nouvelle, alors qu'elles se font déjà tant de souci pour leur maman, suggéra Hayden. C'est vraiment beaucoup pour des petites de huit et dix ans. Elles risquent de se renfermer complètement.

— Tu crains qu'elles ne veuillent plus répondre à tes questions, n'est-ce pas ? demanda Kate.

— Tu veux les interroger ? Maintenant ?

Sa mère s'était raidie et avait pris un air réprobateur.

— Il faudra bien le faire à un moment ou à un autre, admit-il, lorsqu'elles se sentiront un peu mieux.

— Donc tu suggères que nous leur cachions une information capitale pour que tu puisses mieux les faire parler des événements les plus traumatisants qu'elles aient jamais eus à vivre ? s'indigna sa mère.

Hayden leva les mains en signe d'apaisement.

— Je ne vais rien faire qui puisse blesser ces petites filles, je vous le promets. Mais c'est mon métier de m'assurer que celui qui est responsable de leur malheur soit puni.

— C'est *ton* métier, et *ton* problème. Le mien est de faire en sorte que ces petites soient…

— En sécurité, c'est bien ça ? intervint Kate, tout en caressant Thunder qui était venu à ses côtés. Eh bien, c'est également celui de Hayden, maman, ce qui veut dire que tôt ou tard il va bien falloir qu'il sache ce qu'elles ont vu, parce qu'en ce moment leur mère n'est pas en état de répondre à quelque question que ce soit… et il se peut qu'elle ne le soit jamais ! Alors, elles sont notre seule chance de coincer cet homme avant qu'il ne tente de s'en prendre à elles.

Le cœur battant, les genoux tremblants, Hazel Kessler se pressait contre le mur, près de la porte d'entrée restée ouverte, et écoutait les adultes qui parlaient au-dehors. La dame chez laquelle on les avait emmenées semblait gentille. Elle leur avait fait des crêpes lorsqu'elles étaient arrivées et leur avait montré qu'il ne fallait pas avoir peur du grand chien blanc, et qu'il aimait les caresses entre les oreilles. Mais Hazel était certaine qu'elle leur avait menti, comme tous les autres, y compris leur maman, quand elle leur disait que leur papa avait certainement été secouru, et qu'il devait aller mieux.

Hazel l'avait mieux vu que Lottie après l'accident, et, contrairement à sa petite sœur qui dormait en haut dans la chambre jaune, *elle* était assez grande pour comprendre ce que signifiaient ces yeux grands ouverts et ce regard vitreux. Elle sentait son ventre se nouer lorsqu'elle se disait que ce serait la dernière image de son papa, et c'était ce souvenir qui l'empêchait de dormir… mais aussi ce qui s'était passé lorsque les méchants hommes avaient blessé sa maman.

Lorsque Hazel repensa aux détonations et revit en pensée sa mère tomber, son ventre se serra à tel point que pendant quelques secondes elle craignit de vomir. Mais elle se souvint qu'elle était grande, pas un bébé comme Lottie. Elle n'avait pas pleuré lorsqu'elle était tombée en sortant de la voiture après l'accident, ni même lorsqu'elles avaient eu peur, froid et faim, et qu'elles avaient dormi blotties l'une contre l'autre dans le noir. Elle ne pouvait pas laisser libre cours à ses larmes, parce qu'elle avait vu tous les efforts que faisait sa maman pour leur faire croire que c'était une sorte d'aventure, et que ce serait amusant de rentrer à la maison et de trouver leur père en train de les attendre, avec un bandage sur la tête.

Mais, même pour elle, ce qui s'était passé hier était trop. Elle n'avait pas crié autant que Lottie lorsqu'elle avait vu que leur maman n'était plus capable de leur répondre, ni même d'ouvrir les yeux lorsqu'elles l'appelaient, mais elle avait eu si peur qu'elle n'avait pu contenir ses sanglots.

Ce matin, à l'hôpital, une jolie dame aux yeux verts était venue les voir. Elle leur avait dit qu'elle s'appelait Sara, qu'elle était assistante sociale, et que, comme leur maman ne pourrait pas s'occuper d'elles pendant quelque temps, elle allait les emmener chez quelqu'un qui accueillait des enfants. Lottie avait piqué une crise et avait hurlé qu'elle voulait rester avec sa maman, et Hazel avait su qu'elle devait donner l'exemple.

Elle avait fait des efforts pour être courageuse, si courageuse que ses parents auraient été fiers d'elle, et elle avait dit à Lottie que tout irait bien, alors qu'en elle-même elle avait envie de crier. Mais maintenant qu'elle entendait Mme Rita parler aux deux autres adultes dehors, et qu'elle comprenait que sa mère allait beaucoup moins bien que les infirmières à l'hôpital ne le lui avaient dit, Hazel sentait son ventre se tordre. Pour la première fois, elle songea que Lottie et elle allaient peut-être devenir orphelines, comme dans les livres ou à la télévision. Elle n'en connaissait pas dans la vraie vie, mais c'était bien ainsi que l'on appelait les enfants dont les parents étaient morts, n'est-ce pas ?

À cette pensée, ses yeux se mirent à brûler et son nez à couler, surtout lorsqu'elle entendit les adultes dehors dire que celui qui avait tiré sur sa maman risquait de revenir pour leur faire du mal, à elles aussi.

Hazel en oublia d'être courageuse. Elle se laissa glisser contre le mur et se mit en boule, entourant ses genoux de ses bras tremblants. Le ciel au-dehors était bleu, mais le monde autour d'elle sembla s'obscurcir, et, à sa grande honte, elle ne parvint plus à combattre la nausée.

— Je ne te demande pas de les inviter à dîner, mais essaie d'être plus agréable, dit Kate à sa mère lorsque Hayden remonta en voiture avec Ryan.

Auparavant, il lui avait demandé d'appeler son adjoint Yarborough pour faire sa déposition dès qu'elle s'en sentirait capable.

— Tu as raison, répondit sa mère, ces petites filles ne méritent pas d'être les otages d'une vieille querelle personnelle.

À ce souvenir, un éclair de colère brilla dans les yeux de sa mère.

— Je ne ferai jamais rien qui puisse compromettre leur bien-être, poursuivit-elle. Tu me connais assez pour le savoir, Kate. Je suivrai les conseils de l'assistante sociale, et si elle pense que Hayden peut les interroger, je le laisserai faire. Je sais d'ailleurs qu'il est un shérif compétent et consciencieux.

Kate secoua la tête. Elle se sentait soudain épuisée.

— Je suis désolée, maman, mais je pense que je ferais mieux de rentrer. J'aimerais prendre mes médicaments et m'allonger un instant.

L'expression du visage de sa mère s'adoucit.

— Bien entendu ! Laisse-moi porter ton sac.

— Ne t'en fais pas : j'ai une main valide !

Mais sa mère insista. Elle prit les affaires de Kate et l'invita à passer devant elle pour entrer dans la maison. Kate fit ce qu'elle lui indiquait et faillit trébucher sur une petite fille brune qui se tenait à quatre pattes, à quelques pas de la porte d'entrée.

Alors qu'elle faisait un pas de côté et se rattrapait contre le mur avec sa main valide, la fillette leva brusquement la tête.

— Pardon ! J'ai vomi. Je ne voulais pas…

Kate entendit sa mère ordonner à Thunder de rester dehors avant de déclarer :

— Oh ! Hazel, ma chérie, ne t'excuse pas. Ce n'est pas ta faute.

— Je vais bien maintenant, je pense, dit la petite fille.

Mais Kate vit bien que son visage était pâle et son front moite lorsque sa mère l'aida à se relever.

— Je vais aller chercher de l'essuie-tout, proposa Kate.

— N'y pense pas ! Pas dans ton état. Vous devez toutes les deux aller vous asseoir.

Sa mère parlait d'un ton qui ne souffrait pas de contradiction, alors qu'elle les conduisait dans la grande cuisine et les faisait s'installer sur les tabourets disposés autour de l'îlot central. Puis elle leur servit un verre d'eau fraîche, et s'excusa en disparaissant avec un seau et une serpillière qu'elle avait pris sous l'évier.

Lorsque Kate sortit calmement ses médicaments de son sac et ouvrit un tube d'antalgiques, Hazel la regarda avec une expression inquiète dans ses yeux bleus.

— Vous avez mal… là où la balle vous a touchée ?

— Beaucoup moins qu'avant.

Kate comprit que la fillette lui posait cette question en pensant à la blessure de sa maman.

— Mais à vrai dire, lorsque j'ai été blessée, j'étais tellement inquiète pour ta famille et pour le shérif Hayden que je l'ai à peine senti.

Ce n'était que lorsque ses coéquipiers étaient arrivés et que Hayden avait repris conscience que Kate avait commencé à avoir mal. Et même à cet instant elle n'y avait pas prêté attention, car elle était encore sous le choc d'avoir tué un homme.

Hazel hocha la tête.

— J'ai trouvé que vous avez été très courageuse !

Ses yeux brillaient d'admiration.

— Quand vous avez vu ces hommes tirer sur maman, vous avez pris votre arme et pan… pan…

Kate tressaillit en entendant la petite fille reproduire exactement la cadence à laquelle elle avait tiré.

— J'ai été entraînée à faire cela, expliqua-t-elle, à empêcher les gens de faire du mal aux autres.

— Et ensuite, vous avez essayé… d'aider ma maman… même si vous étiez… il y avait du sang partout sur votre main…

La voix de Hazel se cassa alors qu'elle baissait la tête, et Kate vit de grosses larmes tomber sur le comptoir.

— Je sais… C'est très difficile pour moi aussi d'en parler, confessa Kate.

Elle avala sa pilule et tapota le sommet du crâne de Hazel. Quelqu'un à l'hôpital devait lui avoir lavé et peigné les cheveux, car ils étaient lisses et soyeux.

— Tu as dû avoir très peur.

Hazel hocha la tête en relevant ses yeux brillants de larmes.

— Je vous ai entendus parler dehors. Lottie ne l'a pas compris, mais je sais que notre maman va peut-être… qu'elle pourrait…

Kate croisa son regard et le soutint, se souvenant de toutes les fois où, lorsqu'elle était enfant, elle n'attendait qu'une seule chose d'un adulte : qu'il lui dise la vérité.

Elle comprenait qu'alors ceux qui lui mentaient essayaient seulement de l'épargner. Mais combien de fois une petite fille pouvait-elle croire que, lorsqu'on la renverrait chez ses parents biologiques, dans le mobil-home qui était toujours le cadre de ses cauchemars, tout irait enfin bien ?

Avec un soupir, elle hocha la tête.

— C'est la vérité pour ta maman. Je ne vais pas te mentir. Je ne le ferai jamais avec toi, Hazel. Au fait, je m'appelle Kate.

— Je sais, répondit Hazel. Mme Rita m'a dit qu'elle était votre maman.

— Elle l'est maintenant, expliqua Kate, mais ça n'a pas toujours été le cas. Tu vois, elle m'a recueillie moi aussi, quand j'étais une petite fille comme toi. Elle a pris soin de moi quand ma vraie maman ne pouvait pas le faire.

Hazel la dévisagea avant de bredouiller :

— Votre vraie maman a été blessée elle aussi ? Quelqu'un l'a tuée, et c'est pour ça que vous avez dû rester ici pour toujours ?

En voyant la terreur dans ses yeux, Kate secoua la tête, en se rendant compte qu'elle avait fait une gaffe en tentant d'établir le contact avec cette petite fille terrorisée. Elle aurait dû laisser la psychologie enfantine aux experts, et se cantonner au soin des chevaux et à la gestion de son équipe.

Mais maintenant qu'elle avait commencé elle n'avait plus qu'à tenter de réparer les dégâts. Il fallait seulement qu'elle se sorte de cette ornière. En priant pour ne pas empirer les choses, elle expliqua :

— Non… elle n'est pas morte.

Du moins, pas avant que Kate n'ait vingt-quatre ans, et que la femme qu'elle n'avait plus vue depuis seize ans ne succombe d'une overdose à Houston.

— Mais elle avait trop de problèmes pour prendre soin de moi, et je n'avais jamais eu un vrai papa avant le mari de Mme Rita. Il est mort maintenant, mais il était très gentil lui aussi, comme elle.

Apparemment, c'en était trop pour Hazel, car elle se laissa glisser à terre et, ses petits poings tellement serrés que ses articulations en étaient toutes blanches, elle s'écria :

— Mais Lottie et moi nous avons déjà une maman, et elle s'occupe bien de nous, et un papa aussi ! Ou nous *avions* un papa, avant que… avant que ces hommes…

— Je le sais, dit Kate, qui se sentait coupable d'avoir causé tant de détresse malgré elle. Je suis désolée… Je suis tellement désolée de ce qui s'est passé !

— Nous n'allons pas faire comme vous ! Nous n'allons pas

rester ici tout le temps, et nous n'appellerons jamais Mme Rita ou une autre dame *maman* ! explosa Hazel.

— Ne t'inquiète pas, petite chérie, déclara Kate en tentant de réconforter la fillette qui sanglotait maintenant. Pour vous, c'est différent. Vous ne resterez pas longtemps ici.

Alors qu'elle lui disait cela, elle espérait qu'elle n'était pas déjà en train de lui mentir, et d'agir avec Hazel comme tant d'adultes bien intentionnés l'avaient fait avec elle par le passé, en tentant de réconforter un enfant au cœur brisé avec des affirmations qui pouvaient se révéler fausses.

8

Hayden tira un à un tous les rideaux du petit bungalow où il logeait maintenant, soulageant ainsi à chaque fois un peu plus son mal de tête. Sans cela, jamais il n'aurait pu envisager de dormir.

Mais même lorsque la petite maison fut plongée dans la pénombre il se sentit trop agité pour pouvoir se reposer, après sa rencontre avec Kate et sa mère. Il décida donc de quitter le salon – dont Ryan avait qualifié la décoration de « pathétique », avec son unique fauteuil en face d'une télévision grand écran, sa table basse à la peinture écaillée, et ses quelques étagères mal assorties – pour se rendre dans sa chambre à coucher, tout aussi spartiate. Là, il remarqua que son unique effort de décoration, une plante grasse, dans un pot posé sur le rebord de la fenêtre, était toute desséchée. Il fit la grimace, se rappelant qu'il avait ri lorsque sa secrétaire, Mme Hobbs, lui avait offert ce cadeau au nom de tout le service au moment de sa prise de fonction, en lui disant que ce serait certainement la seule plante qu'il serait capable de garder en vie. Le regard qu'elle avait eu en la lui tendant montrait bien qu'elle était convaincue du contraire, tout comme elle ne pensait pas non plus possible qu'il sache prendre dignement la suite du shérif Turner sans son aide.

À son grand agacement, Hayden avait vite découvert qu'elle avait raison sur ce dernier point, et c'était la raison pour laquelle il avait gardé dans son service cette femme parfois redoutable, au lieu d'embaucher quelqu'un de plus accommodant et facile à vivre.

Plus irrité qu'il n'aurait dû l'être en constatant qu'elle avait vu juste sur ses compétences horticoles, Hayden se dirigea vers la fenêtre et considéra la plante morte.

— Un cactus qui se respecte ne meurt pas de manque d'eau !

Il s'en empara, surpris par le sentiment de culpabilité qu'il ressentit lorsqu'il constata à quel point le pot était léger, et qu'il remarqua la couche de poussière qui recouvrait les feuilles, ainsi que le moucheron mort pris entre ses piquants.

Peu désireux de s'attarder sur les preuves de sa négligence, il alla dans la salle de bains, appuya sur la pédale de la poubelle et y laissa tomber le cactus, qui s'écrasa dedans avec un bruit sourd.

Il fut soulagé de pouvoir penser à autre chose lorsque son téléphone se mit à sonner.

Le sortant de sa poche, il vit s'afficher sur l'écran le nom de son adjoint Yarborough.

— Clayton, comment ça va ? Je voulais t'appeler pour te donner des nouvelles : Kate a été opérée de la main ce matin.

— Comment va-t-elle ?

— Assez bien pour avoir eu l'autorisation de sortir en même temps que moi. Mais elle reste chez sa mère jusqu'à ce qu'elle aille mieux.

— C'est juste à côté de chez toi ! s'exclama son adjoint d'un ton goguenard, qui indiqua à Hayden qu'il était soulagé. Tu crois que je devrais avertir le standard pour leur dire qu'il faut s'attendre à du grabuge ?

— Je pense que nous allons plutôt économiser notre énergie pour nous rétablir vite, et faire en sorte que les petites Kessler soient hors de danger.

— J'ai entendu dire qu'elles avaient été confiées à Rita McClafferty, dit Clayton.

— Je suis certain qu'elles seront en bonnes mains. J'ai demandé à Kate de t'appeler dès qu'elle se sentira assez en forme pour répondre à tes questions. J'ai pensé qu'il valait mieux que ce soit toi qui prennes sa déposition dans la mesure où j'étais impliqué dans l'histoire.

— Il n'y a rien à lui reprocher, n'est-ce pas ? D'après ce que j'ai entendu, elle a au contraire sauvé des vies.

— Je suis entièrement d'accord, mais tu connais les procédures : il faut malgré tout qu'elle soit interrogée.

— Je vais m'en occuper, répondit Clayton. Mais je me demandais si tu étais assez en forme pour que je puisse passer chez toi rapidement. Mme Hobbs nous a interdit de te déranger, mais je suppose que tu brûles de connaître les derniers développements de l'affaire Kessler.

— Il y a du nouveau ? demanda Hayden, sa curiosité piquée.

Son adjoint, qui avait une vingtaine d'années d'expérience et la tête sur les épaules, ne lui aurait pas proposé cette visite sans raison.

— Deux ou trois choses, oui. En fait, je suis déjà sur le chemin. Je t'apporte un repas chaud pour ce soir. Doris l'a préparé tout spécialement pour toi. Elle était inquiète de te savoir seul chez toi après ce qui t'est arrivé.

— Dis-lui que je vais bien, et remercie-la pour sa gentillesse. Rentre par la porte arrière : elle est ouverte.

Ils s'installèrent dans la cuisine. Hayden mit les plats au réfrigérateur, et proposa quelque chose à boire à son adjoint.

Clayton déclina l'offre.

— Je ne vais pas rester longtemps, mais merci tout de même.

Hochant la tête, Hayden s'appuya contre le comptoir.

— Alors, tu as des informations sur notre inconnu ? demanda-t-il, pensant à l'homme que Kate avait abattu.

— Je n'ai toujours pas de correspondance pour les empreintes digitales, mais j'ai de nouveaux éléments sur les quads que ces hommes ont utilisés.

— Tu as retrouvé celui sur lequel l'autre homme s'est enfui ?

Clayton secoua la tête.

— Non. Mais un certain Earl Judkins, qui habite près de Camp Wood, nous a signalé qu'on avait forcé la serrure d'un hangar et volé deux quads. Leur description correspond à celui que nous avons retrouvé sur la scène, et je suis presque certain que, lorsque leur propriétaire nous aura communiqué leurs numéros de série, nous constaterons qu'ils viennent de là.

— Bravo ! Où se trouve cet entrepôt ?

— À environ dix kilomètres de l'endroit où le véhicule des Kessler est sorti de la route. Mais la vraiment bonne nouvelle, c'est que nous avons les images de la caméra de vidéosurveillance de l'entrepôt.

— Quoi ? Quand ces quads ont-ils été volés ?

— Il y a trois jours, vers 2 heures du matin d'après les enregistrements des caméras de surveillance. Je pense que les voleurs savaient exactement ce qu'ils cherchaient, parce que ces quads étaient à vendre. Leur propriétaire avait mis une annonce avec des photos dans un petit journal local, avec ses coordonnées. Quelques personnes lui avaient téléphoné et lui avaient demandé où on pouvait les voir.

— J'aimerais bien avoir une liste des personnes qui l'ont contacté. Avec un peu de chance, cela pourrait nous conduire aux hommes qui poursuivaient les Kessler.

Hayden ne pensait pas que ces types aient pu être assez stupides pour laisser de tels indices, mais d'expérience il savait qu'il suffisait d'un moment d'inattention pour se faire prendre.

— Je vais m'en occuper, déclara Clayton. Le propriétaire des quads m'a déjà envoyé les photos et vidéos de sa caméra de surveillance. J'en ai transféré une copie sur ton compte.

L'excitation faisait battre le cœur de Hayden.

— Il y a des images utilisables ?

— Difficile à dire… Je ne les ai vues que sur mon téléphone pour le moment. Il va falloir que je les étudie sur ordinateur, mais je n'ai pas encore trouvé le temps de le faire.

— Je vais regarder ces enregistrements dès que tu seras reparti.

— Je pensais que tu étais censé te reposer. Du moins, c'est ce que Mme Hobbs ne cesse de répéter à tout le monde, en nous interdisant de te contacter pour le travail. Et elle le fait d'un ton si menaçant que personne n'a envie de lui désobéir !

Hayden se mit à rire.

— Tu as autre chose pour moi ? demanda-t-il.

— Oui. Le policier de Memphis a appelé un peu plus tôt, quand j'étais encore au bureau. Robinson, c'est bien ça ?

— Oui. Quand arrivera-t-il ici ?

Lors de leur dernière conversation téléphonique, Lamar Robinson avait indiqué à Hayden qu'il pensait se rendre au Texas, maintenant que son enquête pour disparition de personnes était devenue une enquête pour homicide. Un double homicide même, si Ada Kessler n'arrivait pas à s'en sortir.

— Je crains fort qu'il ne puisse pas venir. Apparemment, ses supérieurs ne lui en ont pas donné l'autorisation : les frais de déplacement posent un problème.

— Sérieusement ?

— Restrictions de budget, expliqua Clayton. Il n'avait pas l'air très content, lui non plus.

— J'imagine !

— Il m'a dit que nous devions nous attendre à voir arriver le patron de Nicolas Kessler, Tim Spaulding, ajouta Clayton.

— C'est le *patron* de Kessler qui vient, pas un membre de la famille ?

— Robinson m'a expliqué que Spaulding et sa famille étaient des amis proches des Kessler. Apparemment, ils partaient souvent en vacances ensemble. Par ailleurs, les Kessler ne voyaient pratiquement pas leur famille puisque le père de Nicolas s'était remarié et était parti vivre au

Costa Rica, et que le seul proche de Mme Kessler est un frère qui vit sur la côte Ouest.

— Ce frère, quelqu'un l'a contacté pour le mettre au courant de l'état de sa sœur ? demanda Hayden.

— Robinson lui a laissé de nombreux messages et attend qu'il le rappelle, mais d'après Spaulding Ada et son frère s'étaient brouillés au moment du décès de leur père et ne se parlent plus depuis des années.

— Je n'ai pas toujours été proche de mes frères, moi non plus, mais il m'est difficile d'imaginer qu'on décide de ne pas répondre à un message demandant de rappeler la police à propos d'une urgence médicale.

— Après toutes ces années dans la police, plus rien ne devrait te surprendre, remarqua Clayton.

— C'est vrai, mais je vais tout de même contacter Robinson pour qu'il me communique le nom du frère d'Ada, et que je m'assure qu'il n'y a rien de plus que cette querelle familiale.

— C'est bien. Tu voudrais que je fasse autre chose ?

Se souvenant d'un point qui venait de lui revenir à l'esprit, Hayden hocha la tête.

— J'aimerais que tu contactes l'équipe des secouristes : j'ai besoin que quelqu'un redescende dans le ravin et examine la voiture des Kessler.

— Tu penses à quelque chose en particulier ?

— Si je ne me trompe pas, déclara Hayden, il y a un système de traçage sur le véhicule. Il pourrait être caché presque n'importe où, mais il faudrait vérifier les passages de roue et le dessous du châssis… parce que je parierais que la personne qui l'a installé n'avait pas accès à l'intérieur de la voiture.

— Je m'en occupe.

— Merci. Et essaie de faire vite : nous avons un meurtrier à trouver.

Plus tard dans l'après-midi, lorsque Kate eut répondu aux questions que l'adjoint Yarborough était venu lui poser pour établir sa déposition, sa mère lui proposa :

— Tu ne veux pas te reposer pendant que j'emmènerai les filles voir Moonlight et les poules ?

— C'est une bonne idée, répondit Kate. Mais peux-tu prendre ton téléphone portable, au cas où tu voies quelque chose d'inquiétant ?

Sa mère lui lança un coup d'œil aigu.

— Tu penses que je devrais me faire du souci ?

— Non…

Kate ne voyait pas comment l'homme qui avait tiré sur Ada Kessler aurait pu savoir où se trouvaient maintenant ses filles, puisque l'information avait été tenue secrète.

— Je suis peut-être un peu paranoïaque, poursuivit-elle.

— Étant donné ce que tu viens de vivre, c'est tout à fait compréhensible, déclara sa mère, l'air compatissant. Mais ne t'inquiète pas pour nous. Je garderai mon téléphone avec moi, et tu connais Thunder : toujours en alerte ! Et maintenant, essaie de te reposer, Kate, et souviens-toi que tu es ici pour prendre soin de toi.

Mais ce n'était pas sa blessure à la main qui fatiguait tant Kate. C'était le fait d'avoir eu à se remémorer tous les détails de la fusillade pour faire sa déposition… et d'avoir à accepter le fait qu'elle avait tué un homme, même si c'était en état de légitime défense.

Restée seule dans la maison, elle ôta ses chaussures et s'étendit sur le canapé. Elle devait s'être endormie, parce qu'un coup frappé à la porte la réveilla.

Se rendant compte que sa mère et les fillettes n'étaient pas encore rentrées, Kate se leva, remit rapidement ses cheveux en place, et regarda par l'œilleton. Elle ne reconnut pas la femme d'apparence soignée qui était de l'autre côté de la porte, mais rien dans son attitude n'était inquiétant.

— Que puis-je pour vous ? demanda-t-elle en ouvrant la porte.

— Bonjour, je suis Sara Walker, répondit la femme avec un large sourire, l'assistante sociale chargée de veiller sur Hazel et Lottie Kessler.

— Ah oui ! Ma mère m'a parlé de vous. Entrez. Elle est partie avec les filles pour leur montrer les animaux, et je crois qu'elles ne sont pas encore revenues.

Elle regarda par-dessus l'épaule de la visiteuse et ne vit personne, mais sa mère et les filles pouvaient très bien être dans l'écurie.

Combien de temps j'ai dormi ?

Les grands yeux verts de Sara la considérèrent d'un air compatissant, et son regard s'attarda sur l'énorme bleu qui dépassait du bandage qu'elle avait à la main.

— Vous devez être Kate… J'ai été désolée d'apprendre que vous avez été blessée, mais je suis si reconnaissante que vous ayez été là pour les petites quand il le fallait !

Kate lui sourit et la fit entrer.

— Vous n'avez pas vu ma mère et les filles en arrivant ici ?

Sara pencha la tête, en la regardant d'un air intrigué.

— Tout va bien, Kate ?

— Je suis désolée : j'étais en train de somnoler lorsque vous avez frappé. J'aimerais seulement m'assurer qu'elles vont bien, déclara-t-elle, retournant vers le canapé pour y prendre son téléphone, qui avait glissé entre les coussins.

— Bien sûr, dit Sara alors que Kate composait le numéro.

Sa mère répondit à la première sonnerie.

— Je pensais que tu dormais…

— Où êtes-vous ? J'ai regardé dehors, mais je ne vous ai pas vues.

— Mon Dieu, Kate ! Nous sommes sur le chemin juste derrière l'écurie. Les filles ont eu très envie de brosser Moonlight. Mais si tu veux que nous revenions tout de suite…

— Non, prenez votre temps, dit-elle avant de se souvenir que Sara était là. Mais l'assistante sociale est venue pour…

Sara leva la main pour l'interrompre.

— Dites à votre mère de ne pas se presser. La dernière chose que je voudrais serait de les empêcher de faire connaissance.

Lorsque Kate eut raccroché, elle s'excusa pour sa conduite.

— Je pense que je suis encore un peu stressée après ce qui s'est passé. Alors, quand je ne sais pas où elles sont…

— Je comprends tout à fait que vous soyez excessivement vigilante, dit Sara. Après ce qui vient de vous arriver, c'est tout à fait normal.

Kate se dit que sa vigilance n'avait rien d'excessif quand on songeait qu'un tueur était encore en liberté. Mais il fallait qu'elle parvienne à se raisonner, sinon elle allait devenir folle, et sa mère aussi.

— Vous avez raison. Vous voulez boire quelque chose en attendant ? Du café, peut-être, ou du thé ?

— Je prendrais volontiers du thé.

Kate emplit la bouilloire d'eau, et Sara proposa :

— Laissez-moi vous aider. J'ai dû porter un plâtre l'été dernier, et je me souviens combien c'était difficile d'essayer de faire les gestes habituels avec une main immobilisée.

— Merci, mais ça va, insista Kate en allumant la bouilloire électrique.

— Dites-moi, votre maman utilise souvent les animaux pour établir un lien avec les enfants dont elle a la garde ?

— C'est toujours ainsi que mes parents ont procédé. Comme mon père était vétérinaire, il y en a toujours eu beaucoup autour de nous.

Avec un serrement de cœur, elle revit l'homme qui l'avait ensuite adoptée l'installer sur un petit cheval juste après son arrivée ici, et se souvint de sa joie lorsqu'il avait déclaré :

— Tu as ça dans le sang ! Si tu en as envie, nous allons t'inscrire à des cours d'équitation.

C'était la première fois que quelqu'un lui avait dit qu'elle était douée pour quelque chose… ou qu'une famille d'accueil était prête à faire pour elle une dépense qui excédait largement l'allocation qui leur était versée pour subvenir à ses besoins. Et le fait que cet homme lui ait demandé si pratiquer l'équitation lui plairait, pendant que sa femme la regardait avec bienveillance, semblant attendre sa réponse, avait été une révélation : pour la première fois, elle avait eu le sentiment que la vie recélait des possibilités dont elle n'avait jamais eu conscience.

— Vous avez été l'une de ces enfants, autrefois, lui dit Sara avec douceur.

Kate secoua la tête.

— Ma situation était bien différente. Je ne souffrais pas de l'absence de parents aimants. J'ai même pensé que c'était un miracle quand je suis arrivée ici !

Elle se souvenait qu'à chaque fois qu'elle voyait la voiture de l'assistante sociale approcher elle allait se cacher, terrorisée à l'idée qu'elle avait été placée là par erreur et qu'on venait la chercher pour rectifier cette bévue.

— C'est amusant, déclara Sara en souriant. Ce sont exactement les mots que votre mère a employés lorsqu'elle m'a raconté votre arrivée ici. Elle m'a dit qu'elle avait eu l'impression que vous étiez l'enfant qu'elle et son mari attendaient depuis toujours pour fonder leur famille.

Après avoir essayé de concevoir un enfant pendant des années, puis avoir vu leur projet d'adoption s'écrouler, les McClafferty avaient abandonné l'idée qu'ils seraient un jour parents.

Kate sentit ses yeux s'embuer.

— Vous allez me faire pleurer. J'ai une réputation de femme forte à tenir !

— Désolée ! répliqua Sara avec un sourire. Il est vrai que dans mon métier nous sommes amenés à parler ouvertement de sentiments profonds. Mon mari n'arrête pas de me répéter que c'est très difficile pour certaines personnes.

— Hayden m'a dit que vous étiez mariée à son frère Mac…

Sara eut un sourire éclatant.

— Depuis cinq mois maintenant.

— Je suis très heureuse pour vous deux, déclara Kate avec sincérité.

Il était impossible de ne pas penser qu'une personne aussi attentionnée que Sara devait être parfaite pour quelqu'un qui, comme Mac, avait traversé beaucoup d'épreuves.

— N'oubliez pas de dire bonjour à Mac de ma part. Ses frères et moi avons passé beaucoup de temps ensemble lorsque nous étions enfants.

— Il sera heureux d'entendre que nous nous sommes enfin rencontrées. Mais Mac n'est pas la seule personne que je connais ici et qui m'a parlé de vous.

— De qui s'agit-il ? demanda Kate, dont la curiosité fut immédiatement éveillée.

— D'Amanda Greenville, mais son nom de jeune fille est Amanda Hackett. Du temps où vous étiez toutes les deux…

Kate cligna des paupières à ce souvenir désagréable.

— Nous avons été accueillies dans la même famille pendant un temps, chez les Ryder… avant que ma mère biologique n'obtienne à nouveau ma garde.

Et décide de ne rien remarquer les fois où son compagnon du moment décidait de passer ses colères sur moi.

Elle sentit un frisson la parcourir. Sara posa la main sur la sienne.

— Je suis désolée, Kate. J'imagine que les souvenirs de cette époque sont encore douloureux.

Kate retira vivement la main et leva le menton pour regarder Sara dans les yeux.

— C'est du passé. Et les Ryder n'étaient pas, et de loin, la pire famille d'accueil. Ils avaient seulement trop d'enfants chez eux pour bien s'en occuper… Et ils avaient une fâcheuse tendance à négliger une petite fille aussi discrète qu'Amanda Hackett.

— Mais vous avez veillé sur elle, c'est ce qu'elle m'a dit. Et vous avez fait en sorte que les plus grands ne prennent pas la part qui lui revenait.

Kate haussa les épaules.

— C'était chacun pour soi là-bas. Elle était si mignonne avec ses grands yeux gris si sérieux ! Je faisais semblant qu'elle soit ma petite sœur.

Elle avait aimé jouer un rôle protecteur, n'hésitant pas à rendre une justice expéditive lorsqu'un des grands garçons osait s'en prendre à Amanda. Elle se rendait maintenant compte qu'elle avait endossé le rôle de la mère qu'elle aurait tant aimé avoir.

— Elle m'a raconté que lorsque vous avez quitté le foyer des Ryder vous lui faisiez passer des petits mots quand vous vous voyiez dans le jardin public, ou vous lui donniez quelques friandises dont vous vous étiez privée pour elle.

Sara eut un sourire plein de chaleur.

— Vous n'imaginez pas ce que cela a représenté pour elle, conclut-elle.

— Effectivement, je l'ignorais, reconnut Kate, triste de constater que le lien ténu qui existait entre elles s'était peu à peu distendu, à cause de la distance et de la différence d'âge. Il me semble avoir entendu que quelque chose ne va pas, songea-t-elle soudain à voix haute. C'est son mari, non ?

Elle savait qu'elle aurait dû alerter Amanda le jour où elle avait entendu qu'elle allait épouser Pete Greenville. Mais cela aurait été trop difficile, dans la mesure où elles ne s'étaient plus parlé depuis des années, mis à part un « bonjour » lorsqu'elles se croisaient dans un café ou dans la rue. Leur conversation était vouée à l'échec si elle commençait par : « J'ai entendu dire que tu allais épouser un des plus riches héritiers de la région. Je sais que nous ne sommes plus vraiment en contact depuis des années, mais voici les raisons pour lesquelles je pense que tu devrais réfléchir… »

— D'une certaine manière, oui, répondit Sara. Ou plutôt, je devrais dire qu'il *était* le problème. Il vient de mourir.

Soudain, des voix et des bruits de pas venant du porche s'élevèrent, et Hazel et Lottie entrèrent, les joues rouges de plaisir, portant les œufs qu'elles avaient ramassés dans le poulailler.

Kate songea alors qu'elle devrait essayer d'en savoir plus sur ce qui était arrivé au mari d'Amanda, cet homme dont elle craignait qu'il ne fasse du mal à son ancienne protégée.

Et elle ne voyait pas meilleure source d'information que le shérif de ce comté.

9

Il n'était que 8 h 30 du matin, mais Hayden devait déjà se rendre à l'évidence avec un certain dépit : une nuit de sommeil n'avait pas résolu ses problèmes. Lorsqu'il se reposait ou restait dans le noir, il avait l'impression d'aller bien, mais dès qu'il tentait de lire un message sur l'écran de son téléphone portable – ou pire, sur celui de son ordinateur – les mots se brouillaient, les images se superposaient, et la pulsation du sang à ses tempes redoublait.

La nuit dernière, il avait essayé à plusieurs reprises d'examiner les photos et les vidéos que son adjoint lui avait envoyées, mais ses efforts s'étaient soldés par un violent mal de tête qui l'avait forcé à aller se coucher armé d'un pack de glace.

Il avait renouvelé sa tentative ce matin, mais cette fois la douleur était arrivée avec une telle force et une telle intensité qu'il avait eu l'impression que les mâchoires d'un piège se resserraient sur lui. D'une main tremblante, il avait refermé l'ordinateur, se demandant combien de temps cela allait durer, et comment il allait pouvoir mener une enquête – sans parler de gérer un service –, alors que son cerveau et ses yeux refusaient de travailler ensemble.

Il prit quelques comprimés d'antidouleur et se demanda s'il serait plus en forme au bureau. Mais il n'avait pas besoin d'un médecin pour savoir que conduire était une très mauvaise idée. Il aurait pu demander à un adjoint de lui servir de chauffeur et de lui lire ses mails, mais il ne pouvait se faire à l'idée qu'on le voie dans un tel état. Pour autant, celle de laisser une enquête d'une telle complexité dans les seules mains de Clayton ne lui plaisait pas plus.

Il connaissait la compétence de son adjoint, mais il sentait que cette affaire nécessitait un doigté dont manquait peut-être un homme aussi franc et direct que Clayton, particulièrement lorsqu'il s'agissait d'interroger deux fillettes terrifiées.

Alors que Hayden se creusait les méninges pour savoir comment hâter le processus de guérison, il entendit le crissement de pneus sur le gravier au-dehors. Pensant qu'il s'agissait de Clayton qui venait lui donner les dernières nouvelles, il écarta précautionneusement un rideau pour jeter un coup d'œil à l'extérieur, et fut surpris de reconnaître la jeep de Rita McClafferty. Avant qu'il ne puisse se demander si elle allait laisser des gâteaux sur le perron ou un mot l'avertissant de rester à distance de ses nouvelles protégées, il vit Kate descendre du siège de conducteur. Elle était particulièrement belle ce matin, dans un jean moulant et un T-shirt vert à col en V qui faisait ressortir ses cheveux auburn.

Irrité de se sentir ainsi attiré par elle, il se saisit d'une paire de lunettes de soleil qui était posée sur une étagère, près de la porte d'entrée, et, tout en les ajustant sur son nez, il alla à sa rencontre.

— Tu prends le volant alors que tu es blessée à la main, et que tu es censée rester chez toi pour te rétablir ?

— Voyons, Hayden, je n'ai rien fait d'illégal ! D'ailleurs, je t'apporte quelque chose de la part de ma mère : un bon petit déjeuner ! Tu es toujours gourmand, n'est-ce pas ? Et je me suis dit que tu n'aurais pas très envie de cuisiner.

Elle alla prendre une glacière placée sur le siège arrière, et il essaya sans y parvenir de ne pas remarquer la courbe de ses fesses dans ce jean. Avait-elle fait exprès d'être plus sexy que jamais pour l'agacer ?

— Oui, je suis toujours gourmand, répondit-il avec irritation. Mais étant donné l'accueil que m'a réservé ta mère hier, je crains que la nourriture ne soit empoisonnée.

Elle poussa un soupir méprisant.

— J'ai vu qu'elle en servait des portions copieuses aux filles et à elle-même, mais si tu ne me crois pas, j'en mangerai avec toi… Je veux dire, si tu as envie de partager ce repas avec moi.

— Bon… Alors, laisse-moi t'aider à porter ce sac.

— Je peux me débrouiller, mais merci, dit-elle en le laissant s'en emparer.

Lorsqu'ils furent à l'intérieur, il reposa ses lunettes sur l'étagère alors qu'elle regardait autour d'elle, comme si elle était curieuse de voir où il vivait maintenant.

Elle le suivit dans la cuisine et lui demanda :

— Hum, ça ne te dérange pas si j'allume ? J'ai l'impression d'être dans une grotte !

— Désolé, mais oui. C'est ma…

Lorsqu'elle appuya sur l'interrupteur du plafonnier, il eut un sursaut et tourna vivement la tête vers un endroit plus sombre, alors que tout tournait autour de lui.

— Pardon ! s'exclama Kate en éteignant immédiatement le luminaire. Je suis désolée, Hayden, je ne pensais pas que tu serais si sensible à la lumière !

Il se retint au comptoir, jusqu'à ce que tout se stabilise autour de lui, et déclara :

— J'ai du mal à m'y faire moi aussi.

Elle lui lança un regard compatissant.

— Tu as mal ?

— La douleur me gêne beaucoup moins que le fait que je sois incapable de regarder l'écran de mon portable ou de mon ordinateur sans avoir la nausée. Je ne peux plus rien faire…

— Peut-être que justement tu ne devrais rien faire. Tu n'es pas censé te reposer jusqu'à ce que tu te sentes mieux ?

— Tu y parviendrais à ma place, avec ces petites et leur mère dans une situation si terrible ? Ce n'est pas le genre de choses qu'un shérif peut déléguer ou laisser de côté. En tout cas, pas moi.

Avec un soupir, elle reconnut :

— Je te comprends. Je peux t'aider ? Peut-être te lire tes mails ou regarder quelque chose pour toi sur ton ordinateur ?

— C'est impossible. D'une part, tu es toi-même en convalescence, je te le rappelle. D'autre part, tu ne fais plus partie de la police, et il ne serait pas normal que tu aies accès aux éléments d'un dossier… surtout quand un membre de ta famille est impliqué.

— Un membre de ma famille ?

— Tu oublies que ta mère garde les filles des Kessler et que tu vis sous le même toit qu'elles…

— Je ne vis pas là. J'y habite seulement pour une courte période, lui fit-elle remarquer. Et il y a une solution pour que je puisse avoir accès au dossier : tu n'as qu'à me faire prêter serment.

— Te faire prêter serment ? En tant que quoi ?

— En tant qu'adjoint temporaire, pour la durée de mon séjour ici. Tu n'auras même pas à me payer, et tu vas obtenir le concours d'une volontaire formée, et avec de l'expérience.

— Et qu'as-tu à y gagner ?

— Un bon petit déjeuner, s'il est encore chaud, dit-elle en se dirigeant vers le comptoir où il avait déposé la glacière et en l'ouvrant. Il me tarde de goûter tout cela. Et ma mère a ajouté ces muffins aux cranberries et à l'orange que tu aimais tant. La cuisine sentait délicieusement bon quand ils cuisaient !

Il ne put retenir un sourire, et l'eau lui vint à la bouche au souvenir de ces gâteaux… et d'un temps où les choses entre Kate, lui, et leurs deux familles étaient beaucoup moins compliquées.

— Laisse-moi mettre la table, dit-il en ouvrant un placard. Nous parlerons en dégustant ce que ta mère a préparé.

Ils s'installèrent et il lui servit à manger, ainsi qu'une tasse de café.

— Merci ! Oh ! ça m'a manqué ! s'exclama-t-elle en mordant dans un muffin. Je vais prendre du poids si ma mère continue à préparer des gâteaux pour Hazel et Lottie alors que je fais moins d'exercice que d'habitude !

— Je te connais assez pour savoir que tu ne vas pas tenir en place, et que quelques calories de plus ne feront pas la moindre différence ! C'est probablement la raison pour laquelle tu as été si prompte à me proposer ton aide : parce que l'idée d'être forcée à te reposer trop longtemps t'est insupportable.

— Tu as raison, reconnut-elle. Mais il n'y a pas que cela. Hier, juste après ton départ, j'ai découvert que Hazel avait surpris notre conversation. La pauvre petite était si bouleversée par ce qu'elle venait d'entendre qu'elle en avait vomi.

— Je suis vraiment désolé ! J'aurais dû faire attention…

— Ce n'était pas ta faute. Et ce que Hazel a entendu n'était pas nouveau pour elle. Elle avait déjà compris auparavant que son père était mort, et sa mère dans un état critique.

— Je suis tellement triste pour elle !

Il détestait penser à la souffrance de la petite fille.

— A-t-elle dit quelque chose concernant les hommes qui les poursuivaient ? demanda-t-il.

— Nous n'en avons pas parlé, mais je n'ai pas l'impression qu'elle sache quoi que ce soit. Pour le moment, elle est surtout perdue, bouleversée, et elle fait tout son possible pour protéger sa petite sœur.

— Et elle, comment va-t-elle ? Est-elle au courant que son papa est mort ?

La tristesse se peignit sur le visage de Kate.

— Elle le sait maintenant. Hier après-midi, Sara est venue pour leur parler. Elle a fait de son mieux, je le sais, et ma mère aussi, mais il n'est pas vraiment possible d'atténuer le choc d'une telle nouvelle.

— Elles doivent être terrifiées à l'idée que leur mère soit entre la vie et la mort.

— Oui… Et elles se demandent aussi ce qui va leur arriver.

En poussant un soupir, elle repoussa son assiette.

— Je pensais avoir faim, mais…

— Hé ! Il faut manger pour guérir.

— Je le sais mais… parler à Hazel… être avec elle hier…

Elle leva les yeux vers lui et il lut dans son regard une détresse que d'ordinaire elle ne laissait pas deviner.

— Tu te revois à leur âge, c'est cela ? demanda-t-il doucement, quand tu étais en famille d'accueil…

— Oui, avoua-t-elle. Même si, à l'âge de Lottie, j'avais déjà vécu dans plus de familles que je ne m'en souviens… Alors, ce n'était plus tout à fait le même choc pour moi.

— Tu vas pouvoir les aider, j'en suis sûr.

— Elles ont ma mère et Sara. Il vaut mieux que ce soient des professionnels qui s'occupent d'elles.

Elle fronça les sourcils et ajouta :

— J'ai fait du mal à Hazel hier, et je me sens totalement incompétente. Peut-être qu'après tout c'est une bonne chose que je n'aie jamais eu…

Il secoua la tête. Il était inutile de chercher à rationaliser une perte toujours aussi douloureuse.

— Je suis certain que tu fais beaucoup mieux les choses que tu ne le penses, mais si tu as envie de passer un moment hors de chez toi, j'accepte l'aide que tu m'as proposée. Veux-tu regarder des documents pour moi sur l'ordinateur ?

— Avec plaisir ! répondit-elle, semblant heureuse de cette diversion.

— Mais essayons tous les deux de faire un peu plus honneur à notre petit déjeuner avant d'aller travailler.

Elle hocha la tête, et pendant les minutes qui suivirent ils savourèrent le plat préparé par Rita McClafferty, que Hayden lui demanda de remercier.

Alors qu'il se levait de table, elle fit mine de l'imiter. Mais il leva la main.

— Reste assise, je t'en prie. Je vais seulement mettre le

reste du plat au réfrigérateur et les assiettes au lave-vaisselle, pendant que tu termines ton café.

Elle le remercia et ajouta :

— Avant que nous ne commencions à travailler, je voudrais te parler d'une chose qui n'a aucun rapport avec l'affaire Kessler.

Il leva les yeux vers elle tout en ajustant un couvercle en silicone sur la casserole.

— Vas-y.

— Hier, Sara m'a parlé d'une connaissance commune : Amanda Greenville.

— Je ne savais pas que vous étiez amies.

— Je ne dirais pas qu'*amies* soit le mot exact. Mais peut-être que nous l'étions, d'une certaine manière, il y a bien longtemps.

Intrigué, il fronça les sourcils.

— Je ne comprends pas…

— Nous avons vécu un temps dans la même famille d'accueil. Elle était plus jeune, elle n'avait que cinq ans à l'époque, et elle était très petite pour son âge. Dans cette famille régnait le chaos le plus total. Nous étions six enfants de tous les âges, et j'essayais de la protéger du mieux que je le pouvais.

— Et qui t'a protégée, toi, Kate ? ne put-il s'empêcher de demander.

Elle se redressa.

— Ne t'inquiète pas, je pouvais me prendre en charge toute seule. J'avais déjà beaucoup d'entraînement à l'époque !

Il regarda son avant-bras gauche, à l'endroit qu'il connaissait bien, et aperçut les contours ronds d'une marque rouge qui dépassait de sa manche retroussée… l'une des brûlures de cigarette qu'il avait découvertes avec horreur la première fois qu'elle avait ôté le T-shirt ample qu'elle portait si souvent sur son maillot.

— Tu méritais beaucoup mieux, souffla-t-il, la voix rauque, alors que la colère s'emparait une nouvelle fois de lui à l'idée qu'un monstre ait pu enfoncer une cigarette dans cette peau si tendre.

Elle surprit son regard et, de sa main blessée, elle ajusta maladroitement la manche pour recouvrir la marque.

Il posa délicatement la main sur son poignet, en veillant à l'effleurer à peine.

— Tu n'as pas à cacher ton passé… pas à moi.

— Revenons à Amanda, tu veux bien ? demanda-t-elle en lui lançant un regard implorant, comme si elle le suppliait d'abandonner le sujet. Sara m'a appris que son mari était mort. J'ai fait des recherches sur Internet et j'ai vu que son corps avait été découvert l'été dernier dans un endroit reculé… pas très loin d'ailleurs de l'endroit où nous recherchions les Kessler l'autre jour.

— Effectivement. L'enquête a conclu que le décès de Pete Greenville était accidentel. Ce qui est terrible, c'est qu'il est tombé et s'est cassé le fémur, et a dû passer des heures avant de mourir d'une hémorragie interne ou d'hypothermie : il y avait eu une vague de froid pendant un ou deux jours avant que sa disparition ne soit enfin signalée.

— *Enfin* ?

— Ce n'était pas un mari modèle. Il était toujours par monts et par vaux. Apparemment, il n'aimait pas regarder sa femme quand elle portait encore les traces de ses coups.

— Donc, il la battait vraiment, dit Kate en faisant la grimace. Je savais que j'aurais dû la mettre en garde. Déjà, à l'école, il s'attaquait aux plus faibles. Et comme elle était beaucoup plus jeune que lui, elle n'a pas dû lui opposer beaucoup de résistance.

— Elle a dû entendre des rumeurs avant de se marier, remarqua Hayden. Mais j'imagine que la plupart des gens lui disaient qu'elle avait de la chance qu'un Greenville consente à épouser quelqu'un avec son histoire…

— Elle est belle et brillante. Pour moi, c'est lui qui aurait dû s'estimer heureux ! répliqua Kate, qui semblait sur la défensive.

— Ce n'est pas moi qui vais te contredire, répondit Hayden en mettant le plat au réfrigérateur. Mais des bruits ont commencé à courir lorsque les gens ont constaté qu'elle allait beaucoup mieux depuis la disparition de son mari, et que son agence immobilière prospérait. Il faut dire qu'elle n'avait plus à craindre qu'il fasse irruption dans son bureau pour casser la figure à ses clients masculins. Certains ont alors suggéré qu'elle avait trouvé un moyen de se simplifier la vie en se débarrassant de lui. Et la famille de Pete, qui était furieuse lorsqu'ils se sont rendu compte qu'Amanda possédait maintenant tous les pâturages qu'ils considéraient comme les leurs, n'a rien fait pour les faire taire.

— J'imagine très bien ce que les gens ont pu dire : « Cette fille ingrate qui sort d'on ne sait où… »

Hayden ne pouvait pas nier que c'était à peu près ce qu'il avait entendu.

— Lorsqu'on a retrouvé Pete Greenville et que les conclusions de l'autopsie ont été rendues publiques, j'ai espéré que les choses iraient mieux pour Amanda, poursuivit-il, puisque j'ai bien insisté sur le fait que la cause de la mort était manifestement naturelle. Mais les rumeurs n'ont pas cessé, et la famille de Pete est toujours très amère en ce qui concerne l'héritage.

— Elle devrait tout vendre et quitter cette ville ! Je suis heureuse qu'elle ait une amie comme Sara, et si je peux faire quoi que ce soit pour l'aider tant que je suis ici, ce sera avec plaisir.

— Je suis heureux de te l'entendre dire. Elle mérite que les gens la laissent tranquille. Bon, que dirais-tu de te mettre au travail, si tu es toujours partante ?

Même si prêter serment en tant qu'adjoint temporaire était une formalité, cela toucha plus Kate qu'elle ne l'avait imaginé : elle faisait à nouveau partie de la police. C'était une chose qui lui avait souvent manqué, car, si elle conservait de ce métier le souvenir de frustrations cuisantes, il lui avait également apporté des satisfactions intenses.

— J'espère que tu souris parce qu'il te tarde de te mettre au travail, déclara Hayden en désignant l'ordinateur ouvert devant lui.

— J'étais en train de me souvenir de ma joie lorsque j'ai commencé à travailler, et que j'ai prêté serment dans le bureau de police de ma ville natale.

— Le moins qu'on puisse dire, c'est que j'ai été surpris, répondit-il d'un ton sec.

— Désagréablement surpris, j'imagine.

Elle eut soudain un élan de compassion pour lui.

— Je ne sais pas comment j'aurais réagi si mon ancien petit ami avait été recruté dans le service où je travaillais depuis des années.

— C'était…

Hayden eut un petit sourire et poursuivit :

— Enrichissant…

— Aïe… Même si cela ne changera rien, je suis désolée qu'il en ait été ainsi. J'avais pensé déposer ma candidature ailleurs, mais après mon accident et mes études loin de la maison, mes parents étaient très heureux de m'avoir auprès d'eux et de pouvoir veiller sur moi.

Elle était soudain embarrassée de le reconnaître et se sentit rougir.

— C'est normal, et l'eau a coulé sous les ponts, dit-il d'un ton bourru avant de changer de sujet. Laisse-moi taper mon mot de passe, et je te montrerai les fichiers que j'aimerais consulter. J'ai réussi hier à mettre leurs icônes dans un dossier qui est sur le bureau.

Quelques clics plus tard, il poursuivit :

— Voilà ! J'aimerais que tu regardes cette série de photos, et il y a quelques vidéos dans le…

— C'est bon ! dit-elle en approchant sa chaise. Je peux tourner l'ordinateur vers moi ? Cela m'évitera un torticolis, et à toi un mal de tête.

— Bonne idée ! dit-il en levant sa tasse. Je vais me resservir du café. Tu en veux ?

— Non, merci.

Elle n'avait pas besoin de caféine : son cœur battait déjà assez vite alors qu'elle parcourait les images et découvrait les deux voleurs de quads. C'étaient sans aucun doute les mêmes hommes que ceux avec lesquels elle avait échangé des coups de feu.

Les premières images se révélèrent très décevantes. Bien évidemment, les hommes avaient choisi d'opérer dans l'obscurité. Pire encore, leurs visages n'étaient pas visibles, en partie à cause de la capuche du sweat-shirt que l'un d'eux portait.

Elle passa en revue les photos suivantes et arriva à un cliché où le suspect qui avait réussi à s'échapper l'autre jour était pris de profil en train de pousser un quad hors du garage. On ne parvenait pas bien à distinguer les détails, mais la photo était tout de même assez nette.

— Je vais faire un copier-coller du visage de notre suspect dans un nouveau fichier, déclara-t-elle. Il est de profil, et le cliché est flou, mais on voit clairement une bosse sur son nez. Je pense que l'on appelle cela un nez aquilin… en tout cas, il est plus grand que la normale.

— N'importe quel détail peut se révéler utile, répondit Hayden. Avec un peu de chance, lorsque nous diffuserons cette photo, quelqu'un va le reconnaître. Et les vidéos ? Tu as eu le temps de les regarder ?

— Je vais m'y mettre, dit-elle en cliquant sur une petite icône du dossier et en lançant la première des deux. Je vois le véhicule avec lequel ils sont arrivés, annonça-t-elle à Hayden tout en observant les voleurs en train de charger un quad sur une remorque. Il s'agit d'un pick-up de couleur sombre.

— Tu as une idée de la marque ou du modèle ? Je sais que j'en demande beaucoup, mais y a-t-il une plaque d'immatriculation visible sur un des plans ?

— Attends. Je vais regarder à nouveau.

Elle lança la vidéo une seconde fois.

— Je suis désolée de le dire, mais ce film est de très mauvaise qualité !

Apparemment incapable de dompter sa curiosité, il regarda par-dessus son épaule et se détourna immédiatement en poussant un grognement. Lorsqu'elle leva les yeux vers lui, elle vit qu'il avait les paupières fermées, et qu'il se retenait d'une main au dossier de sa chaise.

— Tu devrais te reposer… peut-être t'allonger avec un pack de glace.

Elle se retourna pour poser la main sur son bras.

— Ça ira, souffla-t-il.

Elle sentit les muscles glisser sous ses doigts et retira brusquement la main.

— J'ai seulement eu un étourdissement.

— J'imagine que cela doit être très frustrant.

Elle se retourna vers l'écran de l'ordinateur et essaya de se concentrer sur la vidéo.

En la regardant attentivement, elle déclara :

— Ce pick-up n'a que deux portières… et il est de couleur sombre. Il tracte une remorque pour transporter les quads.

Elle passa à la vidéo suivante, espérant y remarquer un détail plus significatif. On y voyait le véhicule qui reculait sur une allée.

— Ah ! s'exclama-t-elle en notant que la lumière éclairait un logo. Je peux te dire que c'est un pick-up Chevrolet, probablement un Silverado récent.

— Bon travail !

Il vint derrière elle et lui pressa l'épaule, la faisant frémir jusqu'aux orteils.

— Nous allons diffuser cette information à tous les postes de police avec les photos, et leur demander d'être aux aguets, déclara-t-il.

Au lieu d'ôter la main, il la laissa sur son épaule alors qu'elle continuait à regarder.

Enlève ta main immédiatement, voulut-elle lui dire. Mais, pour une raison qu'elle ne s'expliquait pas, elle n'y parvenait pas. Elle avait l'impression que tout son corps s'imprégnait de la chaleur et de la solidité de son contact, comme un champ desséché boit la pluie d'été.

— Je suis désolée, mais je ne vois pas de plaque d'immatriculation, dit-elle, essayant de penser à autre chose qu'au léger mouvement de son pouce sur sa peau – un tic nerveux, peut-être, ou était-ce une caresse ?

Elle poursuivit :

— Mais ce n'est pas… ce n'est pas dans le champ de la caméra, et de toute façon… avec une qualité d'image si mauvaise et la nuit… il y a bien le clair de lune, mais…

Elle se rendit soudain compte qu'elle s'étourdissait de paroles, et se sentit rougir alors que les mots mouraient sur ses lèvres.

— Qu'y a-t-il, Kate ? demanda Hayden tout en la regardant avec attention. Tu es toute rouge !

Soulagée qu'il ait enfin rompu le contact, elle répliqua avec irritation :

— Tu étais en train de me toucher, et je ne veux pas que tu le fasses, d'accord ? Parce que ce n'est pas… Nous ne pouvons pas être…

— Je te touchais ?

Il baissa les yeux sur sa main et la considéra comme si elle l'avait trahi.

— Bon sang, Kate, je ne m'en suis même pas aperçu ! C'est simplement qu'avec toi, parfois…

— Parfois quoi ? demanda-t-elle avec insistance lorsqu'il s'interrompit.

Elle était embarrassée qu'il ait remarqué sa rougeur, et plus encore de se sentir réagir de manière excessive, alors qu'elle avait parfaitement conscience qu'il lui avait pressé l'épaule sans y prêter attention. Mais maintenant qu'elle avait commencé à parler elle ne parvenait plus à s'arrêter.

— Parfois, mon cerveau semble revenir en arrière et tout oublier.

— Moi pas ! répliqua-t-elle alors que les larmes lui piquaient les yeux. Je n'ai pas le luxe d'oublier ce que tu m'as fait !

— *Ce que je t'ai fait* ?

Il eut le culot de répéter ces mots, en ayant l'air si sincèrement stupéfait qu'elle dut faire appel à toute sa volonté pour ne pas frapper ce visage qu'à sa grande colère elle trouvait si beau.

Elle se détourna brusquement pour qu'il ne remarque pas les larmes dans ses yeux. Pourquoi réagissait-elle toujours si violemment avec lui ?

— Je pensais que je pouvais rester ici et travailler avec toi comme avec n'importe quel collègue, mais je…

— Je t'en prie, Kate, je suis désolé de t'avoir touchée, insista-t-il. Crois-moi, je ne l'ai pas fait exprès, et je te jure que cela ne se reproduira plus.

— Comment puis-je croire cela, si la prochaine fois tu me dis encore que tu as oublié ? Il me semble d'ailleurs que tu as oublié beaucoup de choses !

— Si tu as quelque chose à dire, vas-y, fais-le, déclara-t-il, semblant la mettre au défi. Du moins, si tu en as le courage !

— Oh ! du courage, j'en ai à revendre ! Ça n'a jamais été mon problème, et tu le sais bien, répliqua-t-elle. Mais je n'ai pas envie de gaspiller mon souffle, ni une autre minute ou une autre larme pour toi !

10

Plus tard dans la journée, Hayden était en train de lutter contre le mal de tête, lorsque la marche funèbre tirée de son film de science-fiction préféré retentit.

Il fit la grimace en reconnaissant la sonnerie qu'il avait choisie pour sa secrétaire, et se prépara à décrocher et à répondre d'une voix où toute trace d'anxiété serait absente.

— Bonjour, madame Hobbs, dit-il tout en songeant que depuis quatre ans qu'il travaillait en tant que shérif elle ne lui avait pas proposé de l'appeler Eva, comme le faisait l'ancien shérif.

Comme à l'accoutumée, Mme Hobbs ne perdit pas de temps en politesses inutiles.

— J'ai expressément dit à Clayton que vous ne deviez pas être dérangé aujourd'hui. Et pourtant, savez-vous quelle est la première chose qu'il a suggérée à cet homme qui venait du Tennessee pour l'affaire Kessler ?

— Il lui a vraisemblablement demandé s'il acceptait de venir chez moi pour que je puisse l'interroger, répondit Hayden, qui souhaitait rencontrer le patron et ami de Nicolas Kessler dès que possible, parce que c'est ce que je lui ai demandé de faire.

— Mais vous venez tout juste de rentrer de l'hôpital et vous devez vous reposer.

Le ton de Mme Hobbs était sans réplique.

Faisant un effort pour se rappeler que c'était lui qui donnait les ordres, du moins en théorie, Hayden lui répondit :

— Je me suis reposé toute la journée, dans l'obscurité, et je n'en peux plus de ne rien faire.

Il avait passé la journée à lutter contre le mal de tête et à rejouer sa dispute avec Kate, et toute distraction était bienvenue.

— Si ce n'est que vous m'avez appelée au moins trois fois pour me demander de vous lire vos mails, lui rappela-t-elle, aux dépens de mon propre travail.

Il pouvait presque la voir en ce moment : droite comme un I, les lèvres pincées en une moue pleine de désapprobation.

— Mais vous êtes la seule qui puisse le faire pour moi.

C'était vrai, mais Hayden songea soudain que sa vie semblait désespérément vide lorsqu'il disait cela. Surtout depuis qu'il avait goûté ce matin avec Kate, avant leur querelle, à ce que pourrait donner une collaboration entre eux deux… si seulement ils pouvaient arriver à oublier combien ils se détestaient.

Une pensée lui vint clairement à l'esprit malgré son mal de tête : *tu es bien loin de la détester, idiot… C'est cela le problème, et tu le sais bien.*

Refusant de s'attarder dessus, il ajouta :

— Comme vous le savez, j'apprécie vraiment votre aide.

— J'espère que vous ne pensez pas que je vous ai appelé pour vous entendre vous extasier sur moi, Hayden. Je veux seulement que mon service fonctionne pour le mieux. Ce qui commence par le fait que vous soyez bien reposé et que vous n'essayiez pas de mener une enquête depuis votre lit. Alors, je vous prie de dire à Clayton que vous lui faites entièrement confiance pour mener les interrogatoires pendant que vous vous rétablissez.

— Je vous remercie pour votre sollicitude, *Eva*, déclara Hayden, décidant que, si elle s'arrogeait le droit d'appeler tous les employés du service plus jeunes qu'elle par leur prénom, elle pouvait s'attendre à ce que l'on fasse la même chose pour elle. Mais il y a une chose que je dois mettre au point :

malgré tout le respect que j'ai pour votre compétence et tout ce que vous avez fait pour moi et pour le shérif Turner, ce n'est pas *votre* service. C'est le mien, du moins tant que les électeurs de ce comté en décideront ainsi, ce qui veut dire que c'est à moi de gérer l'équipe, pas à vous. Alors, je vous prie de cesser de terroriser mon adjoint et de le laisser suivre en paix les ordres de son véritable supérieur.

— Si c'est ce que vous voulez..., répondit-elle sur un ton glacial.

Il était certain qu'en ce moment même elle rêvait de le faire mourir dans des souffrances intolérables. Malgré tout, il osa rétorquer :

— Oui, c'est ce que je veux.

— Donc, je ferais mieux de retourner à la rédaction de mon rapport mensuel, déclara-t-elle froidement, puisque je suppose que vous allez être trop occupé pour me déranger une fois de plus et m'empêcher de terminer mon travail en temps voulu.

Il avait à peine raccroché qu'il entendit le ronronnement d'un moteur. Il prit ses lunettes de soleil, sortit sur le perron, et vit arriver la voiture de Clayton, un vieux Ford Explorer brinquebalant qu'il craignait toujours de voir tomber en morceaux avant qu'il n'ait réussi à trouver dans son budget l'argent nécessaire pour le remplacer. Il était suivi d'une berline noire, un véhicule de location déjà recouvert par la couche de poussière et de pollen qui ternissait toutes les voitures de la région.

Hayden se dirigea vers les nouveaux arrivants pendant que Tim Spaulding sortait du véhicule noir. Il était bronzé, mince, avec une silhouette de coureur cycliste, des cheveux noirs et des yeux bleus. Avec sa chemise de golf, son pantalon noir et ses chaussures visiblement hors de prix, il semblait vaguement déplacé ici.

Hayden alla se présenter et lui tendit la main en le remerciant d'être venu.

— En temps normal, je vous aurais rencontré dans mon bureau, mais…

— Votre adjoint m'a expliqué. Pas de problème. Je suis Tim Spaulding, le dirigeant du cabinet d'expertise comptable Spaulding et Associés.

Il accompagna sa déclaration d'une poignée de main ferme.

— Je tenais à vous dire combien je suis désolé pour votre employé… et ami, si j'ai bien compris.

— Depuis vingt ans, oui.

Spaulding détourna le regard, mais pas assez vite pour cacher les larmes qui lui étaient venues aux yeux.

— Je n'arrive toujours pas à croire ce qui est arrivé à Nic. Alors, si je peux faire quoi que ce soit pour vous aider à retrouver ceux qui ont fait ça…

— Je vous remercie.

Clayton sortit enfin de son Explorer.

— Désolé ! J'ai eu un appel de l'équipe qui va inspecter l'épave de la voiture. Ils me proposaient que nous nous retrouvions sur les lieux de l'accident.

Le tonnerre gronda au loin, et Hayden déclara :

— Tu ferais mieux d'y aller immédiatement, avant que le temps change. Je vais me débrouiller seul.

Clayton commença à se retourner avant d'interrompre son mouvement, et de sortir un morceau de papier plié de la poche de sa chemise.

— Oh ! j'ai failli oublier ça ! Robinson, le policier de Memphis, a téléphoné et m'a fourni les informations que tu demandais.

Bien qu'il soit surpris que Robinson ait appelé son bureau au lieu d'utiliser son numéro de portable, Hayden remercia Clayton et glissa le papier dans sa poche pour le lire plus tard.

Alors que Clayton s'éloignait, Hayden fit entrer Spaulding dans sa cuisine, et lui proposa du café, de l'eau, ou un jus de fruits.

— De l'eau, s'il vous plaît, répondit Spaulding en s'asseyant sur la chaise que Hayden lui avait désignée.

Hayden apporta une petite bouteille pour chacun d'entre eux et s'assit en face de Spaulding.

— Vous pourriez me donner des nouvelles d'Ada ? demanda Spaulding, le visage crispé par l'émotion. J'ai tenté d'en obtenir à l'hôpital, mais ils sont très à cheval sur la confidentialité, et ils disent qu'elle ne peut pas recevoir de visites.

— Elle ne serait pas en état de vous parler, répondit Hayden avec douceur tout en sortant son téléphone portable. Ils espèrent qu'elle ira bientôt assez bien pour qu'ils puissent l'opérer.

— Ma femme voulait venir elle aussi, pour veiller sur elle et s'occuper des enfants, mais elle doit rester avec notre fils. Il est handicapé, et il supporte très mal que sa routine soit déréglée.

— Je comprends tout à fait, dit Hayden avant de lui demander la permission d'enregistrer leur entretien, puisqu'il se sentait incapable de prendre des notes.

Lorsque Spaulding eut accepté, Hayden mit l'enregistreur en marche et déclina leurs noms, la date et l'heure, prévoyant de demander à Mme Hobbs de transcrire l'enregistrement. Puis il demanda à Spaulding de présenter son agence et de lui expliquer en quoi consistait le travail de Nicolas Kessler.

— Notre société a été créée il y a quinze ans. Depuis, nous sommes devenus un des cabinets d'expertise comptable les plus renommés de Memphis. Nous sommes spécialisés dans l'optimisation fiscale.

— Vous ne travaillez pas que pour des entreprises, n'est-ce pas ? D'après ce que j'ai compris, M. Kessler s'occupait également d'associations caritatives ? demanda Hayden.

— Cette activité est beaucoup moins rentable, répondit Spaulding en fronçant les sourcils, mais Nic m'avait convaincu que travailler avec des organisations caritatives en leur proposant des tarifs réduits nous permettrait de promouvoir notre image, et d'attirer l'attention de personnalités siégeant dans des conseils d'administration.

— C'est logique, déclara Hayden.

— C'est également ce que j'ai pensé au début, puis il est allé plus loin en proposant des formations pour aider ces associations à connaître les nouvelles réglementations et à ne pas se mettre hors la loi. Et bien entendu, beaucoup d'entre elles ont ensuite fait appel à nous pour des audits ou d'autres missions, pour lesquelles elles s'adressaient en priorité à Nic puisqu'elles le connaissaient. Mon assistante est en train d'établir une liste des clients pour lesquels il a travaillé au cours des six derniers mois.

— Merci, dit Hayden. Mais je ne comprends pas : vous semblez désapprouver cette stratégie. Quel était le problème ?

— Cela aurait été bien si nous y avions gagné de nouveaux clients ou des accréditations, répliqua Spaulding en ouvrant les mains en signe d'impuissance. Au lieu de cela, j'ai découvert que Nic proposait des tarifs ridiculement bas à de petites associations de protection des animaux simplement parce qu'il savait qu'elles avaient eu des frais de vétérinaire élevés à payer, et même un audit entièrement gratuit à une autre organisation parce qu'il était enthousiasmé par leur programme de stérilisation des animaux errants.

Il poussa un soupir méprisant, et Hayden songea à Mac lorsqu'il était exaspéré par l'un de ses jumeaux.

— Si je comprends bien, vous vouliez arrêter là.

— Écoutez, j'ai toujours admiré le grand cœur de Nic, mais je lui ai dit qu'il n'était plus possible qu'il fasse tout ce travail bénévolement.

Spaulding poussa un soupir avant de poursuivre :

— Bien évidemment, nous n'avons pas tardé à être assaillis de demandes d'organisations multiples, qui voulaient toutes que nous travaillions pour elles bénévolement. Vous imaginez cela, pour un cabinet de notre taille ? Il a fallu que je demande à Nic de redresser le tir, et d'envoyer à tous notre fiche de tarifs pour qu'ils arrêtent de quémander.

— Et comment s'est passée cette entrevue avec M. Kessler ?

— Nic était furieux et disait que j'avais anéanti tous ses efforts pour nous construire une réputation de philanthropes. Mais nous étions amis depuis l'université, alors…

Les yeux de Spaulding brillaient lorsqu'il évoquait leur dispute. Il poursuivit :

— Il m'a dit mes quatre vérités, je lui ai dit les siennes, puis nous sommes allés boire un verre ensemble, comme d'habitude.

— Et tout allait bien après cela ?

— Je le pensais, surtout lorsque je lui ai rappelé que nous avions tous les deux le même objectif : ouvrir notre succursale de Nashville – que j'espérais qu'il dirigerait pour moi – si nous arrivions à atteindre les objectifs que nous nous étions fixés pour la fin de l'année.

— Et c'était ce qu'il voulait ? Diriger la succursale de Nashville ?

— Il semblait très motivé. Il m'a même dit à quel point Ada et les filles étaient heureuses de leur déménagement prochain. Puis soudain…

Spaulding poussa un soupir et marmonna, les yeux fixés sur la table :

— Mais pourquoi je l'ai laissé partir ? Pourquoi je n'ai pas demandé d'explications ? Il était mon ami, pas simplement un employé…

— Que s'est-il passé ?

Spaulding but une gorgée d'eau, faisant un effort visible pour se ressaisir.

— Tout allait bien. Assez bien pour que Nic, Ada et leurs filles viennent à une fête que nous avions organisée pour l'anniversaire de notre fils.

— À cette fête, un des Kessler a-t-il fait allusion à un

problème ? demanda Hayden. Une dispute avec un ami ou un voisin par exemple ?

Spaulding secoua la tête.

— Nous n'avons pas pu beaucoup parler, puisque nous avions d'autres invités ce soir-là, mais tout semblait bien se passer. Et de manière générale, Nic et Ada s'entendaient bien avec presque tout le monde.

Le mot « presque » attira l'attention de Hayden et lui rappela une des questions qu'il avait posées au policier de Memphis. Il sortit la feuille de papier que Clayton venait de lui donner et la déplia. Après avoir cligné des yeux plusieurs fois, il fut capable, en plissant les paupières, de lire le nom du frère d'Ada Kessler, qu'il avait demandé à Lamar Robinson de lui communiquer.

Il put alors demander :

— Et Cal Thorley, le frère d'Ada ?

Spaulding poussa un soupir méprisant.

— Ce type ? Je n'imagine pas qu'il puisse s'entendre avec qui que ce soit, d'après ce que Nic m'a dit. Pendant toutes les années où Ada s'est occupée de son père qui avait un cancer, Cal n'a cessé de pester contre le prix des traitements. Il prétendait que ces dépenses allaient les dépouiller de leur héritage sans avoir le moindre effet sur la santé de leur père. Leur père n'a pas apprécié et lorsqu'il est mort, il y a environ deux ans, la famille a découvert qu'il avait tout laissé à Ada.

— C'est à ce moment qu'ils ont cessé tout contact ?

— Oui, non sans que le frère d'Ada les insulte et les menace de leur faire un procès, expliqua Spaulding. Il accusait Ada d'avoir manipulé leur père pour capter tout l'héritage.

— De quelle somme s'agissait-il ?

— Pas grand-chose, une fois les frais médicaux et d'enterrement déduits. Pas de quoi s'entre-tuer, si vous voyez ce que je veux dire.

Hayden hocha la tête.

— Nicolas vous a-t-il déjà dit qu'il craignait que Cal ne

s'en prenne à sa famille physiquement… ou vous a-t-il déjà confié qu'il pensait acheter une arme pour se protéger ?

— Une arme ? Nic ? Je serais surpris. Ada y était fermement opposée. Mais d'après moi leur frère était plus une épine dans le pied qu'une menace réelle, d'autant plus qu'il habite loin.

— Et pourquoi avez-vous jugé utile d'appeler la police pour signaler la disparition de la famille Kessler ?

— J'ai pensé que c'était préférable, étant donné les circonstances.

— Quelles circonstances ?

Spaulding détourna le regard, rien qu'un instant, avant de relever les yeux vers Hayden.

— Soudain, la semaine dernière, à la fin d'un jour apparemment ordinaire, Nic a complètement craqué.

— Que s'est-il passé ?

Spaulding poussa un soupir.

— Il est entré dans mon bureau et m'a annoncé qu'il voulait prendre la totalité des jours de congé qui lui restaient. Cela représentait environ six semaines, juste pendant la période de l'année où nous sommes surchargés de travail.

— Et vous avez dit oui ?

— Ce n'était pas possible, répondit Spaulding en secouant la tête. D'ailleurs, Nic savait parfaitement que son absence pèserait trop lourd sur tous les autres employés. Je lui ai répondu que s'il pouvait attendre un peu je serais heureux de lui accorder ce congé.

— Cela ne semble pas déraisonnable.

— Le mois de mars est le point culminant de l'année dans notre profession. Il aurait dû se douter de ma réponse.

— Et comment a-t-il réagi ?

— Il était dans tous ses états et clamait que je ne comprenais pas. Alors je lui ai dit : « Justement, explique-moi, Nic : que se passe-t-il ? Quelque chose ne va pas ? »

— Et qu'a-t-il répondu ?

— Que, si j'étais vraiment son ami, j'arrêterais de lui poser des questions et que je le laisserais partir sur-le-champ. Il était trop excité pour que nous puissions parler. Alors, je lui ai accordé trois jours de congé en lui demandant d'être de retour le lundi suivant…

Spaulding semblait particulièrement tourmenté lorsqu'il leva les yeux et ajouta d'une voix étranglée :

— Ou de ne plus remettre les pieds au bureau.

Le lendemain matin, alors que Hayden s'engageait sur l'allée des McClafferty, il se rendit compte que prendre le volant, même sur une si courte distance, avait été une grosse erreur. Malgré la couverture nuageuse, il avait mis ses lunettes de soleil et son chapeau, mais cela n'avait pas suffi : le seul fait de fixer la route du regard alors que son véhicule avançait faisait battre le sang à ses tempes et lui donnait la nausée.

Mais il était enfin arrivé à destination et s'était garé devant la maison. Ce matin, lorsqu'il s'était réveillé en bien meilleure forme que les jours précédents, il avait décidé qu'il ne pouvait plus remettre au lendemain la conversation qu'il voulait avoir avec les deux fillettes… Pas après la déposition de Tim Spaulding la veille, et l'entretien téléphonique avec Lamar Robinson qui avait suivi. Et il y avait également ce qu'il avait appris ce matin, et qu'il voulait annoncer à Kate en personne.

Alors, il avait enfilé une chemise bien repassée sur son jean et avait décidé qu'il allait rapporter les plats et la glacière à Rita McClafferty. Du moins, c'était le prétexte qu'il avait trouvé.

La mère de Kate sortit sous le porche, les bras croisés sur la poitrine, et Hayden se fortifia mentalement, se demandant ce que Kate avait bien pu lui raconter après sa visite d'hier. Rien de bon, songea-t-il, à en juger par les éclairs que lançait son regard.

Ou peut-être Kate n'avait-elle rien, et Rita ne faisait-elle que nourrir le ressentiment qui l'habitait depuis des années, continuant à lui reprocher d'avoir ajouté à sa détresse lorsque, à l'occasion de l'accident terrible qui était arrivé à leur fille, son mari et elle avaient appris qu'elle était enceinte de plus de cinq mois et qu'ils n'en avaient rien su.

— *Je vous en prie, laissez-moi la voir !*

Il entendait encore ses supplications des années plus tard.

— *Votre fille porte notre enfant. Nous allons nous marier.*

— *Certainement pas ! avait crié son père, alors que sa femme pleurait silencieusement à ses côtés. Il n'y a plus de bébé, et il n'y aura jamais de mariage. Maintenant, pars d'ici. Nous ne voulons plus jamais te revoir..., et notre fille non plus.*

Un instant, Hayden dut fermer les yeux alors que la douleur le transperçait, toujours aussi violente. Il inspira profondément et se souvint que tout cela s'était passé il y avait bien longtemps, et que les parents de Kate devaient être aussi bouleversés que lui lorsqu'ils avaient vu ce portillon en métal qui était censé rester ouvert se refermer brusquement devant la jument de Kate lancée au galop. L'animal, trop proche pour s'arrêter, avait tenté de sauter au dernier moment. Mais il n'avait pu franchir l'obstacle et avait projeté Kate contre le portillon avant de s'écraser sur elle.

Repoussant de ses pensées le souvenir le plus horrible de sa vie, Hayden cligna des paupières et se retourna pour attraper la glacière. Plaquant sur son visage ce qui, il l'espérait, passerait pour un sourire poli puisqu'il avait absolument besoin de la coopération de la mère de Kate, il sortit de son véhicule pour la saluer alors qu'elle venait à sa rencontre.

— Si tu viens pour contrarier une fois de plus ma fille, tu peux passer ton chemin et…

Elle s'interrompit pour le regarder avec attention.

— Tu vas bien ? Tu as le teint verdâtre sous ce chapeau.

— Je… j'ai peut-être un peu trop forcé en conduisant jusqu'ici pour vous rapporter vos plats. Et je voulais vous remercier pour ce petit déjeuner délicieux. Il en restait même pour ce matin.

— Ce n'est rien, répondit-elle en écartant ses remerciements d'un geste de la main. Je cuisine toujours trop… Et il n'était pas nécessaire que tu te rendes malade en venant ici : nous aurions pu venir chercher tout ça. Mais tu le savais bien, n'est-ce pas ?

— Oui, reconnut-il. Mais je n'aurais pas eu l'occasion de vous voir en personne.

— Parce que c'est toujours un plaisir pour nous deux, répliqua-t-elle avec une moue qui le fit sourire.

Il lui tendit la glacière, et elle s'en saisit en lui disant sèchement :

— Je ne veux pas que tu remues le passé et que tu lui fasses du mal. Il vaut mieux qu'elle oublie et qu'elle aille de l'avant.

Il resta un instant silencieux, et le chant d'un oiseau flotta dans l'air.

— Le problème, c'est qu'aucun de nous ne peut vraiment oublier…

— Kate est heureuse dans sa nouvelle vie, loin d'ici, et loin de toi.

— Je ne vois pas pourquoi vous pensez que je pourrais avoir envie de rompre cet équilibre. Je voudrais seulement résoudre cette affaire, pas la…

— Quelque chose ne va pas ? demanda Kate en sortant sous le porche, immédiatement suivie de Thunder.

— Je rapportais seulement les plats à ta mère, et je la remerciais, rien de plus, répondit Hayden alors que le chien de Rita se mettait en garde devant sa maîtresse.

— Alors pourquoi as-tu l'air prêt à défaillir ? Tu as… Tu as pris le volant pour venir ici, c'est ça ?

— Ce n'est pas pire que conduire avec une main blessée, non ?

— Je me demande vraiment si ta chute n'a pas altéré tes capacités mentales !

— Mon Dieu ! s'exclama sa mère. Parfois, j'ai l'impression que vous prenez plaisir à vous disputer. Bon, je retourne dans la salle à manger pour voir si les filles ont terminé la carte qu'elles voudraient envoyer à leur maman. Puis je vais leur proposer de se promener sur le dos de Moonlight.

— Elles vont adorer ! déclara Kate. Je leur en ai parlé tout à l'heure, et je leur ai promis que nous prendrions des photos pour les montrer à leur maman quand elle ira mieux.

La mère de Kate se tourna vers lui et demanda :

— Tu as de ses nouvelles ?

Il hocha la tête avant de jeter un coup d'œil vers la porte d'entrée.

Kate comprit qu'il craignait que Hazel ne surprenne à nouveau leur conversation et se retourna pour la refermer doucement.

— Merci, dit-il en baissant la voix. Elle n'a plus besoin d'assistance respiratoire, ce qui – m'a-t-on dit – est bon signe, mais elle n'est pas encore assez solide pour qu'on l'opère et qu'on extraie la balle. S'ils parviennent à le faire et que la plaie ne s'infecte pas, il est possible qu'elle n'ait pas de séquelles.

— Cela fait beaucoup de « si », remarqua Kate.

— Mais il ne faut pas oublier que, pour ses filles, elle va tout faire pour aller mieux, déclara Rita.

Décidant que c'était maintenant ou jamais, Hayden lui demanda :

— Cela vous ennuierait si c'était Kate et moi qui emmenions les petites faire du cheval ?

— Pardon ?

Rita secoua la tête, visiblement confuse.

— Mais tu n'es pas du tout en forme… Et Kate est blessée à la main !

— Je me sens beaucoup mieux maintenant que je ne suis plus au volant, et je vous promets que c'est moi qui sellerai Moonlight et soulèverai les petites. Cela me permettrait de mieux les connaître, et ça serait l'occasion de leur occuper l'esprit tout en…

— Tout en les interrogeant, finit-elle d'un ton glacial.

— Si cela peut vous vous rassurer, j'ai laissé le gyrophare et la matraque à la maison, répliqua-t-il.

— Inutile d'être agressif ! intervint Kate.

— J'essayais seulement de détendre l'atmosphère, dit-il en songeant que son humour laissait peut-être à désirer. Mais je crains que la situation ne s'y prête pas : juste avant de venir ici, j'ai reçu un message m'informant que les empreintes digitales de l'homme qui est décédé sont dans la base de données du FBI. Je voulais te le dire personnellement, Kate.

— Que sais-tu sur lui ? demanda-t-elle, alors que tout signe d'agacement avait disparu lorsqu'elle avait entendu parler de l'homme qu'elle avait tué.

— Il s'appelait Henry Bonner, et il a un casier long comme mon bras : vol aggravé, escroquerie en bande organisée et j'en passe…

— Quel est le lien entre un tel homme et les Kessler ? demanda Kate.

— C'est ce que j'espère découvrir, si je peux convaincre les filles de parler de ce qu'elles ont vu et entendu.

Rita secoua la tête.

— Tu ne crois tout de même pas que des enfants innocentes connaissent un homme comme celui que tu viens de décrire ? Ou que leurs parents étaient impliqués dans des activités criminelles ?

— Maman, intervint Kate, je pense qu'il est vraiment nécessaire que Hayden interroge les filles. Je l'ai vu gérer des situations délicates avant, et je sais qu'il est la bonne personne pour le faire. Et je pourrai mettre fin à la conversation si je vois qu'elles sont trop perturbées.

— Je serai aussi doux et patient que possible, je vous le promets, dit Hayden à Rita.

Semblant l'ignorer, elle garda le regard fixé sur sa fille.

— Promets-moi de veiller sur elles, Kate. D'accord ?

— Je te donne ma parole.

— Bien. Alors, vous pouvez aller seller Moonlight pendant que je leur demande de mettre un jean. Je vous les envoie d'ici une dizaine de minutes, déclara Rita avant de lancer un regard sévère à Hayden. Mais si une seule de mes filles revient en larmes, Hayden, je t'en tiendrai personnellement responsable.

Lorsque Hayden arriva avec Moonlight, Kate remarqua combien il avait l'air troublé. Le soleil commençait à briller à travers la couverture nuageuse, et elle se demanda si l'éclat du jour ne devenait pas trop fort pour lui.

— Ça va, Hayden ? Si tu as trop mal à la tête, je peux te reconduire chez toi.

— Non, c'est bon, dit-il en tapotant le cou de la jument avant de l'attacher à un poteau et d'ajuster son chapeau pour mieux protéger son visage. Je pensais seulement que, quoi que je fasse, l'opinion que ta mère a de moi ne changera jamais.

— Je ne sais que dire…

Kate se mit à brosser l'arrière-train du cheval et ajouta :

— Maman est généreuse et bienveillante avec tous les autres, mais dans son esprit tu es associé à tout ce qui s'est passé le jour de mon accident.

— Ça a été terrible pour nous tous.

Elle fut surprise d'entendre tant de douleur dans sa voix.

— Surtout pour toi, j'en suis sûr, poursuivit-il. Je regrette seulement de ne pas avoir agi différemment à l'époque… de ne pas m'être plus battu pour…

— Pour être honnête, je ne me souviens de rien.

Elle parlait vite, d'une voix saccadée, tout en continuant à brosser la jument.

— Ils m'avaient donné tant de médicaments… Les

médecins m'ont dit plus tard que cela pouvait complètement oblitérer certains événements.

— Alors, tu as oublié l'accident ?

— La dernière chose que je me rappelle, c'est que tu m'as embrassée en me souhaitant bonne chance, juste avant que je monte sur Cloverleaf pour ma course.

Même des années plus tard, elle avait encore le cœur brisé en se souvenant de la tendresse de cet ultime baiser, et en songeant que c'était la dernière fois qu'elle était montée sur son cheval adoré, dont les propres blessures ce jour-là n'avaient pas pu être soignées.

— Je ne me souviens pas de la course elle-même. Bien entendu, on m'a raconté ce qui s'est passé : le jeune qu'ils venaient d'embaucher n'avait pas compris que cette porte devait rester ouverte.

— Je voulais le tuer, déclara Hayden, la voix rauque d'une colère qu'il tentait de contenir depuis des années. Si mes frères ne m'avaient pas retenu…

— Cela n'aurait rien changé. Il était bouleversé par son erreur, presque suicidaire à ce qu'on m'a dit. Je lui ai pardonné depuis bien longtemps. Il le fallait… Mais je me souviens très bien que tu avais essayé de me dissuader de faire du cheval ce jour-là.

— Pas assez. J'aurais dû te forcer à déclarer forfait. Si je l'avais fait, tu n'aurais jamais… jamais perdu…

Il s'interrompit, apparemment incapable de terminer sa phrase. Elle se rendit compte qu'elle s'était trompée toutes ces années, en croyant qu'il n'avait été que superficiellement touché. Mais il n'en restait pas moins qu'il l'avait abandonnée. Elle ne pouvait pas lui pardonner cela.

Elle prit une profonde inspiration et déclara en secouant la tête :

— N'en parlons plus, d'accord ? Les filles vont bientôt sortir.

Hayden sortit un cure-pied de la boîte de pansage.

— Je vais lui nettoyer les sabots avant de la seller.

Tout en préparant la jument, Hayden lui apprit qu'il avait été déçu d'apprendre qu'aucun dispositif de pistage n'avait été repéré sur la voiture des Kessler. Puis il lui parla du frère d'Ada Kessler, Cal Thorley, et de ses menaces.

— C'est intéressant, dit Kate. Mais de quand date ce différend à propos de l'héritage ?

— Environ deux ans.

— Il aurait attendu bien longtemps avant de passer à l'acte…

— C'est vrai… Mais à la demande de Robinson, la police de l'Oregon – l'État où vit Thorley – est allée à son domicile pour tenter de le rencontrer. La maison était fermée. Les voisins disent qu'ils ne l'ont plus vu depuis des jours, voire des semaines. Tous le décrivent comme un personnage éminemment désagréable. Il a une pension invalidité, donc il ne va pas travailler chaque matin, et il n'y a personne pour s'inquiéter de son absence.

Elle fronça les sourcils.

— Quel type de handicap a-t-il ? Tu le sais ?

C'était peut-être une pathologie qui l'exclurait de la liste des suspects.

— Un handicap d'ordre psychiatrique, d'après les autorités locales. Quel que soit son problème exact, cela le rend parfois extrêmement paranoïaque, et il est célèbre dans la police pour sa tendance à les appeler et à se plaindre de ses voisins, qui selon lui l'espionnent et manigancent des forfaits.

— Mais imagines-tu réellement un homme solitaire et paranoïaque comme Cal Thorley s'acoquiner avec un truand comme Henry Bonner ? dit-elle en faisant référence à l'homme qu'elle avait tué près de Heartbreak Ridge.

— Cela semble fort peu probable, acquiesça Hayden, mais je considère tout le monde comme un coupable en puissance… y compris le patron de Nicolas Kessler, Tim

Spaulding. Clayton l'a emmené chez moi hier pour qu'il puisse me raconter ce qu'il savait. L'entrevue a été intéressante.

Hayden lui résuma la teneur de leur conversation en quelques mots.

— Et toi, que penses-tu de cet homme ? lui demanda Kate lorsqu'il eut fini. Tu crois possible que cette divergence d'opinions entre lui et son ami sur le travail bénévole ait pu prendre des proportions tout autres ?

— Spaulding est visiblement intéressé par l'argent, répondit Hayden, mais il semblait véritablement bouleversé par ce qui est arrivé à son ami… et il regrette amèrement de ne pas avoir empêché Nicolas Kessler de partir lorsqu'il aurait pu le faire.

— Il n'a aucune idée de la raison pour laquelle les Kessler ont quitté Memphis si précipitamment ?

— Non. Apparemment, il s'est dit que Kessler agissait de façon si déraisonnable qu'il était préférable d'attendre son retour pour mettre les choses à plat. Mais maintenant, il lui faut accepter que cela ne se fera jamais.

Kate eut un élan de compassion envers cet homme.

— Et il reste un peu dans la région ou il retourne immédiatement à Memphis ? demanda-t-elle.

— Il va passer la nuit à Kerrville. Il espérait pouvoir rendre visite à Ada, mais je lui ai dit que pour le moment c'était impossible.

— Il a demandé s'il pouvait voir les enfants ? Tu m'as dit que les familles étaient amies, alors Hazel et Lottie doivent le connaître…

— Il n'en a pas parlé. Il s'est peut-être dit que cela risquait de les perturber.

Hayden effectua un réglage sur une sangle de Moonlight, et elle remarqua qu'il fronçait les sourcils en se redressant.

— Que se passe-t-il ? lui demanda-t-elle. Tu as la tête qui tourne ?

— Ce n'est pas cela…

Il réajusta son chapeau.

— Je me demandais seulement qui pouvait redouter d'avoir à faire face à deux fillettes malheureuses.

— Et alors ?

— Quelqu'un qui, pour une raison ou pour une autre, se sent responsable de leur chagrin.

11

Lorsque Lottie supplia de faire un tour supplémentaire sur Moonlight, Hazel vit Kate jeter un regard au shérif Hayden. Il avait été très gentil avec elles, même si Hazel était un peu mal à l'aise de ne pas pouvoir voir ses yeux derrière ses lunettes noires. Mais au moins il ne s'était pas énervé comme l'auraient fait certains adultes lorsque Lottie et elle avaient refusé de parler des choses terribles qui étaient arrivées à leur famille.

Kate, qui tenait les rênes de la jument, secoua la tête et dit à Lottie :

— Je suis désolée, mais il commence à faire très chaud et je pense que nous ferions mieux de rentrer. Moonlight est probablement fatiguée elle aussi. Elle n'est plus toute jeune, et nous allons la laisser se reposer pour la prochaine fois.

— Je pourrai faire du cheval demain ? S'il vous plaît ! demanda Lottie.

Quel bébé ! se dit Hazel.

Mais Kate lui sourit.

— Nous verrons. Mais je te promets que nous essaierons de recommencer le plus vite possible, surtout si le shérif Hayden veut bien m'aider à seller Moonlight.

Hazel le vit sourire.

— Je suis certain que je pourrai trouver le temps de le faire… si ta grande sœur veut venir, elle aussi.

— Bien sûr qu'elle veut venir ! insista Lottie avant de la regarder d'un air suppliant. C'est bien vrai, Hazel ?

Hazel enfouit les mains dans les poches de son pantalon et déclara :

— Je verrai.

Elle était encore perturbée par les questions que le shérif lui avait posées. Elle savait des choses que Lottie ignorait. Des choses qu'elle ne dirait jamais devant sa petite sœur, qui avait passé la moitié de la nuit à pleurer en appelant son père et sa mère.

— Les filles, allez vous laver les mains, et demandez à Mme Rita de vous donner quelque chose à boire. Dites-lui que nous allons desseller Moonlight, et que je vais raccompagner le shérif Hayden chez lui avec la jeep.

— C'est gentil, mais c'est inutile, dit-il.

Elle secouait déjà la tête.

— Si, j'insiste. Je vois bien que tu as chaud et que tu es fatigué, toi aussi, et ta voiture peut rester ici pour le moment. Tu la récupéreras plus tard.

Alors que tous les deux conduisaient Moonlight vers l'écurie, Hazel et Lottie retournèrent dans la maison, où elles trouvèrent Mme Rita dans la cuisine, qui coupait des pommes de terre. Elle les regarda et s'interrompit en leur disant :

— Vous avez l'air d'avoir chaud ! Que diriez-vous d'un verre d'eau bien fraîche ?

Mme Rita le leur servit et leur demanda si elles s'étaient bien amusées.

— Je ne voulais pas rentrer ! s'exclama Lottie, les yeux brillants d'excitation. C'était tellement bien ! Kate dit que je suis douée !

— Tu es douée ? Bravo !

Hazel voyait bien que Mme Rita souriait comme le font les adultes lorsqu'ils veulent qu'un enfant soit heureux… comme le faisaient sa mère ou son père lorsqu'ils la regardaient.

— Le shérif Hayden a dit que nous étions de vraies cavalières ! fanfaronna Lottie. Mais je crois qu'il parlait surtout de moi, parce que Hazel restait tout avachie et elle ne faisait pas attention aux conseils de Kate.

Lottie regarda sa sœur d'un air supérieur, et Hazel la fusilla du regard, avant de remarquer que Mme Rita la dévisageait.

— Et toi, Hazel, tu t'es amusée ?

Elle haussa les épaules.

— Oui, c'était assez bien. Il faisait un peu chaud. Et ça sentait fort.

Elle plissa le nez, comme le font les pimbêches dont elle se moquait d'ordinaire.

— Ça n'a aucune importance ! répliqua Lottie. Et Moonlight est aussi belle qu'une licorne ! Je ferais du cheval tous les jours si je pouvais ! Et je dormirais avec elle !

— C'est parce que tu aimes déjà être ici ! s'exclama Hazel, soudain furieuse que sa sœur ne soit qu'un bébé qui n'avait pas la moindre idée de ce qui se passait. Tu as déjà oublié notre maison, et tu préfères vivre avec des poules et un cheval stupide ! Tu serais presque heureuse si maman mourait !

Les yeux bleus de Lottie se remplirent de larmes, et son visage s'empourpra. Mais, au lieu de fondre en larmes comme Hazel le redoutait, elle la surprit en se jetant sur sa sœur comme une furie.

— L'aînée sait quelque chose, dit Hayden à Kate lorsqu'elle démarra la jeep de sa mère.

Son mal de tête avait empiré sous l'effet conjugué de la chaleur et du soleil, et il faisait de son mieux pour garder les idées claires.

— Hazel ? demanda Kate. Je n'en suis pas certaine. Je pense qu'elle est un peu perturbée, c'est tout. Elle a l'impression qu'elle trahirait ses parents si elle commençait à se sentir bien ici. Je me souviens que j'ai causé beaucoup de souci à mes premières familles d'accueil : je faisais semblant de ne rien aimer chez eux dans l'espoir que si j'étais assez désagréable ma mère biologique serait forcée de venir me chercher.

Hayden agrafa sa ceinture de sécurité.

— Je suis désolée que tu aies vécu des choses si difficiles...

— Je ne cherche pas à éveiller la pitié, j'essaie seulement d'expliquer qu'il faut parfois longtemps à un enfant pour accepter une situation.

— Ce n'est pas le cas de Lottie.

Il sourit en songeant à la cadette.

— Elle te mange déjà dans la main... Enfin, dans la tienne et celle de Moonlight, si je puis dire.

Kate sourit.

— Cela me fait tellement plaisir d'avoir pu lui faire oublier ses soucis ne serait-ce qu'un instant.

— Elle avait l'air aux anges !

— En la voyant si heureuse, je me suis souvenue de ce que j'avais ressenti en arrivant ici. Un cheval et un peu d'attention peuvent sauver la vie d'une petite fille, Hayden.

— Tu te débrouilles très bien avec elles, tu sais.

Il le pensait sincèrement et avait mal au cœur en songeant qu'elle aurait fait une excellente mère. Mais il n'était pas trop tard pour qu'elle le devienne, un jour peut-être, si elle osait s'engager dans une relation.

Mais depuis l'accident, pendant toutes ces années où ils s'étaient côtoyés, il ne l'avait jamais vue sortir avec un homme plus de quelques semaines, avant de trouver une excuse pour rompre. *Comme moi avec les autres femmes*, songea-t-il.

— Pendant toutes ces années, j'ai eu peur, reconnut Kate en faisant marche arrière avec la jeep. Peur d'être comme ma mère biologique ou ses amis, peur que ne pas savoir s'occuper d'enfants soit inscrit dans mon ADN.

— Quand je te vois avec ces petites filles, je remarque seulement que tu leur donnes toute la tendresse et tout le soutien que tu as reçus ici, Kate, dit-il en luttant pour ne pas prêter attention à la façon dont tout tournait autour de lui avec le mouvement de la jeep.

Ses yeux brillaient lorsqu'elle le regarda.

— Merci, Hayden. C'est vraiment gentil de ta part de dire cela, surtout après la façon dont je me suis comportée envers toi.

— Que veux-tu dire ?

— Je voulais parler de ce que j'ai fait hier au lieu de me conduire comme une adulte : je t'ai laissé en plan alors que je savais que tu avais besoin d'aide pour étudier des dossiers sur ton ordinateur. Je te le jure, je ne me conduis comme ça avec personne d'autre. C'est simplement qu'avec toi…

— Nous avons perdu un enfant, et nous n'en avons jamais parlé, dit-il, sentant la nausée monter lorsqu'elle prit le virage pour s'engager sur l'allée de sa maison.

— Une petite fille, déclara Kate d'une voix qui n'était plus qu'un souffle. Nous avons perdu une petite fille.

Il secoua la tête et parla d'une voix enrouée.

— Bon sang, Kate, tes parents ne m'ont jamais… Ils ne me l'ont jamais dit. Et je n'ai jamais osé le demander. Ils voulaient seulement que je m'en aille, le plus vite possible. Je n'ai jamais vu ton père aussi furieux !

— Ce n'était pas ce que *tu* voulais toi aussi ? demanda-t-elle. T'éloigner de moi le plus vite possible ? Ils m'ont raconté que tu t'étais enfui en courant après avoir déclaré que tu n'avais plus aucune obligation.

— Parce qu'*ils* venaient de me dire que je ne pourrais jamais t'épouser, et que tu ne voulais plus jamais me revoir.

Il jeta un coup d'œil à l'extérieur, incapable de la regarder. Mais il entendit son exclamation pleine de douleur et eut l'impression de recevoir un coup dans la poitrine.

Il eut un haut-le-cœur et ouvrit la porte de la jeep avant même qu'elle soit arrêtée.

— Hé, cria-t-elle, fais attention !

Mais il sortait déjà. Sa tête tournait et il trébucha, puis tomba à quatre pattes.

Le sang martelait ses tempes, et il lui fallut rassembler tous ses efforts pour ne pas vomir. Avant qu'il ne comprenne ce qui se passait, Kate était agenouillée à côté de lui, la main sur son bras.

— Tu pensais à quoi quand tu es sorti comme ça ? s'écria-t-elle.

Sa voix trahissait son irritation et sa peur.

— Viens, laisse-moi t'aider !

Il tenta de se mettre debout.

— Ce n'est pas nécessaire.

Mais il s'avéra que si.

12

Kate avait été sur le point de s'enfuir à nouveau : parler du passé, ou même seulement y penser, lui était trop difficile. Mais voir Hayden dans cet état lui remit les idées en place avec une efficacité redoutable. Si compliqués que soient ses sentiments à son égard, elle n'allait certainement pas le laisser gisant devant la porte de sa maison.

L'aider à se relever ne fut pas facile, d'autant plus qu'elle ne pouvait se servir que d'une main. Malgré tout, elle finit par y parvenir, et ils se mirent péniblement en marche, manquant de tomber à chaque pas tant il était instable.

— Je vais finir par te faire mal ! grommela-t-il, tremblant de l'effort qu'il faisait pour rester debout. Ne t'occupe pas de moi.

— Impossible, lui dit-elle, bien qu'elle eût le plus grand mal à le faire tenir debout. Fais-moi confiance. Ferme les yeux, et avance à tout petits pas. C'est cela, suis mes mouvements. Fais un pas… puis un autre… Nous allons réussir à aller jusqu'à la maison, et tu te sentiras beaucoup mieux à l'intérieur.

Il poussa un soupir, mais lui obéit, et ils finirent par parvenir à la porte d'entrée.

Il chercha ses clés dans sa poche et les lui tendit. Puis elle l'aida à entrer et désigna le fauteuil du salon d'un signe de tête.

— Tu veux t'installer là, ou tu préfères aller dans ton lit ?

— Je suis tellement sale que je préfère m'asseoir dans le fauteuil pour le moment. Mais… mais je crois que c'est bon.

Il s'apprêtait à ôter le bras de ses épaules, mais elle le retint en lui disant :

— Nous avons réussi à avancer jusque-là. Ne gâchons pas nos efforts maintenant !

Lorsqu'elle l'eut installé dans le fauteuil et mis en marche le ventilateur du plafond, Kate poussa un soupir de soulagement.

Hayden ôta son chapeau et ses lunettes de soleil. La sueur perlait à son visage.

— Je me sens tout crasseux. Une douche me ferait du bien !

— C'est ce que je me dis aussi, reconnut-elle en sentant sur elle l'odeur du cheval et de la transpiration. Mais d'abord, je vais te servir un verre d'eau bien fraîche. Tu dois avoir soif avec cette chaleur !

— Merci. Si tu m'accordes juste une minute, je vais aller le chercher.

— Ne pense même pas à te lever ! répliqua-t-elle avant d'aller à la cuisine et d'ouvrir le réfrigérateur.

Elle y prit deux petites bouteilles d'eau, lui en tendit une et coinça la sienne sous son bras pour pouvoir ôter le bouchon de sa main valide.

Lorsqu'ils se furent désaltérés, il lui dit :

— J'espère que tu ne t'es pas fait mal en m'aidant, mais je ne sais pas ce que j'aurais fait sans toi !

— C'est toi qui t'es fait du mal en promenant les filles avec moi. Manifestement, tu ne t'étais pas assez reposé avant !

— Peut-être, reconnut-il. Mais je n'allais pas laisser passer une chance de savoir ce qui était arrivé à leurs parents.

— Tu as posé les bases, en établissant le contact avec elles. C'est tout ce que tu peux faire pour le moment. Et maintenant, dis-moi si tu veux que je t'apporte des comprimés pour ton mal de tête ?

Il fit la grimace et sembla réfléchir un instant.

— Je préfère ne rien prendre pour l'instant.

— Je vais rester ici un moment, jusqu'à ce que je sois sûre que tu vas bien.

— Ce n'est pas nécessaire, Kate. Je suis certain…

— Fais-moi plaisir.

Elle crut qu'il allait protester, mais il répondit :

— C'est d'accord… si tu acceptes de vérifier deux ou trois choses pour moi sur l'ordinateur tant que tu es ici.

— Tu es sérieux ? Il est hors de question que tu travailles en ce moment !

— C'est toi qui feras tout. Je me contenterai de donner les ordres.

— Puisque tu le dis ! Bon, repose-toi un instant pendant que je vais me laver les mains.

— Si tu préfères, tu peux prendre une serviette dans ce placard et aller te doucher, proposa-t-il.

— C'est bien tentant, mais la douche attendra, dit-elle, gênée à l'idée qu'elle puisse être nue sous le toit de Hayden.

Elle prit tout de même le temps de se rafraîchir aussi soigneusement que possible, mais lorsqu'elle retourna dans le salon Hayden n'était plus dans son fauteuil. Elle alla dans la cuisine et le vit sortir pieds nus de la buanderie où se trouvait un lavabo qu'elle n'avait pas remarqué auparavant. Il était en train d'enfiler un T-shirt propre et, pendant un moment, les mots s'étranglèrent dans sa gorge lorsqu'elle vit les abdos qu'il avait cachés sous la chemise de son uniforme pendant toutes ces années.

Lorsqu'elle songea à ce qu'il pourrait lui faire avec ce corps musclé, elle se sentit frémir, avant que la lueur amusée de ses yeux bleus ne la ramène à l'instant présent. Elle se ressaisit et bafouilla :

— Tu… tu as l'air beaucoup mieux.

— Et je me *sens* beaucoup mieux ! Ou du moins, beaucoup mieux qu'avant. Je pensais que manger un peu me ferait du bien. Que dirais-tu d'un sandwich au beurre de cacahouète ?

— Tu aimes encore ça, après toutes ces années ?

Elle sourit, émue à l'idée qu'à trente-six ans le shérif de ce comté reste par certains côtés le jeune homme dont elle se souvenait… le jeune homme qu'elle avait aimé et pour lequel elle ne pouvait s'empêcher d'avoir encore des sentiments, malgré tout le chagrin qu'il lui avait causé.

— Parfois, on aime pour toujours.

Elle ne releva pas le commentaire.

— Je préfère refuser, si près du dîner. Mais assieds-toi à table, et je vais te préparer ce sandwich… à moins que tu ne préfères quelque chose de plus élaboré ? proposa-t-elle.

Il lui obéit et tira une chaise près de son ordinateur.

— Merci, mais le sandwich ira parfaitement. Je dois dire en toute honnêteté que jamais je n'aurais cru qu'un jour tu me proposerais de cuisiner quelque chose pour moi… Je veux dire, sans y ajouter du verre pilé.

Elle poussa un soupir méprisant.

— Tu n'as pas à t'inquiéter, rétorqua-t-elle en ouvrant un placard et en se saisissant du beurre de cacahouète. Je serais la première sur la liste des suspects, donc c'est exclu.

Kate entendit son ventre gronder et décida de se faire également un petit sandwich.

— Merci, déclara Hayden lorsqu'elle déposa les assiettes sur la table quelques minutes plus tard. Et je vois que tu as changé d'avis et que tu vas manger aussi…

— Ne le dis pas à maman ! le supplia Kate en songeant au poulet qu'elle avait vu mariner dans le réfrigérateur de sa mère.

— Je me garderais bien de le faire : nous savons tous les deux qu'elle m'accuserait de t'avoir pervertie !

Kate ne put s'empêcher de sourire.

— Tu as toujours eu une mauvaise influence sur moi.

— C'est étrange, répliqua Hayden en lui lançant un regard de côté, alors que sa voix devenait un peu rauque. Ce n'est pas exactement ce dont je me souviens…

Elle eut conscience de s'aventurer en terrain dangereux mais ne put s'empêcher de demander :

— À quoi penses-tu exactement ? Ou peut-être vaudrait-il mieux que je ne pose pas la question ?

— À ce jour où nous étions seuls tous les deux près du vieux barrage… Celui où tu as fini par ôter ce haut de bikini qui m'avait tourmenté tout l'été.

— Je n'aurais pas dû te le demander, dit-elle, soudain transportée dans le passé, en ces jours où les baisers volés et la découverte du pouvoir qu'elle avait sur lui lui faisaient tourner la tête.

Elle avait finalement défait le nœud qui retenait son soutien-gorge et avait laissé le courant l'emporter. Elle se souvenait encore de la chaleur du soleil qui caressait sa poitrine nue, et du moment où il l'avait écrasée contre lui lorsqu'ils s'étaient embrassés, là, dans l'eau claire et fraîche qui leur arrivait à la taille… avant qu'ils ne poursuivent leur exploration sur la rive du cours d'eau un peu plus tard.

— Pendant tout ce temps, nous avons fait comme s'il n'y avait jamais rien eu entre nous.

Le regret qu'elle entendait dans sa voix se lisait aussi dans son regard.

— Je ne sais pas comment les choses se sont passées pour toi depuis, Kate, mais pour moi, ça a été difficile. Ces derniers jours, te voir, te parler, plaisanter avec toi, me chamailler avec toi m'a rappelé que nous avons connu de bons moments ensemble. Des moments si heureux que, depuis, rien n'a pu rivaliser avec.

Le cœur battant de s'être ainsi mis à nu, Hayden laissa ses mots en suspens. Des mots qui, il le savait, risquaient de la faire fuir. Mais il n'était plus capable de se taire… alors que le passé et toutes les émotions que la présence de Kate suscitait resurgissaient avec une telle force qu'il pouvait à peine respirer.

— Tu veux… tu veux boire un peu de lait avec le tien ?

demanda Kate, les yeux humides et la voix tremblante. Avec ton sandwich, je veux dire… Pour que nous puissions nous mettre au travail et que je puisse rentrer chez moi à temps pour le dîner.

Il la regarda, luttant contre la déception. Il pensait que, maintenant qu'il avait ouvert une brèche, elle allait peut-être s'y engouffrer.

Et ensuite ? Que veux-tu ?

Il lui suffit de regarder son si beau visage, les longues mèches rousses qui, il s'en souvenait, étaient si soyeuses sous ses doigts, pour que le désir monte en lui… et lui donne la réponse à sa question. C'était *elle* qu'il voulait. Peut-être en avait-il toujours été ainsi, puisque son énergie, son intelligence et son courage avaient touché son cœur à jamais.

Il se demanda pourquoi il s'était appliqué à le nier pendant toutes ces années, gaspillant son temps et celui de femmes qui méritaient mieux, comme Stacey.

Mais visiblement Kate n'était pas dans le même état d'esprit. Elle cherchait certainement à se préserver, ne voulant pas revivre une rupture aussi douloureuse que celle qu'ils avaient connue… et il la comprenait, car il avait fait de même pendant toutes ces années.

Comme pour le rappeler à la réalité, elle demanda, avec insistance, cette fois :

— Ou tu préfères continuer avec de l'eau, Hayden ?

— L'eau ira très bien.

Il tenta de ne pas s'appesantir sur sa déception, en se disant qu'elle lui rendait probablement un grand service en ignorant les divagations d'un homme qui avait reçu un choc à la tête… même s'il savait que c'était son cœur qui avait parlé.

— Et tu as raison, ajouta-t-il, je ne dois pas te retarder.

Ils terminèrent leurs sandwichs rapidement, même si Hayden avait du mal à avaler chacune de ses bouchées. Mais au moins il se sentait un peu mieux lorsqu'il s'essuya les mains et se pencha sur la table pour faire glisser son ordinateur vers lui.

— Pourquoi tu ne me laisses pas faire tout cela ? demanda Kate. Il ne faudrait pas que tu réveilles ton mal de tête.

— Crois-moi, il n'est pas nécessaire de me le rappeler ! Je déverrouillais seulement mon ordinateur.

L'écran s'alluma, mais il dut détourner le visage brusquement pour se protéger de son éclat.

— Fais attention ! s'exclama-t-elle.

Elle débarrassa rapidement la table et tourna l'ordinateur vers elle.

— Maintenant, dis-moi ce que je dois chercher, déclara-t-elle.

— Tu peux regarder mes mails ?

— J'y suis. Tu as quelques mails professionnels. Tu veux commencer par ceux-là ?

— Je ferais tout pour éviter d'avoir à demander à Mme Hobbs de me les lire au téléphone !

Kate, qui avait dû supporter les humeurs de sa secrétaire au même titre que tous les autres adjoints, déclara d'un ton pinçant :

— Je suis certaine qu'elle rend cela très amusant !

— Tu connais Mme Hobbs : avec elle, chaque jour est une fête !

Le sourire de Kate s'évanouit alors que ses doigts voltigeaient sur le clavier.

— Je ne vois rien de pressant ici. Gonzalez voudrait échanger son service avec celui d'Alvarez dans deux semaines, pour pouvoir accompagner sa femme à un rendez-vous médical.

— Tu veux bien répondre en mon nom que c'est d'accord ? demanda Hayden.

Elle tapota sur le clavier et annonça quelques secondes plus tard :

— C'est fait… Et tu as plusieurs messages de tes administrés qui ont entendu parler de ton accident et te souhaitent un prompt rétablissement.

— Je demanderai à Mme Hobbs de les remercier de ma

part, et de leur dire que je serai de retour au travail dans quelques jours.

Kate se tourna vers lui, l'air compatissant.

— D'après ce que je vois, je ne suis pas certaine que ce soit une promesse très réaliste !

— Je ne peux pas rester assis ici à ne rien faire, c'est impossible ! Lorsque nous étions petits, mon père nous disait, à mes frères et moi : « Quand tu tombes, tu te relèves, tu ôtes la poussière de ton pantalon, et tu continues. » Et ne lève pas les yeux au ciel !

— Je suis certaine que ce sage conseil était valable pour toutes les fois où un de tes frères t'avait donné un coup de pied aux fesses, ou qu'une vache t'avait marché sur le pied, répliqua-t-elle. Mais on ne guérit pas d'un traumatisme crânien en ôtant la poussière de son pantalon, même lorsque l'on est un grand shérif macho.

Cela le fit sourire.

— Ah bon, je suis un grand shérif macho ?

— Et têtu ! ajouta-t-elle en éclatant de rire.

Un tintement retentit, lui apprenant qu'un courriel venait d'arriver.

— Hum…, déclara Kate quelques instants plus tard, le message vient d'une certaine Sheela Singh, de chez Spaulding et associés.

— C'est le cabinet où travaillait Nicolas Kessler. Spaulding m'avait promis que son assistante m'enverrait une liste des dossiers sur lesquels il travaillait.

— Il y a beaucoup de pièces jointes… Puisque j'ai prêté serment et que je sais que tu n'es pas en mesure de les lire, m'autorises-tu à transférer ce courriel vers ma boîte mail, pour que je puisse les étudier chez ma mère ? Je ne suis pas expert-comptable, bien entendu, mais si je remarque quelque chose d'étrange, je te préviendrai.

Il hocha la tête avec gratitude : il savait qu'elle effectuerait cette tâche consciencieusement et saurait rester discrète.

— Que voudrais-tu que je fasse d'autre ? demanda-t-elle.

— Tu vois les mails du propriétaire des quads volés, que Yarborough m'a transférés ? Je crois qu'il s'appelle Jenkins.

— Ça ne serait pas plutôt Judkins ?

— Si, tu as raison. Ce sont les messages des personnes qui l'ont contacté parce qu'elles étaient intéressées par son annonce.

— D'accord. Tu voudrais que je te les lise ?

Il secoua la tête.

— J'ai déjà demandé à Mme Hobbs de le faire, mais elle a eu l'air complètement perdue quand je lui ai demandé si elle pouvait retrouver l'adresse IP de l'expéditeur.

Kate éclata de rire.

— J'imagine ! Il y a un message en particulier qui t'intéresse ?

— Il y en avait deux, non signés, qui demandaient où l'on pouvait voir les quads.

— D'accord. Je vais essayer de les retrouver... En voilà un... et un autre, dit-elle avant de lever les yeux vers lui. Mais je ne vais pas pouvoir te donner le renseignement qui t'intéresse : ils ont été transférés et retransférés à de trop nombreuses reprises...

Hayden poussa un juron.

— Pas de chance !

— Ou peut-être que l'adresse IP était masquée dès le début, et que l'expéditeur a utilisé un réseau privé virtuel, s'il est calé en informatique. De toute façon, je ne pense pas que savoir d'où ce message a été envoyé soit très utile...

— Si j'avais mieux à faire en ce moment, je le ferais ! Mais avec les petites qui refusent de parler, Ada Kessler toujours dans le coma, son frère introuvable, et le second homme toujours en fuite...

Hayden se leva et se mit à marcher, plein de frustration.

— Tu ferais mieux de rentrer chez toi. Je ne voudrais pas que ta mère envoie les secours.

Kate releva la tête, l'air agacé.

— Inutile de t'en prendre à moi !

— Je suis désolé, Kate. C'est seulement que je n'en peux plus d'être incapable de faire la moindre chose sans avoir à quémander de l'aide !

Elle se leva elle aussi.

— Crois-moi, je te comprends. Après l'accident, je n'ai pas été une patiente exemplaire. J'étais ignoble avec tout le monde, particulièrement avec mes parents.

— J'aurais dû être là…

Il la suivit dans la cuisine, sentant le regret monter en lui, comme le sang jaillissant d'une blessure qui aurait dû être soignée il y a bien longtemps.

Elle se tourna pour lui faire face, et sembla étonnée qu'il soit si près de lui.

Lorsqu'elle posa la main sur son torse, il pensa qu'elle voulait le tenir à distance. Mais au lieu de cela elle lui lança un regard qui sembla le transpercer et demanda :

— Pourquoi continuer à regretter ce que nous aurions pu dire ou faire il y a si longtemps ?

Il lui saisit les épaules et baissa le regard sur sa bouche avant de remonter vers ses beaux yeux noirs… et il eut l'impression saisissante qu'il était enfin là où il aurait toujours dû être.

— Peut-être que je ne pense pas au passé en ce moment, lui dit-il. Pas quand le présent semble bien plus beau que tout ce que j'ai connu ces dernières années.

13

Je peux le faire. Juste une seule fois. C'est ce que Kate se dit lorsqu'elle se laissa aller dans les bras de Hayden, comme si son corps se souvenait malgré elle des pas d'une danse. *Prouve-lui - prouve-nous à tous les deux - qu'il se trompe du tout au tout, et qu'il n'y a plus rien d'autre entre nous que de la rancœur.*

Mais le frisson de plaisir qui la parcourut lorsqu'il baissa la tête et posa les lèvres sur sa bouche, tout comme le gémissement de plaisir qu'elle ne put retenir, suggéraient qu'il en était tout autrement. Elle fut surprise par la flambée de désir qui embrasa son corps, et elle serra Hayden instinctivement contre elle, incapable de se rassasier d'un baiser qui allait toujours en s'approfondissant alors qu'il la poussait contre le comptoir.

Il y eut un fracas lorsque quelque chose – il lui fallut un moment pour comprendre qu'il s'agissait des assiettes – tomba à terre et se brisa. Mais elle s'en moquait. Ils s'en moquaient tous les deux. Cela n'avait pas la moindre importance quand il lui embrassait les lèvres, le cou, et que ses grandes mains la caressaient, la pétrissaient et déboutonnaient son chemisier.

Elle savait que, même si elle n'avait qu'une once de bon sens, elle aurait dû l'arrêter tant qu'elle en était encore capable, et qu'il fallait qu'elle cesse de lui mordiller le lobe de l'oreille en soufflant :

— Oui, comme ça… Oui… Encore…

Mais elle ne se souvenait plus de la dernière fois où elle s'était sentie si jeune, si insouciante, et où elle avait goûté si intensément chaque sensation de son corps.

Elle se pencha en arrière et ferma les yeux. Elle avait l'impression d'être à nouveau dans l'eau fraîche de la rivière, avec la douce caresse du soleil sur les épaules et les baisers brûlants de Hayden sur sa poitrine. Elle s'arc-bouta et gémit alors que toutes ses inhibitions – et toute sa raison – étaient emportées par le courant.

Il lui prit la main, la regarda dans les yeux et lui dit :

— Si nous allions dans la chambre, avant que l'un de nous deux ne se blesse ?

Elle fut alors ramenée au présent et se souvint des éclats de verre et des pieds nus de Hayden. Mais, à part cela, seul importait le désir brûlant qui l'habitait, et qu'elle n'avait plus ressenti depuis si longtemps.

— Je ne vais pas te mentir, lui dit-il. J'ai envie de toi, Kate. J'ai envie de toi comme cela ne m'est plus arrivé depuis... Je me demande comment je n'ai pas su voir que tu étais la femme de ma vie. Ou peut-être que j'étais simplement trop têtu pour l'admettre, et pour faire tout ce qu'il fallait pour t'en convaincre...

— Non, Hayden.

Elle secoua la tête, alors qu'elle avait la sensation qu'en elle quelque chose d'incandescent était soudain plongé dans de l'eau glacée. Elle pouvait presque entendre le souffle de la vapeur qui se dégageait, formant un nuage qui tempéra assez son désir pour lui permettre de voir la douleur qui s'ensuivrait si elle écoutait Hayden.

Elle ne pouvait plus revivre une telle souffrance... ni la lui infliger.

Il secoua la tête, l'air abasourdi.

— Quelque chose ne va pas ? demanda-t-il. Je vais trop vite ? Je sais que cela peut sembler fou, tout d'un coup, après toutes ces années, mais... Tu ne penses pas, Kate, que tout cela n'arrive pas sans raison ? Comme pour nous donner une seconde chance ?

— Effectivement, nous sommes ensemble pour une raison, lui rappela-t-elle : pour retrouver celui qui tente d'éliminer la famille Kessler, pour protéger leurs petites filles. Nous avons eu notre chance, Hayden, et nous l'avons lamentablement gâchée.

— Et je ne m'en remets pas. Je ne me remettrai jamais de ne pas m'être assez battu pour te revoir.

— J'ai ma part de responsabilité. Je t'ai repoussé.

— À l'époque, ou maintenant ? demanda-t-il en jetant un regard plein de regret vers sa poitrine.

Se sentant rougir, elle tenta de reboutonner son chemisier d'une main.

Il eut un sourire plein de tristesse.

— C'est vraiment ce que tu veux ?

— Oui. J'en suis certaine, mentit-elle.

En réalité, elle brûlait de sentir ses mains, sa bouche sur elle… et plus encore.

Mais elle ne pouvait s'abandonner à nouveau de la sorte. Ni se mettre dans une position où elle se sentirait le besoin de lui expliquer pourquoi elle avait refusé de le revoir après son accident.

Secouant la tête, elle dit à Hayden :

— Nous ne pouvons pas… Je ne peux pas faire cela. Ce qui est en train de se passer entre nous… C'est une erreur.

— C'est étrange, répliqua-t-il, j'avais au contraire le sentiment que nous étions en train de *corriger* une erreur.

— Tu ne penses pas raisonnablement. C'est juste de la nostalgie, l'envie de redevenir des adolescents insouciants… Alors que nous sommes maintenant des adultes avec des responsabilités.

Comme pour confirmer ses dires, son téléphone se mit à sonner, et elle sut, avant même de le sortir de la poche arrière de son jean, que c'était sa mère qui s'inquiétait de ne pas la voir rentrer, ou qui voulait lui rappeler qu'elles allaient bientôt dîner.

— Il y a un problème ? demanda Hayden, qui la regardait maintenant d'un air préoccupé.

Elle secoua la tête, ne sachant que penser du message qu'elle venait de lire.

— Hazel et Lottie se sont battues. Physiquement. Maman me dit qu'elle aurait besoin que je vienne l'aider.

— C'est étrange... Elles semblaient bien s'entendre tout à l'heure, déclara-t-il avant de tendre la main vers sa poitrine.

— C'est terminé ! lui dit-elle d'un ton menaçant.

Il fit la grimace.

— Fais-moi un peu confiance ! Je voulais seulement t'aider à reboutonner ton chemisier... puisque tu peux seulement te servir d'une main.

— Je suis désolée, dit-elle en le laissant faire. Et tu as raison : Hazel et Lottie semblaient s'entendre tout à l'heure. Mais ce qui me semble le plus étrange, c'est que ma mère ait besoin de mon aide pour régler une querelle entre enfants !

Hayden éclata de rire et se baissa pour ramasser les plus gros éclats de verre.

— Je me souviens très bien qu'elle nous avait séparés, Mac et moi, alors que nous nous battions pour je ne sais plus quelle raison. Nous avons eu la peur de notre vie lorsque la gentille voisine qui faisait de si bons gâteaux nous a lancé un regard noir !

— Elle sait s'y prendre avec les enfants... Fais attention à tes pieds, Hayden. Laisse-moi balayer tout ça. Après tout, c'est moi qui ai empilé les assiettes si près du bord du comptoir.

Il sourit.

— J'ai eu la joie de les casser ! Et en plus, j'ai deux mains valides pour nettoyer. Alors, va aider ta mère. Essaie de savoir pourquoi ces petites se sont querellées.

— Tout leur monde a volé en éclats. Cela devrait suffire, non ?

— Assis, Thunder, s'écria Kate lorsque le chien de sa mère fit mine de sauter sur elle alors qu'elle entrait.

Elle avait beau adorer cet énorme toutou, elle ne voulait pas qu'il la fasse tomber à la renverse par un accueil trop enthousiaste.

Lorsque Kate constata que le salon et la cuisine étaient vides, elle appela sa mère, pensant qu'elle se trouvait peut-être à l'étage supérieur. Mais sa voix lui parvint d'une pièce du rez-de-chaussée rarement utilisée.

— Nous sommes dans le bureau de ton père !

Prenant une profonde inspiration, Kate se prépara à entrer dans la vaste pièce où elle n'était pratiquement plus retournée depuis que son père était mort. Elle ne parvenait toujours pas à regarder son bureau, sa chaise vide, et sa collection d'instruments vétérinaires anciens sans ressentir cruellement son absence. Mais sa mère n'était pas là pour montrer ces objets aux petites filles : elles étaient venues admirer les médailles et les trophées que Kate avait bannis de sa chambre, tout comme les photos où elle montait Cloverleaf. Voir tout cela lui était devenu trop pénible après son accident.

Sa mère se tourna vers elle avec un regard d'excuse.

— J'espère que cela ne t'embête pas. Nous avions besoin de nous changer les idées.

Kate regarda les petites filles, dont les visages étaient encore rouges et défaits.

— Vous avez vraiment gagné tout ça ? lui demanda Lottie, les yeux pleins d'admiration.

— Bien sûr, insista Hazel. Tu ne vois pas que c'est elle sur la photo ?

— On dirait que vous volez ! s'exclama Lottie avec émerveillement.

Pour la première fois en plus de dix-huit ans, Kate osa se regarder chevauchant Cloverleaf. Les jambes de la jument étaient tendues, et Kate semblait toute concentrée sur sa course. Rien qu'en voyant le cliché, elle ressentait encore l'excitation de la compétition et la joie intense d'aller au galop.

— Nous volions vraiment, déclara Kate, toutes les deux… Ou du moins, c'était la même sensation.

— Je veux apprendre à voler moi aussi !

C'était Hazel qui venait de parler, les yeux brillants.

— Voler loin d'ici, ajouta-t-elle.

Les émotions de la petite fille trouvèrent un écho en Kate, qui se souvint de sa douleur et de sa colère lorsqu'elle était enfant.

— Cela vous ennuierait si Hazel et moi pouvions avoir une petite conversation ici, en privé ?

— Mais je veux apprendre aussi comment gagner des trophées ! s'écria Lottie d'un air inquiet.

— Nous ne parlerons pas de chevaux, Lottie. Je te le promets, répliqua Kate. Je te réserverai mes secrets de cavalière.

— Et j'ai vraiment besoin de ton aide pour m'aider à préparer le dîner, dit la mère de Kate à la cadette. Tu sais mettre la table ?

— Je sais très bien le faire, se vanta Lottie, alors que la mère de Kate la conduisait hors de la pièce et refermait doucement la porte derrière elles.

Hazel regarda Kate avec des yeux apeurés.

— Pourquoi vous voulez me parler ?

Kate s'assit sur le vieux canapé de cuir rouge où son père s'était installé tant de fois pour boire son café tout en l'encourageant à se réjouir de ses triomphes, ou à partager ses frustrations et ses peines. Il savait toujours la consoler lorsque c'était le cas. Alors, elle tenta d'imaginer ce qu'il aurait pu dire à cette petite fille de dix ans.

— Il faut que tu saches quelque chose, Hazel : rien de ce que tu me diras ici ne peut t'attirer des problèmes. Absolument rien.

— Même si je vous disais que je vous déteste ? repartit la fillette d'un air de défi.

— Même si tu disais cela, ou que ma mère est une sorcière qui prépare des plats immangeables.

Une lueur brilla dans les yeux de Hazel, et elle secoua la tête.

— Elle est très gentille, comme vous. Et elle cuisine très bien.

— Je ne vois pas comment tu peux le savoir, puisque j'ai remarqué que tu donnais ce qu'il y avait dans ton assiette à Thunder dès que tu pensais que personne ne te regardait.

La fillette haussa les épaules.

— J'en mange un peu, mais c'est difficile quand... quand je repense aux coups de feu et que je revoie tout ce sang sur ma maman.

Lorsque Hazel se mit à pleurer, Kate obéit à son instinct. Elle attira la petite fille dans ses bras et la laissa sangloter contre elle. Cela dura plus longtemps qu'elle ne l'aurait cru, tant Hazel avait besoin d'extérioriser les émotions qu'elle réprimait. Kate lui caressa les cheveux et tenta de la réconforter, attendant qu'elle s'apaise.

Les sanglots de la fillette s'arrêtèrent enfin, et Kate se pencha pour ouvrir le tiroir de la petite table jouxtant le canapé. Elle en sortit des mouchoirs en papier d'une boîte que son père gardait là pour sécher ses larmes, lorsque c'était nécessaire.

La petite fille essuya son visage, et lui demanda :

— Vous ne direz à personne que j'ai pleuré, n'est-ce pas ?

— C'est promis. Et je pense que ça doit être dur d'essayer de rester forte pour Lottie.

Hazel hocha la tête.

— Elle est petite, et elle ne comprend pas tout.

— Par exemple pour ton père ?

— Ça... et d'autres choses...

— Comme quoi ?

Pour toute réponse, Hazel se contenta de renifler. Alors, Kate essaya une autre tactique.

— Le pistolet que ta maman avait, c'était celui de ton papa ?

Hazel recula, se blottissant sur le canapé aussi loin d'elle qu'elle le pouvait. Son regard alla de la fenêtre à la porte, comme si elle cherchait une voie de sortie.

— Tu peux me le dire, déclara Kate. Je suis certaine que ta maman et ton papa ne t'en voudront pas.

— Vous dites ça, mais ce n'est pas vrai ! bafouilla Hazel, alors que ses joues s'enflammaient. Maman m'a fait promettre de ne rien dire ! Pas même à papa ! Il ne le savait pas.

— Tu sais quand ta maman se l'est procuré ? Quand l'as-tu vu pour la première fois ?

— Quand la dame le lui a donné. C'était après l'école, juste avant notre départ en vacances.

14

Hayden fut tiré d'un sommeil profond par la sonnerie de son téléphone. Le cœur battant, il le chercha à tâtons sur sa table de nuit, mais il ne réussit qu'à le heurter et à le faire tomber par terre. Complètement éveillé cette fois, il s'assit sur le bord de son lit et se pencha vers l'écran allumé. Lorsqu'il réussit enfin à s'en saisir, ce satané engin s'était tu.

Comme ses yeux refusaient de lire ce qui s'affichait sur l'écran, il appuya longuement sur le bouton activant l'assistant virtuel et demanda l'heure qu'il était.

— 4 h 22, répondit consciencieusement la voix de synthèse.

Il songea alors que l'appel devait provenir du standard de la police, et qu'un incident assez sérieux pour que l'on juge utile de le déranger malgré l'heure et sa convalescence devait être survenu.

À cette pensée, il sentit l'inquiétude monter en lui. Craignant d'apprendre une mauvaise nouvelle, il écouta le message déposé sur sa boîte vocale.

« C'est le sergent Linda Darnell, du bureau du shérif du comté de Kerr. Je suis désolée de vous déranger à cette heure-ci et chez vous, shérif, mais j'ai des informations sur une de vos affaires, et vous pouvez me rappeler à ce numéro. »

Hayden se leva, enfila une chemise, et se dirigea vers la cuisine avec son téléphone pour rappeler le sergent, qui décrocha immédiatement.

— Bonjour. Ici Hayden Hale-Walker.

— Bonjour, shérif. Nous avons eu un appel de l'hôpital à propos d'un esclandre à la réception. Un homme se présentant comme le frère d'Ada Kessler, Cal Thorley, a fait irruption à 2 h 30 ce matin en exigeant de voir sa sœur.

— Thorley est venu à l'hôpital ? demanda Hayden. La dernière fois que j'ai entendu parler de lui, les autorités essayaient encore de le contacter à son domicile, dans l'Oregon, pour le mettre au courant de ce qui était arrivé à sa sœur. Il ne les avait pas rappelés, vraisemblablement parce qu'Ada Kessler et lui ne se parlaient plus.

— Eh bien, apparemment, il avait eu connaissance du message et avait décidé qu'il était temps d'oublier les querelles du passé, expliqua le sergent Darnell, car Thorley a fait un scandale lorsqu'on a refusé de le laisser entrer dans la chambre de sa sœur, clamant qu'il se moquait éperdument des heures de visite, qu'il avait fait tout ce trajet en voiture pour être auprès de sa sœur, et qu'il exigeait de la voir.

— J'avais interdit que quiconque ait accès à sa chambre à moins que je n'aie donné mon autorisation auparavant, souligna Hayden.

— De toute façon, il était hors de question de laisser entrer ce type à cette heure de la nuit, surtout avec un tel comportement.

— C'est-à-dire ? demanda Hayden en ouvrant le placard et y prenant un filtre à café.

— Il criait, insultait le personnel, l'accusait de comploter pour laisser sa sœur végéter dans le coma le plus longtemps possible, afin de faire monter les frais d'hôpital.

En ôtant le couvercle de la boîte contenant le café, il déclara :

— C'est exactement le genre de personnage que l'on m'a décrit. J'espère que vous l'avez emmené au poste, parce que j'ai quelques questions à lui poser.

— Je suis désolée de vous décevoir, shérif, répondit le sergent, mais lorsque les vigiles de l'hôpital lui ont dit qu'ils appelaient la police, Thorley s'est enfui. Il a pris le volant d'une Corolla récente, de couleur claire… peut-être un véhicule de location.

— Numéro de plaque d'immatriculation ?

— Malheureusement, les vigiles ne l'ont pas noté, mais je peux demander à un adjoint de se rendre à l'hôpital et d'examiner les enregistrements de la caméra de surveillance du parking. Ce type est important ?

— Je l'ignore pour le moment, répondit Hayden avec honnêteté. Peut-être… C'est simplement que je n'aime pas voir ce type arriver ici au moment même où sa sœur et son mari – avec lesquels il était brouillé – ont été la cible de coups de feu. Il a demandé des nouvelles de ses nièces ?

— D'après ce que l'on m'a dit, il n'a parlé que de sa sœur. Il disait qu'il était prêt à tout pour la voir.

— De quoi a-t-il l'air ?

— La quarantaine, yeux marron, tempes dégarnies. Il est vêtu d'un pantalon kaki froissé et d'une chemise en flanelle toute tachée. Taille moyenne, en léger surpoids, avec un petit bouc mal taillé.

— On dirait qu'il a vécu sur la route pendant un certain temps, remarqua Hayden. A-t-il dit quelque chose qui laisserait penser qu'il va retourner à l'hôpital ?

— Je ne sais pas exactement quelles ont été ses paroles, mais si vous le voulez, je peux mettre un policier en civil dans l'entrée de l'hôpital. S'il voit Thorley, il l'emmènera au poste de police pour que nous puissions l'interroger.

— Bonne idée ! Il faudrait aussi lancer un avis de recherche avec sa description, et celle de la voiture. On ne peut pas laisser ce type errer dans les parages ou tenter d'entrer en contact avec ses nièces sans savoir ce qu'il veut vraiment.

Même si elle s'était couchée tard, Kate fut la première de la maisonnée à se réveiller, bien avant l'aube, tirée du sommeil par un cauchemar. Elle était en train de s'enfoncer dans des sables mouvants, une situation qu'elle ne connaissait que pour l'avoir vue dans de vieux films. Lorsqu'elle s'éveilla en sursaut, elle était prise jusqu'au cou et elle tendait désespérément la main vers quelqu'un dont elle ne voyait pas le visage, et dont elle ne savait pas s'il voulait l'aider ou la pousser vers le fond.

Sa nuit avait été écourtée, mais elle s'estimait heureuse de ne pas s'être réveillée en hurlant, comme la pauvre Lottie l'avait fait la veille. Lorsque les cris de la petite fille s'étaient élevés, Kate était dans la cuisine et s'apprêtait à appeler Hayden pour lui parler de sa conversation avec Hazel avant qu'il ne soit trop tard. Mais elle avait posé son téléphone pour aller aider sa mère à réconforter les deux petites filles. Elles étaient toutes les deux très perturbées, et Lottie criait, les yeux écarquillés de terreur :

— Les méchants ! Ils reviennent pour nous tuer !

Il avait ensuite fallu longtemps à sa mère et elle pour calmer les fillettes. Sa mère avait emmené Lottie en bas et avait préparé du lait chaud avec de la cannelle et du miel – son remède traditionnel contre les croque-mitaines. Pendant ce temps, Kate était restée avec Hazel dans la chambre, et elles avaient parlé, jusqu'à ce que la petite fille s'endorme contre elle. Mais à ce moment-là il était trop tard pour appeler Hayden. Et maintenant, songea-t-elle en voyant son téléphone dans la cuisine, là où elle l'avait laissé, il était bien trop tôt. Elle repoussa l'idée et prépara du café, en veillant à ne pas faire de bruit pour ne réveiller personne.

Lorsque le café fut prêt, Kate ouvrit le réfrigérateur pour prendre du lait, et remarqua qu'il n'en restait presque plus : les filles semblaient en boire beaucoup.

Elle décida d'aller en acheter à la supérette de la station-service, ouverte 24 h / 24, avant que sa mère ne se réveille et ne lui fasse remarquer qu'il n'était pas prudent de conduire dans son état. Après être allée dans sa chambre pour enfiler un jean, un T-shirt et une paire de ballerines, elle retourna dans la cuisine, transvasa le café dans son gobelet de voyage et laissa un mot, au cas où quelqu'un s'aperçoive de son absence. Puis elle attrapa les clés de la jeep de sa mère et sortit. Le ciel commençait à se colorer de reflets violacés et elle s'arrêta pour respirer l'air frais. Elle entendit le doux hululement d'une chouette, et s'apprêta à savourer la simple liberté d'un court trajet au petit matin.

Mais, lorsqu'elle atteignit la fin de la longue allée, une idée lui vint soudain à l'esprit. *Je pourrais plutôt tourner à gauche et aller chez Hayden, le surprendre au lit et lui dire que finalement j'accepte son invitation.*

Elle resta assise quelques minutes, le moteur de la jeep ronronnant alors qu'elle repassait en revue tous les défauts qu'elle avait pris un malin plaisir à ressasser pendant les années où ils avaient travaillé ensemble. Mais bizarrement ils lui apparaissaient aujourd'hui bien dérisoires au regard du courage dont il avait fait preuve : celui d'avouer ses sentiments – et pas uniquement son désir – pour une femme qui, pendant des années, lui avait donné toutes les raisons de croire qu'elle le méprisait.

— Et pourtant, ce n'est pas le cas, reconnut-elle, avant de se retourner pour s'assurer qu'il n'y avait personne pour l'entendre sur le siège arrière.

Elle en rit toute seule et, revenant à la raison, décida d'aller acheter du lait.

Le magasin était vide à cette heure matinale. Elle prit rapidement quelques bouteilles et alla à la caisse, derrière laquelle se trouvait un vieil homme qui ne leva pas les yeux de son portable. Ses achats payés, elle se dirigea vers la sortie et faillit bousculer quelqu'un qui n'était autre qu'Amanda Greenville, même si Kate eut du mal à la reconnaître : la jeune femme, d'ordinaire élégante et impeccablement maquillée, était vêtue d'un sweat-shirt exagérément grand dont la capuche était relevée sur ses longs cheveux noirs.

Kate lui sourit.

— On dirait que je ne suis pas la seule à vouloir éviter la foule. Bonjour, Amanda.

— Bonjour, Kate, répondit Amanda.

Ses grands yeux gris avaient un regard tourmenté. Elle était également très pâle, songea Kate, et plus mince encore que la dernière fois que Kate l'avait vue, et qu'elle s'était prise à envier sa gracieuse silhouette de danseuse. Mais en ce moment elle semblait en mauvaise santé, comme usée par les problèmes auxquels elle avait à faire face.

— J'ai appris la mort de ton mari, déclara Kate, ne sachant comment entamer la conversation. Je suis désolée. Sara m'a dit que tu avais eu une année très difficile.

L'expression du visage d'Amanda s'adoucit.

— Sara a été un soutien précieux. Mais comment vas-tu, Kate ? Tout le monde ne parle que de toi en ce moment. Les gens disent que tu as été très courageuse, et que tu as été blessée en te battant pour protéger tous les autres.

Amanda jeta un coup d'œil compatissant sur sa main bandée.

— Honnêtement, je suis un peu secouée, reconnut Kate, et ça me ferait plaisir d'avoir quelqu'un à qui parler.

Amanda sourit.

— Nous pourrions prendre un café ensemble, proposa-t-elle, si tu es vraiment certaine que tu as envie d'être vue en ma compagnie dans cette ville…

— Laisse les gens croire ce qu'ils veulent. Ce n'est pas la vérité. Et c'est cela qui compte vraiment.

— Je pensais la même chose, répondit Amanda, mais la vie nous apprend des leçons bien différentes de celles qu'on nous a enseignées à l'école.

15

Alors qu'elle garait la jeep devant la maison de sa mère, Kate espérait ne pas avoir commis une erreur en faisant des promesses à quelqu'un d'aussi fragile qu'Amanda. Même si elle avait très envie d'aider son ancienne amie, elle ne devait pas oublier qu'elle repartirait bientôt, et qu'elle ne pourrait pas la soutenir bien longtemps. Était-il honnête de dire à Amanda qu'elle pouvait compter sur elle ?

Elle attrapa le sac avec ses courses et regarda en direction du poulailler et de l'écurie. Les deux bâtiments se détachaient maintenant nettement sur le ciel teinté de rose. Elle vit soudain quelque chose bouger dans les pâturages : trois biches broutaient paisiblement. Mais alors qu'elle les observait les animaux dressèrent les oreilles en entendant un bruit s'élever de l'écurie : un long hennissement, suivi de ce qui semblait être les coups de sabot d'un cheval contre la cloison de son box.

Alors que les biches s'enfuyaient, Kate fronça les sourcils avant de crier :

— Attends un instant, Moonlight ! Laisse-moi mettre le lait au frais !

Lorsque ce fut fait, elle était à peine sortie de la maison que son téléphone se mit à sonner. Elle décrocha et déclara :

— Déjà debout ?

— J'espère que je ne t'ai pas réveillée !

Hayden venait tout juste de regarder l'horloge de la cuisine et de se rendre compte – un peu trop tard – qu'il n'était pas encore 6 heures du matin.

— J'ai déjà eu quelques appels téléphoniques, et j'ai oublié qu'il était si tôt ! expliqua-t-il.

— Je suis levée depuis un moment, répondit Kate, qui semblait plus distraite que contrariée. Tout va bien ?

— En ce qui me concerne, oui, dit Hayden. Mais j'ai des nouvelles de…

— Ce n'est pas d'Ada Kessler, j'espère ?

L'angoisse de Kate était nettement perceptible. Il la comprenait, car il partageait cette peur d'avoir à annoncer à la petite Lottie et à Hazel que leur mère était morte.

Désireux de la rassurer au plus vite, il se dépêcha de dire :

— En fait, j'ai parlé avec l'infirmière de garde il y a quelques minutes, et j'ai eu quelques nouvelles sur son état. Je suis heureux de pouvoir t'annoncer qu'elle semble aller mieux, et que les médecins prévoient de l'opérer dans la journée pour extraire la balle.

— C'est une nouvelle fantastique !

— Ne te réjouis pas trop vite : l'infirmière m'a prévenu qu'il était toujours possible que l'infection provoque une rechute, ou qu'elle ne survive pas à l'opération.

— Ah…

— Tout va bien ? demanda-t-il.

Kate semblait étrangement absente.

— Oui. J'allais seulement nourrir Moonlight. Elle a entendu que je m'étais levée, et elle a commencé à réclamer son petit déjeuner très tôt. Maman a trop gâté cette jument !

— Tu ne vas plus pouvoir dormir le matin si tu lui donnes de mauvaises habitudes ! remarqua Hayden avant de revenir à la raison de son appel. Mais je ne t'ai pas téléphoné uniquement pour te donner des nouvelles d'Ada.

— Si c'est à propos de ce qui s'est passé hier entre nous, Hayden, je te l'ai dit : je ne veux pas retourner en arrière.

— Cal Thorley, le frère d'Ada, est à Kerrville, se pressa-t-il d'annoncer.

Il n'était pas capable de parler avec elle de ce qu'il lui avait avoué hier... Il n'avait cessé d'y repenser, se demandant comment il avait pu être assez stupide pour mettre ainsi ses sentiments à nu. Il n'était pas étonnant qu'elle ait eu peur...

— Le frère d'Ada ? Pourquoi ? Où se trouve-t-il ?

— Il a fait irruption dans le hall de l'hôpital de Kerrville vers 2 h 30 ce matin, en exigeant de voir sa sœur immédiatement.

— Mais je croyais qu'il n'avait même pas rappelé Lamar Robinson...

— C'est également ce que j'ai compris. Mais visiblement il a reçu le message d'une manière ou d'une autre. Quoi qu'il en soit, il a fait un esclandre lorsqu'on a refusé de le laisser entrer, et il s'est enfui lorsque l'hôpital a appelé la police.

— Où est-il maintenant ? La police le sait ?

— Non. Mais ils font tout ce qu'ils peuvent pour le retrouver et l'interroger.

— Tu n'as aucune raison de penser qu'il puisse venir ici pour voir ses nièces, n'est-ce pas ? demanda-t-elle d'une voix soudain inquiète.

— J'ai pensé à cela, et c'est la raison de mon appel. Mais c'est fort peu probable. D'une part, il semblait vraiment ne penser qu'à sa sœur, et d'autre part, il n'a aucun moyen de savoir que Hazel et Lottie se trouvent à une heure de route, dans un autre comté.

— Tu as certainement raison, admit-elle. Mais j'allais t'appeler ce matin pour te parler d'une confidence que Hazel m'a faite hier...

— Tu as réussi à la faire sortir de son mutisme ?

— Oui. Et pour cela, j'ai dû lui promettre que ce qu'elle me dirait resterait entre nous. Et pourtant, je vais trahir son secret.

Elle soupira, et il sentit son trouble.

— Kate, je te connais, et je sais que tu as une très grande

exigence en matière d'éthique professionnelle. Si taire l'information que tu possèdes pourrait mettre quelqu'un en danger, surtout une petite fille de dix ans et sa sœur, tu ne peux pas respecter cette promesse.

— Je le sais, répondit-elle calmement. Pour autant, je ne m'en sens pas moins coupable d'avoir à le faire.

Elle demeura un instant silencieuse puis, semblant s'être résolue à parler, elle poursuivit :

— Elle m'a raconté que sa maman avait rencontré une femme après l'école… et que cette femme lui avait donné un pistolet. Apparemment, Nicolas Kessler n'en savait rien.

— Tu es sérieuse ? demanda Hayden. Ainsi, c'était *Ada* qui avait des problèmes ?

— Soit c'était elle, soit elle croyait que son mari était assez menacé pour ressentir le besoin de le protéger.

— Et que sais-tu sur la femme qui a fourni l'arme ? s'enquit Hayden.

— Hazel m'a dit qu'elle ne la connaissait pas, mais elle pense que c'est peut-être quelqu'un qui travaille dans le même établissement scolaire que sa maman. Une femme grande, à la peau mate, avec un survêtement. Elle avait des cheveux blond-roux coupés très court et des baskets blanches.

— C'est peut-être un professeur d'éducation physique, ou quelqu'un qui anime un club de sport ? suggéra-t-il.

— Peut-être…

— Je veux appeler la police de Memphis, et voir si Robinson peut retrouver cette femme. Lottie a-t-elle été témoin de cet échange, elle aussi ? demanda Hayden, espérant que la petite fille pourrait leur fournir des informations supplémentaires.

— Apparemment, elle avait été malade dans la journée et elle s'est endormie dès qu'elle a grimpé dans la voiture. Elle n'a rien vu, répondit Kate.

— C'est bien dommage, mais nous avons tout de même quelques éléments. Je ferais mieux de raccrocher et de téléphoner à Lamar Robinson.

— Tiens-moi au courant. C'est d'accord ?

— Oui. Et je te préviendrai dès que nous aurons coincé Cal Thorley, lui promit-il pour la rassurer.

Alors qu'elle se dirigeait vers l'écurie, Kate s'arrêta avec un sentiment de malaise : elle venait soudain de remarquer que les hennissements qu'elle entendait étaient moins ceux d'un cheval affamé et capricieux que ceux d'une bête effrayée. En tant que fille de vétérinaire, elle aurait dû s'en apercevoir beaucoup plus vite.

Et elle l'aurait fait, d'ailleurs, si elle n'avait pas été distraite par sa conversation téléphonique. Maintenant inquiète que Moonlight, qui n'était plus toute jeune, puisse être blessée ou malade, elle se mit à courir, même si sa main enflée ressentait douloureusement chaque secousse.

Elle poussa la large porte de l'écurie avec sa main valide, ne sachant trop ce qu'elle allait découvrir. Tout en rassurant la jument, elle appuya sur l'interrupteur.

— Tout va bien, Moonlight. Je te promets que je vais m'occuper de toi.

Mais lorsque la lumière se fit dans l'écurie une silhouette sortit brusquement de l'ombre. Avant qu'elle ne puisse se mettre à crier, des mains fortes la saisirent par le cou, la tirant si brutalement en arrière qu'elle faillit perdre l'équilibre.

Thorley ?

Son cœur fit un bond alors qu'on la projetait violemment contre un box vide. Son crâne heurta un montant et son téléphone, qui était dans la poche arrière de son jean, buta dans le bois de la cloison.

Au début, elle ne se rendit même pas compte qu'elle hurlait. Elle en prit conscience lorsque l'homme la secoua en criant :

— Ferme-la !

Quelque chose de dur et de froid – elle était certaine qu'il s'agissait du canon d'une arme – était pressé contre sa tempe.

— Si tu ne te tais pas immédiatement, je vais te faire éclater la cervelle. C'est compris ?

Kate ne parvenait plus à respirer. Elle n'avait plus conscience que de cet homme, de ses yeux au regard fou, de l'odeur écœurante qu'il dégageait… Était-ce celle du sang ?

Luttant contre la panique et la nausée, elle repensa à sa formation de policière et se força à respirer. Il fallait qu'elle réfléchisse, qu'elle arrive à reprendre – au moins dans une certaine mesure – le contrôle de la situation, parce qu'elle risquait d'y perdre la vie.

— Vous… vous m'avez fait peur, c'est tout. Je vous écoute. Pourquoi vous ne me lâchez pas pour me dire ce que vous voulez. Vous êtes… vous êtes blessé ?

— Bien sûr que je suis blessé ! C'est toi qui as tiré sur moi ! cria-t-il en la plaquant plus fermement encore contre le poteau.

Dans le box adjacent, certainement perturbée par le bruit – et probablement par l'odeur du sang – Moonlight se mit à hennir, et donna d'autres coups de sabot contre le mur.

Kate cligna des paupières alors qu'elle comprenait que cet individu n'était pas le frère d'Ada, mais l'homme qui s'était échappé dans le canyon.

— Vous avez besoin d'être soigné ? demanda-t-elle, luttant pour sembler calme et raisonnable mais aussi désireuse de l'aider.

Elle avait remarqué la tache sombre sur sa chemise, près de son épaule droite. Elle était partiellement cachée par la veste en jean qui semblait pendre sur son corps grand et maigre.

— Si vous me laissez appeler de l'aide pour vous…

— Si c'était ce que je voulais, tu penses vraiment que j'aurais pris la peine de te retrouver ? Ce n'était d'ailleurs pas bien difficile : on parle partout de tes exploits ! hurla-t-il, alors que la sueur coulait sur son visage blafard.

Il était clair qu'il était très affaibli par sa blessure, et il fallait qu'elle tire profit de son épuisement si elle voulait sortir vivante de cette situation.

— Mon père était vétérinaire, dit-elle, reconnaissant le nez aquilin qu'elle avait fait remarquer à Hayden sur les enregistrements vidéo des voleurs de quads, et je vous assure que je sens d'ici que votre plaie est infectée. Vous allez mourir si vous n'êtes pas soigné très rapidement.

— Tu… tu as quelque chose pour ça ?

Il semblait suspendu à ses lèvres.

— Des antibiotiques ? poursuivit-il. Un vétérinaire doit avoir ça, non ?

Il regarda autour de lui, comme si son père avait pu conserver des substances médicamenteuses dans une écurie qui ne fermait pas à clé.

— Il a tout restitué quand il… quand il a pris sa retraite, dit-elle, songeant qu'il était préférable que son agresseur pense qu'il y avait toujours un homme qui vivait ici. Mais je peux aller chercher mes médicaments à la maison… ceux qu'ils m'ont donnés à l'hôpital. Je viens d'être opérée. Vous savez, j'ai été touchée, moi aussi.

Il baissa les yeux, et sembla remarquer son bras en écharpe et sa main bandée pour la première fois. Alors, son visage s'empourpra, et il se mit à vociférer d'une voix qui lui glaça le sang :

— Tu as tué mon frère ! C'est bien fait pour toi ! Et maintenant, allons prendre ces médicaments. De toute façon, tu n'en auras plus besoin quand tout sera terminé.

— Non ! s'écria-t-elle, paniquée à l'idée que cet homme pénètre dans la maison où sa mère et deux petites filles innocentes étaient en train de dormir. Je vais aller les chercher. Vous êtes trop faible pour… *aïe* !

Sans prévenir, il lui avait décoché un coup de poing à la mâchoire qui l'envoya à terre.

— Je vais te montrer comment je suis faible ! hurla-t-il. Et maintenant, lève-toi !

Tétanisée par la peur, elle était étendue sur le sol, se préparant à mourir. Mais, malgré le sang qui battait à ses oreilles, elle distingua une voix, très lointaine et si inattendue qu'elle pensa d'abord qu'elle rêvait… une voix qui venait de la poche arrière de son jean.

— Tiens bon, Kate ! J'arrive !

Hayden, songea-t-elle, comprenant confusément qu'elle devait l'avoir rappelé lorsque l'homme l'avait coincée contre le montant du box.

Alors que l'espoir renaissait en elle, elle utilisa son bras valide pour tenter de se redresser, mais fit semblant de ne pas y parvenir pour gagner de précieuses secondes.

— Lève-toi ! ordonna l'homme, qui n'avait manifestement pas entendu la voix de Hayden, tant Moonlight s'agitait.

Il l'attrapa par le bras et la remit sans ménagement debout. Alors qu'elle passait la main sur sa mâchoire endolorie, il cria :

— Emmène-moi dans la maison. Tout de suite !

Il était en train de la traîner hors de l'écurie lorsque Kate sentit son cœur manquer un battement : sa mère était sortie sous le porche – sans les fillettes, Dieu merci ! – et semblait à la fois bouleversée et horrifiée par le spectacle de sa fille menacée par un homme armé.

— Rentre à l'intérieur, maman ! Ferme bien la porte et prends le fusil de papa !

Pendant un instant, la mère de Kate demeura immobile, son visage exprimant l'indécision la plus totale.

— Rentre ! hurla Kate alors que son agresseur la projetait à terre.

Il s'élança vers la maison et s'arrêta pour tirer sur la mère de Kate, qui disparut à l'intérieur en claquant la porte.

Elle n'a pas été touchée, songea Kate avec soulagement. Mais maintenant l'homme avait un problème plus pressant à résoudre.

Thunder, qui était aux côtés de sa maîtresse, se lança sur lui en aboyant avec une férocité que Kate ne lui avait jamais vue.

— Non ! s'écria Kate, lorsqu'elle vit son agresseur le viser.

D'instinct, elle bondit sur l'homme alors qu'il tirait, les faisant tomber tous deux à terre. Mais un jappement lui apprit qu'elle n'avait pas été assez rapide.

Les larmes ruisselant sur son visage, les forces décuplées par le chagrin et la rage, elle roua l'homme de coups, le frappant de façon répétée à l'endroit où il avait été blessé, avec l'énergie du désespoir.

Le visage déformé par la douleur, l'homme roula sur le côté et se mit à genoux. Il pointa son arme sur elle, les yeux brûlant de tellementede haine qu'elle comprit qu'il allait tirer.

C'est alors qu'elle vit une masse blanche, semblable à une avalanche, s'abattre sur l'homme et l'aplatir sur le sol.

— Bravo, Thunder ! s'exclama Kate, la voix tremblante, tout en se saisissant de l'arme tombée à terre pour mettre son assaillant en joue.

À cet instant elle aperçut la voiture de Hayden qui surgissait dans l'allée et s'arrêtait avec un crissement de pneus.

— Hayden ! cria Kate alors qu'il arrivait en courant.

Son sang ne fit qu'un tour lorsqu'il vit dans quel état elle était. Mais ses yeux brillaient de fureur, et elle semblait parfaitement maîtriser la situation, pointant une arme sur un homme que Thunder écrasait de son poids.

— C'est le tireur du canyon ! Il dit que l'homme que j'ai tué était son frère.

Hayden tenait à la main une corde qu'il avait eu la présence d'esprit de prendre en sortant de sa voiture. Il agissait d'instinct, sans réfléchir, et avait momentanément oublié son mal de tête.

— C'est bon, je m'en occupe, dit-il en attrapant l'homme par les poignets alors que Thunder s'éloignait sans le quitter du regard, semblant prêt à bondir si nécessaire. J'ai l'impression qu'il a perdu connaissance, mais il respire encore.

— Nous ferions mieux d'appeler une ambulance, déclara

Kate. Il a une blessure par balle dans le quadrant supérieur droit… une blessure infectée, à en juger par l'odeur. Et je l'ai frappé fort à cet endroit. Donc, j'imagine qu'il s'est évanoui de douleur.

— Tu… tu l'as frappé ? s'exclama Hayden, incrédule.

— Aussi fort que je le pouvais, et autant que je le pouvais. Il a tiré sur ma mère, sur Thunder, et il allait me tuer ! Alors, lui demander poliment de partir ne m'a pas semblé la meilleure option.

— Rappelle-moi de ne jamais te contrarier, déclara Hayden tout en attachant les poignets de l'homme derrière lui, au cas où sa perte de connaissance soit feinte.

Comme l'homme n'offrait pas la moindre résistance, Hayden vérifia son pouls et sa respiration, puis il le mit en position latérale de sécurité.

— Je pensais que tu le savais depuis longtemps, répliqua Kate.

Malgré son ton bravache, Hayden voyait bien qu'elle tremblait… et qu'elle avait une bosse qui enflait sur le côté gauche du visage.

— Tu es blessée ? Tu as besoin d'aide, Kate ? Et ta mère ?

— Je suis presque certaine qu'elle va bien. Quant à moi, le seul médicament dont j'ai besoin, c'est un pack de glace !

Même si Hayden avait déjà appelé des renforts sur le trajet, il s'éloigna un peu pour téléphoner au standard de la police et demander qu'on leur envoie une patrouille et une ambulance.

Après avoir jeté un coup d'œil à Kate pour s'assurer que tout allait bien, il composa le numéro de sa belle-sœur. À sa grande surprise, ce fut son frère qui répondit.

— Hé, Hayden, dit Mac.

Il semblait infiniment plus détendu que pendant toutes ces années au cours desquelles, après la mort de sa première épouse, il n'avait pas pu voir ses jumeaux, ni même leur parler.

— D'habitude, je ne décroche pas le téléphone de Sara, mais quand j'ai vu que c'était toi qui appelais, je me suis dit qu'il valait mieux que je sache si je pouvais faire quelque chose pour toi. Les enfants ont convaincu Sara d'aller faire du kayak avec eux ce matin puisque c'est sa journée de repos, et elle n'a pas voulu prendre son téléphone de peur qu'il tombe dans l'eau.

— Je suis désolé de la déranger pendant son jour de repos, dit-il, bien conscient qu'en tant que seule assistante sociale du comté Sara devait souvent recevoir des appels hors de ses heures de travail.

— Alors, pourquoi sembles-tu sur le point de le faire ? demanda Mac d'un ton ironique qui surprit Hayden.

Malgré ses efforts, il n'avait toujours pas réussi à retrouver la même aisance qu'autrefois dans ses relations avec son frère.

— Parce que je sais qu'elle me tordrait le cou si elle apprenait qu'un homme armé avait fait intrusion chez les McClafferty ce matin, et que je ne l'en avais pas informée.

Malgré lui, il avait parlé d'un ton plus sec qu'il ne l'aurait voulu.

— Chez la mère de Kate ? Bon sang ! s'écria Mac, soudain sérieux. Tout le monde va bien ?

Regardant derrière lui pour s'assurer que Kate ne pouvait pas l'entendre, Hayden déclara :

— Kate a été un peu malmenée, mais je te promets qu'elle est en meilleur état que le type qui l'a agressée dans l'écurie.

— Elle a été agressée ? répéta Mac. Tu es certain qu'elle n'est pas blessée ?

— Je pense qu'elle va s'en tirer avec quelques contusions. Même si elle ne pouvait pas se servir de sa main gauche, elle s'est battue avec beaucoup de courage et a réussi à le maîtriser toute seule !

Hayden était très admiratif et très fier de la façon dont Kate s'était comportée.

— Bravo ! s'exclama Mac, impressionné. Je suis désolé de ce que Kate a dû subir, mais ce type ne devait pas savoir à qui il s'en prenait en s'attaquant à elle !

— C'est certainement un homme de main qui a été engagé pour éliminer les Kessler, mais il est venu ici pour assouvir une vengeance personnelle, puisque Kate a tué son frère dans le canyon. Il est également possible qu'il ait appris que les filles des Kessler se trouvaient ici, et qu'il ait voulu finir le travail, expliqua Hayden.

— J'imagine que Sara et les services sociaux ne vont pas vouloir laisser les petites dans cette maison. C'est leur faire courir un risque trop grand…

— J'entends ce que tu me dis, répliqua Hayden, mais je ne pense pas qu'ils trouveront quelqu'un qui puisse mieux s'occuper de ces fillettes que Rita McClafferty… Et Kate est incroyable avec elles, aussi. Arracher ces enfants d'ici, maintenant qu'elles ont commencé à s'y sentir bien… en tant que père, tu peux imaginer le traumatisme que cela représente.

— Je me souviens combien les choses ont été difficiles lorsque les jumeaux sont revenus…

Mac semblait hanté par ce souvenir.

— Demande à Sara de me rappeler dès qu'elle le pourra, conclut Hayden, impatient de retourner voir Kate.

Celle-ci était en train de regarder si Thunder était blessé, tout en surveillant leur captif toujours immobile.

— Envoie-les ici, Hayden… la mère de Kate et les enfants, proposa Mac. Nous avons eu une annulation de dernière minute, et le chalet le plus proche de la maison est libre… Et tu sais que j'ai installé un système de surveillance très performant l'année dernière. Elles seront en sécurité, je te le promets. J'y veillerai personnellement.

— Tu es certain qu'elles peuvent venir ? Tu ne crains pas de mettre ta famille en danger ?

— Laisse-moi faire cela pour toi. Je vois bien que Kate… Je ne sais pas vraiment pourquoi vos relations se sont dégradées, mais il a toujours été évident qu'elle est importante pour toi.

Autrefois, Hayden aurait protesté. Mais il se contenta de répondre :

— J'aurais bien aimé que tu me le dises plus tôt. Ça m'aurait évité de perdre des années.

Mac éclata de rire.

— Tu n'aurais jamais voulu me croire !

Comme Hayden restait silencieux, son frère poursuivit d'un ton goguenard :

— C'est exactement ce que je pensais. Dis bonjour à Kate de ma part, et prends soin d'elle, d'accord ? Parce que, même si elle est forte, elle risque de craquer lorsque le danger sera passé.

— Je reconnais l'influence de Sara sur toi, remarqua Hayden. Et je dois avouer qu'elle est très positive !

En riant, Mac lui dit :

— En parlant de Sara, je la vois qui arrive avec les enfants. Je vais la mettre au courant, et je suis sûr qu'elle va venir vous voir dès qu'elle aura pris une douche.

— Ce serait bien. Merci pour tout, déclara Hayden avant de raccrocher.

Il vit Rita McClafferty sortir de la maison pour rejoindre Kate, un fusil à la main. Toujours en robe de chambre et en pantoufles, Rita semblait ébranlée mais déterminée.

Il alla à leur rencontre.

— Maman, s'écria Kate, pointe cette arme vers le sol, s'il te plaît !

Fondant en larmes, Rita préféra confier le fusil à Hayden avant de serrer sa fille dans ses bras en sanglotant.

— J'ai eu la peur de ma vie ! J'ai cru qu'il allait te tuer ! Jamais je n'ai eu à faire quelque chose de plus dur que de retourner dans la maison !

— Il te tirait dessus, maman ! Il fallait que tu te mettes à l'abri, ne serait-ce que pour protéger les petites.

Kate lui passait tendrement la main dans le dos, essayant de la réconforter.

Sa mère s'écarta un peu d'elle et la regarda.

— Mais tu vas bien ? Il ne t'a pas fait de mal ?

— Je vais bien, répondit Kate. Et toi ?

— Moi aussi. Et les petites… C'est à peine croyable, mais elles sont toujours en train de dormir !

Hayden secoua la tête en entendant s'élever le hurlement d'une sirène, vraisemblablement celle d'un de ses adjoints.

— Elles vont vite être réveillées par le bruit ! D'ailleurs, l'homme a parlé d'elles ? Il sait qu'elles se trouvent ici ?

— Il ne les a pas mentionnées, mais j'ignore ce qu'il envisageait de faire après m'avoir fait payer la mort de son frère, répondit Kate.

— Dieu merci, Hayden est arrivé pour l'arrêter ! déclara sa mère, en lui lançant un regard empli de gratitude qui le surprit.

— Mais votre fille l'avait déjà maîtrisé, expliqua Hayden. Il faut aussi que je vous dise que Sara va venir vous aider à prendre soin des filles. Lorsque vous les aurez préparées, je voudrais que vous les emmeniez sur le domaine de Mac. Il a réservé un des chalets près de sa maison pour vous, et m'a promis de veiller personnellement sur votre sécurité.

— C'est très généreux de sa part, remarqua Kate.

Mais sa mère secouait la tête.

— Je ne peux pas quitter ma maison. Qui va s'occuper des animaux et de tous mes…

— Vous pourrez demander confirmation à Sara lorsqu'elle sera là, mais je suis sûr que – étant donné les circonstances – vous pourrez emmener Thunder avec vous, précisa Hayden. Et ce n'est qu'un arrangement temporaire, jusqu'à ce que nous soyons certains que cet homme agissait seul.

Rita insista.

— Je n'aime pas l'idée de devoir partir d'ici.

— Tu préférerais que Hazel et Lottie soient confiées à une autre famille ? demanda Kate. Parce que je pense que tu as compris qu'ils ne vont pas accepter qu'elles restent ici après ce qui s'est passé. Je t'en prie… Pense à ce qui est le mieux pour elles, et laisse-moi m'occuper de Moonlight et des poules.

Sa mère hocha la tête.

— C'est d'accord, mais... Tu vas venir chez Mac avec nous ?

— Je vous y rejoindrai pour y passer la nuit, promit Kate.

Semblant satisfaite, sa mère déclara :

— Je... je ferais mieux de rentrer alors... de m'habiller et de m'assurer que les filles ne soient pas réveillées en sursaut par toutes les personnes qui vont arriver.

— Pourquoi n'emmènes-tu pas Thunder avec toi ? suggéra Kate. Je pensais qu'il avait été touché en voulant me protéger. Il a poussé un aboiement lorsque le coup de feu est parti, mais je ne vois aucune trace de blessure sur lui.

— Il a dû être effrayé par le bruit. Mais je vais l'inspecter attentivement, promit sa mère.

— Et donne-lui des biscuits. Beaucoup de biscuits, déclara Kate, alors que ses yeux se remplissaient de larmes. Il est venu à mon aide quand j'avais besoin de lui. Lui... et Hayden... tous les deux...

— Et toi, dit la mère de Kate, regardant Hayden avec intensité, tu prends soin de ma fille. Promets-le-moi.

— C'est pour cela que je suis ici, répondit-il en se demandant pourquoi il lui avait fallu tant de temps pour comprendre que Kate était la femme de sa vie.

Il devait trouver un moyen de la convaincre qu'ils étaient faits l'un pour l'autre... et de neutraliser les menaces qui pesaient toujours sur les Kessler – et maintenant les McClafferty – avant qu'il n'y ait de nouvelles victimes.

16

Alors que les policiers et urgentistes affluaient sur les lieux, Kate s'efforça d'être utile. Elle resta debout près du véhicule de Hayden et aiguilla les nouveaux arrivants tout en répondant à leurs questions. Elle fit de son mieux pour sembler calme et sereine lorsque sa mère vint lui dire au revoir avant de partir avec les fillettes chez Sara et Mac.

— Je suis heureux qu'elles aillent là-bas, déclara Hayden. Mac a promis qu'il veillerait personnellement sur leur sécurité, et si quelqu'un peut réconforter ta mère après toutes ces émotions, c'est bien Sara !

— Je suis bien d'accord ! répondit Kate.

Mais lorsqu'elle vit sa mère, Hazel et Lottie monter dans la jeep et s'éloigner, suivant le véhicule de Sara sur la longue allée, Kate se surprit à frissonner, en songeant qu'elle avait failli ne jamais les revoir.

Remarquant sa détresse, Hayden, qui avait veillé constamment sur elle et s'était comporté de manière très protectrice, s'approcha avec une couverture de survie qu'il était allé chercher dans son véhicule. Il ouvrit le sachet et la déplia, avant de l'en envelopper avec délicatesse.

Clignant les yeux de surprise, elle répliqua sèchement :

— Je te l'ai déjà dit : je vais bien. Alors, n'espère pas te débarrasser de moi en m'envoyant à l'hôpital !

Elle jeta un coup d'œil aux deux urgentistes qui chargeaient son assaillant dans l'ambulance, sous la surveillance de l'adjoint Alvarez, prêt à intervenir.

— Je crois qu'effectivement tu vas échapper à cela aujourd'hui, reconnut Hayden, même si visiblement il aurait préféré qu'elle se fasse examiner par un médecin. Mais tu as eu un très gros choc. Regarde-toi : tu trembles comme une feuille ! Viens au moins t'asseoir ici, dit-il en désignant l'arrière de son véhicule, dont le coffre était ouvert.

Lorsqu'elle tenta sans succès de se hisser sur la plate-forme en se servant de son bras valide, il la prit par la taille et la souleva avec douceur. Elle avait l'impression d'être une enfant alors qu'il ajustait soigneusement la couverture autour d'elle.

— Je t'en prie, arrête ! Je me sens un peu ridicule, emmaillotée comme ça. Et d'ailleurs, les gens vont voir…

— Voir quoi ? Que je prends soin d'une femme qui a frôlé la mort ? dit-il en ajustant les lunettes qu'il portait pour se protéger du soleil. Ou as-tu surtout peur qu'ils remarquent ce que j'ai refusé d'admettre pendant trop longtemps ? Je ne supporte plus de vivre à moitié.

Elle le regarda, trop bouleversée pour pouvoir parler.

— Je suis désolé si ce n'est pas le moment, bafouilla-t-il. Mais quand j'ai entendu ce qui se passait au téléphone, j'ai eu si peur d'arriver trop tard, Kate ! Peur de perdre ma dernière chance de te dire ce que je me suis caché à moi-même pendant beaucoup trop longtemps… Que je t'aime.

— Je ne peux pas, hoqueta-t-elle, le visage ruisselant de larmes sans même qu'elle ne se rende compte qu'elle pleurait. Pas ici et pas maintenant, Hayden. Je t'en prie… J'ai besoin d'aller dans la maison.

Hayden sentait le sang battre à ses tempes lorsqu'il frappa à la porte de la maison des McClafferty environ deux heures après le départ de l'ambulance. Il n'avait pas eu l'intention de rester si longtemps dans la lumière vive du matin, mais dès que ses adjoints étaient arrivés il avait commencé à leur donner des instructions et à organiser leur travail.

Pendant un temps, l'excitation de l'enquête lui avait fait oublier sa fatigue. Mais maintenant, avec chaque bruit qui résonnait dans sa tête et la nausée qui montait en lui, il savait qu'il aurait dû rentrer chez lui depuis bien longtemps… mais pas question de partir avant d'avoir pris des nouvelles de Kate.

Lorsqu'elle ne répondit pas aux coups frappés à la porte, il craignit qu'elle ne l'évite. Qui aurait pu la blâmer ? Il lui avait avoué ses sentiments au pire moment, alors qu'elle était encore sous le choc d'une agression qui aurait pu être mortelle. Même si elle était probablement en train de se reposer à l'étage, il ne pouvait s'empêcher de l'imaginer ignorant délibérément sa visite.

Pourtant, il frappa une fois de plus, trop soucieux de savoir comment elle allait pour repartir sans avoir de ses nouvelles. À son immense soulagement, elle finit par ouvrir la porte.

— Désolée.

Elle s'écarta et lui fit signe d'entrer. Elle avait mis des vêtements propres, et ses cheveux encore humides étaient tirés en une queue-de-cheval qui sentait bon le shampoing.

— J'étais en train de travailler en haut sur l'ordinateur de ma mère, et j'étais tellement absorbée par la lecture des documents que t'a envoyés l'assistante de Tim Spaulding que…

— Tu *travaillais* ? Après ce que tu viens de vivre ?

— J'ai eu besoin de me changer les idées, au lieu de rejouer sans cesse cette attaque dans ma tête.

Elle avait un regard suppliant, comme si elle avait à cœur de lui faire comprendre ce qu'elle ressentait. Alors, il lui toucha la main.

— Je vois tout à fait… et j'ai du nouveau pour toi. Mais avant, tu pourrais me donner un verre d'eau ?

Il fronça les sourcils, faisant un vague signe en direction de sa tête.

— Et un peu de paracétamol, si tu en as.

— Ta pauvre tête ! Bien sûr. Viens t'asseoir dans la cuisine.

Elle lui désigna l'îlot central.

— Qu'as-tu fait pendant tout ce temps ? demanda-t-elle. Tu aurais dû déléguer le travail à…

— Après ce qui vient de se passer, tu ne t'attendais tout de même pas à ce que je confie l'enquête à un de mes adjoints ?

Elle sortit un verre d'un placard, et le remplit d'eau fraîche avant de le lui donner. Puis elle ouvrit un autre tiroir et lui proposa des comprimés de paracétamol.

Il en prit deux et les avala avec un peu d'eau, même si son mal de tête avait tellement empiré qu'il avait l'impression d'essayer d'éteindre un feu de forêt avec un simple tuyau d'arrosage.

— Tu ferais mieux de garder ces lunettes, suggéra-t-elle en donnant un coup de tête en direction des grandes baies vitrées qui rendaient la pièce si lumineuse. Tu veux un pack de glace ? Si tu penses que ça pourrait t'aider, je le préparerai avec plaisir.

— Merci, mais en venant ici, je pensais que ce serait moi qui prendrais soin de toi ! protesta-t-il.

— Tu l'as fait tout à l'heure, répliqua-t-elle en sortant un sac en plastique d'un autre tiroir. Maintenant, c'est à mon tour !

Lorsqu'elle eut rempli le sac de glace et l'eut enveloppé dans une serviette de toilette, il l'appliqua contre son front.

— Nous connaissons l'identité de l'homme qui t'a agressée : il s'appelle Morris Bonner, et vient du Tennessee.

— Il est donc bien le frère de l'homme que j'ai tué ? demanda-t-elle.

— Il semblerait que oui. Nous avons trouvé son véhicule, également : un vieux fourgon qui a été volé près de Concan, dit-il en mentionnant une petite commune du comté voisin. Il était garé à environ deux cents mètres, sur la route.

— J'imagine qu'il a eu la présence d'esprit de se débarrasser du Silverado qu'il a utilisé pour voler les quads !

— Robinson dit que son casier judiciaire est encore

plus chargé que celui de son frère, expliqua Hayden. Il devrait être sous les verrous depuis longtemps, mais il a des relations avec des personnalités véreuses qui ont versé de l'argent pour qu'il soit libéré sous caution, et grâce à elles il bénéficie des services des meilleurs avocats.

— Alors, nous parlons de grand banditisme ?

— Oui. Ce qui me fait penser que les frères Bonner étaient des hommes de main engagés pour tuer les Kessler. Maintenant, il reste à déterminer pour qui ils travaillaient…

— J'ai peut-être trouvé une piste, déclara Kate. Ou plutôt, c'est Sheela Singh, l'assistante de Tim Spaulding, qui l'a fait. Elle avait ajouté une note à un des dossiers, en nous conseillant de nous pencher plus particulièrement dessus.

— Et tu as suivi ses recommandations ?

Kate poussa un soupir.

— J'ai vraiment essayé ! Mais comme je ne suis pas experte en la matière, je n'arrivais pas à comprendre ce que tous ces chiffres signifiaient. Alors, j'ai appelé Sheela Singh. Elle était occupée, mais elle m'a dit qu'elle allait se rendre disponible pour répondre à mes questions en visioconférence.

— Quand pourrais-je lui parler ?

Kate regarda l'horloge.

— Je pense qu'à partir de maintenant c'est bon. Mais je pensais la rappeler moi-même…

Comprenant qu'elle pouvait légitimement être vexée, il lui expliqua :

— J'aimerais bien assister à la conversation, puisque j'ai interrogé son patron et que je souhaiterais avoir des précisions sur certains éléments qu'il a évoqués.

— Tu es certain que tu es en état de le faire ?

— Je vais y arriver, dit-il en reposant le pack de glace, si tu acceptes de prendre des notes. Normalement, je le fais moi-même, mais là, je ne m'en sens pas capable.

— Je comprends. Ce n'est pas un problème. Nous pourrions aller dans la pièce où maman a installé son atelier. Elle est moins lumineuse que les autres, et il y a une très grande table pour travailler.

Ils se rendirent dans une petite pièce aux murs couverts d'étagères sur lesquelles s'alignaient des boîtes en plastique et des pots aux couvercles colorés. Au milieu se trouvaient une longue table blanche et deux chaises capitonnées sur roulettes.

— Ta mère est bien installée ! remarqua-t-il.

— Maman s'est mise à faire beaucoup de couture, de bricolage et de dessin depuis que papa est mort. Elle vend même quelques-unes de ses créations dans un magasin du coin.

Kate sourit en regardant des illustrations peintes à la main représentant des libellules et des coccinelles.

— C'est beau, déclara-t-il poliment, même si ses connaissances en matière d'art et d'artisanat rivalisaient avec celles qu'il avait en décoration.

— Je vais aller chercher l'ordinateur, dit Kate, et nous pourrons appeler Sheela.

Lorsqu'elle revint, il lui fallut quelques minutes pour se mettre en communication avec Spaulding et Associés. Les médicaments commençaient à faire leur effet, et Hayden sentait son mal de tête décliner. Il ôta ses lunettes de soleil, se disant que Sheela Singh préférerait voir ses yeux.

Sur l'écran, une femme d'apparence soignée, d'environ cinquante ans, apparut. Ses cheveux noirs étaient éclairés de mèches argentées, et elle se présenta comme étant Sheela Singh, l'assistante de Tim Spaulding.

Kate et lui déclinèrent leur identité, et lui présentèrent leurs condoléances pour la mort de son collègue.

— Je vous remercie, dit-elle en hochant la tête. Je ne vous cache pas que c'est une période difficile pour tout le monde chez Spaulding et Associés.

— Depuis combien de temps travaillez-vous chez eux ? demanda Hayden.

— Depuis douze ans maintenant.

Elle poussa un soupir avant de poursuivre.

— En fait, c'est Nic qui m'a embauchée. Tim était absent ce jour-là, parce que son fils s'était cassé la jambe.

— Il y a douze ans ? demanda Hayden, perplexe, se rappelant ce que Spaulding lui avait appris de sa situation familiale. J'avais l'impression que son fils était beaucoup plus jeune… à moins qu'il n'en ait plusieurs.

— Matthew est leur fils aîné, expliqua-t-elle. C'est un grand frère fantastique pour Bryce, leur fils de cinq ans, qui requiert beaucoup d'attention.

Hayden se souvint que Tim Spaulding avait fait allusion aux problèmes de son fils.

— J'ai l'impression que vous connaissez très bien la famille, remarqua Kate.

— Je suis devenue très proche des Kessler et des Spaulding, surtout depuis la mort de mon mari, il y a cinq ans. Je ne connais pas beaucoup de monde ici, et Tim, Nic et leurs épouses ont eu la gentillesse de m'inviter à de nombreuses occasions. J'aime penser que je suis une sorte de grand-mère adoptive pour leurs enfants. Oh ! mon Dieu ! Je suis désolée, mais quand je pense à cette pauvre famille…

Mme Singh tendit la main, la faisant disparaître du champ de la caméra puis réapparaître avec un mouchoir en papier qu'elle utilisa pour se tamponner les yeux, faisant couler son mascara.

— Je vous en prie, ne vous excusez pas, lui dit Hayden. Prenez votre temps.

— Je n'imagine pas comment on a pu faire ça à des gens si charmants ! Nic vivait pour Ada et leurs petites filles. Il y a plein de photos d'elles dans son bureau, et j'arrive à peine… à peine à dormir tant je pense à eux…

Lorsque Mme Singh sembla un peu plus calme, Kate déclara :

— Je vous remercie d'avoir attiré notre attention sur l'association l'Habitat de l'espoir.

— En fait, c'est à Tim que j'avais l'intention de faire

parvenir ce mail, répondit Mme Singh en plissant le front. Mais j'avais laissé ce message dans mes brouillons, et je vous l'ai envoyé par erreur. Tim pourra certainement vous en parler lorsque vous le reverrez.

— Le revoir ? intervint Hayden. Je pensais qu'il était déjà retourné à Memphis !

— À ma connaissance, il n'est toujours pas revenu, répondit Mme Singh. En fait, je n'ai aucune nouvelle de lui depuis plusieurs jours. Je pensais qu'il séjournait dans un hôtel de Kerrville, pour aider Ada et les filles.

— Je lui ai dit qu'il ne pourrait pas voir Ada, car son état de santé ne le permet pas, et il m'a informé qu'il allait rentrer à Memphis, expliqua Hayden.

Mme Singh répondit :

— Alors peut-être qu'il travaille de chez lui…

— Cela lui arrive souvent ? insista Hayden, intrigué par l'incertitude qu'il entendait dans sa voix.

— Parfois, et je vois bien pourquoi il pourrait en avoir envie en ce moment. Je suis sûre que la mort de Nic le touche tout particulièrement, puisqu'ils se connaissaient depuis très longtemps. Il a probablement besoin d'être un peu seul.

Hayden se dit qu'il faudrait qu'il appelle Spaulding et qu'il demande à Lamar Robinson d'aller le voir en personne, pour s'assurer que l'expert-comptable était revenu sans encombre à Memphis. Le silence de Spaulding lui semblait étrange.

— Puisque votre patron n'a pas eu votre message, peut-être pourriez-vous nous expliquer pourquoi vous avez jugé utile d'attirer son attention sur ce dossier ? interrogea Kate. J'ai essayé de le regarder, mais je crains de ne pas avoir compris grand-chose à tous ces chiffres !

— Ce ne sont pas les chiffres que j'ai trouvés étonnants, mais plutôt l'activité de l'Habitat de l'espoir, répondit Mme Singh en fronçant les sourcils. Attendez, je vais vous montrer.

— Et quelle est cette activité ? demanda Hayden lorsque,

quelques instants plus tard, un document qu'il ne pouvait lire sans réveiller son mal de tête apparut sur l'écran.

— Comme vous le voyez, expliqua Mme Singh qui semblait bouillir d'une indignation vertueuse, ils se vantent d'aider les jeunes de milieux défavorisés à acheter leur premier logement !

Kate observa :

— Cela me semble plutôt une noble cause.

— Ça le serait, s'ils le faisaient effectivement.

Mme Singh fixa son écran du regard, et ils virent apparaître un nouveau document, avec ce qui semblait être une liste de noms.

— Mais tous ceux qui connaissent la région savent que les bénéficiaires de leurs aides sont les enfants de puissantes familles du coin, poursuivit-elle.

— Ainsi, résuma Hayden, cette association supposée aider les défavorisés subventionne les rejetons des familles privilégiées.

— C'est le genre de fraude qui peut vous envoyer en prison ! s'exclama Kate.

— Et c'est bien normal ! répliqua Mme Singh avec chaleur. C'est inacceptable !

— Je vous comprends, déclara Hayden. Et vous pensez que Nicolas Kessler a découvert le pot aux roses ?

— Il est impossible qu'il n'ait rien vu, puisqu'il y a parmi ces noms ceux de nos clients les plus prestigieux.

Hayden fronça les sourcils.

— Vos clients ? Et c'est la raison pour laquelle vous vouliez alerter votre patron ?

Mme Singh hocha la tête, l'air tiraillée.

— Il fallait que j'en parle à Tim avant de communiquer cette information aux autorités. Mais si je ne dis rien, je pourrais perdre mon accréditation professionnelle, et être moi-même condamnée pour complicité de détournement de fonds. De plus, je réprouve totalement de telles combines !

Mais Hayden secoua la tête, l'alertant :

— J'apprécie votre intégrité, Mme Singh, et croyez-moi si je vous dis que j'aimerais qu'il y ait plus de gens comme vous. Mais pour le moment vous ne devez faire part à personne de votre découverte.

— Je n'en parlerai qu'à Tim, alors.

— Quand je dis *personne*, c'est vraiment *personne*, insista Hayden. Ni votre patron, ni un collègue. Pour leur sécurité et la vôtre… du moins jusqu'à ce que je vous autorise à le faire.

— Il a raison, intervint Kate en hochant la tête. Et ce mail que vous vous apprêtiez à adresser à Tim Spaulding, vous devez le détruire sur-le-champ. Ne l'envoyez surtout pas, et n'en parlez pas.

L'air plus nerveux que jamais, Mme Singh s'exclama :

— Vous me faites peur !

— J'en suis désolé, mais c'est nécessaire, lui répondit Hayden, préférant être honnête. On a tué Nicolas Kessler et tenté d'éliminer sa femme, et nous ne savons pas pour quelle raison. Ce dont vous venez de nous parler pourrait constituer un mobile tout à fait valable.

Portant les mains à sa gorge, Mme Singh bafouilla :

— Je… je ne me sens pas très bien. Je pense que je vais rentrer chez moi.

— Vous faites bien de partir, lui dit Hayden. Mais ne pourriez-vous pas aller ailleurs que chez vous pour les jours prochains ? Dans un endroit où personne – pas même les gens avec lesquels vous travaillez – n'aurait l'idée d'aller vous chercher.

Elle le regarda, toute tremblante, les yeux écarquillés par la peur, et hocha lentement la tête.

17

Lorsqu'ils eurent mis fin à leur conversation avec Sheela Singh, Kate secoua la tête.

— J'ai l'impression que nous avons terrifié cette pauvre femme ! remarqua-t-elle.

— Cela vaut mieux que d'apprendre plus tard qu'elle a été assassinée. En parlant de cela, je vais essayer de joindre Tim Spaulding.

Il sortit son téléphone portable.

— Tu crains qu'il ne lui soit arrivé quelque chose, c'est cela ? demanda Kate, qui sentait l'angoisse monter en elle.

— Oui, répondit-il en cherchant le numéro de Spaulding dans ses contacts. Je n'ai pas envie qu'on m'appelle pour me dire qu'on a retrouvé son corps ! Ah, voilà son numéro ! Je l'appelle.

Hayden mit le haut-parleur, pour qu'elle puisse entendre la conversation.

Kate sentit son cœur manquer un battement, lorsqu'une voix leur annonça que la boîte vocale de leur correspondant était pleine et qu'il n'était plus possible d'enregistrer des messages.

En fronçant les sourcils, Hayden déclara :

— Je vais téléphoner à Robinson pour voir s'il peut envoyer quelqu'un chez les Spaulding. Je ne serai tranquille que lorsque nous aurons confirmation que lui et sa famille vont bien.

— Tu ne penses tout de même pas qu'ils sont en danger, eux aussi ?

— Ces hommes ont voulu tuer toute une famille. Pourquoi s'arrêteraient-ils là ?

— Il y a une autre possibilité, suggéra Kate : et si Tim Spaulding avait eu connaissance de ces agissements dès le début ?

Elle haussa les épaules et poursuivit :

— Tu m'as bien dit que la priorité de ce type était le chiffre d'affaires… et que Nicolas Kessler était de loin le plus désintéressé des deux, non ?

Baissant son téléphone, Hayden expliqua :

— Certes, il est *possible* que Spaulding ait décidé de se débarrasser d'un collègue dont les cas de conscience devenaient gênants. Mais quand je l'ai rencontré, il m'a semblé véritablement brisé par la mort de son vieil ami. Si tu avais vu combien il regrettait d'avoir laissé Nicolas Kessler partir de Memphis, je ne suis pas sûr que tu envisagerais cette théorie.

— Peut-être pas…

Elle respectait les intuitions de Hayden, mais ils avaient tous les deux travaillé assez longtemps dans la police pour savoir qu'un individu apparemment inoffensif pouvait soudain se révéler beaucoup plus dangereux qu'on ne le pensait.

— Bref, conclut Hayden, que Spaulding soit en danger ou qu'il ait joué un rôle dans la mort de Nicolas Kessler, je dois le retrouver rapidement.

Tout en regardant sur son téléphone la liste de ses contacts qui se brouillait devant ses yeux, Hayden marmonna :

— Je sais que j'ai le numéro de Robinson ici…

— Laisse-moi le trouver. Il ne faut pas aggraver ton mal de tête.

— Je peux le faire, répliqua Hayden avec entêtement avant d'activer l'assistant digital de son téléphone. Appelle Lamar Robinson, déclara-t-il d'une voix nette.

— Appel en cours, répondit consciencieusement le téléphone.

Lorsque Robinson décrocha, Hayden lui raconta brièvement l'attaque dont Kate avait été victime, avant de lui relater ce qu'ils venaient d'apprendre de Mme Singh.

— En ce moment, poursuivit-il, je suis très inquiet pour Tim Spaulding : je n'arrive pas à le joindre et il n'a donné aucune nouvelle à son cabinet depuis plusieurs jours. Pourriez-vous envoyer quelqu'un chez lui pour s'assurer que tout le monde va bien ?

Robinson dut demander quelques précisions, car Hayden répéta :

— Oui, j'ai bien dit *tout le monde*, et j'espère vraiment que je me trompe, Lamar. Mais si ces types avaient l'intention d'éliminer toute la famille Kessler pour protéger un secret, qu'est-ce qui nous dit qu'ils ne vont pas faire la même chose avec les quatre Spaulding ? Alors, je vous en prie… Bien, merci beaucoup. Appelez-moi dès qu'il y aura du nouveau.

Lorsqu'il eut raccroché, il expliqua à Kate :

— Il va d'abord essayer d'appeler Phoebe Spaulding, la femme de Tim. Puis il va se rendre personnellement chez eux pour voir s'il peut obtenir d'autres…

Hayden s'interrompit, puis s'écria en reprenant son téléphone :

— Bon sang !

— Qu'y a-t-il ?

— J'ai complètement oublié de dire à Robinson que Cal Thorley est venu à l'hôpital pour essayer de voir sa sœur. Je suis désolé, mais il faut que je le rappelle immédiatement.

— Vas-y, je t'en prie. Et ce n'est pas étonnant que ça te soit sorti de la tête : il s'est passé tant de choses depuis !

Elle songea à l'aveu qu'il lui avait fait après l'agression, et comprit soudain à quel point cet épisode l'avait bouleversé. Sinon, jamais un homme comme Hayden Hale-Walker n'aurait parlé aussi sincèrement de ses sentiments.

Allait-il regretter de s'être ainsi ouvert à elle ? Ou, même si cela semblait impossible, ce trop-plein d'émotions l'avait-il poussé à exprimer enfin ce qu'il ressentait ?

Un moment plus tard, elle remarqua qu'il considérait son téléphone, les paupières plissées.

— Lamar doit être occupé, parce qu'il n'a pas répondu. Je sais qu'écouter un message peut être compliqué lorsque l'on est sur le terrain, alors, pourrais-tu lui écrire un SMS depuis mon portable, s'il te plaît ? J'utiliserais bien l'application de reconnaissance vocale, mais la plupart du temps elle multiplie les erreurs et les fautes d'orthographe !

Elle prit une minute pour rédiger le message et sourit lorsqu'un souvenir lui revint à l'esprit.

— C'est bon. Je viens de l'envoyer ! Je viens de me rappeler qu'un jour Simon pensait avoir laissé la machine à café allumée au bureau. Quand j'ai voulu lui répondre qu'elle était éteinte, mon idiot de téléphone lui a écrit qu'elle était enceinte !

Hayden se mit à rire, mais leur humeur joyeuse ne dura qu'un instant. Très vite, elle vit passer un éclair de douleur dans ses yeux bleus. Parce que jamais le mot « enceinte » ne pourrait être anodin pour eux.

Elle sentit son visage s'empourprer et se leva pour sortir. Mais elle était tellement pressée d'aller cacher ses émotions qu'elle s'entrava dans le câble électrique de l'ordinateur portable.

— Je suis vraiment maladroite ! Merci, dit-elle d'une voix essoufflée lorsqu'il l'aida à se stabiliser. Tu as de bons réflexes, mais c'est bon : tu peux me lâcher maintenant.

— Alors, pourquoi trembles-tu comme une feuille ?

Il l'attira contre lui et l'enveloppa de ses bras.

Elle ferma les yeux en poussant un soupir, et tout le poids qu'elle portait sur ses épaules depuis l'agression disparut dans la chaleur et le réconfort de cette étreinte, qui lui sembla aussi naturelle que ces dernières années avaient paru anormales.

Combien son odeur, simple, propre, masculine, lui avait manqué ! Tout comme le mur solide de son torse et de ses épaules, contre lequel elle pouvait se laisser aller pendant ses moments de faiblesse. Et c'est ce qu'elle fit, alors que les sanglots l'étranglaient. Des larmes de douleur roulaient sur son visage, et elle pleurait ce qu'elle ne cesserait jamais de regretter, quand bien même elle essaierait de se perdre dans son travail ou dans des relations qui semblaient toujours si vaines qu'elle ne cessait de se demander pourquoi elle tentait de les nouer.

— Ça va aller, murmura-t-il en lui passant la main dans le dos. Tout va bien maintenant.

— Ce n'est pas… Ce n'est pas ce qui s'est passé tout à l'heure, avoua-t-elle.

Elle se recula un peu pour pouvoir lever la tête vers lui.

— C'est cela… C'est… *nous*, le fait que nous n'arriverons jamais à faire semblant d'être seulement de vieux amis.

— D'une certaine manière, tout était beaucoup plus simple quand nous avions décidé d'être des ennemis… Mais je ne peux plus faire semblant de te haïr, Kate. Surtout quand je sais pourquoi nous avons tous les deux réagi de la sorte.

— Et pourquoi ?

— C'était la seule manière que nous ayons trouvée pour surmonter la perte de notre relation et de notre… de notre avenir.

— De notre bébé, tu veux dire.

— De tout, répliqua-t-il, le visage empreint de douleur. Tout le futur dont j'avais rêvé pour nous, toi et moi, et les enfants que j'imaginais que nous élèverions ensemble sur le ranch.

— Les enfants ? répéta-t-elle, la gorge nouée.

Il haussa les épaules.

— Je pense que mes frères riraient bien d'entendre cela, venant d'un type qui refuse de s'engager, même lorsqu'il s'agit seulement de prendre soin d'un chien errant. Mais je n'ai pas toujours été ainsi, si…

— Si prudent ? suggéra-t-elle. Je suis désolée.

— Pourquoi serais-tu désolée ?

— Je suis désolée de ne pas avoir trouvé le courage de te voir après l'accident. J'avais si mal, que ce soit physiquement ou moralement, que j'avais seulement envie de mourir, comme le bébé et Cloverleaf.

— Et moi, j'avais seulement envie d'être là pour toi, répliqua-t-il. J'ai essayé à plusieurs reprises de te voir, je veux que tu le saches, mais à chaque fois, tes parents m'ont dit que tu ne voulais pas me parler. Je pensais qu'ils mentaient pour je ne sais quelle raison, ou que tu allais changer d'avis et que tu aurais besoin de moi.

Il fit la grimace à ce souvenir douloureux.

— Mais finalement ton père est venu chez moi, et a causé à ma mère la peur de sa vie en brandissant une ordonnance de protection m'interdisant d'entrer en contact avec toi, et en me menaçant de m'envoyer en prison si je m'approchais de toi.

— Mon père a fait *quoi* ?

Horrifiée d'apprendre que son père, habituellement si doux, s'était comporté de cette manière, Kate secoua la tête.

— Je n'en avais pas la moindre idée, et je suis désolée qu'il ait fait une chose si horrible ! Ce n'est pas une excuse, mais pour sa défense, je peux seulement dire qu'il devait être fou de douleur après ce qui s'était passé.

— Il avait surtout l'air furieux contre moi.

— Il l'était, mais contre nous deux, pour avoir gardé ma grossesse secrète.

— Mais tu étais si grièvement blessée que je suis certain qu'à cet instant il lui était beaucoup plus facile de se déchaîner contre moi que contre toi. Ta mère a même dit que si tu n'avais pas été si distraite par nos projets l'accident ne serait jamais arrivé.

— Tu n'as pas pu le croire, parce que c'est bien évidemment faux, insista Kate. Toutes les personnes que je connais et qui étaient présentes ce jour-là ont été d'accord pour dire que cette porte n'aurait jamais dû être fermée, et qu'aucun cheval ou cavalier n'aurait pu éviter la collision.

— C'était un moment horrible… Tout le monde était à

cran. Ce n'est pas étonnant que nous nous soyons tournés l'un contre l'autre !

— Tout ce que je sais, répondit Kate, c'est que lorsque j'ai voulu te voir mes parents m'ont expliqué que tu leur avais dit que tu n'avais plus aucune obligation, et j'ai pensé… j'ai pensé que tu ne voulais plus m'épouser parce que notre bébé était mort.

— J'étais tellement blessé et furieux que je disais n'importe quoi. La seule chose qui m'est venue à l'esprit, quand j'ai vu cette ordonnance de protection, c'est que j'avais tout perdu.

— Je ne comprends pas…

— Je pensais que tu ne voulais plus de moi. Qu'à cause de ce qui s'était passé tu avais changé tous tes projets… pour nous. Mais avec ou sans bébé je voulais t'épouser, Kate, même s'il avait fallu t'attendre.

Incapable de soutenir son regard, elle se détourna.

— Nous étions si jeunes à l'époque ! Si jeunes et si insouciants ! Mais cela ne doit pas gâcher nos vies. Tu pourrais encore te marier, Hayden, et avoir cette famille qui te manque tant.

— *Nous* pourrions, corrigea-t-il. Pourquoi pas ? Tu ne ressens pas la même chose que moi ? C'est comme si une seconde chance nous était offerte… Une chance de nous rendre heureux l'un l'autre au lieu de nous faire du mal, pour changer. Et je te jure que je n'attends rien d'autre de la vie que de réussir cela.

— Oh ! Hayden…

— Voyons, Kate, je t'en prie ! Pourquoi ne me regardes-tu pas ? Je n'ai jamais fait une autre demande en mariage auparavant, et j'ai besoin de voir ton visage pour savoir que je ne suis pas en train de tout gâcher.

Sachant qu'il méritait au moins cela – et tellement plus –, elle se tourna vers lui et sentit ses yeux se remplir de larmes.

— Tu ne gâches rien du tout. Je suis profondément touchée, surtout après la façon dont je me suis comportée avec toi pendant si longtemps.

— Nous savons tous les deux que je n'étais pas en reste…

— Je suis vraiment émue de compter encore pour toi, poursuivit-elle avant de secouer la tête. Et tu comptes encore pour moi, beaucoup. Mais… je ne peux pas faire cela, Hayden. Je ne peux pas… Parce que tu mérites d'avoir cette famille dont tu as rêvé, et… tu ne pourras pas l'avoir avec moi.

Il lui posa la main sur la joue avec une infinie délicatesse.

— Je t'en prie, Kate. Si je compte vraiment pour toi, dis-moi que tu vas y réfléchir. J'ai besoin d'avoir un peu d'espoir…

Lorsqu'elle leva les yeux vers son beau visage, elle sut que personne ne l'avait jamais aimée ni ne l'aimerait jamais autant. Il serait toujours l'homme de sa vie, pour cette raison, et pour tant d'autres encore.

Mais elle ne pouvait accepter ce qu'il lui faisait entrevoir. Elle était obligée de dire non, pour éviter un chagrin plus grand encore. Pour le moment, cependant, elle pouvait se mettre sur la pointe des pieds et l'embrasser doucement. Alors, lorsqu'il baissa la tête et que ses bras forts l'enlacèrent, elle tenta de mettre dans ce baiser tous les sentiments qu'elle ne pouvait exprimer.

Lorsqu'il l'embrassa dans le cou, elle retint son souffle et se pencha en arrière pour qu'il puisse lui caresser la poitrine, pendant qu'elle se pressait contre son sexe dur. Mais plus ils s'embrassaient, se touchaient, se caressaient, plus elle avait envie de lui. Elle le voulait désespérément, et tout de suite.

Elle finit par haleter :

— Il faut… aller en haut… parce que si je ne quitte pas ces vêtements immédiatement je vais mourir de combustion !

Hayden baissa la tête vers elle et lui sourit, les pupilles dilatées par le désir.

— C'est une invitation ?

Le prenant par la main, elle lui fit monter l'escalier. Il la suivit dans une chambre qui avait été repeinte et d'où avaient disparu les posters et les trophées dont il se souvenait vaguement. Mais maintenant tout comme à l'époque il ne perdit pas de temps à admirer la décoration alors qu'elle refermait doucement la porte, au cas peu probable où quelqu'un entre dans la maison. Elle lui lança un regard si chargé de désir qu'il sentit tout son corps s'enflammer. Puis, sans attendre, elle se débarrassa de l'écharpe qui retenait son bras, ôta ses chaussures, son haut, et tendit la main vers le milieu de son dos.

Comprenant ce qu'elle voulait enlever maintenant, il l'implora :

— Arrête là, je t'en prie. J'ai besoin de…

Il ne pouvait détacher ses yeux d'elle. Son soutien-gorge était noir, un simple voile de dentelle transparent qui épousait ses seins blancs à la rondeur parfaite.

— Tu es si belle ! murmura-t-il en glissant le doigt sous l'un des bonnets.

Il l'entendit retenir son souffle. Mais lorsqu'il embrassa une de ses cicatrices elle tenta de la recouvrir de sa main.

— Je te l'ai déjà dit, chuchota-t-il, tu ne dois pas les cacher.

— Mais elles sont horribles ! Et quand je les vois, je me sens si… J'ai toujours eu envie de les faire enlever…

— Ces cicatrices sont les endroits où ta peau est devenue plus résistante, où tu es devenue plus forte, plus sage, plus sensible aux blessures des autres… Alors, elles sont seulement une des choses qui font que je t'aime, comme chaque partie de ton corps. Tu comprends cela, Kate ?

Lorsqu'elle hésita avant de hocher la tête, il ajouta :

— Mais si elles te gênent vraiment et que tu veux effacer ce souvenir, pourquoi ne pas se renseigner et voir si c'est possible ?

Elle haussa les épaules.

— Je… J'ai essayé de me dire qu'elles n'ont pas d'importance et à vrai dire, la plupart du temps, je n'y pense même pas. Mais être avec quelqu'un, le laisser me regarder la première fois… Je ne supporte pas que l'on ait pitié de moi. Alors, j'ai seulement… j'ai seulement arrêté…

— C'est pour cela que tu n'as pas d'homme dans ta vie.

— En partie peut-être, répondit-elle en évitant son regard. Mais… mais toi aussi, Hayden, tu as gardé toutes les femmes à distance… émotionnellement en tout cas.

— Je pense que quelque chose en moi attendait. Attendait la seule femme que je voulais vraiment. Et je te le jure, Kate, je n'ai jamais autant désiré une femme que toi maintenant.

— Alors, je crois qu'il est temps que tu arrêtes de parler, et que tu me le prouves.

Après cet échange, il ne dit plus rien, mais son corps s'exprima de manière beaucoup plus éloquente que tous les discours qu'il aurait pu faire.

18

Kate aurait aimé ne plus jamais quitter les bras de Hayden, et rester blottie contre ce torse qui était aujourd'hui plus large que dans son souvenir. Il sortait à peine de l'adolescence la dernière fois qu'elle avait goûté à ce plaisir. Maintenant, il était un homme dans la force de l'âge… un homme qui avait appris de la vie durant les années où ils avaient été séparés.

Il avait acquis une expertise appréciable, songea-t-elle avec un sourire alors qu'elle déposait un baiser sur sa joue. Mais il s'éloignait déjà, et les lèvres qui lui avaient donné tant de plaisir prenaient maintenant un pli soucieux.

— Kate, j'aurais dû m'arrêter quand je me suis rendu compte que je n'avais pas de préservatif sur moi, même si c'était merveilleux !

Il s'éloigna d'elle et s'assit sur le côté du lit.

— Je suis vraiment désolé ! poursuivit-il. Mais lorsque je t'ai embrassée, je n'ai plus pensé à rien d'autre !

— C'est bon, Hayden. Je te l'ai dit : j'ai fait des examens après ma dernière relation et…

— Moi aussi, mais nous ne sommes plus des adolescents ! Se laisser emporter par la passion n'est plus une excuse pour une grossesse non désirée. J'aurais dû me contrôler. Je te le jure, je n'ai jamais agi comme cela auparavant.

Elle secoua la tête.

— Écoute-moi, je t'en prie. Ce n'est pas… Je ne suis pas… Ça… Ça ne sera pas un problème.

Elle ouvrit la bouche, avec l'intention de lui dire : « Je prends la pilule. C'est bon. » Mais à cet instant elle le vit regarder la longue cicatrice argentée qui traversait son abdomen, et le mensonge mourut sur ses lèvres.

Elle agrippa le drap pour recouvrir son corps. Il lui toucha la main, et son regard lui rappela le jeune homme qu'elle avait connu et auquel elle avait confié ses secrets les plus douloureux. Mais jamais celui-ci.

— Kate ? Je t'en prie, dis-moi... Tu as essayé auparavant, mais je n'ai pas écouté. Mais quoi que ce soit, je veux comprendre. J'en ai besoin.

Elle tenta de détourner les yeux, mais n'y parvint pas : l'intensité de son regard la tenait captive. Elle savait qu'elle lui devait la vérité : elle devait lui dire pourquoi elle l'avait repoussé auparavant, et pourquoi elle le referait encore.

— Tu sais que j'ai été grièvement blessée... le jour où j'ai perdu le bébé.

— Fracture du pubis, fracture du fémur, trois vertèbres cassées, énonça-t-il en listant les blessures qu'il connaissait. Je suis toujours étonné quand je te vois marcher si souplement, sans parler de refaire du cheval !

— J'ai eu d'autres blessures. Avec le placenta... ils ne parvenaient plus à stopper l'hémorragie. On m'a dit que je serais certainement morte moi aussi s'ils n'avaient pas... s'ils n'avaient pas...

Elle ferma les yeux alors que sa gorge se serrait, refusant de laisser sortir le secret qu'elle portait depuis si longtemps.

— C'est pour cela que je ne serai pas enceinte, Hayden... que je ne pourrai jamais l'être.

Il posa la main sur son bras.

— Je suis désolé. Je ne le savais pas.

Elle secoua la tête.

— J'ai demandé à mes parents de promettre... Je les ai suppliés de ne le dire à personne. Je n'avais que dix-sept ans, et j'avais perdu... J'avais perdu Riley Ann...

— C'est le nom de notre bébé ?

— Pas officiellement, mais dans ma tête je l'appelais toujours comme cela, murmura-t-elle d'une voix à peine audible.

— C'est très beau, lui dit-il. Je suis seulement désolé de n'avoir pas été à tes côtés pour t'aider à faire le deuil du bébé… et de tout le reste.

— Mes parents ont fait comme si elle n'existait pas. Ils n'arrivaient pas à accepter que j'aie été enceinte sans leur en avoir rien dit. Pour eux, cette opération n'en était qu'une de plus, et nous n'avons jamais vraiment réussi à en parler.

— Je commence tout de même à comprendre pourquoi ton père a agi ainsi avec moi, quand il t'a vue dans cet état. Mais ce que je n'arrive toujours pas à saisir, c'est pourquoi toi, tu m'as tenu à distance.

— Quand j'ai dit à mes parents que je ne voulais plus te voir, je venais tout juste de découvrir ce que les chirurgiens avaient fait. J'étais complètement anéantie par les médicaments et le chagrin, et j'avais le sentiment que ma vie était finie. J'étais convaincue que tu serais mieux sans moi. Je pensais d'ailleurs que le monde entier serait mieux sans moi.

— Tu as traversé des choses si difficiles, Kate ! Mais il faut que tu saches que cette opération n'aurait rien changé de ce que j'éprouvais pour toi à l'époque, tout comme je te jure qu'elle ne change rien maintenant. Rien d'autre ne m'importe que de vivre avec toi. Tu ne comprends pas ça ?

Convaincue qu'il ne savait pas ce qu'il disait, elle s'éloigna un peu de lui et tira le drap sur elle.

— Et lorsque j'ai enfin craqué et supplié mes parents de me laisser te voir, j'ai cru, lorsqu'ils m'ont rapporté tes paroles, que notre relation était finie.

Il poussa un juron et marmonna :

— Et c'est le jour où tu as commencé à me haïr…

Refoulant ses larmes, elle secoua la tête.

— Il faut que tu comprennes : ma vie était en lambeaux.

Tu n'étais qu'une douleur supplémentaire, qui m'aurait tuée si je m'étais attardée dessus.

— Je donnerais tout, même ma vie, si je pouvais changer ce qui t'est arrivé, déclara Hayden. Mais il est inutile de perdre le temps qui nous reste à regretter ce qui aurait pu être.

— Je le sais bien, dit-elle.

— La seule chose que je peux faire maintenant, c'est tirer des leçons du passé, de tout ce que j'ai raté. Et je te le jure, je ne laisserai aucun malentendu nous séparer.

— Mais il n'y a pas de malentendu cette fois, Hayden, répliqua Kate en s'enveloppant encore plus étroitement dans le drap. Je te dis seulement que je ne suis pas la femme que tu imaginais quand tu m'as demandé de t'épouser. Alors, aujourd'hui, c'est moi qui te dis que tu n'as aucune obligation envers moi, et que tu dois trouver une femme qui peut te donner la famille que tu…

— Comment peux-tu dire cela, Kate ? l'interrompit-il, cherchant désespérément comment il pourrait lui faire comprendre ce qu'il ressentait. Écoute, pense à ta mère biologique, qui n'a pas su te protéger, et à celle qui, nous le savons tous les deux, donnerait sa vie pour toi. Laquelle des deux préférerais-tu être ?

— Mais tu mérites d'avoir tes propres…

— Qui t'a mis dans la tête que l'on *mérite* des choses dans la vie ? Et qu'une sorte de famille est mieux que l'autre ? Tu penses que Doc et Rita auraient pu t'aimer ne serait-ce qu'un peu plus si tu avais eu le même ADN qu'eux ? Ou que je suis incapable d'aimer un enfant qui n'a pas le mien ?

— Mais je ne peux pas…

Ils sursautèrent en entendant la sonnette de la porte d'entrée, immédiatement suivie de coups frappés à la porte.

Hayden alla prendre son pantalon… et poussa un juron

lorsqu'il découvrit que son téléphone n'était pas dans sa poche. Il jeta un coup d'œil par la fenêtre.

— Qui est-ce ? demanda Kate.

— C'est l'adjointe Tomlinson. Elle a dû essayer de me contacter, mais j'ai laissé mon téléphone en bas, et je ne l'ai pas entendu sonner.

— Laisse-moi remettre tes cheveux en place… à moins que tu veuilles que tout le poste de police sache ce que nous étions en train de faire pendant qu'ils travaillaient !

Il soupira, en songeant qu'elle voulait garder leur relation secrète parce qu'elle ne souhaitait pas la voir durer. Pourtant, même si elle le lui avait clairement fait savoir avant qu'ils fassent l'amour, il espérait que ce qu'ils avaient partagé avait un peu changé les choses…

Mais ce n'était pas le moment de penser à cela, car un autre coup fut frappé à la porte. Il descendit rapidement l'escalier et aperçut le visage rond d'Alice Tomlinson, sa recrue la plus récente, pressé contre l'une des fenêtres du salon. Elle avait mis les mains autour de ses yeux et tentait de voir à l'intérieur.

Il ouvrit la porte d'entrée et l'appela.

— Par ici ! Que se passe-t-il ?

Alice Tomlinson, une grande jeune femme à la charpente solide, entra.

— L'adjoint Yarborough m'a demandé de venir vous communiquer personnellement un message, parce qu'il n'arrivait pas à vous joindre par téléphone. Et quand j'ai vu que votre voiture était toujours ici…

Son visage était inhabituellement pâle. Elle poursuivit :

— Je craignais que l'homme qui avait attaqué Mme McClafferty ce matin n'ait eu un complice, et qu'il soit revenu pour…

— Je suis désolé de vous avoir inquiétée, dit Hayden.

En déformant un peu la vérité, il lui expliqua qu'il avait oublié son téléphone dans la pièce où Kate l'avait aidé à obtenir la déposition d'un témoin.

— Alors, pourquoi Clayton vous a-t-il envoyée ici ?

— Il m'a demandé de commencer par préciser qu'il sait bien que vous êtes en arrêt maladie. Mais, étant donné les circonstances, il pensait que vous voudriez que je vous emmène près du pont d'Old Meier Ranch. Vous connaissez l'endroit ?

— Bien entendu, répondit Hayden, même si ce lieu était tellement isolé que peu de gens auraient été capables de le situer sur une carte. Qu'y a-t-il de si important là-bas ?

— Une voiture, shérif. Une voiture abandonnée qui a été retrouvée juste à côté de la route, avec la portière du conducteur toujours ouverte.

— Cela arrive régulièrement. Alors, je ne vois pas ce que cette voiture a de particulier…

— Clayton dit qu'il l'a reconnue : c'est le véhicule de location de Tim Spaulding… Il y a des impacts de balles sur la vitre du conducteur, et ce qui semble être du sang sur le tableau de bord.

Hayden sentit son cœur se serrer.

— Des impacts de balles et des traces de sang ? Pourquoi vous ne me l'avez pas dit plus tôt ? On a retrouvé un corps ?

— Non, ni dans le véhicule, ni dans les environs immédiats… Et il y a peu de sang, donc Clayton pense que Spaulding a pu partir à pied de là.

— Je viens avec vous. Mais avant, laissez-moi prévenir une équipe de recherche.

19

Lorsque Hayden eut mis Kate au courant de ce qui se passait, elle lui proposa de venir avec lui et son adjointe, qui était allée l'attendre dans son véhicule.

Il secoua la tête tout en l'aidant à reboutonner le chemisier qu'elle avait enfilé avant de le rejoindre en bas.

— Pourquoi ne te reposerais-tu pas ici ? J'aimerais seulement que tu préviennes une de tes équipes de recherche que je vais avoir besoin d'eux. Mais reste ici, et je t'appellerai dès qu'il y aura du nouveau.

Elle eut l'air indignée.

— Me reposer ? Avec un homme disparu et en danger… s'il n'est pas déjà mort ?

— Je t'entends bien, mais nous savons tous les deux qu'à moins que nous ayons beaucoup de chance les recherches risquent de durer. Je dois me rendre personnellement sur les lieux, au moins pour encadrer mon équipe, mais il n'est pas nécessaire que nous y allions tous les deux.

— Je sais que je ne pourrais pas t'en dissuader si j'essayais, reconnut-elle.

— Écoute-moi, Kate, tu as échappé de peu à la mort ce matin. Il faut que tu te laisses le temps de récupérer, physiquement comme moralement.

Elle aurait voulu lui dire que c'était la même chose pour lui, mais à la vérité elle commençait à avoir mal dans tout le corps, et tout particulièrement à sa main blessée. Elle avait aussi bien du mal à gérer le tourbillon d'émotions qui l'habitaient depuis qu'elle s'était ouverte à Hayden, et lui avait enfin révélé son secret.

— Tu ne peux pas savoir à quel point il m'est difficile de le reconnaître, mais je pense que tu as raison, concéda-t-elle. Je vais m'occuper des animaux puis décompresser un peu ici, sans maman pour me poser un million de questions sur ce qui est arrivé !

— D'accord. Mais promets-moi que si tu retournes dans l'écurie tu prendras le fusil et que tu m'appelleras à l'aide au premier détail suspect.

Elle hocha la tête.

— Inutile de me le dire deux fois ! Et je fermerai la porte à clé dès que je retournerai dans la maison.

— Parfait.

Il pencha la tête, et l'embrassa tendrement sur le front.

— Promets-moi, aussi, que tu appelleras ta mère si tu décides que finalement tu veux de la compagnie. Ou mieux encore, tu peux prendre mon véhicule. Je vais te laisser les clés, puisque je ne pars pas avec.

— Merci. Et… Hayden… ?

— Oui ? demanda-t-il avec ce qui semblait bien être une lueur d'espoir dans ses yeux bleus.

Mais ce n'était pas le moment d'entamer une discussion qui allait le décevoir. Alors, elle se contenta d'aborder un sujet moins épineux.

— Je sais que pour toi montrer des signes de faiblesse devant ton équipe est inenvisageable. Mais je t'en prie, repose-toi si tu en as besoin. Demande de l'aide, et délègue le travail. Si tu ne le fais pas, tu vas simplement retarder le moment de ta guérison.

Il plissa le front, et quand il ouvrit la bouche elle était presque certaine que cet homme si buté allait la contredire. Mais il déclara :

— Je vais essayer. Et merci de veiller sur moi assez pour me dire des choses que je ne veux pas entendre.

— Cela fait des années que je dis aux gens des choses qu'ils ne veulent pas entendre, lui rappela-t-elle avec un sourire. Je dois reconnaître cependant que c'est agréable que, pour une fois, on me remercie, au lieu de lever les yeux au ciel en poussant des soupirs !

Dès que Hayden fut parti avec son adjointe, elle appela Simon, ainsi qu'elle l'avait promis, et lui demanda s'il pouvait mettre à sa disposition une équipe de recherche.

— Nous avons du mal à rassembler du monde en ce moment, lui répondit-il. Toutes les personnes disponibles sont à la recherche d'un enfant autiste de dix ans, qui a disparu près de Medina. Nous espérons le retrouver avant qu'il ne soit trop tard.

— Tiens-moi au courant, s'il te plaît. Et si tu n'arrives pas à trouver assez de volontaires pour l'équipe qui doit venir ici, tu peux peut-être demander de l'aide aux autres organisations de recherche de la région…

— C'est d'accord, lui promit-il. Mais je voulais aussi te demander comment tu allais depuis ton opération. Tu ne t'ennuies pas trop là-bas ?

— Ma main va bien. Et tu n'imaginerais jamais à quel point je m'ennuie !

— C'est bon pour la guérison, répliqua-t-il.

Il n'avait visiblement pas perçu l'ironie dans sa voix.

— J'espère que cela veut dire que tu reviendras vite, poursuivit-il. Tu manques à beaucoup de gens, et à Jasper.

— Gratte-lui les oreilles pour moi. Il me manque beaucoup !

Elle mit rapidement fin à la conversation, puis alla nourrir les poules et passer un peu de temps avec Moonlight pour la rassurer.

— Tu veux un morceau de pomme, ma jolie ? demanda-t-elle en lui offrant le fruit qu'elle lui avait apporté.

Elle vérifia attentivement ses fers et ses pattes, et, quand elle fut certaine que la vieille jument ne s'était pas blessée en donnant des coups de sabot contre la cloison de son box, elle retourna à la maison, ralentie dans sa marche par toutes ses courbatures.

Elle décida de prendre un des comprimés prescrits par les médecins de l'hôpital avec l'espoir que, même si elle sommeillait, elle se réveillerait lorsque Hayden l'appellerait pour lui donner des nouvelles de Tim Spaulding.

Elle s'allongea sur le canapé, songeant à lui, à sa famille, à cet enfant autiste qui avait besoin d'aide, puis également à Ada Kessler, qui allait subir une opération qui pourrait la sauver, ou dont elle ne ressortirait pas vivante.

Toutes ces peurs s'ajoutaient à son angoisse. En faisant l'amour avec Hayden, elle avait franchi une ligne rouge et était entrée en terrain miné… Et elle n'était pas certaine que, cette fois, elle y survivrait.

Hayden était assis sur le siège du passager et ressentait chacun des creux de la route défoncée alors qu'ils traversaient une région reculée, qui n'était connue que pour la richesse de sa faune et de ses paysages. À l'endroit où la voiture avait été retrouvée, le terrain descendait en pente douce vers une petite rivière.

— C'est par là, sur la droite, expliqua Tomlinson, comme si Hayden n'avait pas déjà aperçu Clayton qui leur faisait signe au loin et leur indiquait où se garer.

Hayden songea qu'il voulait peut-être les mettre en garde et les empêcher d'effacer des indices, hypothèse qui fut confirmée dès qu'ils descendirent de voiture.

— Nous avons une double trace de pneus ici, leur dit Clayton, pointant du doigt de hautes herbes écrasées. Elle est assez récente et semble faite par un camion ou un SUV, à en juger par sa largeur. Ça pourrait être notre tireur.

Étant donné le peu de voitures qui passaient par ici,

Hayden devait reconnaître que c'était probable. Mais son attention était surtout tournée vers la berline abandonnée. Il se dirigea immédiatement vers elle après avoir brièvement salué Clayton et lui avoir dit :

— Je te remercie de m'avoir fait venir.

Il pensa, comme Clayton, reconnaître la voiture de location de Spaulding, une Lincoln qui était en bien plus piteux état que la dernière fois qu'il l'avait vue. L'avant du véhicule s'était enfoncé contre une très large canalisation, non loin de la rivière, et la couche de pollen et de poussière qui la recouvrait était plus épaisse que dans son souvenir.

— Les dégâts de la voiture, demanda Hayden en s'adressant à ses deux adjoints… vous pensez qu'ils sont assez sérieux pour empêcher un conducteur de faire marche arrière et d'essayer de repartir ?

— Ça ne m'a pas l'air très méchant, répondit Clayton, mais peut-être que notre victime n'a pas réussi à la sortir d'ici… ou a tout simplement paniqué.

— Ou alors, il y a peut-être un essieu cassé… à moins que ce ne soit le berceau de moteur, suggéra Tomlinson alors qu'ils atteignaient un petit monticule surplombant la buse.

Lorsque Hayden et Clayton se retournèrent vers elle, elle haussa les épaules.

— Quoi ? Vous ne vous souvenez pas ? J'ai grandi dans une famille de mécaniciens.

Amusé, Hayden dit à Clayton :

— Je l'ai embauchée dans l'espoir d'avoir quelques réparations gratuites… Enfin, pour cette raison, et à cause de toutes ces sornettes sur le candidat le plus qualifié.

Les deux adjoints sourirent, mais l'atmosphère changea lorsque Hayden s'approcha de la voiture et se baissa pour regarder à l'intérieur, là où la portière du conducteur était ouverte. Lla vitre était perforée d'au moins trois impacts de balles. Presque immédiatement, il remarqua une substance brun rougeâtre qui avait éclaboussé le tableau de bord et une plus grosse tache sur le dossier du siège du conducteur. Mais si cela ne suffisait pas pour ôter tout espoir que le conducteur soit toujours vivant, Hayden savait très bien que ces signes pouvaient être trompeurs… et qu'il faudrait bien entendu faire une analyse pour s'assurer qu'il s'agissait bien de sang humain.

Il demanda à Clayton un compte rendu des mesures qu'il avait déjà mises en œuvre.

— J'ai marché un peu sur la route, dans une direction puis dans l'autre, en regardant si je trouvais quelque chose, des douilles par exemple, lui répondit son adjoint en chef. Ensuite, j'ai inspecté le bord de la rivière, en essayant de voir s'il y avait des empreintes, du sang, les traces d'un passage, et de déterminer à quel endroit quelqu'un aurait pu traîner un corps pour le mettre dans l'eau. Je n'ai pas eu le temps de faire plus, et je n'ai rien trouvé pour le moment.

— Et avant de venir vous chercher, enchaîna Tomlinson, je suis allée un kilomètre plus loin sur la route pour m'assurer que le véhicule du tireur n'était pas garé à proximité, au cas où le type aurait décidé de poursuivre notre victime à pied.

— Bon travail, tous les deux ! les félicita Hayden. Kate est en train de rassembler une équipe de recherche pour nous. Avons-nous confirmation de l'identité de notre victime ?

Lorsqu'il se tourna vers Clayton, il vit que son adjoint hochait déjà la tête.

— Malheureusement pour Tim Spaulding, il y a le contrat de location avec son nom dans la boîte à gants, ainsi qu'un portefeuille avec son permis de conduire, des cartes de crédit, et plusieurs centaines de dollars en liquide.

— Des choses qu'un homme ne laisse pas derrière lui, à moins qu'il n'ait le diable à ses trousses, remarqua Hayden sombrement.

— Ou qu'il soit déjà mort, suggéra Tomlinson. Je veux dire, avec tout ce sang…

— Ne tirons pas de conclusions hâtives, l'avertit Hayden.

Pour le moment, nous allons nous dire que nous cherchons un survivant blessé, parce que, s'il a une chance de s'en sortir, nous allons tout faire pour qu'il réussisse. C'est d'accord ?

— Oui, shérif, répondit Tomlinson.

Clayton, plus expérimenté, se contenta de hocher la tête.

— Bien, leur dit Hayden. Maintenant, j'aimerais que vous preniez le temps de procéder à une recherche plus méthodique le long de la route, en marchant des deux côtés sur une cinquantaine de mètres, dans chaque direction, avant que nous inspections cette rive méticuleusement. Pendant ce temps, je vais appeler l'adjoint Gonzalez pour qu'il s'occupe de recueillir tous les indices qu'il peut sur cette voiture, puis tenter d'obtenir l'aide de l'équipe de recherche.

Au moment où il terminait sa conversation avec Gonzalez, un appel de Lamar Robinson lui parvint sur son téléphone satellite. Le policier de Memphis lui laissa à peine le temps de lui exposer leur dernière découverte avant de déclarer :

— Je crains d'avoir également des nouvelles troublantes ici. Je suis allé chez les Spaulding, et leur maison était vide.

— Je vous en prie, ne m'annoncez pas que Phoebe Spaulding et ses enfants ont été…

— Il n'y a aucun élément laissant penser qu'ils sont morts, s'empressa d'ajouter Robinson, on comprend seulement qu'ils sont partis en vitesse, après avoir attrapé juste quelques vêtements et objets de valeur, comme si quelque chose leur avait fait peur.

— Comme les Kessler…

— Peut-être. Mais ils avaient laissé deux chats à l'intérieur. Il y avait une bougie qui brûlait encore, et l'un des deux l'a renversée. Donc l'endroit était plein de fumée lorsque nous sommes arrivés…

— Ce qui vous a fourni l'excuse dont vous aviez besoin pour enfoncer la porte, remarqua Hayden.

— C'est ce que nous avons fait immédiatement. Le policier qui était avec moi avait un extincteur dans sa voiture, et à nous deux nous avons éteint un petit incendie et sauvé les deux chats.

— Bien ! lui dit Hayden. Maintenant, il faut retrouver cette famille pour les sauver eux aussi.

— J'ai lancé un avis de recherche. Mais il y a encore du nouveau : j'ai une piste concernant une secrétaire du lycée où travaille Ada Kessler, qui correspond tout à fait à la description faite par Hazel. D'après le chef d'établissement, elle est très liée avec Ada.

— Assez pour prêter une arme à une amie effrayée ?

— C'est ce que j'ai l'intention de lui demander cet après-midi, quand je l'interrogerai.

— Tenez-moi au courant, conclut Hayden.

Il mit fin à l'appel et leva les yeux vers trois vautours qui survolaient une zone où poussaient des pins souffreteux. Alors qu'il les regardait évoluer, il sentit son cœur se serrer en voyant leur nombre grandir.

20

Lottie trouvait tout magnifique sur le domaine où Mme Rita les avait emmenées et, lorsqu'elles arrivèrent à la maison de Mme Sara, elle fut transportée d'apprendre que l'assistante sociale avait un chat qui, proclama-t-elle, était son deuxième animal préféré après les chevaux. En regardant Thunder, elle s'empressa d'ajouter :

— À égalité avec les chiens, bien sûr !

Hazel, cependant, qui était plus âgée et donc beaucoup plus intelligente, avait un gros nœud à l'estomac, qui s'était formé ce matin au moment où Mme Rita les avait réveillées en leur annonçant qu'elles allaient passer « des vacances surprise dans un endroit magnifique, juste à côté de chez Mme Sara ! »

Après les avoir aidées à s'habiller en vitesse et les avoir fait monter dans la jeep sans même leur proposer un petit déjeuner, Mme Rita s'était efforcée de détourner leur attention lorsqu'elles étaient parties, désignant un oiseau qui passait au loin. Mais son ton artificiellement joyeux lui avait trop douloureusement rappelé celui qu'avait adopté sa mère après l'accident pour que Hazel soit tranquille. Alors, elle avait préféré regarder de l'autre côté, et son cœur avait fait un bond lorsqu'elle avait remarqué Kate et plusieurs autres personnes – dont le shérif Hayden, qui avait un grand fusil à la main – debout devant un homme étendu à terre. Il avait les mains attachées derrière lui, comme un criminel.

À ce souvenir, Hazel se mit à trembler, en se demandant si c'était un de ceux qui avaient tué leur papa et blessé leur maman. Était-il revenu pour essayer de les tuer *elles* ? Et s'il y en avait d'autres encore ? Lottie et elle pourraient-elles jamais être en sécurité, ici ou ailleurs ?

À cette pensée, Hazel sentit les larmes monter, et elle reposa sur la table basse du salon le vaisseau spatial en plastique que Lottie et elle avaient assemblé.

— Tu voudrais faire autre chose ? demanda sa sœur. Si ça t'ennuie, on peut regarder un film. Mme Sara dit qu'ils ont celui avec l'enfant qui a un dinosaure comme ami.

Au son de la voix de Lottie, le vieux chien qui dormait dans son panier avait levé la tête.

— Je… je veux maman, c'est tout, mentit Hazel, parce qu'elle ne voulait pas faire peur à sa sœur, ni se mettre à pleurer comme un bébé.

Mais, dès qu'elle eut prononcé ces mots, Hazel se rendit compte que c'était exactement ce dont elle avait besoin : être enveloppée dans les bras de sa mère.

Hazel la serrerait de toutes ses forces. Et peut-être que si elle y croyait assez les choses redeviendraient comme avant… avant que ses parents ne se disputent à propos d'oncle Cal, ou du moins avant que leur papa ne revienne ce soir-là et ne leur annonce : « Vous savez quoi, les filles ? Nous allons partir en vacances surprise. Alors, dépêchez-vous. Montez dans la voiture ! »

Avec un léger grognement, le vieux chien se leva. Lorsqu'il leva le museau pour flairer sa joue, Hazel n'essaya pas de l'éloigner. Elle se contenta de rester là, caressant sa fourrure blanche pendant que, de sa langue, le vieux chien essuyait les larmes de son visage.

Quelques heures plus tard, Hayden était encore sur les lieux où la voiture abandonnée avait été retrouvée. Malgré ses efforts, le mal de tête persistant qu'il ressentait le fatiguait. Après avoir appris que les vautours n'avaient rien repéré de plus intéressant que les restes d'un lapin, il avait appelé Kate, qui semblait plutôt groggy, pour savoir si elle avait des nouvelles concernant l'équipe de recherche. Puis il avait téléphoné au poste de surveillance des frontières le plus proche, en leur demandant s'ils pouvaient effectuer un survol de la zone.

Son mal de tête le faisait souffrir, mais il se dit que s'il buvait assez d'eau et se ménageait il pourrait encore travailler une heure ou deux.

Pendant que Yarborough et Tomlinson continuaient à ratisser la zone, l'adjoint Gonzalez, qui venait d'arriver, confirma que les taches sur le tableau de bord et le siège étaient bien du sang humain. Il continua à passer le véhicule au peigne fin, et Hayden laissa un message vocal à Lamar Robinson, lui demandant de le rappeler dès qu'il le pourrait, pour qu'il puisse le mettre au courant des derniers développements.

Mais Kate lui téléphona avant Robinson.

Exaspéré de voir qu'ils n'en savaient toujours pas plus sur la localisation de Spaulding, et sentant que son mal de tête allait finir par avoir raison de lui, Hayden déclara :

— J'espère que tu n'appelles pas pour me dire qu'il y a des problèmes avec l'équipe de recherche, parce que nous n'avons toujours aucune trace de Spaulding ! S'il est toujours vivant, ses heures sont probablement comptées.

— Tu auras une équipe du sud du Texas dans trois heures, répondit-elle d'une voix tendue. Mais je t'appelle parce que je crains que nous n'ayons un problème plus important.

— Tu peux rester en ligne, Kate ? J'ai un autre appel de Mac.

— Écoute-moi, Hayden, répliqua-t-elle sèchement. Je viens tout juste d'avoir une conversation téléphonique avec ton frère, et oui, il est inquiet en ce moment, mais je peux te donner plus d'informations que lui.

— Que se passe-t-il ? demanda Hayden, soudain en alerte.

— Ma mère, les deux filles et Sara ont disparu. Ou du moins, aucun d'entre nous n'arrive à les joindre.

— Les joindre ? Mais comment se fait-il que Mac ne soit pas avec elles ? s'exclama Hayden.

— Il l'était, jusqu'à ce qu'il reçoive un appel de l'école. Cristo est tombé dans la cour et a cassé son appareil dentaire. Mac a dû aller le chercher pour l'emmener chez l'orthodontiste, qui se trouve à trois quarts d'heure de route. Sara lui a dit d'y aller, bien sûr. Tout le personnel du village de vacances était présent, donc il y avait plein de monde autour, et nous sommes en plein jour…

— Mais que s'est-il passé ? s'écria Hayden, luttant pour ne pas imaginer le pire.

— Alors qu'il revenait à la maison avec Cristo, Mac a traversé une zone où il n'y avait pas de signal, expliqua Kate. Peu de temps après, il a vu que Sara lui avait laissé un message, expliquant qu'elle emmenait ma mère et les filles à l'hôpital de Kerrville.

— Pourquoi ? Quelqu'un était blessé ?

— On l'avait appelée pour l'informer que l'état d'Ada Kessler s'était subitement détérioré, et que si ses filles voulaient avoir une chance de lui dire au revoir elles devaient immédiatement se rendre à son chevet.

Avec un frisson, il déclara :

— Mais je viens d'avoir de ses nouvelles il y a une demi-heure, et on m'a annoncé que l'opération avait été un succès !

— Je savais bien que c'était un mensonge ! lança Kate. Mais maintenant, Mac n'arrive pas à joindre Sara. Il m'a appelée pour me demander de lui faire passer un message par maman, mais son téléphone ne répond pas non plus.

— Ne panique pas, Kate. Il est tout à fait possible qu'elles soient dans un endroit où il n'y a pas de réseau.

Ce genre de problèmes était fréquent dans cette zone rurale, et l'état d'Ada Kessler avait pu se détériorer juste après l'appel que Hayden avait reçu de l'hôpital.

— Attends… quelqu'un arrive ici, lui dit Kate. Mais… c'est Mac ! s'exclama-t-elle, l'air surpris. Et il a une arme.

Hayden poussa un juron : la dernière chose dont il avait besoin, c'était que son frère se promène, les nerfs à vif, une arme à la main.

— J'aimerais lui parler. Tu peux me le passer ?

Il perçut des bribes de conversation et comprit que Mac tentait de convaincre Kate qu'ils devaient partir sur-le-champ. Mais finalement, à contrecœur, son frère consentit à lui parler.

— Je n'ai pas le temps ! Tu ne comprends pas ?

— Les jumeaux ne sont pas avec toi, n'est-ce pas ? demanda Hayden, inquiet que son neveu et sa nièce puissent voir leur père dans cet état.

— Ils sont à la maison et les employés veillent sur eux. Mais il faut que j'aille retrouver Sara. Heureusement, elle avait activé la localisation de son téléphone parce qu'elle le perdait tout le temps, et je sais où elle est.

— C'est une bonne chose ! remarquaobserva Hayden. Et où est-elle ?

— L'icône est grisée maintenant. Cela signifie que le téléphone n'a plus de réseau, mais la dernière localisation connue était à environ vingt minutes au nord de Leakey, sur la route 83, juste après Luna Roja.

C'était le ranch où leur frère Ryan travaillait.

— La route a été fermée parce qu'un camion a perdu son chargement, déclara Hayden, faisant allusion à l'annonce qu'il avait entendue sur la radio de Tomlinson, alors qu'il s'était installé dans son véhicule pour passer ses appels. Ils ont dû dévier toute la circulation sur la route 39, le temps que tout soit dégagé.

— Il n'y a pratiquement aucun réseau à cet endroit, remarqua Mac.

— Sara va peut-être pouvoir te recontacter dans quelques instants…

Mac poussa un juron.

— Même si elles sont dans une zone où il y a peu de réseau, cela fait bien une heure que j'essaie d'appeler Sara, et je sais qu'elles ne sont pas à l'hôpital parce que j'ai réussi à joindre une infirmière qui travaille dans le service où Ada Kessler est soignée. D'ailleurs, personne à l'hôpital ne les avait appelées.

— D'accord…

Malgré sa propre inquiétude, Hayden fit un effort pour sembler calme.

— Je vais essayer de joindre Ryan et lui demander s'il peut aller à leur rencontre, puisqu'il est dans le coin, proposa-t-il.

— Dis-lui que Kate et moi arrivons. Nous le retrouverons là-bas.

— *Je* le retrouverai là-bas, répliqua Hayden, mettant dans sa voix toute l'autorité qu'il put rassembler. Tu dois rentrer chez toi pour être avec tes enfants.

— N'y pense même pas, Hayden. Il est hors de question que je laisse Sara toute seule. Nous ne l'avons encore dit à personne, mais nous venons d'apprendre qu'elle attend un enfant. Si tu savais tout ce que cela signifie pour nous…

Hayden sentit l'air lui manquer.

— Je te la ramènerai. Je te le promets.

— Je sais que tu feras tout pour cela, mais je dois aller la retrouver. Je suis seulement passé ici pour demander à Kate de m'aider.

La voix de Mac lui parvint, beaucoup plus lointaine, alors qu'il s'adressait à Kate.

— J'ai besoin que tu prennes une arme, toi aussi. Tu peux encore t'en servir, même si ta main gauche est blessée ?

— Oui, si c'est nécessaire, répondit Kate.

— Écoute-moi, Mac ! Ne fais pas ça ! s'écria Hayden, alors

qu'il repensait à ce qui s'était passé l'été dernier, lorsqu'ils avaient failli perdre Mac.

Il faisait encore des cauchemars dans lesquels Mac était sur un brancard, juste avant d'être évacué vers l'hôpital par hélicoptère, et lui faisait jurer de prendre soin de ses enfants et de Sara s'il ne s'en sortait pas.

La voix de Mac résonna, à nouveau nette.

— Retrouve-nous là-bas, Hayden. Et tu ferais bien d'appeler du renfort.

— Je t'en prie, Mac, tu n'es pas en état de…

Hayden s'interrompit lorsqu'il comprit que son frère avait raccroché. Il essaya de le rappeler mais n'obtint pas de réponse.

Après avoir tenté de joindre Kate avec le même résultat, il poussa un juron avant de lui dicter un bref message.

— Je viens. Fais attention à toi.

Il fallait qu'il arrive là-bas avant eux, et il espérait qu'il pourrait les accueillir avec un grand sourire, en leur expliquant qu'il s'était passé quelque chose de certes inquiétant mais anodin.

Sinon, il n'aurait plus qu'à atténuer le choc de nouvelles qu'il aurait voulu ne jamais avoir à annoncer.

21

— C'est là que le téléphone portable de Sara a été localisé pour la dernière fois, déclara Mac, en s'arrêtant sur le bas-côté de la route. Je vais regarder mon portable, au cas où sa position ait été actualisée.

— Je l'ai ici, et rien n'a changé, dit Kate.

Mais elle lui tendit son téléphone tout de même, puisqu'elle savait qu'en ce moment Mac était incapable d'entendre raison. Elle avait déjà eu le plus grand mal à le convaincre de ralentir assez pour qu'ils n'aient pas d'accident, en faisant valoir que cela ne serait d'aucun secours ni à Sara, ni à sa famille.

Ma famille ? Même si Kate savait parfaitement que Hazel et Lottie n'en faisaient pas partie, elle se rendit soudain compte de la place que ces deux petites filles avaient prise dans sa vie. Elle s'était attachée à elles d'une manière qu'elle n'aurait jamais crue possible, et cela lui fit soudain comprendre ce que Hayden avait tenté de lui dire, lorsqu'il lui avait rappelé qu'un amour que l'on choisissait de donner comptait tout autant qu'un amour prétendument dicté par la nature.

Refoulant ses larmes, elle regarda Mac qui tapait frénétiquement sur les touches de son portable, comme si par la seule force de la volonté il allait obtenir de cet appareil qu'il lui donne la localisation de sa femme.

— Nous devrions continuer à avancer, suggéra Kate. Je parie que nous allons les retrouver sur la route 39, peut-être en train de changer une roue.

— Tu crois vraiment qu'elles sont seulement retardées par quelques écrous rouillés ?

— Au moins, c'est une possibilité. Surtout si ma mère a aussi bien entretenu sa jeep que sa propriété.

Mac lui tendit son téléphone et jeta un coup d'œil dans ses rétroviseurs avant de repartir. Lorsqu'ils atteignirent la jonction avec la route 39, Kate vit que le barrage dont Hayden avait parlé à Mac avait été enlevé.

— Je dois continuer sur la 83 ou prendre la 39 ? demanda Mac d'un ton hésitant.

Kate secoua la tête.

— La 83 est beaucoup plus fréquentée. Je pense que quelqu'un les aurait vues et les aurait aidées si elles avaient été coincées là…

— C'est aussi ce que je pense, dit Mac en tournant sur la 39. Mais prions pour que nous ayons raison !

Elle se demanda si Hayden était devant eux, mais cela semblait peu probable, étant donné l'endroit d'où il venait. En revanche, s'il avait réussi à joindre Ryan, ils allaient certainement croiser celui-ci.

— Il faut que nous fassions attention au pick-up de Ryan. Il est gris métallisé, déclara-t-elle.

— Maintenant que j'y pense, il me semble me souvenir qu'il est parti faire une compétition de rodéo cette semaine…

— Il est encore dans le circuit ?

La plupart des garçons qu'elle connaissait cessaient de poursuivre leurs rêves de cow-boy avant leurs trente ans, découragés par l'entraînement intensif qu'il fallait s'infliger pour rester au niveau, ou par les blessures trop fréquentes.

— Je suis surprise que son patron le laisse partir, ajouta-t-elle.

— Tu veux rire ? C'est son plus grand fan ! Après ses admiratrices féminines, bien sûr, ajouta Mac avec un sourire. D'ailleurs, cela lui rapporte pas mal d'argent.

— Oui, mais s'il se blesse…

— Je lui ai dit la même chose, Kate, mais il refuse de m'écouter. Je me fais du souci pour lui, et je me sens coupable.

— Coupable ? Je ne comprends pas : pourquoi devrais-tu te sentir coupable qu'il refuse d'abandonner le rodéo ?

— Il est obsédé par l'idée de récupérer l'héritage que mes batailles juridiques ont coûté à la famille. Il ne cessera que lorsqu'il aura réussi à racheter le ranch, ou il mourra avant.

Kate cligna des paupières : en admettant que les nouveaux propriétaires veuillent se séparer de la propriété, l'endroit devait valoir plusieurs millions de dollars. Elle comprit alors que la perte de ce ranch – qui avait été la fierté de la famille pendant des générations – avait laissé chez les trois frères des cicatrices bien plus profondes qu'elle ne l'imaginait.

— Tout d'abord, tu n'es responsable en rien de la mort de ta femme, ni du fait que tes enfants t'aient été enlevés. Et tu te devais de faire tout ce qui était légalement en ton pouvoir pour qu'ils reviennent. Je suis certaine que Hayden et Ryan le comprennent parfaitement !

— Ils disent que oui, mais je ne me pardonnerai jamais de ne pas les avoir mieux informés du coût des démarches juridiques.

Alors que le terrain devenait plus accidenté et plus boisé, la route se mit à descendre.

— C'est la raison pour laquelle nos relations sont encore si distantes, expliqua Mac.

— J'espère que tu sais à quel point Hayden aime tes enfants. Et il est très heureux pour toi et Sara.

— Elle est notre vie, déclara simplement Mac.

Il semblait si perdu qu'elle posa la main sur le bras de son vieil ami.

— Nous allons retrouver Sara. Nous allons toutes les retrouver, déclara-t-elle, alors que la route devenait plus étroite et sinueuse.

Des montagnes se dressaient sur un côté alors que, de l'autre, ils apercevaient les reflets d'un cours d'eau en contrebas.

Au fur et à mesure qu'ils avançaient, l'endroit se révélait de plus en plus pittoresque. Des chalets et des petites maisons de vacances s'élevaient sur les bords de la rivière et sur les montagnes qui la surplombaient.

Alors qu'ils s'engageaient sur un pont enjambant le cours d'eau, Kate s'écria :

— Attends ! Arrête ! Ce ne serait pas le pick-up de Ryan, là ?

— Je ne sais pas. Tu as vu quelqu'un ?

— Non, mais je crois qu'il vaudrait mieux aller vérifier, dit-elle, le cœur battant.

— Laisse-moi trouver un endroit pour faire demi-tour.

Ils revinrent près du pont, et Mac tourna à gauche pour s'arrêter derrière le pick-up, qui avait visiblement été garé à la hâte et dont le pare-chocs avant était enfoncé.

— Ce n'est pas le véhicule de Ryan, lâcha Mac d'une voix déçue. Et d'ailleurs, il est vide.

Mais Kate, qui avait remarqué que la portière du conducteur était ouverte, était déjà en train de détacher sa ceinture, pressée d'aller jeter un coup d'œil dans le Silverado.

— Un véhicule de ce type a été utilisé par les hommes qui poursuivaient les Kessler, expliqua-t-elle en se saisissant du fusil de son père. C'est peut-être une coïncidence, mais je vais aller voir, d'accord ?

Elle ne fut pas surprise lorsqu'elle entendit Mac lui emboîter le pas. Mais presque aussitôt il se mit à crier :

— Kate ! Regarde en bas, près de la rivière !

Elle remarqua alors ce qui n'était pas visible depuis le pont : la jeep de sa mère semblait avoir dévalé la pente et fini sa course plantée dans la boue de la rive, après avoir arraché sur son passage de jeunes pousses d'arbres. Alors qu'elle se mettait à courir dans sa direction, Kate vit que la portière du passager était ouverte et que quelqu'un tentait de s'extraire du nuage d'airbags.

— Sara ! s'écria Mac qui passa en courant devant elle pour aller secourir sa femme. Ne bouge pas ! Tu es blessée ?

— Je… Je suis coincée ! cria Sara en baissant la vitre de la jeep. Mais ne t'occupe pas de moi : je ne suis pas blessée ! Il faut que tu ailles retrouver les autres pour les aider, avant que l'oncle des petites…

— Cal Thorley ? demanda Kate.

— Je ne connais pas son nom, répondit Sara. Je sais seulement que Rita et les petites sont parties en courant le long de la rivière dans cette direction, et qu'un homme les poursuivait. Il avait un fusil à la main.

En lançant son téléphone satellite à Mac, Kate lui cria :

— Reste avec ta femme et appelle les secours. Ce téléphone devrait avoir du réseau, même ici. Je m'occupe d'elles.

— Tu ne peux pas…

— Écoute-moi : en tant que civil, la meilleure chose que tu puisses faire est de veiller sur Sara, t'assurer qu'elle va bien, et faire signe aux secours quand ils arriveront.

— Je les appelle immédiatement. Mais… fais attention, Kate, déclara Mac.

Ses yeux bleu-gris la fixaient avec intensité.

— Hayden ne le sait peut-être pas, mais, je te le jure, il a besoin de toi.

Au moment où ils passaient sur le pont enjambant la rivière, Hayden hurla en direction de Gonzalez :

— Arrête-toi ! C'est mon frère !

Il avait aperçu Mac qui faisait de grands gestes pour leur indiquer de s'arrêter.

Gonzalez n'avait pas encore immobilisé la voiture que Hayden en descendait.

— La jeep a dévalé la pente jusqu'à la rivière et Sara est piégée dedans. J'ai appelé les secours, cria Mac. Sara peut attendre pour le moment, mais pas Kate. Elle est partie par là, à la poursuite de l'oncle des filles.

— Bon sang !

— Là, vers ces arbres ! ajouta Mac. Dépêche-toi !

Hayden n'entendit pas le reste, mais il sentit son corps se glacer lorsqu'il perçut le bruit d'une détonation.

Il lança à Gonzalez qui arrivait derrière lui :

— Suis-moi… et fais attention. Cal Thorley est à la poursuite de ses nièces et de Rita. Et Kate est allée les aider.

Si elle est toujours en vie…

Hayden repoussa cette pensée. Mais, alors que sa mère et les fillettes qui étaient maintenant si chères à son cœur étaient menacées, était-il possible que Kate ait pris des risques et en ait payé le prix ultime ?

Il luttait pour maîtriser ses émotions lorsqu'il entendit Gonzalez pousser un cri. En se retournant, il vit son adjoint agripper sa cheville, qu'il avait dû se tordre sur le terrain escarpé.

Se remettant debout avec peine, Gonzalez fit un pas en boitant et s'écria :

— Vas-y ! Je te rattrape !

Hayden continua, marchant plus prudemment. Mais, avec la fatigue qui lui brouillait la vue et son mal de tête qui redoublait d'intensité, il ne pouvait que serrer les dents et avancer.

Soudain, une voix masculine s'éleva, venant de la rivière. Progressant le plus silencieusement possible parmi les arbres, Hayden continua à descendre vers la rivière, mais il glissa et dévala lourdement la pente.

La voix s'interrompit soudain, et l'homme se mit à vociférer :

— C'est quoi ? Qui est là ? Si vous approchez, je vous jure que je vais tirer !

Hayden parvenait difficilement à percevoir ce qui se passait autour de lui. Il plissa les paupières, tentant de distinguer des silhouettes à travers le rideau d'arbres et le brouillard qui obscurcissait sa vision. Lorsqu'il réussit à voir un peu plus nettement, son sang ne fit qu'un tour : un homme était debout dans la rivière, de l'eau jusqu'aux genoux, et il pressait une arme contre la tempe d'une femme qu'il tenait devant lui comme un bouclier, en agrippant ses cheveux aux reflets argentés.

La bouche de Rita McClafferty était ouverte en un cri silencieux, et son visage avait perdu toute couleur.

— Lâchez-la ! Immédiatement ! cria Kate, qui était plus haut sur la rive. Sinon, je n'hésiterai pas à tirer, Spaulding !

Spaulding ? Clignant à nouveau des paupières, Hayden eut un choc en reconnaissant la mince silhouette de l'homme qu'il imaginait gisant près du pont d'Old Meier Ranch : le patron et prétendu ami de Nicolas Kessler.

— Je veux seulement emmener les filles voir leur mère ! répliqua Spaulding, la voix subitement mielleuse. Laissez-les venir avec moi, et je vous promets que je ne vous ferai aucun mal, à votre mère et vous.

— Ne l'écoute pas, Kate ! Tu sais qu'il ment ! hurla Rita en se tordant désespérément et en enfonçant un coup de coude dans les côtes de l'homme.

Hayden vit sa silhouette tomber vers l'arrière, comme si elle perdait l'équilibre.

Une autre détonation retentit, et les cheveux argentés de Rita disparurent sous l'eau. Alors il fit feu, tout comme Kate, et Tim Spaulding bascula dans la rivière, qui se teinta de traînées rouges.

22

Kate courut vers l'eau qui s'assombrissait, une prière désespérée sur les lèvres. *Mon Dieu, faites qu'elle soit vivante !*

Une tête remonta à la surface : c'était celle de sa mère, qui criait de peur ou de douleur, Kate ne put le déterminer. Hayden, qui était plus proche, arriva avant elle auprès de Rita et, ensemble, ils traînèrent son corps étonnamment léger vers la rive.

— Les filles ! Où sont-elles ?

Ce fut la première question de sa mère.

— Ici, lui dit Kate. Je leur ai demandé de se cacher derrière ce tronc d'arbre, pour qu'il ne puisse pas les voir.

Elle se sentit fière en pensant combien ces deux fillettes avaient été fortes, particulièrement Hazel, qu'elle avait vue enfoncer la tête de sa sœur dans les feuilles pour tenter de la préserver de l'horreur de la situation.

Mais son attention fut attirée par le cri que poussa sa mère lorsqu'elle essaya de bouger.

— C'est… C'est ma hanche, dit Rita qui frissonnait dans ses vêtements mouillés. Quand je… quand je me suis dégagée de ce monstre, j'ai glissé sur un rocher et je me suis fait mal.

— Les secours seront bientôt là. N'essaie pas de bouger !

Kate regarda par-dessus son épaule et aperçut l'adjoint Gonzalez qui arrivait en claudiquant.

— Ma mère a besoin d'une ambulance ! cria-t-elle.

— Je vais vérifier dans combien de temps elle sera là, mais je vais d'abord aider Hayden à…

En entendant un bruit, Kate se retourna et vit que Hayden avait glissé et était tombé en tentant de sortir le corps de Spaulding de la rivière. Quand il se releva en poussant un juron, elle accourut avec Gonzalez pour l'aider à traîner le corps inerte sur la rive.

Gonzalez s'accroupit pour prendre le pouls de l'homme. Mais Kate ne fut pas surprise lorsque l'adjoint secoua la tête.

— Il est mort. Je vais appeler pour savoir quand l'ambulance va arriver, et je vais aller chercher une couverture de survie dans ma voiture pour vous, ajouta-t-il en regardant Rita.

— Après avoir simulé sa mort près du pont d'Old Meier Ranch, c'est presque un juste retour des choses, remarqua Hayden en considérant le corps sans vie. J'imagine que Tim Spaulding s'était compromis dans les malversations que Mme Singh, et bien entendu Nicolas Kessler, avaient mises au jour. L'enquête nous dira s'il avait des complices, mais il était certainement l'initiateur de la fraude.

— Tu penses que Kessler avait compris qu'il devait se méfier de son ami ? demanda Kate.

— Certainement… Et Spaulding devait craindre qu'Ada et les filles n'aient vu ou entendu quelque chose qui l'implique dans le meurtre de Nicolas. Sinon, il ne serait pas allé si loin… Mais toi, poursuivit-il, tu vas bien ? Et les filles ?

— Je vais bien, mais il faut que j'aille les voir. Et ma mère s'est blessée à la hanche. Elle doit aller à l'hôpital.

Hayden se dirigea vers Rita qui se tenait assise, la tête baissée, toute tremblante. À la grande surprise de Kate, lorsqu'il s'accroupit, tous les deux se serrèrent dans les bras l'un de l'autre.

— Vous auriez pu vous faire tuer par ce malade, lui lança-t-il. À quoi pensiez-vous quand vous l'avez attaqué ?

— Que j'aurais préféré mourir que laisser ce monstre se servir de moi pour faire du mal à mes trois filles ! C'est tout.

Sa mère parlait d'un ton si déterminé que Kate sentit son cœur se gonfler de fierté.

— Eh bien, je suis heureux que vous n'y ayez pas laissé la vie.

Hayden baissa la tête avant de lui confier :

— Les belles-mères de votre trempe sont rares.

Rita lui lança un regard aigu.

— *Les belles-mères* ? Tu es vraiment tombé sur la tête, Hayden !

Une lueur méfiante dans ses yeux bruns, elle regarda alternativement Kate puis lui.

— Ou alors vous m'avez caché quelque chose ? *Kate* ?

— Ne parlons pas de cela ici et maintenant, Hayden, déclara Kate, furieuse qu'il fasse cette annonce à sa mère alors qu'ils n'en avaient même pas parlé ensemble. Et certainement pas pendant que deux fillettes effrayées et tant d'autres choses exigent notre attention !

Il lui lança un regard contrit.

— Bien sûr, tu as raison. Je suis désolé. Mais ne t'attends pas à ce que je taise mes intentions ni à ta mère, ni à personne, Kate, parce que j'en ai fini de cacher à tous que je t'aime… et que mon cœur est à toi, depuis toujours.

Après s'être ainsi ridiculisé, Hayden fit de son mieux pour coordonner les secours qui commençaient à arriver. Mac avait réussi à extirper Sara de la jeep, mais elle fut cependant transportée à l'hôpital en ambulance pour être auscultée par mesure de précaution. Pour Rita, la situation était plus sérieuse, car on soupçonnait une fracture de la hanche.

Hayden resta pendant plusieurs heures sur la scène pour les besoins de l'enquête. Ses vêtements étaient secs depuis bien longtemps lorsqu'il finit par emprunter une chemise propre – mais un peu étroite – à Gonzalez, et put monter dans la voiture d'un adjoint du comté de Kerr pour se rendre à l'hôpital. Ce dernier l'informa que Cal Thorley avait été appréhendé sans le moindre incident un peu plus tôt dans l'après-midi, et qu'il allait être interrogé. Mais sa culpabilité dans les attaques dont la famille Kessler avait fait l'objet était maintenant écartée.

Hayden ne se rendit pas aux urgences, puisque Mac l'avait contacté un peu plus tôt pour lui dire qu'on avait autorisé Sara à en sortir. Le médecin lui avait conseillé de se reposer pendant quelques jours pour se remettre de ses contusions, mais Sara avait tout de même insisté pour prendre Hazel et Lottie en charge.

— Dès que leur mère ira mieux, elles retourneront ensemble dans le Tennessee. Mais dans l'immédiat, avait conclu Mac, elles seront en sécurité chez nous, avec Silvia et Cristo.

Hayden lui en était extrêmement reconnaissant, il était sûr que son frère et Sara s'occuperaient bien des fillettes. Il espérait également que, grâce à l'expertise de Sara, elles pourraient commencer à surmonter le traumatisme qu'elles avaient subi.

Sur un coup de tête, Hayden s'arrêta au magasin de cadeaux avant de se rendre dans la chambre de Rita McClafferty. Il choisit un panier contenant des magazines, des puzzles, et un ballon avec un message de bon rétablissement. Il était à la caisse en train de payer lorsque Lamar Robinson l'appela pour lui donner les dernières nouvelles.

— Vous ne vous arrêtez jamais ! s'exclama Hayden en guise de salut.

— J'entends déjà assez cela venant de ma femme ! répliqua Lamar en riant.

Hayden fit un signe de tête à l'homme qui avait encaissé

son achat et partit avec son cadeau vers un endroit du hall où il pourrait poursuivre plus tranquillement sa conversation.

— Alors, demanda-t-il, qu'avez-vous appris sur Phoebe Spaulding ? Est-elle victime ou complice ?

Il penchait pour la deuxième solution puisque Lamar l'avait appelé un peu plus tôt pour lui dire qu'elle et ses enfants avaient été interceptés alors qu'ils étaient à l'aéroport, avec un aller simple qui devait les emmener vers un État insulaire n'ayant aucun traité d'extradition avec les États-Unis.

— Lorsqu'elle a été appréhendée, elle a paniqué à l'idée d'être séparée de ses enfants et envoyée en prison. Depuis, elle prétend qu'elle ne savait rien, mais que son mari l'a appelée ce matin pour lui apprendre qu'il avait transféré plusieurs millions de dollars de ses investisseurs sur des comptes off-shore à son nom, et qu'il lui a expliqué où elle trouverait des billets qu'il avait laissés pour eux, au cas où les choses tourneraient mal.

— Spaulding a dû se rendre compte qu'il n'avait qu'une très mince chance que sa fraude ne soit pas mise au jour…

— Mais pourquoi prendre le risque d'essayer de tuer les filles des Kessler, s'il avait décidé de s'enfuir ? s'étonna Lamar.

— Peut-être qu'il s'imaginait qu'elles pourraient le dénoncer et l'empêcher de quitter le pays, suggéra Hayden… En parlant de Phoebe Kessler, vous l'avez informée que son mari avait été tué ?

Lamar Robinson répondit avec un soupir.

— Je vais le faire. Je n'ai aucune sympathie pour cette femme : même si nous ne pouvons pas le prouver, elle était beaucoup plus au courant des malversations financières de son mari qu'elle ne veut bien le dire, *et* elle a enfermé les chats de la famille dans la maison, où ils auraient pu mourir de faim ou carbonisés. Mais malgré tout, l'idée de lui annoncer cela est difficile.

— Bon courage…

— Merci. Et il y a autre chose : un de mes collègues m'a raconté que l'amie d'Ada Kessler avait été interrogée. Elle a raconté qu'Ada lui avait expliqué qu'elle était très inquiète que Nic ait réservé une location de vacances trouvée à la dernière minute dans un complexe sordide. Alors, son amie lui a proposé de lui prêter son arme pour qu'elle se sente plus en sécurité.

— Ainsi, Ada a menti pour pouvoir se procurer une arme immédiatement, sans attendre le délai légal. Le policier qui a pris sa déposition pense que cette femme dit la vérité ?

— Elle était tellement bouleversée qu'il a tendance à croire que oui.

— Bon… Je vous dis à demain ?

— Vous avez enfin décidé que la journée était finie ? lui demanda Lamar. Je suis surpris que vous ayez tenu aussi longtemps, étant donné votre état de santé !

— Je commence enfin à avoir moins mal à la tête.

Depuis quelques heures, Hayden avait eu l'heureuse surprise de constater que son mal de crâne le faisait beaucoup moins souffrir, et que sa vue s'était nettement améliorée.

— Mais il est temps que je me repose un peu. Et vous aussi, conclut-il.

Lorsqu'il eut mis fin à l'appel, il se dirigea vers la chambre de Rita McClafferty. Il trouva Kate, seule dans la pièce plongée dans la pénombre. Elle regardait par la fenêtre et s'essuyait les yeux avec un mouchoir.

— Eh, lui dit-il doucement, en s'approchant d'elle. Ta mère…

Il eut peur de terminer sa question. Alors, il déposa le panier sur la table de nuit et ouvrit les bras.

— Ils l'ont emmenée pour lui faire une autre radio, dit Kate en se blottissant contre lui. Je pense que c'est pour le chirurgien qui va l'opérer.

— Elle va s'en sortir, déclara Hayden en déposant un

baiser sur ses cheveux. J'en suis certain. Et après, si elle a besoin de quelque chose…

— Je serai là pour l'aider, promit Kate en reculant pour pouvoir le regarder dans les yeux.

— Et moi aussi, Kate. Tout ce que je peux faire pour toi, je le ferai… même si tu ne veux pas de moi.

Elle leva les yeux, le dévisageant avec intensité.

— Tu es vraiment un type bien, tu sais ? Même si tu ne combats pas toujours à la loyale…

Comprenant qu'elle faisait allusion à ce qu'il avait dit à sa mère un peu plus tôt, il se mit à rire.

— Non, c'est vrai. Pas quand l'enjeu est si grand ! Je veux t'épouser, Kate, même si cela implique que je m'arrête au magasin de cadeaux, et que je supporte les remarques grincheuses de ta mère lorsque je m'occuperai d'elle après son opération.

— Si généreuse que soit cette proposition, tu ne le feras pas seul. Je rentre à la maison, définitivement, parce que d'après le médecin sa rééducation sera longue. Mais, à vrai dire, j'aurais dû voir plus tôt combien ma mère a besoin de moi… et combien j'ai envie d'être auprès d'elle.

— Mais ton métier ?

— Il y a beaucoup de choses que je peux faire en travaillant à distance, qu'il s'agisse de formation, de logistique ou de collecte de fonds. Si Simon Corbett est d'accord, je pourrai négocier un arrangement avec lui. Mais ma vie est ici.

— Avec ta mère ?

— Avec ma mère…

Elle sourit et ses yeux se mirent à briller.

— Et son futur gendre… et la famille que toi et moi serons assez audacieux pour fonder ensemble…, quelle qu'elle soit.

Il la dévisagea, n'osant croire ce qu'elle venait de lui dire.

— Tu… tu es sérieuse ?

— Oui. Je suis sérieuse quand je te dis que je n'ai jamais

aimé un autre homme, Hayden, et que je ne le ferai jamais, car dans mon cœur il n'y a de place que pour toi… Même s'il nous a fallu du temps à tous les deux pour en arriver là.

— C'est vrai. Mais à partir de maintenant, si nous ne pensions plus qu'à essayer de nous rendre heureux, et à donner du bonheur aux autres ?

— Je ne peux rien imaginer de mieux, dit-elle en scellant leur accord par un baiser qui effaça toutes les traces de douleur qui subsistaient encore en lui.

Vous avez aimé ce roman ?
Retrouvez en numérique le premier tome de votre série
« Des protecteurs à l'épreuve » !

1. *Le combat d'un père*
2. *Le canyon des disparues*

BEVERLY LONG

Coupable attirance

Traduction française de
LUCIE DELPLANQUE

BLACK ROSE

HARLEQUIN

Titre original :
TROUBLE IN BLUE

1

Debout devant la porte, Erin hésitait. Le lourd trousseau de clés lui paraissait terriblement étranger et elle était inquiète. Inquiète pour sa sœur Morgan, hospitalisée depuis deux jours à vingt-six semaines de grossesse – bien trop tôt pour accoucher. Inquiète aussi de ne pas être capable de s'occuper de sa magnifique boutique en son absence.

Erin ne connaissait rien à la vente. Elle ne connaissait rien non plus au Nord-Ouest Pacifique, rien à l'État de Washington et rien à la petite ville de Knoware – en dehors du fait que c'était le bout du monde et qu'il lui avait fallu plus de douze heures pour s'y rendre.

Et si elle ne se montrait pas à la hauteur ? Quand Erin était passée à l'hôpital, Morgan l'avait rassurée, persuadée que tout irait bien. Mais comment savoir ? Erin traînait une encombrante réputation. Après avoir accepté les clés du Coffre aux Trésors, elle avait laissé sa sœur se reposer.

Erin glissa une première clé dans la serrure. Puis une deuxième. Elle aurait dû prêter plus attention aux explications de Brian, se reprocha-t-elle en tentant d'introduire une troisième clé. Oh ! bon sang ! Il n'en restait plus qu'une ; par chance, ce fut la bonne. Elle n'avait visité la boutique qu'une seule fois, plus d'un an auparavant, mais elle se souvenait que le couloir menait à la réserve, une petite cuisine et des sanitaires ; le reste était consacré à la boutique. Erin s'avança d'un pas résolu.

Une veilleuse clignotait au-dessus de la caisse enregistreuse, dont le tiroir était ouvert. Cela n'avait rien d'anormal. Morgan lui avait expliqué qu'elle retirait la recette chaque soir, ne conservant que cent dollars en fonds de caisse. Pendant la nuit, cette somme était transférée dans un sac, caché dans un des placards de la cuisine. Le surplus était confié à la banque.

Il restait deux bonnes heures avant l'ouverture, mais Erin n'avait pas grand-chose d'autre à faire. Lorsqu'elle avait déposé sa valise chez Morgan et Brian, elle n'avait même pas envisagé de s'allonger, craignant de s'assoupir et d'être en retard pour son premier jour. Par chance, elle avait pu somnoler dans l'avion, pendant la première partie du voyage. En revanche, entre New York et Seattle, elle était trop surexcitée pour fermer l'œil.

Elle avait besoin d'une bonne tasse de thé. C'était presque une question de vie ou de mort.

Marcus Price travaillait depuis plus de dix heures et il lui en restait encore deux avant la fin de son service. Enfin… normalement. Mais c'était peu probable. À la mi-juin, la saison touristique battait déjà son plein et cela impliquait toujours des heures supplémentaires. Depuis qu'il assurait l'intérim à la tête du commissariat de Knoware – Ralley, leur ancien chef, était en convalescence après un infarctus –, Marcus ne prenait plus la peine de pointer.

Pour ne rien arranger, il avait reçu la veille un message officiel du département de la Sécurité intérieure, incitant toutes les forces de l'ordre à redoubler de vigilance. Tout le pays était en alerte depuis que des menaces d'attentat sur le territoire américain avaient été signalées. Le gouvernement semblait prendre cette affaire très au sérieux. Malheureusement, aucune cible précise n'avait été désignée, ce qui compliquait grandement la situation. En résumé : il fallait tout surveiller, tout le temps.

Marcus n'était pas novice en matière de terrorisme domestique, grâce aux dix années passées au Los Angeles Police Department. Et même si la petite ville paisible de Knoware, dans l'État de Washington, avait peu de risques d'être prise pour cible, Marcus entendait bien respecter les consignes à la lettre. « Vigilance maximale. Vérifiez minutieusement tout ce qui vous semble sortir de l'ordinaire. Renforcez la communication interne en favorisant les remontées depuis la base. Surveillez de près les inconnus et les nouveaux venus. »

Le dernier conseil l'avait laissé perplexe. Knoware comptait environ mille cinq cents résidents permanents, chiffre qui triplait l'été avec l'arrivée des touristes. De fait, la plupart des gens circulant en ville étaient des inconnus ou des nouveaux venus.

Un appel retentit soudain sur sa radio. L'alarme silencieuse de la boutique Le Coffre aux Trésors venait de se déclencher. C'était la première fois que cela se produisait. Quelques mois auparavant, Marcus ne se serait pas inquiété outre mesure, mais le Gertie's Café et le bar Feisty Pete's, deux commerces situés de part et d'autre du Coffre aux Trésors, avaient récemment été cambriolés. Les coupables n'avaient pas été appréhendés.

Quelques minutes plus tard, il s'engagea dans la venelle latérale. Une voiture y était déjà garée. Le Coffre aux Trésors occupait tout le rez-de-chaussée de l'immeuble ; au-dessus, deux étages d'appartements. Marcus savait que les résidents utilisaient le parking souterrain, tout comme l'employé de Gertie. Il descendit de son véhicule et s'approcha de l'entrée de service. Aucun signe d'effraction. Il mit la main sur la poignée et la porte s'ouvrit aussitôt. Ce n'était pas de bon augure.

Sortant son arme, il pénétra dans le couloir sombre, l'oreille aux aguets. Du bruit lui parvenait depuis la pièce située au bout, sur sa gauche, et un rai de lumière filtrait sous la porte. Il s'approcha, plaqué au mur, et fit irruption dans une petite cuisine.

— Mains en l'air ! cria-t-il, faisant sursauter une femme qui se tenait près de la table.

Celle-ci lâcha sa tasse, qui heurta le carrelage avec fracas mais ne se brisa pas. Du thé se répandit sur le sol, éclaboussant les jambes nues de l'inconnue. Marcus était certain de ne jamais l'avoir croisée car elle avait un physique qu'on n'oubliait pas facilement : de longs cheveux cuivrés qui tombaient sur ses épaules en anglaises luxuriantes, des yeux verts et une peau de lait saupoudrée de quelques taches de rousseur.

— Y a-t-il quelqu'un d'autre que vous dans ce bâtiment ? demanda-t-il d'un ton autoritaire.

— Je ne sais pas pour le reste de l'immeuble, mais dans la boutique, non. Je suis toute seule.

Marcus l'observa des pieds à la tête.

— Vous êtes venue m'arrêter ? s'enquit-elle, visiblement peu impressionnée.

— Ça dépend. Êtes-vous entrée par effraction ?

— Certainement pas.

— L'alarme s'est déclenchée. La police a été alertée.

— Vous avez dû vous tromper d'adresse, répondit-elle avec un petit sourire malin. Il n'y a pas d'alarme ici.

Sans lâcher son revolver, Marcus lui fit signe de le suivre dans la boutique, puis désigna un boîtier près de la caisse.

— Bigre…, soupira la jeune femme avec une moue pincée. Brian a oublié de me préciser ce détail. C'est compréhensible, cela dit. Il a d'autres soucis en tête.

Marcus saisit rapidement la situation.

— Vous êtes la sœur de Morgan Tiddle ? demanda-t-il en rengainant son arme.

— Zut, je suis démasquée. Erin McGarry.

— Lieutenant Marcus Price de la police de Knoware. Je peux savoir ce que vous faites ici ? Il est à peine 6 heures…

— Est-ce que ça vous dérange si j'éponge le thé que j'ai renversé pendant qu'on poursuit cette conversation ?

— Pas du tout.

Ils retournèrent dans la petite cuisine, où elle s'empara du rouleau d'essuie-tout et commença par nettoyer ses jambes.

— Un coup de chance que je ne sois pas en pantalon, marmonna-t-elle.

Effectivement, pensa Marcus. Elle avait des jambes magnifiques, bien galbées, très bronzées. Elle portait une jupe à rayures bleu et blanc, une blouse blanche et des ballerines bleues. Elle n'était pas très grande, à peine un mètre soixante, mais parfaitement proportionnée, avec des formes généreuses. Quand elle s'accroupit, son épaisse chevelure coula devant son visage.

— Heureusement qu'elle est solide, grommela-t-elle en lui tendant la tasse vide. Je n'aurais pas aimé casser de la vaisselle dès mon premier jour.

— Votre premier jour ?

— Oui. Ma sœur doit rester allongée jusqu'à l'accouchement.

— Je suis désolé de l'apprendre, répondit Marcus.

Il appréciait Morgan Tiddle, ainsi que son mari. On dénichait toujours le cadeau idéal dans sa boutique.

— Je connais votre sœur et votre beau-frère. Il m'arrive de croiser Brian à la mairie.

— Il m'a une fois affirmé qu'il adorait les colonnes de chiffres. Ma sœur l'appelle parfois Super-Comptable pour se moquer gentiment.

— Si j'ai bien compris… vous assurez l'intérim ?

— Avec son efficacité et sa prévoyance habituelle, Morgan avait trouvé quelqu'un pour la remplacer pendant quelques semaines, après la naissance du bébé. Mais la personne devait démarrer la seconde quinzaine de septembre… pas au mois de juin. Elle n'est pas disponible pour l'instant. Il y a bien une employée à temps partiel, Jo-Marie… Vous la connaissez peut-être… Mais elle ne veut pas faire plus d'une vingtaine d'heures hebdomadaires. Donc, j'ai été réquisitionnée pour tenir la barre.

Elle parlait avec un léger accent, sans qu'il parvienne à

en déterminer l'origine. Se souvenant des consignes reçues la veille – *Surveillez de près les inconnus et les nouveaux venus.* –, il demanda :

— Vous arrivez d'où ?

— Ça, mon ami… Peut-on partir du principe qu'on est amis, puisque vous ne m'avez pas tiré dessus ?… C'est une longue histoire et je pense que vous avez mieux à faire.

— J'évite de tirer sur les gens, précisa-t-il. Trop de paperasse après.

Un grand sourire illumina le visage de la jeune femme.

— C'est une bonne raison, convint-elle.

— C'est gentil à vous de remplacer Morgan.

Il comprenait ce que ça faisait de devoir brusquement endosser un nouveau rôle.

— Ça n'a pas dû être évident de tout quitter comme ça, maison et travail. Ce doit être un sacré chamboulement dans votre vie.

Elle le regarda sans rien dire, mais le sourire disparut et elle sembla soudain ailleurs.

— En effet, répondit-elle après un long silence. Beaucoup de chamboulements dans ma vie, depuis quelque temps. Mais une fois encore, c'est le genre d'histoire qui passe mieux autour d'un verre et d'un bon dîner, ajouta-t-elle en balayant le sujet de la main.

— Disons… ce soir ? proposa-t-il.

— Pardon ? Oh non ! Je n'essayais pas de me faire inviter. Erin McGarry est capable de se nourrir toute seule, merci beaucoup.

— J'ai rangé mon arme, rappela-t-il.

Elle l'observa avec sérieux.

— Comment sortir de cet imbroglio… ?

— Imbroglio ?

— Une situation complexe et souvent confuse.

— Je sais ce qu'est un imbroglio, rétorqua-t-il, vaguement

amusé. Je n'ai simplement pas l'habitude que mes invitations à dîner soient qualifiées comme telles.

— Je vais y réfléchir, répondit-elle enfin. Mon niveau de théine est dangereusement bas, je n'ai rien mangé de consistant depuis plus de douze heures et je suis un peu dépassée par mes nouvelles responsabilités. Je ne suis pas en état de prendre des décisions de ce genre.

Marcus accusa le coup.

— Il me faudra une réponse avant 16 heures. On est vendredi soir, en pleine saison touristique. Il vaut mieux réserver.

Il exagérait, car il parvenait presque toujours à trouver une table dans n'importe quel restaurant. Inutile cependant de dévoiler tout son jeu.

— 16 heures, ça me va. Je vous appelle ?

— Absolument.

Il sortit une carte de visite de sa poche, attrapa un stylo qui traînait sur la table et ajouta son numéro de portable personnel au dos.

— Donnez-moi aussi votre numéro. Comme ça, je le reconnaîtrai.

Elle le récita rapidement, pendant qu'il l'enregistrait sur son téléphone.

— Quand vous êtes au magasin, assurez-vous de bien fermer à clé la porte du fond. Il y a eu plusieurs cambriolages dans le quartier, ces derniers mois.

— Morgan ne m'en a pas parlé, dit-elle, l'air soucieux. Mais cela explique la nouvelle alarme.

— Je ne pense pas qu'il y ait des raisons de s'inquiéter. Mais mieux vaut rester prudent.

— Bien sûr.

— Si vous avez faim, ajouta-t-il, je vous conseille le Gertie's Café, à côté. Le meilleur petit déjeuner de la ville.

— Ah ! En revanche, Morgan m'en a parlé. C'est exactement ce qu'il me faut.

— En attendant le dîner, n'est-ce pas ?

Elle ne répondit rien. Marcus décida qu'il avait assez insisté.

— Au revoir, Erin McGarry. Bon courage pour votre premier jour.

— Au revoir, lieutenant Marcus Price. Ravie de savoir que vous êtes là pour protéger la population.

Deux heures plus tard, Marcus savourait un thé au Gertie's Café en pensant à l'autre tasse qui avait été renversée, un peu plus tôt dans la matinée. Quand la porte du restaurant s'ouvrit, il ne put s'empêcher de guetter une chevelure cuivrée. À la place, il vit ses amis d'enfance, Blade Savick et Jamie Weathers, qui entraient. Les deux hommes se glissèrent sur la banquette en face de lui.

Ils se connaissaient depuis la maternelle, même si chacun avait suivi sa propre voie après le lycée, avant de tous revenir à Knoware quelques années plus tôt. Il y avait eu des périodes où ils étaient restés des mois sans se donner de nouvelles. À présent, ils trouvaient étrange de ne pas se parler au moins une fois par semaine.

— Alors, cette conférence, Jamie ? commença Marcus.

— C'était bien.

— Est-ce que le Dr Weathers a pris la parole ? demanda Blade. Pour vanter un peu les mérites des urgences de l'hôpital local ?

— Pas cette fois. Mais les interventions des collègues étaient intéressantes et la météo à San Diego était comme d'habitude exceptionnelle. J'ai même réussi à faire un peu de planche à voile.

— La Californie me manque, admit Marcus.

— Trop de monde, répliqua Blade, qui préférait les petites villes.

— Comment va Daisy ? s'enquit Marcus.

— Nausées tous les matins, répondit Blade, mais elle tient

le choc. Elle se lève, vomit deux ou trois fois, puis prend sa douche et part au travail. Elle a un moral d'acier.

— Elle n'est qu'à dix semaines, c'est ça ? vérifia Jamie. Allez, encore un mois et ça devrait s'arranger. En théorie.

— C'est ce qu'elle me répète. Elle ne se laisse pas abattre, mais moi, ça me rend dingue. On aurait dû attendre pour la maison. Mais c'était une occasion en or et on a eu peur qu'elle nous passe sous le nez. En plus, j'avais un acheteur pour mon duplex.

— Avec des jumeaux en route, vous allez avoir besoin de place, dit Marcus. Et puis, tu vas adorer le quartier.

La nouvelle maison de Blade se trouvait à deux rues de celle que Marcus restaurait depuis deux ans. C'était une superbe bâtisse de caractère, avec un étage, des boiseries magnifiques et une cuisine semi-professionnelle presque aussi belle que la sienne, mais totalement superflue pour Blade.

— Je sais. Heureusement que j'ai pu prendre une semaine pour le déménagement. Je retourne au boulot demain. Que s'est-il passé dans notre charmante ville, pendant ce temps ?

Cheryl apporta leur petit déjeuner et remplit de nouveau les tasses.

— Vous appelez ça une ville ? intervint-elle. On dirait plutôt une émeute permanente. C'est la foire d'empoigne, dehors.

Avant de s'éloigner, elle désigna la rue du menton, où une vingtaine de personnes faisaient la queue sur le trottoir, dans l'attente d'une table.

— Alors ? reprit Jamie.

— On fait aller, tu sais…

Il se pencha en avant et ajouta à voix basse :

— Entre nous, le département de la Sécurité nationale a reçu des informations sérieuses sur de possibles attentats.

Il savait pouvoir compter sur la discrétion de ses amis. De plus, leur travail respectif les amenait à parcourir la ville et à croiser beaucoup de gens. Deux paires d'oreilles et d'yeux supplémentaires ne seraient jamais de trop.

— Au moins un tiers des interventions à la conférence concernait les protocoles d'urgence en cas d'attaque terroriste, soupira Jamie. Quel monde de dingues…

— Ouais. Je doute que Knoware constitue une cible de choix, mais il vaut mieux se montrer prudents. Sinon, dans un cadre plus local, l'alarme s'est déclenchée ce matin au Coffre aux Trésors. À cause de la présence d'Erin McGarry, sœur de Morgan Tiddle. Elle remplace Morgan, qui doit rester alitée jusqu'à la fin de sa grossesse.

— J'ignorais que Morgan avait une sœur, dit Blade. Elle lui ressemble ?

— Le même teint d'Irlandaise. Mais pas blonde, comme Morgan. Rousse. Et… comment dire… beaucoup moins grande. Une buveuse de thé.

Blade et Jamie levèrent le nez de leur assiette en même temps, puis se regardèrent.

— C'est tout ? C'est tout ce que tu as à dire sur elle ? demanda Jamie.

— Oui. Elle est… bien.

Blade posa sa fourchette.

— Je crois que j'ai une soudaine envie de chocolats.

— Pas question, interrompit Jamie. Tu as mis le grappin sur la dernière fille arrivée en ville. Et tu l'as épousée. Celle-ci est à moi.

— Prems ! trancha Marcus avec calme et autorité.

— Quoi ? s'indignèrent Blade et Jamie en chœur.

L'expression « prems » n'avait pas été utilisée depuis que Marcus et Jamie s'étaient disputé une même fille, en terminale.

— Je l'ai déjà invitée à dîner, précisa Marcus.

— Tu l'emmènes où ?

— Je ne sais pas, avoua Marcus. Elle… elle n'a pas encore vraiment dit oui. Elle doit y réfléchir.

— Oh ! bon sang ! s'exclama Blade. Elle n'a pas dit oui tout de suite ? Ça va ? Ça ne pique pas trop ? Ah ah ! J'en oublierais presque qu'il me reste tous les plafonds de ma maison à peindre.

— Ainsi, tu n'as pas encore véritablement rendez-vous ? insista Jamie.

— Prems, répéta Marcus. Écoutez, les gars. Elle vient d'arriver en ville et on a reçu l'ordre de surveiller les nouveaux venus.

— Tu as l'intention d'inviter tous ces gens à dîner ? demanda Blade en désignant la queue sur le trottoir.

— Je l'ai vue en premier. Prems. C'est comme ça.

— C'était comme ça il y a vingt ans, ronchonna Jamie.

Marcus ne répondit rien.

— Oh ! c'est bon, soupira Jamie. Mais je vais quand même acheter des chocolats aujourd'hui.

— Moi aussi, renchérit Blade. On pourrait te servir de garant moral. Tu veux qu'on lui chante tes louanges ?

Il regarda Marcus avec innocence.

— Ce qui me ferait vraiment plaisir, ce serait que vous la fermiez.

Erin buvait son thé en pensant au charmant policier qui avait répondu à l'alarme silencieuse. Il s'était montré professionnel, mais strictement courtois, jusqu'à ce qu'il découvre son identité. Ensuite, il avait clairement tenté de flirter avec elle. Pas de façon déplacée ni insistante ; plutôt avec aisance et assurance. Comme une seconde nature.

Visiblement, le lieutenant Price n'avait pas l'habitude qu'on lui dise non. Pourtant, aussi charmant qu'il soit, Erin n'était pas à Knoware pour conter fleurette. Elle était venue aider sa sœur. Morgan était sa seule famille depuis la mort de leurs parents, dix ans plus tôt. Elle avait toujours été son roc. Fiable. Solide. Erin, elle, était plutôt du genre nomade. Un électron libre en perpétuel mouvement, fuyant tout ce qui risquait de la ralentir ou la retenir.

Rien n'avait changé. Elle resterait tant que Morgan aurait besoin d'elle. Ensuite… Qui sait ? Prochain arrêt : inconnu. Elle aimait répéter cette phrase. Un peu moins depuis quelque temps, étrangement… Peut-être l'électron libre commençait-il à fatiguer. Peut-être était-elle encore meurtrie par les circonstances déplaisantes qui l'avaient poussée à quitter son dernier emploi – pour être exacte, elle avait été virée comme une malpropre. Son ego en avait pris un coup, c'était certain. Elle avait toujours été considérée comme fiable et compétente par ses supérieurs. Son renvoi de chez Preston's Automobile Exchange à Paris était une première expérience douloureuse.

Pour l'heure, elle avait d'autres soucis en tête. Il était temps d'ouvrir la boutique, de satisfaire chaque client, tout en réfléchissant à ce dîner avec le lieutenant Price.

Quand il avait surgi dans la cuisine, Erin en avait lâché sa première tasse de thé de la journée. Aucun bruit n'avait trahi son arrivée ; pourtant, Erin avait l'ouïe fine. Le policier devait être particulièrement discret. C'était le revolver qu'elle avait vu en premier et qui lui avait fait lâcher sa tasse. Puis, remarquant l'uniforme, elle s'était un peu tranquillisée. Elle avait pourtant appris à ses dépens que l'uniforme n'était pas toujours une garantie d'intégrité – une arrestation abusive et un bref séjour dans une prison sud-américaine trois ans plus tôt avaient détruit ses illusions. Toutefois, sa sœur avait mentionné que les policiers de Knoware étaient compétents et sympathiques.

Le lieutenant était séduisant, avec des traits presque parfaitement symétriques. Cheveux noirs, yeux sombres, peau mate. Grand, même si cela ne signifiait pas grand-chose, car tout le monde était grand comparé à elle. Plus d'un mètre quatre-vingts, en tout cas. Mince et athlétique. L'uniforme lui allait comme un gant. C'était véritablement un des hommes les plus sexy qu'elle ait croisés depuis longtemps. Curieusement, malgré l'arme pointée sur elle, elle n'avait pas eu peur.

Elle n'avait honnêtement pas cherché à se faire inviter.

Simplement à éviter des questions sur son dernier emploi, car le sujet était toujours un peu sensible. Cependant, Marcus Price avait réagi si rapidement qu'elle n'avait pas eu le temps de s'en tirer par une pirouette. Elle aurait voulu appeler Morgan pour l'interroger discrètement sur Marcus Price, mais sa sœur avait des choses plus importantes à faire. Erin allait devoir se débrouiller seule. N'était-ce pas la règle pour un électron libre ? Les autres électrons, libres ou pas, suivaient rarement la même trajectoire.

Erin parcourut la boutique pour se familiariser avec les lieux et la marchandise. Morgan était en contact avec plusieurs artistes locaux et exposait leur production à des endroits stratégiques. Il y avait des tableaux, des gravures, des aquarelles et quelques sculptures en métal. Des bijoux de créateur étaient disposés dans des recoins inattendus, et un bel assortiment d'écharpes était nonchalamment étendu sur un antique sofa qui donnait envie de s'installer. Elle passa devant le présentoir des chocolats et prit la résolution de se limiter à un par jour.

Elle sortit ensuite l'argent caché dans la cuisine et prépara le fonds de caisse. Puis, elle alla déverrouiller la porte d'entrée et tourna le petit panneau annonçant « On est ouverts ! » Elle allait s'occuper de la boutique. Sa sœur n'aurait aucune raison d'être déçue. Elle ne regretterait pas sa décision d'avoir fait appel à elle. Pour une fois, Erin serait solide comme un roc.

Les deux hommes étaient assis sur leur lit, dans une chambre d'hôtel miteuse. La télévision était allumée, mais aucun n'y prêtait attention. Le plus jeune terminait son repas. Il froissa l'emballage, le lança en direction de la poubelle posée dans un coin, mais manqua sa cible. Il ne prit pas la peine de le ramasser. Le plus âgé des deux poussa un soupir.

— Tu as été élevé par des porcs ou quoi ?

Ivan ne répondit rien. Cela n'avait pas d'importance. Ils

savaient tous les deux qui l'avait élevé. Il finit cependant par se lever pour ramasser le papier.

— C'est idiot, maugréa-t-il. On perd du temps. C'était une mauvaise idée d'opter pour cette fille.

— C'était une bonne idée, répliqua Gasdrig. De toute façon, on n'avait pas le choix.

Il savait d'expérience que les hôtesses de l'air se méfiaient de lui, et qu'Ivan et lui auraient le droit à une fouille plus poussée de leurs bagages en franchissant les douanes.

— Tu as dit que ce serait facile de la récupérer, à New York, se plaignit Ivan.

— J'ai eu tort. Elle tenait son sac trop serré contre elle. On n'allait quand même pas causer un scandale.

— Du coup, on est obligés de la suivre à l'autre bout du pays, tout ça pour se faire semer à cause d'un fichu train.

— C'est la faute à pas de chance, répondit Gasdrig avec philosophie.

La veille, pourtant, il avait maudit le convoi de marchandises qui les avait retenus pendant de longues minutes à un passage à niveau, permettant à la jeune femme de prendre tellement d'avance qu'ils avaient perdu sa trace.

— Elle n'a pas pu aller bien loin.

Il désigna la carte étalée sur la petite table basse, achetée dans une station-service juste après avoir perdu la femme de vue.

— Cette route ne dessert que quelques bourgades. On va la retrouver.

— On perd du temps.

— Ce n'est pas grave. Ça aurait été pire que les données soient découvertes. L'opération tout entière dépend de ces plans.

— Qu'est-ce qu'on fait, maintenant ? demanda Ivan.

— On commence les recherches et on récupère ce qui nous appartient.

— Et si elle la trouve avant ? Si elle résiste ?

— Elle ne la trouvera pas et c'est une femme seule. On peut

se débarrasser d'elle facilement. Ensuite, on pourra accomplir ce pour quoi on est venus. Les États-Unis vont payer.

Gasdrig ferma les yeux.

— On va tenir nos promesses.

2

Lorsque Marcus retourna enfin chez lui, il était presque midi. Il avait prévu de rester une heure pour traiter un peu d'administratif mais avait passé quarante-cinq minutes supplémentaires à régler une affaire d'agression entre deux touristes avec ses adjoints Dawson et Serenity.

Ensuite, il était rentré directement chez lui. Enfin, pas tout à fait : il avait fait un détour par Main Street pour jeter un coup d'œil à la vitrine du Coffre aux Trésors. Il avait aperçu du mouvement à l'intérieur, mais rien de plus. Il se demandait si Blade et Jamie avaient mis leur menace à exécution et étaient passés en prétextant une pressante envie de chocolats. Malgré leurs taquineries, il ne s'inquiétait pas d'éventuels propos déplacés à son sujet. Ils étaient amis depuis trente ans.

Après le lycée, Marcus était allé à l'université en Californie, avant de rejoindre le LAPD. Jamie, l'éternelle tête de classe, avait fait de brillantes études de médecine et terminé son internat, puis s'était engagé dans l'armée, à la surprise générale. Au bout de quelques années, il était revenu diriger le service des urgences à l'hôpital du comté.

Blade, lui, n'avait jamais quitté Knoware. Quand sa petite amie du lycée était tombée enceinte, il l'avait épousée et s'était efforcé de faire fonctionner cette union précoce. Il avait été recruté comme pompier, puis avait passé son diplôme d'ambulancier-urgentiste. De façon prévisible, son mariage n'avait pas duré, mais il avait à présent une adorable fille de seize ans. Quelques mois plus tôt, il avait secouru la belle Daisy Rambler, qui avait une fille du même âge. Depuis, ils s'étaient mariés et avaient entrepris d'agrandir sérieusement la famille.

Marcus rentra sa voiture dans le vaste garage situé à l'arrière de la bâtisse centenaire qu'il avait presque fini de rénover. Après une douche rapide, il entrouvrit la fenêtre, se glissa dans son lit et ferma les yeux. Une dernière pensée lui traversa l'esprit avant qu'il ne sombre dans le sommeil : Erin McGarry, avec ses magnifiques cheveux cuivrés, n'avait toujours pas appelé.

Erin consulta sa montre : 16 h 10. Elle avait laissé passer l'heure. À sa décharge, elle n'avait pas eu une minute à elle. Elle s'était pourtant autorisée une seconde tasse de thé, pour accompagner la part de tarte à la cerise que Gertie lui avait apportée, un peu après midi. « Pour vous souhaiter la bienvenue », avait expliqué Gertie. « N'hésitez pas, si vous avez besoin de quoi que ce soit. » Plusieurs clients avaient interpellé la femme plus âgée : « Quel soulagement de vous revoir, Gertie. On savait qu'il en faudrait plus pour vous arrêter. » Erin s'était promis de se renseigner auprès de Brian et Morgan, afin de découvrir de quoi il retournait.

Les clients de la boutique étaient très variés. Des parents avec leurs enfants ; des femmes profitant d'un moment pour elles ; deux séduisants jeunes hommes – pas aussi séduisants que le lieutenant Price, mais tout à fait charmants – qui avaient acheté une grosse quantité de chocolats. Ils étaient restés un moment à bavarder. Il y avait également eu un groupe de copines à la recherche d'un cadeau pour un enterrement de vie de jeune fille. Une des dernières clientes avait été une jolie brune avec d'étonnants yeux bleus. Elle avait flâné un peu dans le magasin avant d'acheter une lotion parfumée. Une autre cliente, très blonde avec des mèches roses, était alors entrée et les deux femmes avaient semblé ravies de se croiser. Erin se tenait assez près pour apprendre que la brune se prénommait Daisy et que la blonde, Sheila, cherchait un cadeau pour l'anniversaire de mariage de ses parents. Daisy était repartie la première, bientôt suivie de Sheila, avec un magnifique saladier en verre coloré. Avant de sortir, cette dernière avait offert à Erin un coupon de réduction dans une des boulangeries-pâtisseries de Knoware.

Pour la première fois depuis le matin la boutique était vide. Il restait cinquante minutes avant la fermeture et la première journée avait été un succès. Loin d'être épuisée, Erin débordait d'énergie et se sentait d'humeur à conquérir le monde. Beaucoup moins à conquérir le beau lieutenant Price, en revanche. Tirant de la poche de sa jupe la carte de visite, elle décida de l'appeler pour décliner poliment son invitation. La carte était déjà tout abîmée, car elle l'avait sortie au moins dix fois, ne sachant quelle réponse donner. Cette fois, elle composa le numéro avec résolution. Peut-être tomberait-elle sur sa boîte vocale. Elle n'aurait alors qu'à laisser un message courtois mais ferme. Quand le lieutenant Price décrocha à la seconde sonnerie, elle manqua de lâcher son téléphone.

— J'ai cru un instant que vous n'appelleriez pas, dit-il sans même dire bonjour.

— Je… heu… Eh bien…

— Vous ne me sembliez pourtant pas du genre fuyant.

Erin était tout à fait du genre fuyant. Elle était même passée maîtresse dans l'art de la fuite.

— À quelle heure est-ce que je viens vous chercher ? Ou bien vous préférez qu'on se retrouve là-bas ?

— Je…

— J'avais d'abord envisagé une rôtisserie, mais j'ai changé d'avis. Il y a un restaurant qui propose les meilleures crevettes grillées de la région. Ils servent ça avec un excellent gruau de maïs. Ils font aussi une tarte aux noix de pécan qui va vous faire tomber en pâmoison.

Erin adorait les crevettes grillées et le gruau.

— Je ne suis pas du genre à tomber en pâmoison, précisa-t-elle néanmoins.

— Vous le serez, après le dîner.

C'était exactement ce qu'elle redoutait, car le lieutenant Price était charmant. Cependant, elle était lasse, elle avait mal aux pieds, elle n'avait pas dormi depuis l'avion et, surtout, elle mourait de faim. La tarte de Gertie était succulente, mais elle avait besoin de quelque chose de plus consistant.

— Je vous retrouve à 18 heures, s'entendit-elle répondre. Je ne traînerai pas, car je dois passer voir ma sœur à l'hôpital après.

— Comment va Morgan, à ce propos ?

Elle trouva très gentil qu'il pose la question.

— Ça va. Sa tension est stable et les contractions ont cessé. Ils veulent la garder en observation quelques jours, mais si tout se maintient, elle pourra rentrer chez elle et rester allongée dans son propre lit.

— Tant mieux. Ça ne doit pas être simple pour vous non plus. Vous devez vous inquiéter à la fois pour elle, pour le bébé et pour le magasin. Ça fait beaucoup.

Il venait de lui fournir l'excuse idéale pour s'esquiver, mais Erin ne se sentait soudain plus aussi pressée de s'en servir.

— Il va me falloir l'adresse de ce restaurant.

— Je vous envoie un SMS avec des indications. La table sera réservée à mon nom.

En raccrochant, Erin se fit la réflexion que le lieutenant Price avait obtenu ce qu'il voulait un peu facilement. Mais cela ne la dérangeait pas plus que cela : il y avait des crevettes grillées à la clé. Le tintement de la clochette au-dessus de l'entrée la ramena à la réalité.

Lorsqu'elle ferma le magasin à 17 heures, il y avait encore eu six clients. Elle compta la recette, prépara l'argent à déposer à la banque et cacha le fonds de caisse dans la cuisine, pour le lendemain. Elle vérifia une dernière fois que la porte était bien verrouillée et s'apprêtait à partir quand elle aperçut sur une étagère de très jolis sacs à main aux couleurs vives et estivales. Leur taille était parfaite, bien plus pratique que son grand cabas en cuir marron fatigué.

Elle sortit un billet de son porte-monnaie, qu'elle glissa sous un pot de fleurs sur le comptoir ; elle encaisserait l'achat le lendemain. En revanche, elle entendait bien étrenner immédiatement son acquisition. Elle transféra son portefeuille, un paquet de chewing-gums et un tube de gloss dans le nouveau sac mais laissa ses chaussures de voyage, son écharpe et les deux romans qu'elle avait achetés à l'aéroport. Des articles essentiels pour l'avion, mais inutiles au quotidien. Elle hésita pour son passeport. Elle avait pris l'habitude en Europe de l'avoir sur elle en permanence, mais ici le plus simple était de le laisser à la boutique.

Dans la réserve, elle trouva une enveloppe kraft, puis vérifia une dernière fois son cabas. Dans une poche intérieure, elle dénicha une clé USB. Elle ne se souvenait pas de l'avoir mise là et n'avait pas la moindre idée de ce qu'il y avait dessus. Sans doute une vieille clé qui traînait depuis des années. Elle s'en préoccuperait plus tard, un jour où il y aurait moins de clients. Elle rangea la clé avec son passeport, scella l'enveloppe et la rangea sur une étagère.

Avant de quitter le magasin, elle activa l'alarme et s'assura que la porte de derrière était bien fermée à double tour. Il faisait chaud dans sa voiture, si bien qu'elle alluma la climatisation. Elle déposa la recette de la journée à la banque, puis prit la direction de la maison de Morgan et Brian. Dans la chambre d'amis, située au premier étage, elle jeta son vieux sac sur le lit, s'assit avec un soupir et consulta sa montre. Elle allait devoir se dépêcher si elle ne voulait pas être en retard.

Cinq minutes plus tard, elle sortait de la douche et enfilait une robe noire légère et des sandales assorties avec un petit talon. Elle appliqua une goutte de parfum au creux de ses poignets et se brossa les dents. Il n'y avait pas grand-chose à faire pour sa chevelure qui avait toujours été dotée d'une vie propre. Elle gardait ses cheveux longs pour donner un peu de poids aux boucles naturelles ; cela lui permettait au moins de ne pas avoir en permanence l'air d'avoir mis les doigts dans une prise électrique. À six heures moins le quart, elle quitta la maison et arriva au restaurant avec quelques minutes d'avance.

— Lieutenant Price, salua-t-elle en le rejoignant à l'accueil.

Le sol était un plancher rustique et les murs étaient couverts de lambris bruts. Dans la salle, elle aperçut de larges tables en bois et des chaises confortables ; des ventilateurs tournaient au plafond et un air de jazz apportait une discrète touche sonore.

— Vous pouvez m'appeler Marcus, corrigea-t-il. Vous êtes charmante comme ça.

— Je ne savais pas trop comment m'habiller.

— Vous élevez le standing, répondit-il avec aisance. Venez. Notre table est prête.

S'il l'avait trouvée jolie ce matin-là, elle était à présent carrément adorable dans sa petite robe noire qui lui arrivait juste au-dessus du genou. Ses sandales aussi étaient sexy, et ses ongles de pied arboraient une étonnante teinte bleu vif. Pour couronner le temps, elle sentait délicieusement bon.

— Ce parfum vient de la boutique de votre sœur ? demanda-t-il.

— De Paris, répondit-elle.

— Ah ! Le début d'une captivante histoire qui va nous tenir jusqu'au dessert.

— Je ne voudrais pas vous assommer avec les détails.

Marcus était policier depuis trop longtemps pour ne pas remarquer la réticence d'Erin à parler d'elle.

— Je doute que cela soit possible.

Le serveur s'approcha, épargnant à Erin de devoir répondre.

Ils commandèrent un apéritif, un verre de vin blanc pour elle, un manhattan pour lui, avec son whisky préféré. Ensuite, il fallut consulter le menu. Ils choisirent tous les deux les crevettes et le gruau, avec une salade de haricots au maïs.

— Vous ne serez pas déçue, assura-t-il.

Elle but une gorgée de son vin.

— Mmmh, il est bon. Alors, parlez-moi de Knoware.

Elle évitait de l'interroger sur lui-même, ce qui l'aurait immanquablement amené à lui renvoyer la question. Elle préférait un sujet plus sûr, moins personnel.

— C'est la première fois que vous venez ? demanda-t-il.

Il finirait bien par obtenir les informations désirées.

— Non. Je suis passée en coup de vent il y a un an environ. Je faisais halte à Seattle et je voulais voir Morgan et Brian. Je n'ai pas eu le temps de visiter.

— La ville est pleine à craquer, en ce moment. Les hôtels, locations, gîtes, chambres d'hôtes et campings sont presque tous bondés, et les établissements les plus recherchés affichent complet. La région attire beaucoup de touristes et on ne peut rêver meilleure météo à cette période de l'année. Les hivers peuvent être humides et froids, en revanche. C'est beaucoup moins agréable.

— Heureusement qu'on est en juin.

— Presque en juillet, déjà. Comment s'est passée votre journée ?

— Impeccable. J'ai fait la connaissance de beaucoup de monde. Et la plupart des clients ne sont pas repartis les mains vides.

— Il faut que la saison estivale soit bonne pour permettre aux commerçants de tenir toute l'année.

— J'imagine que cet afflux de touristes pèse sur les services municipaux et sur la police.

— C'est vrai. Entre mai et septembre, les pompiers et la police font des heures supplémentaires, tout comme le personnel des urgences.

Le serveur revint avec des assiettes fumantes. Erin ajouta une généreuse portion de beurre à son gruau et goûta.

— Délicieux, soupira-t-elle. J'essaierai bien la rôtisserie, un autre soir, mais cet endroit est parfait pour commencer.

— Vous m'en voyez ravi.

Elle jeta un œil à la salle bondée.

— J'ai du mal à croire que tout s'arrête à la fin de la saison.

— Pas tout. Il y a encore quelques randonneurs en automne, parce que le feuillage est hallucinant. Mais en hiver, c'est beaucoup plus calme. En revanche, on retrouve les habitants du coin, qui ont tendance à se tenir à l'écart pendant l'été.

— Ça veut dire que tous ceux qui ont enchaîné les heures sup' peuvent enfin prendre des congés ?

— Un vrai luxe, admit-il. Mais je savais à quoi m'attendre en revenant.

— En revenant ?

— J'ai grandi ici. Ma mère a emménagé à Knoware après le divorce avec mon père.

S'il lui glissait des informations personnelles, peut-être lui retournerait-elle la politesse ?

— Mais vous êtes parti après ?

— Oui. J'ai été à l'université en Californie. Ensuite, j'ai passé plus de dix ans à Los Angeles, au LAPD.

— Pourquoi êtes-vous revenu ?

— Ma mère était malade. Cancer des ovaires. Elle est morte il y a environ deux ans.

— Je suis désolée de l'apprendre. Je sais ce que ça représente. Morgan et moi avons perdu nos parents il y a un peu plus de dix ans. Êtes-vous proche de votre père ?

Marcus repensa aux trois messages vocaux qu'il n'avait toujours pas écoutés, tous reçus au cours des deux semaines précédentes.

— Mon père n'est proche de personne. Ni de moi, ni de ses deux ex-épouses encore vivantes. Je ne sais pas trop comment ça se passe avec l'actuelle. Je ne l'ai jamais rencontrée.

— Si je compte bien, ça fait quatre mariages.

— C'est ça.

— Je vois.

Elle semblait un peu interloquée. Peut-être choquée. C'était exactement pour cela qu'il évitait de parler de son père.

— Il ne pense qu'à sa carrière. Un pionnier de l'industrie technologique en Californie. Il a amassé des tonnes d'argent, du moins à ce qu'il prétend. Mais assez discuté de ça.

Elle l'observa un instant.

— C'était dans l'espoir de renouer avec votre père que vous avez choisi la Californie pour vos études ?

Personne ne lui avait jamais posé cette question. Si Blade et Jamie avaient fait le lien, ils ne s'étaient jamais risqués à aborder le sujet avec lui.

— Plutôt pour le climat, répondit-il en riant.

C'était ce qu'il racontait à tout le monde.

— Je vois. Votre père a-t-il d'autres enfants ?

— Non. Juste moi. Je n'ai pas eu la chance d'avoir des frères et sœurs.

— Je ne sais pas ce que je serais devenue sans Morgan, soupira Erin. Elle est la seule constante dans ma vie depuis dix ans. Elle a fait office de parent bien avant l'âge.

— Vous avez l'occasion de lui rendre la pareille.

— Oui. Et je vais tout faire pour ne pas la décevoir.

La formulation était intéressante.

— Je n'en doute pas.

Elle haussa les épaules.

— Ça doit vous faire un sacré changement entre LA et ici.

Elle venait encore de détourner habilement la conversation. Il ne releva pas.

— C'est différent, évidemment. Et même si j'ai retrouvé des amis, certains de mes collègues du LAPD me manquent. Le plus drôle, c'est que j'avais tellement parlé de Knoware au travail que deux d'entre eux ont décidé de passer leur retraite dans le coin. Ils ont emménagé il y a six mois environ. Comme beaucoup d'anciens policiers, ils se sont reconvertis dans la sécurité et ont monté une petite entreprise.

Erin sourit.

— Je suis contente d'avoir accepté cette invitation.

— Attendez d'avoir goûté la tarte.

Elle posa une main sur son ventre, l'air effaré.

— Ça me fait envie. Vraiment. Mais je n'ai plus faim. Et puis, ce serait la seconde de la journée et ce ne serait pas raisonnable.

— La seconde ?

— Oui. Gertie m'en a apporté une part. Plusieurs clients semblaient la connaître très bien.

— Les tartes de Gertie sont une institution à Knoware. Son établissement est très apprécié et elle a toujours du temps pour tout le monde.

— A-t-elle été malade, récemment ? J'ai entendu plusieurs personnes exprimer leur satisfaction de la voir revenir au travail.

— On lui a tiré dessus.

— À Knoware ?

— Je ne voudrais pas vous effrayer, s'empressa-t-il d'ajouter. En général, c'est une commune très paisible. Mais Gertie s'est retrouvée mêlée à une situation impliquant mon ami Blade Savick, Daisy Rambler, la femme qu'il a épousée il y a peu, et quelques individus peu recommandables.

— Une femme appelée Daisy est passée au magasin aujourd'hui. Brune avec de très jolis yeux bleus.

— C'était probablement elle.

— Elle avait l'air sympa. Je suis contente qu'elle n'ait rien eu. Et je suis aussi soulagée d'apprendre que Gertie s'est remise. Ça me fait penser…

Elle consulta sa montre.

— Il faut vraiment que je me sauve, si je veux revoir ma sœur. L'hôpital est très strict sur les horaires de visite.

Marcus fit signe au serveur. Quand celui-ci apporta l'addition, il paya en liquide et laissa un généreux pourboire.

— Je vous raccompagne à votre voiture.

— C'est sans doute plus prudent.

Il lui avait fait peur avec l'histoire de Gertie. Cela n'avait pas été son intention. Cependant, en pleine saison touristique, un peu de vigilance était de mise. Erin conduisait une petite citadine de location noire. Quand elle eut actionné la commande, il ouvrit la portière.

— Merci pour le dîner, dit-elle en lui tendant la main.

Marcus la serra, vaguement amusé. La plupart de ses rendez-vous ne se terminaient pas sur une poignée de main.

— Avec plaisir, Erin. Rentrez bien. Soyez prudente sur la route.

Ivan repoussa les restes de son repas.

— J'en ai marre des sandwichs infâmes dans des chambres d'hôtel pourries, annonça-t-il.

— C'est toujours mieux que de dormir dehors, répondit Gasdrig.

La situation n'était pas aussi sombre qu'Ivan la décrivait. Cela dit, Ivan n'avait jamais connu les difficultés que Gasdrig affrontait quotidiennement depuis de nombreuses années.

— Arrête de te plaindre. On n'a pas beaucoup le choix.

Bientôt, ils auraient plus d'argent. À condition qu'ils retrouvent ce qu'ils avaient perdu.

— On a cherché toute la journée, reprit Ivan avec mauvaise humeur. Aucune trace de la femme aux cheveux roux.

— On va la trouver. Maintenant, éteins cette fichue télé. Je voudrais dormir.

Ivan ramassa la télécommande d'un geste rageur. Gasdrig comprenait la frustration de son jeune compagnon, son inquiétude et son impression de perdre du temps. Ils avaient encore tant à faire. Ils allaient devoir agir vite, afin d'être prêts pour le jour où tous les hommes politiques, les militaires et des milliers de badauds descendraient dans la rue.

Ces idiots espéraient célébrer leur fête nationale, le jour de l'indépendance de leur pays. Ça allait être une sacrée fête, en effet. Une véritable explosion, une éruption surgie du sol comme un nouveau geyser. Des feux d'artifice que cette nation n'était pas près d'oublier.

3

Lorsque Erin arriva à l'hôpital, son beau-frère en profita pour rentrer prendre une douche et manger autre chose que ce que la cafétéria avait à proposer. Erin fut soulagée de voir Morgan seule. Elle adorait Brian, qui était un mari fantastique, mais ce n'était pas pareil quand il était là.

Elle entreprit de raconter à sa sœur comment s'était passée sa première journée. Morgan fut ravie d'apprendre le montant de la recette ; visiblement, c'était une des meilleures de la saison.

— Tu dois être épuisée. Tu as mangé, au moins ?

— J'ai dîné avec Marcus Price. Le lieutenant Price.

— Je connais Marcus. Tout le monde connaît Marcus. Comment ça se fait que tu aies dîné avec lui ?

Erin lui raconta ce qui s'était passé, laissant volontairement de côté le passage où Marcus avait pointé son arme sur elle.

— J'ai pensé que ce serait une bonne façon de le remercier pour sa prompte réaction à l'alarme, expliqua-t-elle. D'ailleurs, il me faut toujours ce code pour la désactiver le matin.

Elle mémorisa les chiffres que lui récita Morgan.

— Merci. Comme ça, il n'y aura plus de fausse alerte.

— Ça ne dérangerait pas Marcus, s'il y avait un autre dîner à la clé. Et peut-être que ça ne te dérangerait pas trop non plus…

Erin soupira.

— J'admets qu'il est terriblement séduisant.

— Et très gentil, ajouta Morgan avec un sourire. Mais… disons qu'il vaut mieux rester prudente.

— Tu veux dire que… ?

— Non. C'est un type super. Mais il traîne une petite réputation de bourreau des cœurs. Il sait toujours faire preuve de tact visiblement, puisqu'il parvient à demeurer en bons termes avec presque toutes ses conquêtes, mais ça ne dure jamais. Ce n'est pas dans son ADN, j'imagine.

— C'est parfait. Je ne suis pas intéressée par du long terme. Et puis, c'était juste un dîner. Une invitation amicale.

— Il ne fait pas partie du comité d'accueil de Knoware, Erin. C'est dommage, d'ailleurs. Des femmes feraient la queue pour emménager ici. On ferait des affaires en or.

— Je l'informerai que tu as un projet de reconversion à lui soumettre.

— Il a assez de travail comme ça, depuis qu'il assure l'intérim à la tête du commissariat.

— Il ne m'en a rien dit.

— Pas du genre à se vanter.

— Ça change d'Albert.

Morgan éclata de rire.

— C'est vrai ! Ton Albert ne pouvait s'empêcher de la ramener !

— Il n'a jamais été « mon » Albert.

Cela aurait sous-entendu une intimité qui ne s'était jamais matérialisée. Elle appréciait Albert, mais n'avait jamais ressenti de véritables sentiments pour lui. Sa meilleure amie à Paris pensait qu'Erin se sentait redevable, parce qu'il lui avait présenté le patron de Preston's Automobile Exchange. Erin avait les compétences et les références nécessaires pour le poste, mais le fait qu'Albert ait acheté une voiture de luxe quelques mois plus tôt avait certainement facilité son embauche. Son amie à Paris l'avait gentiment taquinée, affirmant qu'Erin devenait difficile avec l'âge. Sans doute avait-elle raison. À vingt ans, il est plus aisé de papillonner. Mais depuis quelques années…

— Au fond, Marcus et toi vous ressemblez un peu. Aucun de vous deux n'est prêt à s'engager.

— Papa et maman, c'était le grand amour. Comme toi avec Brian. Ce serait imprudent d'espérer la même chose, ne serait-ce que d'un point de vue statistique. Il faut bien faire une moyenne, non ? Tant de mariages se terminent par un divorce. Le père de Marius s'est marié quatre fois.

— Je l'ignorais. C'est peut-être de là que lui vient son approche un peu expéditive des relations. Tu prends, tu jettes.

— Vraiment ? Il n'est jamais tombé amoureux ?

— Il faudrait le lui demander, répondit Morgan en étouffant un bâillement.

Même pas en rêve. Pas question d'aborder ce sujet avec le beau lieutenant.

— Bon, on est toutes les deux fatiguées. Je vais rentrer.

— Tu as ta clé ? Je crois que Brian a l'intention de revenir ce soir. Vous risquez de vous croiser.

— J'ai ma clé.

— Je t'ai déjà dit à quel point j'appréciais ce que tu faisais pour moi ? J'ai vraiment mauvaise conscience que tu aies plaqué ton travail pour moi.

Erin ne répondit rien. Elle n'avait pas encore expliqué à sa sœur ce qui s'était passé avec Preston's Automobile Exchange. C'était trop frais. Trop douloureux. Trop récent.

— Ne t'inquiète pas. Et puis, je pourrais faire ça cinq étés de suite et on ne serait toujours pas quittes. Même si ce ne serait pas très raisonnable d'enchaîner cinq bébés en cinq ans…

— Personne ne compte les points, Erin. Tu es ma sœur. J'ai veillé sur toi après la mort de papa et maman. C'est comme ça.

— Je ne t'ai pas facilité la tâche.

— Il faut bien que jeunesse se passe…

— Et tu me trouves encore des excuses.

— Si j'arrive à garder ce bébé à l'intérieur de moi pendant huit semaines sans avoir à m'inquiéter du magasin, alors on sera quittes pour toujours.

L'obstétricien avait bon espoir, si Morgan parvenait à tenir jusqu'à trente-quatre semaines de grossesse.

— Huit semaines ? Ah non, ma chère. On vise la fin du terme. On veut que ce petit mijote bien au chaud le plus longtemps possible.

— Le médecin estime que c'est peu probable.

— Ils ne connaissent pas encore Morgan Tiddle. Quand tu décides quelque chose, il n'y a pas vraiment moyen de t'arrêter.

— Je l'espère, soupira Morgan. Rien n'a autant d'importance à mes yeux depuis très longtemps. Peut-être même depuis toujours.

Lorsqu'elle arriva, tout était noir dans la maison. Sans doute Brian était-il déjà reparti pour l'hôpital. Elle entra et se dirigea dans la cuisine pour une dernière tasse de thé qu'elle emporta dans sa chambre. Elle venait de se démaquiller et d'enfiler son pyjama quand une petite sonnerie lui signala un SMS. C'était le beau lieutenant Price.

J'espère que Morgan va bien. Merci pour ce dîner très agréable.

Erin réfléchit à sa réponse. La soirée avait véritablement été plaisante ; l'une des meilleures depuis longtemps. Marcus s'était montré charmant et, quand il l'avait raccompagnée à sa voiture, elle avait craint un instant que les choses se compliquent. Allait-il l'inviter une seconde fois ? Ou tenter de l'embrasser ? L'idée avait de quoi séduire, mais ce n'était pas pour ça qu'Erin était venue à Knoware. Elle était là pour Morgan. Elle devait se concentrer sur le magasin. Dans cet esprit, elle répondit :

Excellentes crevettes. Merci pour ce premier repas ici.

Après avoir envoyé le message, elle régla l'alarme de son téléphone, puis se glissa entre les draps frais et ferma les yeux. Le lendemain était un samedi, sans doute une journée bien remplie à la boutique.

Marcus se réveilla tôt et se rendit au commissariat dès 6 h 30. Il commença par écouter le rapport des deux officiers de nuit. Une conduite en état d'ébriété, une bagarre dans un bar et un accident de voiture. Les deux véhicules étaient très endommagés mais, grâce aux ceintures de sécurité, les quatre passagers s'en étaient tirés avec quelques égratignures.

Quarante minutes plus tard, après avoir signé divers courriers et documents officiels, il effectuait sa première patrouille en ville à bord de son SUV de fonction. Le Gertie's Café accueillait déjà les premiers clients. La vitrine du Coffre aux Trésors n'était pas éclairée, car la boutique n'ouvrait pas avant 9 heures.

Erin dormait sans doute encore.

Peut-être avait-elle fait sa valise si vite qu'elle avait oublié d'emporter un pyjama.

Cette pensée fugace le perturba tellement qu'il faillit ne pas remarquer un mouvement furtif à l'extrémité de son champ de vision. Après avoir vérifié son rétroviseur, il fit rapidement demi-tour et revint s'arrêter devant la ruelle, en face du Gertie's Café. Deux hommes se tenaient là, serrés l'un contre l'autre dans l'étroite venelle. Ils buvaient un café en fumant une cigarette. Malgré la douceur de cette matinée de juin, le plus jeune portait une casquette fourrée, avec des rabats sur les oreilles. Marcus trouva cela étrange. En apercevant la voiture de police, les deux inconnus interrompirent leur conversation. Marcus ne remarqua rien de particulier derrière eux. Après avoir vérifié son rétroviseur, il ouvrit sa portière et sortit.

— Bonjour ! lança-t-il avec entrain.

— Bonjour, monsieur l'agent, salua le plus âgé des deux.

Marcus fit quelques pas dans leur direction.

— Il va encore faire beau aujourd'hui.

— En effet.

De nouveau, ce fut le plus âgé qui répondit. Marcus soupira. La région attirait toute sorte de personnes et cela lui permettait de faire des rencontres agréables, avec des gens sympathiques et intéressants. Malheureusement, il y avait un revers à cette médaille, car chaque année il croisait des touristes qu'il aurait préféré voir en vacances ailleurs. Il n'était pas encore certain de savoir dans quelle catégorie ranger ces deux énergumènes.

— Vous êtes de passage à Knoware ? demanda-t-il pour leur signifier qu'il les avait identifiés comme des visiteurs.

— Dans le coin.

— Où ça ?

— Brickstone Bungalows, répondit le plus âgé, après une fraction de seconde d'hésitation.

Un établissement bien connu qui louait des mobile homes.

— Il paraît que la pêche est bonne, par ici, reprit l'homme en indiquant vaguement la direction de la jetée avec sa cigarette.

— N'oubliez pas votre appareil-photo, conseilla Marcus avec un sourire. Vous allez vouloir ramener des preuves de vos exploits à vos amis et collègues.

Il avait volontairement adressé sa dernière remarque au plus jeune, intrigué par le mutisme de celui-ci.

— On y pensera, répondit le plus âgé. Mais je crois qu'on va d'abord aller déjeuner. Ça a l'air de bien marcher, en face.

Était-ce pour cela qu'ils étaient là ? Ils observaient le Gertie's Café en se demandant si c'était un bon choix ?

— Vous ne serez pas déçus, assura Marcus.

— On va essayer, alors. Ravi d'avoir discuté avec vous, monsieur l'agent !

L'homme s'éloigna, puis, voyant que son compagnon restait figé sur place, il le tira par la manche. Ce dernier ne bougea toujours pas, mais glissa une main dans la poche de son sweat. Marcus sentit un frisson le parcourir. Décidément, ces deux individus ne lui plaisaient pas du tout, sans qu'il parvienne à déterminer pourquoi.

— Viens, grogna l'homme plus âgé. J'ai faim.

Cette fois, le jeune se laissa entraîner et ils traversèrent Main Street. Marcus ne les quittait pas des yeux. Avant d'entrer au Gertie's Café, ils jetèrent leurs cigarettes dans le cendrier près de la porte. À travers la large baie vitrée, il les vit s'installer dans le dernier box. À peine assis, ils se tournèrent vers la rue. Marcus croisa leur regard et hocha la tête dans leur direction.

Oui, il les avait à l'œil. Il voulait que Causeur et Casquette, comme il venait de les baptiser, le comprennent bien. Les visiteurs étaient les bienvenus, mais quiconque cherchait les ennuis découvrait rapidement que le lieutenant Marcus ne tolérait pas les écarts de conduite dans sa ville.

— Je hais les flics.

Gasdrig jeta un nouveau regard en direction de la fenêtre. Le policier était remonté dans sa voiture et s'était éloigné.

— Parle moins fort, maugréa-t-il à l'adresse d'Ivan.

Dans le vacarme ambiant, il était improbable qu'on surprenne leur conversation, mais le comportement d'Ivan l'agaçait.

— C'est toi qui lui as donné une raison de s'attarder. S'il avait vu ton arme, on aurait eu de vrais ennuis. Il faut que tu sois plus malin.

— Je hais les flics.

— Oui, oui, j'ai compris. Change de disque.

Gasdrig se rappela qu'il avait besoin des compétences très spécifiques d'Ivan. Il repoussa son assiette vide. Le policier n'avait pas menti : on mangeait bien au Gertie's Café. Il jeta quelques billets sur la table pour régler l'addition.

— Pourquoi tu as dit qu'on logeait aux Brickstone Bungalows ? demanda soudain Ivan.

— C'est le premier nom qui m'est venu à l'esprit. On s'y était arrêtés quand on cherchait une chambre. Le flic m'a pris de court et je n'allais certainement pas lui indiquer notre adresse réelle. Il ne s'en souviendra pas. Oublie ça. Allons-y.

— On va où ?

— Au magasin de pêche. J'en ai vu un à l'entrée de la ville.

— Qu'est-ce que tu veux faire là-bas ?

— On a dit au flic qu'on allait pêcher. Ça va être difficile sans canne à pêche.

S'ils croisaient de nouveau le policier, il fallait que leur histoire tienne la route.

— C'est moi qui conduis, décréta Ivan.

Gasdrig préférait prendre le volant lui-même, mais il céda cette fois et lança les clés au jeune.

— Et si on n'a pas avancé ce soir ? demanda encore Ivan.

— C'est improbable. Elle ne peut pas avoir disparu. Il faut juste qu'on cherche au bon endroit.

— Et si elle l'a trouvée la clé et a regardé ce qu'il y avait dessus ?

— Impossible. C'est le meilleur cryptage qui existe.

— Peut-être qu'elle l'a transmise aux flics ? insista Ivan en rajustant sa casquette polaire.

— Dans ce cas, nous irons la récupérer chez eux. Tu l'as suffisamment répété : tu hais les flics. Un de plus, un de moins, ce n'est pas bien grave.

4

Une heure après sa rencontre avec les deux touristes étranges, Marcus filait à toute allure vers l'est de la ville. Un appel d'urgence avait signalé une cycliste percutée par un véhicule qui avait pris la fuite. En arrivant sur les lieux, il constata que les pompiers avaient été plus rapides : son ami Blade était penché sur la victime allongée par terre et immobilisait son bras gauche. La femme portait déjà une minerve autour du cou. Marcus remarqua beaucoup de sang sur ses vêtements et ses cheveux.

Ses cheveux. Longs et cuivrés. Oh non…

Saisi d'un mauvais pressentiment, il s'approcha encore, manquant de trébucher dans sa précipitation, puis se figea. La chevelure était d'un roux légèrement différent et n'était pas bouclée. Il en fut soulagé malgré lui.

— Je veux parler à la première personne sur les lieux, lança-t-il à l'adresse des quelques passants rassemblés.

Un homme d'une bonne soixantaine d'années leva la main et s'avança.

— C'est moi qui ai alerté les secours.

— Monsieur, je suis le lieutenant Price. Comment vous appelez-vous ? demanda Marcus en sortant son calepin.

— Maury Clay, répondit l'homme. Je n'habite pas loin d'ici. J'arrivais de chez moi et j'ai vu cette dame couchée par terre.

— Connaissiez-vous la victime ?

— Non. Mais elle était consciente. Elle m'a expliqué qu'elle était en vacances dans le coin. Elle faisait une balade à vélo pendant que son mari était à la pêche avec leurs deux enfants.

— Sa famille a-t-elle été informée ?

— Je lui ai prêté mon téléphone pour qu'elle puisse les appeler. J'imagine qu'ils ne vont pas tarder. Ensuite, l'ambulance est arrivée et on nous a fait reculer.

— Avez-vous assisté à l'accident ?

Maury fit signe que non.

— Elle m'a dit qu'elle était restée par terre au moins cinq minutes avant que je passe. Celui ou celle qui a fait ça était parti depuis longtemps. Quelle bande de lâches ! L'abandonner comme ça sur la chaussée, comme un vulgaire chat de gouttière !

Difficile de croire que le chauffard ne se soit rendu compte de rien, en effet. Avec un peu de chance, la victime aurait plus d'informations.

— Merci, monsieur Clay. Pour vous être arrêté, pour l'avoir aidée et pour avoir alerté les secours. Ce sera tout pour le moment. Laissez-moi vos coordonnées, au cas où j'aurais d'autres questions.

Marcus s'approcha ensuite de Blade, qui était en train d'installer la femme dans l'ambulance avec ses collègues.

— Je dois lui parler, annonça Marcus.

Blade secoua la tête.

— Elle est dans les vapes. Fracture du radius. Je lui ai donné un antalgique assez fort.

— On connaît son nom ?

— Jordan Reese.

— Elle a vu le véhicule qui l'a percutée ?

— Oui. Un SUV noir. Un homme au volant. Un passager, mais elle n'a pas vu s'il s'agissait d'un homme ou d'une femme.

— Ils ne se sont pas arrêtés ?

— Elle a dit qu'ils n'ont même pas ralenti.

Marcus resta silencieux. Maury Clay avait parlé de lâches. Lui-même aurait employé un autre terme.

— J'irai la voir à l'hôpital. Son mari sait où vous l'emmenez ?

— Oui. Je lui ai parlé. Il est secoué et il doit s'occuper de deux enfants assez jeunes, mais il arrive. Sur une note plus légère, poursuivit-il, j'ai rencontré Erin McGarry.

— Et ?

— Elle a l'air sympa.

— C'est tout ?

— Je ne sais jamais, avec les filles. Alors, j'ai demandé à Daisy de passer à la boutique.

La présence de Daisy au Coffre aux Trésors ne devait donc rien au hasard.

— Tu lui as expliqué pourquoi elle devait soudain aller faire du shopping au Coffre ?

— Oui. Elle a compris.

— Et quelle est l'opinion de Daisy ?

— Feu vert. Elle veut aussi savoir où s'habille Erin McGarry.

— Mais bien sûr, répondit Marcus avec un petit sourire. Je lui poserai la question dès que possible. Autre chose ?

Blade haussa les épaules.

— Tu te débrouilleras avec Daisy, vieux. Elle risque d'être déçue.

Marcus hésita un instant, puis reprit :

— On a passé une soirée très agréable. Enfin, c'est mon avis. Ce matin, j'ai reçu un SMS affirmant que les crevettes étaient délicieuses.

Blade le regarda sans rien dire. Pour un type malin, il pouvait parfois se montrer particulièrement obtus.

— Je suis ravi qu'elle ait bien mangé, mais je crois que j'attendais plus, clarifia Marcus.

— Peut-être que tu vas devoir te décarcasser un peu plus que d'habitude, répondit Blade pensivement.

— À t'entendre, on dirait que c'est une bonne chose.

— Peut-être bien.

— Il va falloir être plus précis, s'agaça Marcus.

— Non.

Marcus pinça les lèvres. Les collègues de Blade se trouvaient non loin de là et il ne voulait pas alimenter les rumeurs locales.

Erin achevait de préparer sa caisse quand elle aperçut trois personnes en train d'admirer la vitrine. Elle se précipita pour ouvrir avec six minutes d'avance.

— Entrez ! Entrez ! s'écria-t-elle en retournant le panneau, avant de se reculer pour laisser passer les clientes.

Ces dernières ne parurent pas surprises de la voir et ne demandèrent pas de nouvelles de Morgan – des touristes, de toute évidence. Un peu plus tard, effectivement, Erin entendit l'une d'elles s'exclamer :

— Si seulement on avait une boutique pareille à Omaha !

Erin sourit. C'était une idée… Elle n'avait pas de projets immédiats, après Knoware, et Omaha était une destination comme une autre. Après une dizaine d'années à l'étranger, elle avait envie de rester aux États-Unis. Elle voulait se rapprocher de Morgan et Brian, et profiter de sa future nièce ou son futur neveu.

Et aussi un peu de Marcus Price.

Son sourire s'estompa. Peu importait Marcus Price. Le lieutenant passerait rapidement à autre chose. Ils étaient deux électrons libres, propulsés dans des directions différentes.

— Je vais prendre celle-ci, annonça une cliente en posant une étole sur le comptoir.

— Excellent choix, répondit Erin, heureuse de pouvoir se concentrer sur son travail.

Le reste de la matinée s'écoula à toute vitesse. Erin fut si occupée qu'elle craignit même de ne pas avoir le temps de déjeuner. Il y eut cependant une brève accalmie juste après 13 heures. Elle accrocha sur la porte une feuille où elle avait inscrit « De retour dans quinze minutes » et fila au Gertie's Café. Quand elle s'installa au comptoir, un homme terminait son repas tout en bavardant avec la serveuse. Erin écouta leur conversation sans scrupule – c'était la meilleure façon pour apprendre les nouvelles de la ville.

— Vous avez entendu parler de cette pauvre femme qui a été renversée à vélo aujourd'hui ? demanda l'employée.

L'homme acquiesça.

— Sale histoire. Elle est en vacances avec sa famille. La police est sur l'affaire, ajouta-t-il d'un ton qui se voulait rassurant.

— Elle est gravement blessée ?

— Je ne sais pas. Elle a été transportée aux urgences. Je dois appeler pour avoir des nouvelles.

Sans doute occupait-il une position importante, car la serveuse ne sembla pas surprise par sa réponse.

— En tout cas, j'espère qu'elle va bien.

Erin mangeait son sandwich en silence. Elle n'avait jamais eu d'accident de vélo, mais elle avait déjà été soignée dans un hôpital inconnu, quatre ans plus tôt. Le souvenir de ces quelques journées de solitude misérable était encore vif. Elle venait de terminer son assiette quand l'homme se tourna vers elle, une main tendue.

— Je suis Bill Bliss. Le maire de Knoware.

— Erin McGarry, répondit-elle avec un sourire. La sœur de Morgan Tiddle.

— Je me disais bien ! J'ai appris votre arrivée. Ravie de vous rencontrer. Si on peut vous aider en quoi que ce soit…

— Merci.

Les habitants étaient vraiment chaleureux. Erin paya son déjeuner et se dirigea vers la sortie. Elle s'approchait de la porte quand deux clients entrèrent. Le premier était plus âgé, peut-être cinquante-cinq ou soixante ans. Le second devait avoir une vingtaine d'années. L'espace d'une seconde, elle crut les reconnaître, sans parvenir à concrétiser cette impression fugace. Par réflexe, elle fit un pas de côté pour les laisser passer. Le premier homme lui adressa un petit hochement de tête en guise de remerciement, puis se tourna vers son compagnon. Il prit ce dernier par les épaules et, d'un geste qu'Erin trouva quelque peu brutal, le poussa en direction d'une table libre.

Devant la boutique de Morgan, elle s'occupa rapidement des plantes en pot, puis ouvrit la porte et retira le panneau d'absence. Il était temps de se remettre au travail.

— Ne bouge pas d'ici, ordonna Gasdrig à Ivan.

Il ressortit du café pour suivre des yeux la jeune femme aux cheveux roux. Ce ne fut pas bien compliqué : celle-ci se tenait devant le commerce voisin, en train de ramasser des feuilles mortes dans un pot de fleurs à côté de l'entrée. Elle tira ensuite un trousseau de clés de sa poche, déverrouilla la porte et disparut à l'intérieur. Il lut l'enseigne : « Le Coffre aux Trésors ». D'après la vitrine, il s'agissait d'une boutique de cadeaux et de décoration. Jackpot. Ils savaient où la trouver, à présent. Elle travaillait dans ce magasin – peut-être même en était-elle propriétaire. Gasdrig retourna au Gertie's Café, où Ivan l'attendait en tapotant avec impatience la table en formica.

— Alors ? demanda-t-il aussitôt.

Gasdrig s'assit. Il était encore furieux contre le gamin. Ses coups de sang finiraient par leur attirer des ennuis.

— Parle moins fort et choisis ce que tu veux pour déjeuner. Elle travaille juste à côté. Ça va être du gâteau.

Enfin, ajouta-t-il pour lui-même. La matinée n'avait été qu'une succession de déconvenues. Ils n'avaient pas prévu de retourner à l'aéroport pour rendre le véhicule de location, mais ils n'avaient pas eu le choix, après qu'Ivan avait renversé la femme à vélo. Il avait affirmé qu'il s'agissait d'un accident, mais Gasdrig en doutait. Sans doute avait-il pensé à tort qu'il s'agissait de celle qu'ils cherchaient. À vrai dire, peu importait. Le SUV n'avait pas été endommagé et ils ne s'étaient pas attardés – ce n'était certainement pas la même histoire pour la cycliste. Malgré l'absence de témoins, il avait jugé préférable de se débarrasser du véhicule le plus rapidement possible. Ils étaient donc retournés à l'agence de location, avaient restitué les clés à un employé débordé, puis avaient loué une berline dans une autre agence, quelques dizaines de mètres plus loin. Cela avait occupé une bonne partie de leur matinée.

— Tu crois qu'elle nous a reconnus ? demanda Ivan.

— Je ne pense pas. Nos déguisements dans l'avion étaient soignés.

— Je n'ai pas aperçu le sac marron, fit remarquer Ivan.

— Je sais. Il est peut-être trop grand pour un usage quotidien. Elle a dû en changer.

— Il doit être chez elle, assura Ivan avec confiance.

— Ou au magasin. Ou dans sa voiture. Ou dans son casier à la salle de sport.

— Peut-être…

La serveuse s'approcha avec les menus et un pichet d'eau, et ils restèrent silencieux jusqu'à ce qu'elle fût repartie.

— Tout ça pour dire que, même si on a réussi à la retrouver, on va s'en tenir au plan initial, reprit Gasdrig. On va traîner en ville, pêcher un peu.

Ce qui signifiait que les cent huit dollars dépensés en équipement à leur retour de l'aéroport ne seraient peut-être pas perdus.

— Avec un peu de chance, on croisera quelqu'un qui nous renseignera. Après, on passe à l'action.

Il était plus de 14 heures quand Marcus sortit du commissariat. La matinée avait été éprouvante. Après le départ de Jordan Reese pour les urgences, il était resté un moment sur les lieux de l'accident, afin de s'assurer que son vélo était bien emporté comme preuve et que tout le quartier était passé au peigne fin, à la recherche d'indices. Ils avaient retrouvé un petit morceau de plastique qui, il l'espérait, appartenait au véhicule responsable.

Ensuite, il s'était rendu à l'hôpital pour prendre la déposition de la victime. Il avait dû attendre longtemps, parce que celle-ci était au bloc opératoire, où on lui posait des broches pour stabiliser sa fracture. Il en avait profité pour consulter les mails du commissariat. Pendant qu'il travaillait, son téléphone avait sonné. Son père. Il n'avait pas décroché. Enfin, on lui avait signalé que Jordan Reese était disponible.

— Cinq minutes, pas plus ! avait ordonné le chirurgien. On a réparé son bras, mais elle est contusionnée de partout.

Il lui avait fallu moins de temps que ça, car Jordan Reese lui avait répété à peu près la même chose que Blade. Oui, elle avait aperçu le véhicule qui l'avait renversée. Un SUV noir avec un homme au volant et un passager. Difficile à voir, dans son rétroviseur.

— Votre rétroviseur ? s'était étonné Marcus.

Oui, le véhicule était arrivé par-derrière, avait-elle expliqué. La place ne manquait pas pour doubler, mais son vélo et elle avaient été projetés dans les airs. Marcus avait serré les dents. De retour au commissariat, il avait lancé une recherche sur tous les SUV noirs à cinquante kilomètres à la ronde puis, accompagné de deux de ses agents, il avait commencé à rendre visite aux propriétaires, afin de leur demander où ils se trouvaient ce matin-là, vers 9 heures. Ils avaient également examiné avec soin tous les véhicules.

Aucun résultat.

Jordan Reese avait eu de la chance. La prochaine victime ne s'en tirerait peut-être pas aussi bien. Marcus avait bien l'intention d'empêcher le chauffard de récidiver.

Marcus monta dans son SUV et se dirigea vers le port. En hiver, le trajet ne prenait que quelques minutes, mais en juin… La foule commençait à s'amasser près de la jetée. Le samedi soir était toujours un grand moment, avec la tenue d'un marché gourmand qui attirait beaucoup de monde. Marcus aurait pu jurer que les étals et les food-trucks étaient plus nombreux chaque semaine. Il avait bien suggéré au maire de limiter les autorisations mais, avec un fin sourire, Bill Bliss lui avait confié que la municipalité engrangeait une belle recette grâce aux permis d'exposer. Selon lui, il fallait profiter de la saison au maximum et faire feu de tout bois. Pour un type plus jeune que lui, Bill raisonnait déjà comme un vieux briscard de la politique.

— Est-ce qu'on vous verra samedi ? avait demandé le maire.

Marcus s'était contenté de hausser les épaules. Il préférait passer ses quelques soirées libres au calme. Cependant, il y avait toujours une bonne ambiance à ces marchés gourmands et il aimait soutenir sa ville. Et puis, il y croiserait sans doute Blade et Jamie, si ces derniers ne travaillaient pas.

Le port de Knoware attirait beaucoup de visiteurs. C'était un endroit magnifique, avec de larges trottoirs, de hauts arbres et de vastes étendues de pelouse. Une tasse de café ou une glace à la main, les touristes s'asseyaient souvent sur l'un des bancs en bois pour admirer l'océan. Une centaine de bateaux mouillaient en un grand demi-cercle, des petits voiliers comme des yachts plus luxueux. Une longue jetée avait été construite une trentaine d'années plus tôt pour accueillir pêcheurs et promeneurs du soir.

Marcus se gara. Le marché gourmand n'ouvrait qu'en fin d'après-midi, mais la plupart des vendeurs étaient déjà en train de s'installer. Marcus déambula parmi les étals, saluant les commerçants qu'il connaissait – c'est-à-dire presque tous, car la plupart revenaient chaque année.

— Salut, José ! lança-t-il à l'adresse d'un homme qui confectionnait de succulents tacos.

— Lieutenant Price, répondit José avec un large sourire. C'est vrai ce qu'on raconte ? Vous avez été promu grand chef ?

— Par intérim seulement, corrigea Marcus en s'approchant.

Il huma l'air avec gourmandise. Une délicieuse odeur de barbecue s'élevait à l'arrière du barnum.

— Tant mieux, dit José. Je me sens encore plus en sécurité que d'habitude. Par contre… C'est un peu tôt pour les tacos.

— Je reviendrai ce soir.

— Avec une jolie demoiselle à votre bras ? questionna José, d'un air entendu.

— Pas forcément, se défendit Marcus avec bonne humeur, avant de s'éloigner.

Cinq minutes plus tard, tandis qu'il observait la jetée, il aperçut Causeur et Casquette, les deux hommes rencontrés le matin même en face du Gertie's Café. Comme ils l'avaient annoncé, ils étaient en train de pêcher. Ils lui tournaient le dos et le plus jeune portait encore cette fichue casquette fourrée, malgré la chaleur. Pour une raison inconnue, leur présence le mettait mal à l'aise. Le plus âgé lança sa ligne dans l'eau d'un geste maladroit. De nombreux touristes venaient pêcher à cet endroit, certains même pour la première fois de leur vie. Pourquoi pas eux ?

Toutefois…

Marcus n'avait aucune raison de leur adresser de nouveau la parole, mais cela ne l'empêcha pas de s'approcher. Ce fut Causeur qui l'aperçut le premier. Il murmura quelques mots à Casquette, sans que Marcus puisse entendre.

— Re-bonjour, lança Marcus. Ça mord ?

Les deux hommes tenaient chacun une canne à pêche et Marcus remarqua une boîte d'appâts toute neuve posée entre eux. En revanche, aucun seau ni glacière pour conserver leurs prises éventuelles. Cela dit, de nombreux pêcheurs remettaient le poisson à l'eau.

— Ça peut aller, répondit Causeur.

Casquette fixait l'eau. Marcus vint se placer à côté d'eux et fit mine d'admirer la vue. Un ange passa. Enfin, Causeur se tourna vers lui :

— Beaucoup de monde aujourd'hui, hein ?

— C'est le marché gourmand du samedi. Vous avez l'intention de rester pour manger ?

Il aurait préféré les savoir ailleurs. Pour une raison étrange, il aurait voulu leur ordonner de lever le camp et d'aller pêcher dans d'autres eaux. Casquette se pencha alors légèrement en avant pour regarder Marcus.

— J'ai entendu dire qu'il y avait un cinéma. Vous connaissez le programme ?

Le jeune homme avait une voix un peu rauque, très particulière, mais dépourvue du moindre accent qui aurait permis de déterminer d'où il venait.

— Non, répondit Marcus.

C'était un mensonge. Ils projetaient une comédie romantique qui avait connu un franc succès six mois plus tôt.

— Sans doute qu'on aura eu notre compte de soleil ce soir, reprit Causeur.

Marcus acquiesça.

— Magnifique journée, n'est-ce pas ? Regardez-moi ce ciel ! Je crois que je vais le photographier. Je ne m'en lasse pas.

Il sortit son smartphone de sa poche, s'éloigna un peu sur la jetée et se mit à prendre des photos. Il revint en sifflotant, tenant tranquillement son téléphone devant lui, incliné avec le bon angle. Clic clac.

— Messieurs… J'espère que la pêche sera bonne, lança-t-il en repassant derrière eux sans s'arrêter.

Il était attendu ailleurs. Il devait montrer le portrait de ces messieurs à quelqu'un.

— Je déteste la pêche, marmonna Ivan. On a l'air de deux imbéciles. On devrait aller récupérer la clé USB et se barrer d'ici.

— On a appris plein de choses cet après-midi. Si tu avais attrapé quelque chose, ça aurait été la cerise sur le gâteau.

Cela s'était fait naturellement. Ils s'étaient installés sur la jetée et avaient commencé à bavarder avec les autres pêcheurs. Les touristes n'intéressaient pas Gasdrig, mais il avait fait la connaissance de deux hommes qui avaient passé toute leur vie à Knoware. Quand il avait évoqué qu'il voulait un joli souvenir à ramener à sa femme, ils lui avaient aussitôt conseillé le Coffre aux Trésors. L'un d'eux avait longuement parlé de la propriétaire, Morgan Tiddle, qui était à l'hôpital pour éviter un accouchement prématuré, et de sa sœur venue l'aider au magasin. Le pêcheur ne connaissait pas le nom de la sœur, mais cela n'avait pas d'importance. Une simple recherche sur Internet lui avait fourni l'adresse de Morgan Tiddle. C'était là que la rouquine devait loger. Bien évidemment, Ivan avait voulu s'y rendre sur-le-champ.

— Patience, avait répondu Gasdrig. La clé pourrait être ailleurs. Dans sa poche. Au magasin. On ne veut pas lui faire peur trop vite. Et on ne veut certainement pas que les autorités se mêlent de nos affaires.

Après cette seconde rencontre avec le policier, ils devaient redoubler de vigilance. Ce lieutenant ne semblait pas aussi stupide que la plupart de ses collègues.

— Ce projet a demandé des années de travail. Un ou deux jours, ça ne changera pas grand-chose.

— Je vais mourir d'ennui. Bon, au moins, ça sent bon par ici.

— Tu n'es qu'un ventre, grommela Gasdrig.

Ivan resta un instant songeur.

— Tu crois que la rouquine a un caractère aussi enflammé que ses cheveux ? s'enquit-il soudain.

— On n'est pas là pour ça, répondit Gasdrig, les dents serrées.

Ivan haussa les épaules.

— Tout ce que je dis, c'est que s'il faut la persuader plus ou moins gentiment de nous rendre la clé, ça ne sera peut-être pas désagréable. D'ailleurs, tu as raison : on n'est pas à un jour près. Et vingt-quatre heures avec elle, ce pourrait être…

— Concentre-toi sur l'essentiel, d'accord ? interrompit

brusquement Gasdrig, qui connaissait bien le caractère imprévisible de son jeune collègue.

— Tu n'es pas mon père.

— Mais ton père était mon ami. Ta mère aussi.

— Ne parle pas de ma mère. C'est une traînée.

C'était faux. C'était même grâce à elle qu'Ivan avait pu aller à l'école aux États-Unis et vivre dans un confort relatif, pendant que nombre de ses compatriotes souffraient. Toutefois, l'heure n'était pas au débat. Une fois de plus, il regretta de dépendre autant d'Ivan et de ses connaissances en matière d'explosifs.

— Reste concentré. C'est tout ce que je te demande.

5

Peu après 15 h 30, une femme entra dans la boutique. En apercevant Erin, elle porta une main à sa bouche et s'écria :

— Ça alors ! Vous ressemblez tellement à Morgan !

Puis, elle s'approcha, la main tendue :

— Je suis Jo-Marie, l'employée à temps partiel.

— Enchantée, répondit Erin. Les gens ne remarquent pas souvent qu'on est sœurs. Ça doit être à cause des cheveux, ajouta-t-elle en tirant sur une de ses boucles rousses.

— Mais les yeux ! Ce sont les mêmes !

Jo-Marie remit d'aplomb une pile de cartes postales et passa derrière le comptoir.

— Comment ça a été, aujourd'hui ?

Il y avait à cet instant cinq clients dans le magasin.

— Comme maintenant. Par moments, j'ai regretté de ne pas avoir six mains et des yeux derrière la tête.

— Des problèmes de vol ? s'inquiéta Jo-Marie.

— Non, heureusement. Je ne sais pas ce que j'aurais fait.

— Vous auriez appelé la police. Ils auraient été au garde-à-vous devant la porte en quelques minutes.

Au garde-à-vous. Une foule de pensées coquines traversa l'esprit d'Erin en imaginant le lieutenant Price au garde-à-vous. Ce n'était pourtant sans doute pas ce qu'avait sous-entendu Jo-Marie.

— Un oubli ? demanda Jo-Marie en désignant un paquet-cadeau posé à côté de la caisse.

— Non, une erreur. Enfin, pas vraiment. Une cliente est venue acheter des chocolats pour une amie qui est malade. J'avais emballé la boîte quand elle a remarqué les étoles et a changé d'avis.

— Je la remettrai en rayon, promit Jo-Marie.

Erin s'approcha de la vitrine. Il y avait toujours beaucoup de monde dans la rue. Elle aperçut deux hommes, un plus âgé, un plus jeune, qui marchaient en direction de la boutique. Il lui semblait les reconnaître. Les avait-elle déjà vus ? Soudain, elle se souvint : ils s'étaient croisés le midi, au Gertie's Café. Visiblement, ils faisaient du shopping, car ils portaient plusieurs sacs. Ils poussèrent la porte.

— Bonjour ! lança Erin. Bienvenue au Coffre aux Trésors.

Le plus âgé des deux hocha la tête sans un mot ; le plus jeune ne la regarda même pas.

— N'hésitez pas à venir me voir si vous avez besoin.

Elle n'aimait pas harceler les clients. Le shopping devait rester un moment agréable.

— Vous n'êtes pas fatiguée ? lui demanda alors Jo-Marie.

— Un peu. Heureusement, la journée s'est mieux passée qu'hier.

— Comment ça ?

— J'ai commencé en fanfare en déclenchant l'alarme par erreur.

Jo-Marie éclata de rire.

— La police est venue ?

— Très vite.

— Après les cambriolages qu'il y a eus dans le quartier, Morgan a insisté pour installer un système de sécurité. Vous lui avez parlé aujourd'hui ? Comment va-t-elle ?

— Elle m'a envoyé un SMS en disant que tout allait bien.

— Brian est avec elle ?

— Il passe dès qu'il peut. Un vrai mari dévoué.

— C'est un ange, approuva Jo-Marie. Est-ce que vous allez au marché gourmand ce soir ?

— Vous avez dit « marché gourmand » ? Je ne sais pas de quoi il s'agit, mais ça m'intéresse !

— Ça existe depuis deux ou trois ans, pendant l'été, et ça prend de plus en plus d'ampleur. Des vendeurs installent leur étal ou leur camionnette entre 17 heures et 21 heures et proposent toute sorte de spécialités. Il y a aussi une séance de ciné plein air dans le parc. Ça attire tellement de monde que Morgan a décidé d'ouvrir jusqu'à 21 heures le samedi.

— Je vais retenir l'idée. Peut-être pas ce soir, mais certainement pour la semaine prochaine.

Deux clientes s'approchèrent avec des bougies et une lotion. Jo-Marie encaissa leurs emplettes, qu'Erin emballa dans des sacs en papier.

— Merci, mesdames ! En espérant vous revoir bientôt.

— C'est une boutique très sympa, répondit une des dames. On repassera avant notre départ.

Elles sortirent, suivies de près par les deux hommes qui n'avaient rien acheté. Jo-Marie soupira :

— Ça ne peut pas marcher à tous les coups. Allez-y, je prends la relève. Morgan doit être impatiente de vous voir.

— Oui, je file !

Erin se dirigea vers l'arrière-boutique, mais se ravisa et revint sur ses pas pour récupérer la boîte de chocolats.

— Je vais les emporter à l'hôpital. Je les paierai demain.

— Morgan ne dit jamais non à du chocolat, approuva Jo-Marie avec un clin d'œil.

Erin prit son sac à main et ses clés, et sortit par la porte de derrière. Dans la ruelle, elle se figea. Les deux hommes qui se trouvaient dans le magasin quelques minutes plus tôt se tenaient juste à côté de sa voiture et semblaient regarder à travers les vitres. Dès qu'il l'aperçut, le plus jeune tira le bras de son ami, puis lui adressa un petit signe.

— Bonjour ! C'est votre voiture ?

— Oui.

— Elle est pas mal.

C'était une citadine Chevrolet avec cinq portes, tout ce qu'il y avait de plus banal.

— Merci.

— Elle consomme beaucoup ?

— C'est une location. Ça ne fait que quelques jours, donc je ne saurais pas vraiment vous dire.

— Je vois. Désolé pour le dérangement. Et c'est une chouette boutique que vous avez !

Erin sourit.

— C'est celle de ma sœur. Morgan Tiddle.

— Vraiment chouette. On reviendra.

Ils s'éloignèrent.

Assis dans son SUV à l'entrée de la ruelle, Marcus observait la scène. Il était trop loin pour entendre la brève conversation, mais les recommandations du département de la Sécurité intérieure lui trottaient dans la tête : « Surveillez de près les inconnus et les nouveaux venus. » Quand les deux énergumènes se furent éloignés, Erin monta dans sa voiture. Elle resta une bonne minute au volant avant de démarrer.

C'était la troisième fois que Marcus croisait ses hommes depuis le matin. Après les avoir revus sur la jetée, il avait fait un détour par les Brickstone Bungalows pour montrer leur photo à Brenda Brickstone, la propriétaire depuis une vingtaine d'années. Les clichés étaient mal centrés mais cela suffisait. Brenda les avait étudiés longuement, puis avait secoué la tête. Marcus avait insisté, mais Brenda était formelle : ces deux messieurs ne louaient pas un de leurs bungalows. À cet instant Arty, le mari de Brenda, était entré dans le bureau. Il se souvenait avoir parlé deux jours plus tôt au plus âgé, qui cherchait un endroit où loger. Les Brickstone Bungalows affichant complet, les deux hommes avaient passé leur chemin.

Marcus était retourné à Knoware en s'interrogeant sur les causes d'un tel mensonge. Surveiller de près les inconnus et les nouveaux venus… surtout ceux qui racontaient des histoires. C'était en revenant en ville qu'il avait surpris l'échange dans la ruelle.

Soudain, une sensation étrange lui noua l'estomac : Erin et les deux hommes étaient arrivés à peu près en même temps à Knoware. Étaient-ils venus ensemble ? Se connaissaient-ils ? Les hommes surveillaient-ils le Coffre, ce matin-là, en se servant du Gertie's Café comme prétexte ? Tout cela avait-il quelque chose à voir avec la réticence d'Erin à divulguer la moindre information spécifique sur son passé ?

Trop de questions. Pas assez de réponses.

Quand Erin entra dans la chambre d'hôpital, Morgan et Brian étaient en train de jouer aux cartes. Sa sœur, le dos calé contre des oreillers, avait bonne mine.

— Qui est-ce qui gagne ? demanda-t-elle joyeusement.

— Morgan, bien sûr, soupira Brian. C'est un vrai requin. Si on jouait au strip-poker, je serais déjà tout nu.

— Il doit y avoir mon peignoir derrière la porte, proposa Morgan avec sérieux.

— On verrait encore l'essentiel.

— Je ne veux pas savoir ! s'offusqua Erin en riant, les mains sur les oreilles. Et je n'ai pas besoin d'avoir ce genre d'images en tête.

Morgan tapota affectueusement le bras de son mari.

— Je t'aime quand même… Comment s'est passée la journée, Erin ?

— Autant de monde qu'hier. J'ai fait la connaissance de Jo-Marie.

— C'est sympa à elle d'avoir accepté de travailler ce soir. Comme ça, tu pourras dormir un peu plus. Tu dois encore être décalée.

— Je carbure au thé, avoua Erin avec un sourire.

En arrivant à l'hôpital, elle n'avait pu s'empêcher de penser à la femme qui avait été renversée à vélo.

— Tu vas trouver ça bizarre mais, au Gertie's Café, j'ai entendu des gens parler d'une cycliste victime d'un accident, ce matin. Une touriste. Elle doit être soignée ici et je me disais que ce devait être horrible de terminer ces vacances de cette façon. Je… J'ai acheté des chocolats du magasin et je comptais les lui offrir. Mais maintenant que je suis là, je ne sais pas comment m'y prendre.

— Oh ! c'est vraiment adorable ! s'écria Morgan. Mais je doute que l'hôpital te transmette la moindre information. Secret médical et tout ça. Tu n'as qu'à demander à l'infirmière en chef qu'elle les lui apporte.

— Bonne idée, répondit Erin.

— Ou alors, tu pourrais aller directement à la chambre 207 et les offrir toi-même, ajouta Brian en retournant une carte posée devant lui.

Les deux sœurs le regardèrent avec des yeux ronds.

— Et comment tu sais ça, toi ? interrogea Morgan avec méfiance.

— Ce n'est pas sorcier. J'étais dans le hall quand le mari et les enfants sont arrivés. Le pauvre homme avait l'air stressé. Les deux petits ne semblaient pas comprendre la situation et n'ont rien trouvé de mieux que de se mettre à jouer avec la fontaine de l'entrée. Le papa s'est renseigné à l'accueil et j'ai entendu l'employée lui donner le numéro de la chambre.

— Ce serait bizarre que j'aille lui rendre visite ? demanda Erin.

— Un peu, répondit Morgan. Mais aussi très attentionné. Tu devrais aller faire un tour dans le service et voir comment tu le sens. Tu as toujours eu de l'instinct.

— Une fois encore, tu m'attribues plus de qualités que je ne le mérite, soupira Erin en déposant un baiser sur la joue de sa sœur. À demain !

Elle contourna le lit pour embrasser Brian, puis elle se pencha sur ses cartes :

— Une paire de 9 et une paire de 3 ! Quelle chance…

Morgan riait encore quand Erin sortit. Elle se dirigea vers l'ascenseur et monta au deuxième étage, où elle trouva rapidement la chambre 207. La porte était entrouverte, mais elle n'entendait aucun bruit en provenance de l'intérieur. Au bout d'une minute, elle frappa doucement.

— Entrez.

Erin passa la tête par la porte. Une femme était couchée dans le lit et regardait la télévision ; elle était seule.

— Excusez-moi de vous déranger…, commença-t-elle.

— Pas de problème, répondit la patiente, visiblement peu concernée.

Dans les hôpitaux, des gens entraient et sortaient en permanence, pour soigner, apporter les repas, régler des questions administratives, faire le ménage.

— Je suis Erin McGarry.

— Jordan Reese, dit la femme en montrant son poignet où était attaché le bracelet avec son identité.

— Je… J'ai appris ce qui vous était arrivé. Il y a quatre ans, j'ai dû séjourner à l'hôpital dans une ville que je ne connaissais pas.

Elle était seule et ne parlait même pas la langue du pays. De plus, elle avait été très malade.

— Ce n'était pas une expérience géniale, poursuivit-elle. C'était carrément horrible, en fait. Bref… Je travaille dans cette boutique qui vend des chocolats merveilleux et je me suis dit que j'allais vous en apporter.

Erin posa la boîte emballée sur la table à côté du lit.

— Oh là là ! C'est tellement gentil ! s'écria la femme, ravie. Je ne vais rien dire aux enfants et tout garder pour moi. Quels cheveux magnifiques vous avez ! J'aimerais tant avoir les mêmes.

Elle se redressa et peigna ses longues mèches avec les doigts de sa main valide. Erin fut alors frappée par la similarité de leur chevelure. Même longueur, même rousseur. En revanche, celle de Jordan était raide et soyeuse. Quelle chance…

— Si vous saviez la fortune que j'ai dépensée à essayer de les lisser, soupira-t-elle.

— On désire toujours ce qu'on n'a pas ! dit Jordan en riant.

— C'est vrai. Je ne vous dérange pas plus longtemps. Ce qui vous est arrivé est affreux. J'espère que vous vous remettrez vite.

— Merci.

Elle regarda la boîte de chocolats, sur laquelle était collée une étiquette avec le nom du magasin.

— « Le Coffre aux Trésors ». Quand je sortirai, je viendrai vous rendre une visite.

— Avec plaisir.

Erin quitta la chambre et, dans le couloir suivant, heurta de plein fouet Marcus Price.

Marcus rattrapa Erin avant qu'elle ne trébuche.

— Oh là !

Que diable venait-elle faire à cet étage ?

— Vous êtes perdue ?

— Non. Et vous ?

Une fois encore, elle esquivait. Il commençait à en avoir assez.

— Je travaille, expliqua-t-il.

— Je me disais aussi… Vous n'êtes pas du genre à garder l'uniforme en dehors du service.

Elle avait parlé d'un ton badin, presque enjôleur. Cherchait-elle à noyer le poisson ?

— Je croyais que Morgan était à l'étage du dessous.

— C'est ça.

— Tout va bien ?

— Oui. Brian et elle sont en train de faire un poker.

— J'ai déjà joué avec Brian. Il respire un peu plus vite quand il a une bonne main.

— Je pense que Morgan l'a compris.

— Je vois. Alors, que venez-vous faire dans ce service ?

— Une visite.

— À qui ?

— Jordan Reese. C'est la femme qui…

— Je sais qui est Jordan Reese, interrompit-il. Comment la connaissez-vous ?

— Je ne la connais pas.

— Mais vous avez ressenti le besoin de lui rendre visite ?

La question sembla la mettre mal à l'aise.

— Il faut que j'y aille, marmonna-t-elle, visiblement peu disposée à répondre.

— Vous avez de grands projets pour ce soir ? demanda-t-il, décidant changer de tactique.

— Non.

Était-ce la vérité ? D'où lui venait cette impression qu'il ne pouvait pas vraiment lui faire confiance ?

— Vous devriez essayer le marché gourmand.

— Jo-Marie m'en a déjà parlé. Apparemment, ça a bonne réputation.

— À raison. Vous voulez m'accompagner ?

Cela lui donnerait une nouvelle occasion de l'interroger dans un contexte plus détendu.

— Heu…

Elle allait refuser.

— Je crois que je…, bafouilla-t-elle, avant de s'interrompre brusquement pour regarder quelque chose derrière lui.

Quand Marcus se retourna, il aperçut Brian Tiddle qui se précipitait vers eux.

— Erin, ouf ! J'espérais que tu ne serais pas déjà partie. Morgan a oublié de te prévenir qu'une femme de ménage doit passer demain matin à la boutique, puisque tu n'ouvres pas avant 13 heures. Elle ne voulait pas que tu sois surprise en arrivant. On a essayé ton portable, mais on est tombé directement sur ta boîte vocale. Morgan dit que tu oublies parfois de la consulter, alors…

— Elle a raison, avoua Erin. Merci d'être venu. Tu… Tu connais Marcus ?

— Qui ne connaît pas Marcus ? Comment ça va, Marcus ?

— Bien. Morgan est en forme ?

— Oui. La présence d'Erin lui permet de vraiment se reposer sans avoir à s'inquiéter du magasin. C'est énorme.

— On pense tous à elle, assura Marcus.

— Et tes nouvelles fonctions, ça se passe comment ? demanda Brian, avant d'expliquer à Erin : Marcus vient d'être nommé chef de la police.

— C'est ce que j'ai entendu dire, répliqua Erin.

Marcus ne se souvenait pas l'en avoir informée. Avait-elle discuté de lui avec quelqu'un d'autre ? Sa sœur, peut-être ? Ou bien les deux types dans la ruelle ?

— J'étais justement en train d'évoquer le marché gourmand à Erin. J'espérais la convaincre de m'accompagner.

Il était même prêt à se servir de Brian pour lui forcer la main.

— Oh oui ! s'exclama Brian. Tu dois y aller, Erin. C'est très sympa et on mange très bien.

— Je crois que je suis un peu fatigué, répondit Erin.

— Il faudra bien que tu manges quelque chose ce soir, non ? Je suis sûr que Marcus ne te retiendra pas trop tard.

— C'est promis. Alors, je passe vous prendre à 18 heures ?

Erin pinça les lèvres.

— D'accord. Je veux bien. À tout à l'heure.

Elle s'éloigna dans le couloir.

— À la prochaine, Marcus ! lança Brian. Je vais retrouver Morgan.

Marcus le regarda se diriger vers l'ascenseur, puis s'approcha de la chambre de Jordan Reese.

— Entrez !

— Je suis le lieutenant Marcus Price, se présenta-t-il. On s'est rencontrés ce matin.

Elle sourit.

— Je n'ai pas oublié. J'ai quand même quelques souvenirs.

— Je pensais vous trouver avec votre mari et vos enfants.

— Il est passé, mais les petits ne tenaient pas en place, alors je les ai tous renvoyés à l'hôtel. Je sors demain, normalement. Il reviendra me cherche. Je vais en profiter pour me reposer un peu au calme.

Marcus aperçut une boîte de chocolats familière sur la table de chevet.

— Je vois qu'on vous a apporté des douceurs du Coffre aux Trésors.

— Oui. Une dame m'a rendu visite. Très gentille. Elle m'a dit que beaucoup de gens pensaient à moi.

C'était sans doute vrai. En revanche, tout le monde n'offrait pas des chocolats à une inconnue.

— C'est une ville très chaleureuse, répondit-il. Je voulais vous tenir au courant de la progression de l'enquête. Malheureusement, nous n'avons arrêté personne pour l'instant. Mais nous continuons à chercher.

— Merci beaucoup. J'aimerais pouvoir vous être plus utile.

— On va les retrouver, assura Marcus. D'une façon ou d'une autre.

6

Marcus arriva avec cinq minutes d'avance, mais Erin était prête. Elle portait cette fois un pantacourt vert pomme et un ample débardeur en soie bleu marine qui ondulait dans la brise ; elle tenait une veste en jean blanc à la main. Elle dégageait quelque chose de frais, d'estival et… d'innocent. Cependant, Marcus était trop professionnel pour se laisser berner par les apparences. La soirée qu'ils allaient passer au marché gourmand lui permettrait peut-être de voir plus loin que la façade.

— C'est joli, ce que vous portez, dit-il.

— Merci.

Pas question de lui demander où elle s'habillait. Daisy Savick allait devoir apprendre à gérer sa frustration.

— On pourrait peut-être arrêter les formalités, non ? suggéra-t-elle. On a déjà dîné ensemble et vous connaissez bien ma sœur et mon beau-frère…

— Ça me va, acquiesça-t-il. Tu as faim ?

— Toujours.

— Dans ce cas, je te recommande les tacos. Mais je ne t'en tiendrai pas rigueur si tu préfères les sandwichs à l'effilochée de cochon, le maïs grillé au barbecue ou les beignets de pommes de terre à la viande.

— Des tacos et des beignets à la viande le même soir ? Suis-je au paradis ?

— Dans l'État de Washington, ma p'tite dame. C'est presque pareil.

— Je me disais bien…

Ainsi donc, elle ne manquait ni d'humour ni de repartie, pensa Marcus en poursuivant sa route.

— On va se garer ici et marcher un peu, annonça-t-il en s'arrêtant près d'une place.

— Aucun souci. Tacos *et* beignets, n'oublie pas.

— Ne viens pas te plaindre si tu as mal à l'estomac demain.

— J'ai l'estomac en béton, affirma-t-elle en tapotant son ventre plat. Quand j'étais en Pologne, je me suis nourrie exclusivement de cornichons, de maïs en boîte et d'œufs durs pendant trois jours.

— Tu te vantes un peu, là.

— Jamais.

— Paris, la Pologne…, fit-il remarquer. Qu'est-ce que tu fais quand tu n'aides pas ta sœur ?

Le domaine professionnel était en général un sujet sûr, mais Erin sortit du SUV sans répondre.

— Tu disais ? relança-t-il en la rejoignant sur le trottoir.

Elle soupira.

— Voyons… Par ordre alphabétique : actrice, assistante vétérinaire, barmaid, cliente-test, concierge, conductrice de taxi fluvial, consultante en couleurs, couvreuse, rien dans les « D » pour l'instant, enseignante, huissière, journaliste, rien de K à N, promeneuse de chiens, superviseuse en contrôle qualité, vendeuse de voitures d'occasion et vendeuse de glaces. Ah si, j'en oublie un ! Gardienne de zoo.

Il en resta sans voix.

— Fichtre, parvint-il enfin à articuler.

Elle avait tout récité d'une seule traite. Impressionnant, mais un peu trop préparé.

— Et par ordre chronologique ? Ce serait plus utile.

— Désolée. Par principe, je ne fournis jamais plus d'une liste en « -ique » à la fois.

— En « -ique » ?

— Alphabétique. Géographique. Ou chronologique. Une seule à la fois. Maintenant, j'ai faim. Heureusement, j'aperçois une bonne quinzaine de camionnettes.

Il céda de nouveau, bien décidé à retenter sa chance plus tard. Partout, des gens étaient en train de manger : assis à des tables de pique-nique disposées çà et là, sur les rochers au bord de l'eau, par terre sur des plaids. Erin s'avança encore un peu, puis s'arrêta net.

— Oh ! bonté divine ! s'exclama-t-elle en lui agrippant le bras, comme si elle se trouvait mal.

Il regarda rapidement autour de lui, cherchant à repérer une éventuelle menace. Il ne vit rien.

— Quoi ? Que se passe-t-il ?

— Tu ne m'avais pas avertie pour les donuts recouverts de caramel et de chocolat, chuchota-t-elle en désignant l'assiette d'une femme qui passait.

L'expression d'Erin était… Bon sang, elle était tout simplement adorable ! Mais il refusait de se laisser berner par ce joli minois. Il était toujours tracassé par sa brève conversation avec Causeur et Casquette, puis par sa visite à Jordan Reese.

— C'est une omission impardonnable de ma part, admit-il, l'air coupable.

— Je te pardonne pour cette fois, mais ne me refais plus jamais ça, répondit-elle avec gravité.

Marcus sentait qu'ils attiraient les regards. Chaque habitant qu'ils croisaient s'empresserait sans doute d'annoncer la nouvelle à deux amis, qui en informeraient à leur tour huit autres. Rapidement, tout Knoware apprendrait que Marcus Price avait une nouvelle copine. Et les paris seraient lancés : deux semaines ? Un mois ? Six semaines ? Jusqu'à la fin de la saison ? Chacun émettrait ses hypothèses sur la durée probable de cette relation.

La réponse était simple : tant qu'il n'en saurait pas plus sur Erin, tant qu'il n'aurait pas vérifié si elle était liée à ces deux étrangers qui le mettaient mal à l'aise ou avec le premier accident avec délit de fuite survenu dans la ville depuis deux ans, il ne se passerait rien.

— Le nouveau chef de la police attire les regards, fit remarquer Erin à voix basse.

— Par intérim, rappela-t-il. Pure jalousie, c'est tout. Ils voudraient bien accompagner la femme qui lorgne à la fois sur les tacos, les beignets, la citronnade et les donuts.

— Les donuts recouverts de caramel et de chocolat, corrigea-t-elle. C'est vrai que tu es un sacré veinard.

Elle observa un instant le port, puis demanda :

— Quelle est la longueur de cette jetée ?

— Pas loin de deux cents mètres. On peut aller au bout, si tu as envie. C'est sans danger, sauf quand le vent forcit. Dans ce cas, les vagues franchissent le parapet et le béton devient glissant. Ce soir, en revanche, tu ne risques rien.

— Évidemment. Je suis accompagnée par le chef de la police. Par intérim, précisa-t-elle avec un clin d'œil.

Marcus aimait son métier. Malheureusement, cela signifiait aussi qu'il était toujours en mode policier, même lors de moments comme celui-ci où il n'était pas officiellement en service. Hypervigilance.

Ce soir-là, il avait l'œil sur deux choses. Ou plutôt deux personnes, même s'il n'avait pas encore croisé Causeur et Casquette. Bien qu'il brûlât de savoir de quoi Erin et eux avaient bien pu discuter, il ne lui poserait pas la question. Il ne voulait pas révéler qu'il les avait aperçus ensemble.

— On commence par les tacos ? proposa Erin, le tirant de ses pensées.

— Tu ne crains pas que les beignets de pommes de terre se sentent un peu délaissés ?

— Pas quand j'en aurai fini avec eux…

— Allons-y.

Il la conduisit jusqu'à la camionnette de José et se mit à faire la queue. Ils attendirent leur tour en étudiant le panneau des menus. C'était la fille de José qui prenait les commandes, mais il aperçut José à l'arrière. Quand il le salua d'un geste, ce dernier s'approcha aussitôt.

— Lieutenant Price. Toujours un honneur. Qu'est-ce qui vous ferait plaisir, à vous et… votre amie.

— Je vous présente Erin McGarry, expliqua Marcus. Elle prétend s'y connaître en tacos, mais je tente de lui faire comprendre que c'est un peu présomptueux de sa part, tant qu'elle n'a pas goûté les vôtres.

José tendit la main à Erin avec un large sourire.

— Je suis ravi de faire votre connaissance. Puis-je vous suggérer le taco au porc ? C'est une recette de famille.

— C'est d'accord, répondit Erin. Avec une portion de guacamole et de chips.

— Pareil pour moi, ajouta Marcus.

Moins de trois minutes plus tard, ils repartaient avec leur repas et deux bouteilles d'eau. Marcus laissa Erin choisir un emplacement, mais il fut un peu surpris quand il la vit s'installer sur un carré d'herbe libre.

— Il reste des tables, fit-il remarquer.

— Pour quoi faire ? demanda-t-elle en mordant dans son taco. Oh ! bon sang ! Ch'est délichieux. J'aurais dû en prendre un second tout de suite.

— Beignets de pommes de terre, rappela-t-il. Et donuts caramel-chocolat.

— Bon, bon… Il faut que je ralentisse. Savourer chaque bouchée.

Elle posa son taco déjà à moitié entamé, puis se pencha en arrière pour admirer le ciel bleu. L'orchestre qui jouait tous les samedis soir avait commencé et elle battait la mesure du bout du pied.

— Tu veux quelque chose d'autre ? demanda-t-il en désignant sa bouteille d'eau. Un verre de vin ? Une bière ?

— Il ne vaut mieux pas. Le décalage horaire est en train de me rattraper. Il n'en faudrait pas beaucoup pour que je m'endorme sur place. Et il me semble avoir remarqué un panneau interdisant de dormir dans le parc. Je n'ai pas envie de finir la soirée au commissariat…

Elle grignota une chips garnie de guacamole en le regardant d'un air effronté.

— Je paierai la caution, assura-t-il. Mais j'aimerais revenir à la liste de tes emplois. L'ordre alphabétique était très impressionnant, mais je reste un peu perplexe.

— Lequel t'a le plus épaté ?

Il réfléchit un instant avant de répondre :

— Couvreuse. J'ai déjà posé des ardoises. C'est lourd.

— Je travaillais en équipe et ce n'était pas moi qui portais. Ça a quand même été l'un des boulots les plus physiques que j'ai faits. Toujours accroupie, en équilibre sur ces fichus toits en pente. Et il faisait tellement chaud ! Pas vraiment la meilleure façon de passer l'été au Costa Rica.

— Qu'est-ce qui t'amenait au Costa Rica ? demanda-t-il.

— Je ne me souviens même plus.

Était-ce la vérité ? Ou encore un moyen d'éviter ses questions ? Il se retint d'insister.

— Et le meilleur boulot ?

— Sans hésiter : promeneuse de chiens. Mes clients étaient très gentils et leurs chiens, adorables. Évidemment, ce n'était pas toujours très agréable de nettoyer après eux, mais c'était tolérable, quand on est payée pour se balader dans Paris.

— Donc, c'était ce que tu faisais à Paris ?

— Entre autres, répondit-elle en se levant avec son assiette. Où se trouvent les beignets de pommes de terre ?

Marcus désigna un étal. Il allait y arriver, par petites touches. Erin revint quelques minutes plus tard avec deux beignets et une portion de riz aux légumes.

— Ma grand-mère disait toujours que j'étais un puits sans fond, expliqua-t-elle. Je n'ai vraiment compris ce qu'elle voulait dire que vers dix ans. J'ai dû faire rire pas mal de mes professeurs, parce que je répétais cette phrase à la moindre occasion avec beaucoup de fierté.

— Où est-ce que tu as grandi ?

— Ma mère avait la double nationalité, américaine et irlandaise. On a passé à peu près autant de temps dans chaque pays jusqu'à la mort de mes parents. Mes grands-parents étaient décédés depuis longtemps, si bien que Morgan et moi on s'est retrouvées seules. Elle travaillait à Chicago et j'aurais pu vivre avec elle après le lycée, mais… Il fait vraiment froid à Chicago en hiver, ajouta-t-elle en détournant le regard.

Elle n'avait pas tort et c'était une excellente raison. Pourtant, il sentait que ce n'était pas la vérité.

— C'est tellement bon ! s'exclama-t-elle en terminant son deuxième beignet. J'ai changé d'avis : je crois que je vais me laisser tenter par un verre de vin blanc.

Elle attrapa son sac pour chercher son portefeuille.

— C'est pour moi, dit-il en se levant.

— Non, non, protesta-t-elle fermement mais sans brusquerie.

Peut-être sa façon de lui indiquer qu'il ne s'agissait pas vraiment d'un rendez-vous.

— D'accord, concéda-t il. La buvette est par là.

— Tu veux quelque chose ?

— OK. La même chose que toi.

Il la regarda s'éloigner. L'ambiance était calme, détendue, familiale. Il faisait encore jour, et les rares fois où la soirée dérapait un peu, c'était beaucoup plus tard, quand les effets de l'excès d'alcool commençaient à se faire sentir. Marcus scruta la foule et repéra Blade et Daisy qui tendaient un billet à leurs filles respectives. Dès que les deux adolescentes eurent l'argent, elles s'éloignèrent aussi vite que possible de leurs parents. Marcus leur fit signe. Daisy l'aperçut et prit Blade par la main pour se diriger vers lui. Ils le rejoignirent au moment où Erin revenait avec deux verres de vin blanc.

— Bonsoir ! lança-t-elle. Je peux aller en chercher deux autres, si ça vous tente.

— Inutile, répondit Daisy en tapotant avec un sourire son ventre très légèrement rebondi. Je reste au jus d'orange pendant quelques mois. Daisy Savick, au fait. Je suis venue au magasin hier.

— Moi aussi, ajouta Blade. J'ai acheté des chocolats pour ma belle et jeune épouse.

— Je me souviens, dit Erin. Vous êtes passé avec un ami. Je ne savais pas que vous connaissiez Marcus.

— Tout le monde connaît Marcus, répondit Blade.

— Je te présente mon ami Blade Savick et son adorable compagne, dit Marcus. Blade et moi, on se connaît depuis la maternelle. Daisy, en revanche, habite Knoware depuis quelques mois seulement. Ce qui ne l'a pas empêchée d'épouser ce type et de décider de repeupler la terre avec lui. Ils sont toujours deux, là-dedans ?

— Félicitations ! s'écria Erin en tendant un des deux verres à Marcus. On va boire à votre santé.

— Qu'est-ce que vous avez mangé ? demanda Daisy.

— On a commencé par un taco au porc avec du guacamole, raconta Erin. Ensuite, beignets de pommes de terre et riz aux légumes. Il nous reste le dessert : donuts chocolat-caramel.

Daisy se tourna vers son mari avec un sourire ravi :

— Je crois que je viens de rencontrer ma nouvelle meilleure copine. Tu sais que je mange pour trois, non ?

— Ah bon ? s'étonna Blade, l'air faussement effaré. C'est pour ça qu'il y a six boîtes de glace au congélateur ?

— Six est un chiffre tout à fait raisonnable, répondit Erin avec le plus grand sérieux.

Daisy lui tapa dans la main avec un clin d'œil. Marcus ressentit un petit pincement. Tout cela serait tellement simple s'il n'y avait pas cette zone d'ombre chez Erin.

— Je… heu… On devrait y aller, bredouilla-t-il soudain. Je voudrais qu'Erin saisisse bien toute la philosophie de ce marché gourmand.

— D'accord, répondit Blade, un peu surpris.

— Quand j'ai repéré les donuts, on vous fait signe, ajouta Erin avec un sourire pour Daisy.

Elle ne sembla pas trouver étrange qu'il soit aussi pressé de partir. Elle ignorait que Blade et lui étaient amis. Pour l'instant, c'était mieux ainsi. Il préférait en apprendre davantage sur elle avant qu'elle en sache plus sur lui.

Erin se dirigea vers le front de mer. Il y avait tellement de monde sur les trottoirs que Marcus était obligé de marcher derrière elle. Le repas avait été délicieux, mais elle ne parvenait pas à se débarrasser de l'impression que quelque chose n'allait pas. Peut-être à cause de l'intérêt que Marcus semblait porter à son passé. Un dossier qui la mettait mal à l'aise.

Elle avait roulé sa bosse et avait toujours eu du mal à trouver sa place. Plus que la plupart des gens, en tout cas. Elle se sentait souvent en décalage, mais c'était un sujet qu'elle préférait éviter. Pour les occasions où on la pressait de questions, comme Marcus ce soir, elle avait mis au point son petit numéro de liste alphabétique. En général, cela suffisait à calmer les curieux. Cette tactique risquait pourtant de ne pas suffire avec Marcus.

— Voici tes donuts, annonça Marcus en désignant un étal sur sa gauche.

— Super. Tu trouves une table libre, pendant que je vais faire la queue ?

Il acquiesça et se dirigea vers une famille qui s'apprêtait à partir. Erin se plaça dans la file, humant avec gourmandise la délicieuse odeur de sucre et de cannelle. Il restait encore six personnes devant elle quand elle se rendit compte qu'un des deux hommes qui avaient observé sa voiture se tenait juste derrière elle ; c'était le plus âgé des deux.

— Oh ! bonjour, le salua-t-elle pour lui faire comprendre qu'elle l'avait reconnu.

— On dirait que je suis au bon endroit, répondit-il en montrant le monde qui attendait.

— Ou alors on est très nombreux à se tromper…

— Ça vient de votre boutique ? demanda-t-il soudain en désignant son sac à main.

— C'est la boutique de ma sœur, corrigea-t-elle sans y penser. Elle a toujours eu très bon goût.

— En effet. Je pourrais peut-être en prendre un pour ma femme. Elle ne jure que par les poches intérieures. Elle trouve qu'il n'y en a jamais assez.

Erin sourit puis, comme la file avançait, elle en profita pour se retourner. Elle attendit encore une dizaine de minutes, puis sortit brusquement du rang pour rejoindre Marcus. Voyant qu'elle revenait les mains vides, celui-ci la regarda d'un air étonné.

— Ils ont tout vendu ?

— J'ai changé d'avis.

C'était la vérité. La rencontre avec l'homme lui avait coupé l'appétit.

— Je suis épuisée. Je vais rentrer, si tu veux bien.

— Tu es sûre ?

— Oui. C'était super. Je suis contente d'être venue, mais il me faut une bonne nuit de sommeil.

Elle tourna les talons et reprit la direction de la voiture. Marcus la rattrapa rapidement. Arrivé devant son SUV, il lui ouvrit la portière. Puis il monta à son tour et attendit une occasion de s'engager dans la circulation.

Il ne prononça pas une parole pendant le trajet.

Perplexe, Erin se demandait si c'était à cause de sa brusque décision de rentrer. Elle l'avait pourtant averti qu'elle ne resterait pas longtemps. Elle aurait volontiers profité un peu plus de la soirée… sans cet homme étrange. Une fois encore, il lui avait semblé le reconnaître et cela la mettait mal à l'aise.

Était-ce chez Preston's Automobile Exchange ? Était-il possible que les deux hommes soient passés au magasin de

Paris, à la recherche d'un véhicule ? Ou bien pour d'autres raisons plus douteuses qu'elle n'avait jamais pu confirmer ? Dans ce cas, il était quand même étrange qu'elle les croise de nouveau à Knoware. Peut-être était-ce leur intérêt pour sa voiture de location qui lui avait rappelé qu'ils s'étaient déjà vus. Peut-être essayait-elle simplement de relier des événements sans aucun lien.

Quand Marcus se gara devant la maison de Morgan, Erin ouvrit la portière et descendit. À sa grande surprise, il la raccompagna jusqu'à la porte.

— Merci pour l'invitation, dit-elle.

— Avec plaisir. J'espère que tu vas pouvoir récupérer un peu cette nuit.

Elle glissa la clé dans la serrure.

— Je peux faire la grasse matinée demain. Je ne travaille pas avant 13 heures. Ça ira.

L'instant était toujours délicat. Elle décida de prendre les choses en main et se pencha vers Marcus pour déposer un rapide baiser sur sa joue.

— Bonne nuit, Marcus.

Elle entra et referma la porte derrière elle.

7

Les lèvres d'Erin n'avaient fait qu'effleurer son visage, mais une sensation de chaleur s'était répandue sur la joue puis le torse de Marcus en un temps record. Il avait dû fournir un effort herculéen pour garder les bras le long du corps, pour ne pas l'attirer à lui et l'embrasser comme il en avait envie. Lorsqu'elle s'était esquivée, il avait redescendu les marches du perron comme un automate. Cinq minutes plus tard, il en tremblait encore.

Il serra davantage le volant. Si jamais Jamie et Blade apprenaient la vérité, il n'avait pas fini d'en entendre parler. Un simple et chaste baiser sur la joue. Comme à l'école. C'était… gênant.

Et révélateur. Erin McGarry lui faisait de l'effet. Comme aucune autre femme avant elle.

La journée avait été longue. Il était temps de rentrer, mais il décida de retourner au port. Plus aucune trace de Blade et Daisy, mais il croisa leurs filles en compagnie d'une bande de copains qui se dirigeaient vers le parc où un film devait être projeté en plein air. Marcus espérait revoir Causeur et Casquette, mais il traversa deux fois le marché sans les voir.

Tandis qu'Erin faisait la queue pour les donuts, Causeur avait surgi de derrière un barnum et s'était approché d'elle. Quand il s'était imposé dans la file, personne n'avait osé lui faire la moindre remarque. Ou alors, tout le monde avait pensé qu'ils étaient ensemble, car ils s'étaient mis à bavarder. L'échange avait été bref ; Erin avait tourné le dos à l'homme, avant de quitter la file quelques minutes plus tard. Sans ses donuts. Les donuts dont elle parlait depuis le début de la soirée. En rejoignant Marcus, elle avait annoncé vouloir rentrer et avait pris le chemin de la voiture d'un pas pressé.

Marcus était convaincu qu'il existait un lien entre Erin et les deux étrangers. Cela ne le réjouissait pas du tout. Il retourna à son bureau, alluma l'ordinateur et déposa une demande sur Erin McGarry auprès des renseignements généraux. Si elle refusait de lui fournir la moindre information, il allait devoir se débrouiller autrement.

Quand Erin se réveilla le lendemain matin, il était presque 11 heures. Elle repoussa le drap et la couverture légère, et s'étira. Pour la première fois depuis plusieurs jours, elle se sentait reposée. Elle tendit l'oreille, mais tout était calme dans la maison. Brian était sans doute déjà parti pour l'hôpital. Elle se leva. Elle avait le temps de se doucher et de déjeuner tranquillement avant l'ouverture du magasin.

Cette pensée lui rappela son dernier repas. Un vrai festin. Elle retenterait certainement l'expérience du marché gourmand dans un avenir proche. Marcus l'inviterait-il encore ? Peu importait. Elle refuserait. Bien qu'elle le trouvât séduisant. Et charmant. Étrangement, sa réputation de bourreau des cœurs aurait autrefois constitué un bonus intéressant. Cela aurait convenu à ses propres besoins. Ils auraient pu prendre un peu de bon temps ensemble puis, le moment venu, se dire au revoir sans remords.

Comme avec Albert et les autres.

Toutefois, son instinct lui soufflait que ce serait différent avec Marcus. Il y avait quelque chose chez lui, quelque chose qu'elle ne pouvait ou ne voulait pas définir, qui laissait entendre qu'il pourrait bien lui briser le cœur. Donc… Elle se rendrait seule au prochain marché gourmand. Elle avait l'habitude. Telle était la vie d'un électron libre.

Erin regretta néanmoins d'avoir laissé l'inconnu la priver de ça. Marcus l'avait sans doute trouvée grossière. Ne sachant comment se justifier, elle s'était contentée de s'excuser maladroitement d'un baiser. Comble de malchance, sa tactique d'évitement s'était retournée contre elle. La joue de Marcus était délicieusement chaude et son parfum avait quelque chose d'infiniment viril. Elle avait été saisie par l'envie de l'inviter à entrer pour lui expliquer. Cependant, son bon sens avait pris le dessus et elle s'était esquivée.

Il n'y avait eu aucun témoin de la suite. Personne pour la voir adossée contre la porte, les yeux fermés. Elle s'était laissée glisser jusqu'au sol. Marcus était parti depuis longtemps quand elle s'était enfin relevée.

Elle était lasse d'être seule. C'était sans doute ce qui l'avait poussée à sortir avec Albert. C'était grâce à lui qu'elle avait trouvé du travail chez Preston's Automobile Exchange. Sept mois plus tard, il l'avait demandée en mariage. C'était si inopiné qu'elle avait passé de nombreuses nuits à chercher un moyen de refuser sans le blesser. Évidemment, Albert avait été très déçu. Elle ne l'avait plus jamais revu. Peu de temps après, lorsque l'expérience chez Preston's Automobile Exchange avait tourné court, sa meilleure amie avait eu un commentaire un peu brutal : « Franchement, Erin. Ta période Albert n'a pas été un grand succès. »

Erin descendit dans la cuisine, ouvrit le réfrigérateur et se servit un verre de jus d'orange. Elle s'approcha de la fenêtre. Encore une journée magnifique. Les visiteurs feraient sans doute de même. Avec un peu de chance, la boutique ne désemplirait pas. Marcus passerait-il lui dire bonjour ? Ou bien devait-elle lui envoyer un rapide SMS pour s'excuser de son comportement de la veille ? Knoware était une ville touristique. Il y avait des inconnus partout. Comprendrait-il son inquiétude à propos des deux hommes ou bien penserait-il qu'elle se faisait du souci pour rien ?

Elle était en train de se beurrer des toasts quand elle entendit la douche se mettre en route dans la suite parentale. Brian était là. Elle termina son petit déjeuner et retourna à l'étage pour se préparer. À midi trente, elle redescendit et chercha rapidement Brian, sans le trouver. Il en profitait certainement pour faire une sieste, car ses nuits à l'hôpital ne devaient pas être des plus reposantes.

Erin sortit et claqua la porte derrière elle.

— Allons-y, dit Ivan, le nez pressé contre la vitre.

— Calme-toi, ordonna Gasdrig. On doit savoir où elle va.

Ce gosse faisait n'importe quoi.

— Il faut fouiller la maison.

— On attend qu'il n'y ait plus personne.

Ils étaient passés devant la maison une heure plus tôt. Le garage était ouvert, avec deux voitures dedans. Gasdrig en avait déduit que c'était celles de la sœur et du mari. Le véhicule de location de la rouquine était stationné dans la rue.

— On attend, insista Gasdrig.

Peut-être se montrait-il trop prudent, mais croiser la jeune femme rousse en compagnie du flic trop curieux l'avait surpris. Encore une complication désagréable. Comme lorsqu'ils avaient appris que la boutique de souvenirs était équipée d'une alarme et que la police répondait rapidement en cas d'intrusion.

Gasdrig quitta en souplesse le bord du trottoir pour suivre la jeune femme à distance. Il ne risquait pas de la perdre dans Knoware. Lorsqu'elle tourna à gauche, il en conclut qu'elle se rendait au travail. En effet, cinq minutes plus tard, quand il passa devant le magasin, sa voiture était garée dans la ruelle latérale, exactement au même emplacement que la veille. Ivan et lui étaient venus jeter un coup d'œil à travers les vitres, espérant apercevoir le sac en cuir marron sur la banquette arrière. Cela aurait été tellement simple.

Pas de chance. Le véhicule était vide, à l'exception d'un petit étui qui contenait sans doute des lunettes de soleil. À cet instant, la jeune femme était sortie du magasin. Lorsque Ivan et lui avaient quitté la boutique, elle était encore en pleine conversation avec l'autre employée et ils avaient pensé avoir plus de temps. Ils avaient perdu de précieuses minutes à cause d'un jeune vêtu d'un long tablier blanc qui était sorti à l'arrière du Gertie's Café pour fumer une cigarette. Peu après, une vieille jeep s'était engagée dans la ruelle et s'était arrêtée à sa hauteur.

Gasdrig, qui vérifiait son téléphone à cet instant, avait rapidement commencé à filmer la scène. Une jolie petite transaction. L'homme au tablier avait tendu de l'argent au chauffeur qui, en retour, lui avait glissé un petit sachet contenant certainement de quoi se repoudrer le nez. Gasdrig se fichait bien de savoir ce que ces deux hommes trafiquaient. En revanche, ils le gênaient. Quand l'employé du Gertie's Café était rentré, ils s'étaient approchés de la voiture. Quelques minutes après, la jeune femme était sortie, les surprenant près de son véhicule. Par chance, elle avait semblé convaincue par leur histoire.

Lorsqu'il l'avait aperçue de nouveau sur le port, elle était en pleine discussion avec ce policier. En la voyant ouvrir son portefeuille pour y chercher de l'argent, il avait compris qu'elle avait transféré toutes ses affaires depuis le sac en cuir marron dans un nouveau sac coloré. Quand elle s'était mise à faire la queue pour les donuts, il s'était glissé derrière elle et avait entamé la conversation. Il s'était même inventé une femme, dans l'espoir qu'elle saisisse l'allusion et lui propose d'en examiner l'intérieur. Malheureusement, elle n'avait pas mordu à l'hameçon. Quelques minutes plus tard, elle s'était éloignée à la hâte.

Il pouvait y avoir de nombreuses explications à son départ

précipité, dont la plupart ne concernaient pas Ivan et lui. Cependant, si elle avait fui parce qu'elle les avait soudain reconnus, cela changeait tout. Et si elle avait fait part de ses inquiétudes au policier qui l'avait raccompagnée ?

Pour la dixième fois, Gasdrig vérifia son rétroviseur, conscient qu'ils étaient peut-être également surveillés. Son cousin avait perdu la vie justement parce qu'il avait oublié cette précaution de base : il était si concentré sur sa proie qu'il n'avait pas compris qu'il était lui-même observé. Gasdrig ne commettrait pas la même erreur. Il resterait vigilant. Le temps d'agir viendrait. Et il serait prêt.

Le dimanche, Marcus entra au Gertie's Café pour un déjeuner tardif. Il s'installa sur un des tabourets du comptoir. Gertie, qui tenait la caisse, lui adressa un petit salut amical et le rejoignit dès qu'elle eut fini avec un client.

— Bonjour, chef.

— Par intérim, rappela-t-il.

— Ce poste est fait pour vous.

Il haussa les épaules. L'idée de récupérer les fonctions d'un collègue malade le mettait mal à l'aise.

— Comment vous sentez-vous, Gertie ?

— Je me fatigue encore assez vite, admit-elle. Même si je travaille deux fois moins qu'avant.

— Un peu de patience. On vous a tiré dessus, quand même.

— Je sais..., soupira Gertie. Qu'est-ce qui vous ferait plaisir, aujourd'hui ?

— Le spécial poulet, s'il vous plaît.

— Ça marche. Je vous ai aperçu au port, hier soir.

— Moi pas, en revanche.

— Non...

Elle se tut un instant quand le jeune qu'elle employait pour faire la plonge passa derrière elle pour récupérer les paniers pleins de vaisselle sous le comptoir.

— Bonjour, Sonny, le salua Marcus.

Le jeune homme se contenta d'un hochement de tête. Il travaillait pour Gertie depuis un mois et Marcus ne l'avait pas entendu prononcer plus de cinq mots.

— Pas étonnant, reprit Gertie en s'approchant. On arrivait par l'ouest, alors qu'Erin McGarry et vous étiez en train de partir. Vous n'avez pas traîné.

— Non.

Elle sourit.

— Elle a l'air gentille.

— C'est vrai.

Il ne pouvait expliquer à Gertie qu'il s'était renseigné sur elle.

— Pas très bavard, hein ? le taquina Gertie, après l'avoir observé un instant.

— Cela vaut sans doute mieux pour l'instant.

Elle lui tapota la main.

— Vous prendrez la bonne décision, Marcus. Comme toujours. Je transmets votre commande. Missy va vous apporter ça rapidement. Moi, je rentre m'allonger un peu.

Une demi-heure plus tard, Marcus se garait devant le commissariat et retrouvait son bureau surchargé. Évidemment, il y avait encore de la paperasse à signer. Il avait presque terminé quand il reçut un mail. C'était sa recherche préliminaire sur Erin. Le collègue avait consulté les bases de données internationales de la police. Aucun mandat actif. Une arrestation au Brésil, trois ans auparavant, retint son attention, mais lorsqu'il lut les détails il comprit qu'aucune plainte n'avait été déposée et qu'Erin avait été libérée au bout de trois jours. Il y avait également le nom de quelques employeurs et les périodes correspondantes.

Il repensa à la liste alphabétique qu'elle lui avait récitée sans ciller la veille. Il parvint à établir quelques liens. Pagagy Couvreur au Costa Rica. Clinique vétérinaire Tomahawk à Londres. Rien en revanche sur les promenades de chiens à Paris. Il s'agissait probablement de boulot au noir et le rapport ne s'intéressait qu'aux revenus déclarés. Il consulta son dernier emploi en date : Preston's Automobile Exchange. Sans doute là où elle travaillait quand Morgan l'avait appelée à la rescousse. Pris d'un doute, il vérifia la période : le contrat s'était arrêté un mois avant son arrivée aux États-Unis.

Il se remémora alors leur première conversation. Il avait remarqué qu'elle avait tout abandonné pour venir aider sa sœur, soulignant le fait que ce ne devait pas être facile d'interrompre sa vie de la sorte. Elle avait hésité avant de répondre. « En effet. Beaucoup de chamboulements dans ma vie, depuis quelque temps. » Il avait trouvé ça étrange et se souvenait qu'elle avait eu l'air triste. Il avait mis ça sur le compte de ce brusque changement, mais s'était peut-être trompé. Peut-être y avait-il une autre raison.

« Merci de fournir informations complémentaires sur dernier emploi en date chez Preston's Automobile Exchange », inscrivit-il dans son mail. Il envoya le message.

8

Erin alluma quelques bougies parfumées dans le magasin pour chasser l'odeur tenace d'ammoniaque. La boutique était parfaitement propre et le carrelage fraîchement lavé étincelait. Elle prit une photo et l'envoya à Morgan. Sa sœur répondit aussitôt avec un smiley et un bref message :

Peux-tu ramener survêtement noir, sweat gris, chaussettes x 2 et dentifrice quand tu passeras ce soir ?

Erin ne fut pas surprise. La plupart des gens se promenaient en T-shirt l'été, mais Morgan avait toujours froid. Même à l'hôpital, il ne devait pas faire assez chaud pour elle. Elle répondit :

Pas de souci.

Puis, elle retourna le petit panneau et déverrouilla la porte d'entrée. Quand elle eut de nouveau l'occasion de lever le nez vers l'horloge, il était déjà presque l'heure de la fermeture. Elle n'avait pas arrêté une seconde : en quatre heures, elle avait vendu autant que la veille – en partie grâce à un client qui avait acheté une des aquarelles les plus chères du magasin. Elle avait adoré.

Elle verrouilla la porte de devant avec un soupir las, puis sortit par la ruelle. Chez sa sœur, elle prit le temps de se faire une tasse de thé et un petit sandwich, avant de monter chercher les affaires de Morgan.

À l'hôpital, Morgan et Brian regardaient la télévision. Elle déposa un rapide baiser sur les cheveux de sa sœur et serra son beau-frère dans ses bras.

— Quoi de neuf ? demanda-t-elle d'un ton enjoué.

— Il ne veut plus jouer aux cartes, répondit Morgan.

— J'ai perdu quarante-trois dollars ! se justifia Brian. Et je dois faire la vaisselle pendant trois mois après la naissance du bébé.

Erin gratifia sa sœur d'un petit clin d'œil.

— Comment va le bébé, d'ailleurs ?

— Très bien. La toubib est passée. Selon elle, je suis une patiente exemplaire. Si tout continue comme ça, je pourrai peut-être sortir mardi ou mercredi.

— C'est Brian qui va être déçu de ne plus manger à l'hôpital, dit Erin.

Brian lui tira la langue.

— Le rôti de bœuf n'est pas si mal, mais j'éviterais le cordon bleu, à ta place.

— Merci du conseil, répondit-elle en commençant à vider son sac marron. J'ai tes affaires.

— Comment ça s'est passé au magasin ? demanda-t-elle en frottant son sweat préféré contre sa joue.

— Très bien. J'ai vendu l'aquarelle dans le coin. Celle exposée sur le chevalet.

— Incroyable ! C'est super ! L'artiste va être contente. Au fait, est-ce que tu as besoin d'argent ? On n'a jamais évoqué le sujet, mais je ne m'attends pas à ce que tu travailles pour rien…

Erin balaya la question d'un geste.

— Je n'ai presque aucuns frais, en dehors de mes déjeuners chez Gertie. Et ça reste raisonnable.

— Est-ce que le beau Marcus Price va de nouveau t'inviter à dîner ? demanda Morgan. Brian m'a raconté qu'il t'a emmenée au marché gourmand…

— Oui, c'était vraiment sympa, dit Erin, esquivant la véritable interrogation.

— Sympa parce qu'il y avait tous ces exposants ou sympa parce que tu as passé une bonne soirée en compagnie de Marcus ? insista Morgan.

— Tu sais que j'adore les marchés gourmands.

— Erin…

Brian se leva soudain.

— Je crois que c'est le moment idéal pour aller me chercher un café, s'exclama-t-il. Quelqu'un veut quelque chose ?

Morgan et Erin firent signe que non. Quand il fut sorti, Morgan tapota le rebord de son lit.

— Ça se passe comment ?

Erin vint s'asseoir à côté de sa sœur.

— Voyons… il est drôle, intelligent et il travaille beaucoup.

— Et il est super sexy, ajouta Morgan.

— Évidemment. On s'entend bien, mais il y a quelque chose de bizarre. Je n'arrive pas à mettre le doigt dessus.

— Bizarre comment ?

Erin fit la moue.

— Par moments, j'ai l'impression de… subir un interrogatoire.

— Un interrogatoire. C'est un terme dur.

— Je sais. Il est policier, après tout. C'est peut-être dans son caractère. Une sorte de déformation professionnelle. Mais il pose vraiment beaucoup de questions.

— Peut-être cherche-t-il simplement à te connaître ? suggéra Morgan, l'air pensif.

Erin envisagea un instant d'avouer son départ précipité la veille, juste après avoir recroisé l'homme étrange, mais elle devrait alors raconter à Morgan leur précédente rencontre et sa sœur commencerait à s'inquiéter.

— Peut-être.

Morgan l'observa un moment, mais n'ajouta rien. Finalement, elle reprit la télécommande.

— J'ai laissé à Brian la maîtrise du programme jusqu'ici.

On va trouver un film qu'il déteste et l'obliger à le regarder avec nous.

Il restait encore trois heures de travail à Marcus lorsqu'un appel d'urgence signala une bande d'adolescents qui s'amusaient à faire des courses de voitures sur River Road. Marcus connaissait bien cette route : ce n'était pas la première fois qu'elle servait à ce genre d'activités. Serenity, son adjointe, répondit aussitôt pour annoncer qu'elle se rendait sur les lieux. Marcus décida de la rejoindre. Il avait une idée très précise de l'endroit où pouvait se trouver la bande. Une fois sur les lieux, il compta huit voitures, ainsi qu'une vingtaine de jeunes gens qui se précipitèrent vers leurs véhicules à son approche.

— Personne ne bouge ! cria-t-il. Mettez vos mains en l'air !

Par chance, tous obéirent. Quelques jeunes tenaient une canette de bière. Il en reconnut à peu près la moitié, qui avaient tous l'âge légal d'acheter de l'alcool. Tous étaient également assez mûrs pour comprendre qu'il était idiot de mélanger alcool et conduite.

— Quelqu'un veut bien m'expliquer ce qui se passe ? demanda-t-il.

Personne ne répondit. À cet instant, Serenity arriva derrière le groupe. Il attendit qu'elle sorte de sa voiture pour reposer sa question :

— Je ne le répéterai pas : qu'est-ce qui se passe ici ?

— On ne fait de mal à personne, m'sieur, répondit une voix.

Marcus fit un pas de côté, afin de distinguer le garçon qui avait parlé. Il se souvenait encore de la fois où Blade, Jamie et lui s'étaient comportés de façon à peu près aussi stupide sur cette même portion de route. Ils avaient également dû penser qu'ils ne faisaient de mal à personne. En revanche, ils étaient plus jeunes que les membres de ce groupe, qui avaient presque tous la vingtaine. Assez vieux pour comprendre.

— C'est une chance que personne ne soit blessé. Je suis

le lieutenant Price et voici le sergent Jones. Ma collègue et moi allons vérifier votre identité. Vous pouvez également préparer les papiers des véhicules.

Serenity et lui se mirent au travail. Ce fut long et fastidieux, car il fallut pratiquer des éthylotests et prévenir les parents de deux jeunes filles mineures. Quand il eut enfin terminé, il regagna le commissariat pour s'occuper de la paperasse. Quatre-vingt-dix minutes plus tard, il avait enfin terminé. Il contacta par radio les deux agents en patrouille et vérifia que tout allait bien auprès des deux collègues qui assuraient la soirée. Enfin, il sortit, anticipant déjà une bonne douche chaude et une nuit d'au moins huit heures.

Avant de rentrer, il ne put s'empêcher de passer devant la maison des Tiddle. Il ne vit pas la voiture d'Erin ; elle devait être encore à l'hôpital. La nuit tombait. Elle ne tarderait pas à rentrer.

— C'était un super film, frangine, affirma Erin en se levant pour s'étirer.

— Deux super films, grommela Brian. C'est vraiment par pure bonté d'âme que j'ai accepté de regarder le second. Maintenant, je suis complètement déprimé. C'est pour ça que les hommes n'aiment pas les comédies romantiques. Ce genre de films ne sert qu'à prouver qu'on ne sera jamais à la hauteur.

— Ces types sont des acteurs, mon cher et tendre, répondit Morgan. Ils jouent un rôle inventé. Tu es parfait. Aucun défaut.

Elle hésita, un doigt en l'air, puis ajouta :

— En revanche, si tu as appris deux ou trois choses pendant la scène dans la baignoire… Tant mieux !

— Je ne veux pas savoir ! s'écria Erin en se bouchant les oreilles. À demain, Morgan. Brian, tu dors ici ou bien tu rentres ?

— J'arrive d'ici une heure, répondit-il. Je te raccompagne à ta voiture ?

— Pas la peine. J'ai traversé Paris à pied de nuit. Je crois que je peux me débrouiller dans Knoware.

— Sois prudente quand même, dit Morgan.

— Bien sûr.

Elle leur adressa un petit signe et sortit de la chambre. Dans le hall, elle salua le vigile et sortit par la porte à tambour. Le parking était beaucoup moins encombré qu'à son arrivée. Elle avait dû se garer assez loin, sous un gros arbre qui, par chance, abriterait sa voiture du soleil de l'après-midi. Elle n'avait pas prévu de rester aussi tard, mais ils avaient passé une bonne soirée. Arrivée à proximité de sa voiture, elle pressa la télécommande. Les lumières clignotèrent. Soudain, un léger bruit sur sa droite lui fit tourner la tête, puis elle sentit qu'on la poussait avec force depuis l'arrière. Par réflexe, elle tendit les bras pour amortir sa chute et l'asphalte lui mordit cruellement la peau des mains. Lorsque son coude céda sous la puissance de l'impact, elle évita de justesse de s'écraser le nez par terre. Elle se remit à quatre pattes. Elle devait se relever, se défendre, fuir. N'importe quoi. Cependant, avant qu'elle puisse réagir, son agresseur arracha le sac qui pendait à son épaule, lui tordant le bras au passage. Elle prit une profonde inspiration et se mit à hurler pour appeler à l'aide.

Marcus se trouvait à cent mètres de chez lui quand l'appel retentit sur la radio. Il entendit le code, le traduisit et fit aussitôt demi-tour. Vol avec violence. Parking de l'hôpital. La police et les urgences avaient été prévenues. Il perçut un fourmillement dans sa nuque, comme un mauvais pressentiment qu'il ne parvenait pas à définir. Lorsqu'il arriva, un camion de pompiers était déjà sur les lieux et il aperçut Blade, accroupi près de la victime. Il se retourna à son approche :

— Ce n'est rien, annonça-t-il tout de suite. Elle n'a presque rien.

Le cœur de Marcus s'emballa. Il l'avait senti. Son instinct ne l'avait pas trahi. Il aurait préféré mille fois s'être trompé. Erin était assise, adossée au pare-chocs d'une voiture. Elle lui adressa un sourire vacillant, mais quand il s'avança encore il put lire la douleur et la peur sur son beau visage. Une traînée de sang lui maculait la joue.

— Ça va ? demanda-t-il en s'agenouillant près d'elle mais craignant de la toucher. Ça va vraiment ?

Erin hocha la tête.

— Ton ami pense que je me suis déboîté l'épaule. Je m'efforce de lui prouver que non, mais chaque fois que je bouge le bras, j'ai tellement mal que j'oublie ce que je voulais dire.

Marcus se tourna vers Blade :

— Elle doit voir un médecin.

— Sans blague ? Heureusement, on est justement sur le parking d'un hôpital.

Si Blade essayait de détendre l'atmosphère, c'était raté.

— Jamie travaille ce soir ? demanda Marcus.

— Oui, répondit Blade, qui nettoyait les joues d'Erin avec du désinfectant. Je l'ai déjà bipé. Il nous attend. Je vais l'emmener.

— Je m'en occupe, dit Marcus.

Blade le regarda sans rien dire. Marcus comprit : il devait laisser son ami faire son travail.

— Cette gentille dame m'a aidée, intervint Erin en désignant une femme plus âgée qui se tenait non loin de là.

Marcus lui parlerait plus tard. Pour l'instant, il devait recueillir le maximum d'informations d'Erin.

— Que s'est-il passé ? demanda-t-il doucement.

— Quelqu'un m'a poussée pour me voler mon sac. Je suis tombée.

Il s'efforça de contenir sa colère.

— Quel genre de sac ?

— Un sac cabas. En cuir marron. Plutôt usé. C'est celui que j'utilise quand je voyage. J'ai apporté quelques affaires à Morgan, ce soir, si bien que c'est celui que j'ai pris. Il est plus grand que le nouveau.

Il la revit en train de fouiller dans un petit sac coloré, la veille, à la recherche de son porte-monnaie.

— Donc ce sac est plus large qu'un sac à main classique ?

— Oui. Mais on peut quand même appeler ça un sac à main, même s'il se porte à l'épaule. Je ne suis pas la police de la mode, ajouta-t-elle, s'efforçant de plaisanter.

— Un homme ou une femme ?

— Un homme.

— Tu l'as vu ?

— Non. Enfin, si. De dos. Je… Je ne suis pas sûre à cent pour cent que c'était un homme, mais j'ai été poussée avec force et…

Elle ferma les yeux un instant.

— La main dans mon dos m'a paru large. Et de dos, on aurait dit un homme. Épaules carrées, hanches étroites. Il courait vite.

— D'accord, dit Marcus. Un homme. Tu n'as vu personne d'autre ?

Elle fit signe que non.

— Après qu'il t'a poussée, que s'est-il passé ?

Il s'efforçait de garder son calme, alors qu'il avait envie de défoncer un mur. Peu importaient les doutes qu'il nourrissait encore à l'égard d'Erin, sur son passé ou ses liens présumés avec Causeur et Casquette. Son agression lui était insupportable.

— J'ai tenté d'amortir ma chute. J'ai plus ou moins réussi, d'ailleurs… Au moins, je ne me suis pas cassé le nez. J'essayais de me relever quand il m'a arraché mon sac. Je crois que c'est comme ça que mon épaule s'est déboîtée. Autant te dire que j'ai vu trente-six chandelles.

Elle s'efforçait de faire bonne figure, mais Marcus avait connu des collègues grands et costauds qui pleuraient comme des bébés à cause d'une épaule déboîtée.

— Quand j'ai tourné la tête, il s'enfuyait déjà.

— Que portait-il comme vêtements ?

Il se rendit soudain compte que Dawson, qui était de service, se tenait juste derrière lui. Si son adjoint trouva étrange de croiser Marcus sur les lieux, en plein interrogatoire, il eut le bon sens de ne faire aucune remarque.

— Bas sombre. Haut sombre, manches longues. Peut-être une capuche ?

Il faisait trop chaud pour un sweat à capuche. L'agression devait être préméditée. Erin n'était peut-être pas particulièrement visée, mais le coupable s'était préparé.

— Vous vous sentez capable de marcher avec moi jusqu'aux urgences ? demanda Blade.

— Je veux bien essayer, répondit Erin.

Marcus fut soulagé de voir qu'elle tenait debout.

— Tu me donnes encore une minute ? murmura-t-il à Blade.

— D'accord, soupira son ami. Soutiens-la de l'autre côté.

Puis il s'éloigna en prenant Dawson par le bras.

— Quoi ? interrogea Erin avec un doux sourire.

— Je vais retrouver celui qui a fait ça, je te le promets. Et ça va aller. Jamie Weathers est le meilleur urgentiste de tout l'ouest. Il va te soigner. Tu ne quittes pas l'hôpital sans mon autorisation. C'est compris ?

— Compris, chef ! Ça va aller. Tout va bien se passer. Et le voleur va être sacrément déçu. Mon téléphone était dans ma poche, ainsi que mon permis et de l'argent. Je tenais mes clés à la main. Tout ce qu'il a gagné, c'est un vieux sac en cuir fatigué.

— Tu veux que j'informe Morgan et Brian ?

— Oh non ! Surtout pas ! Morgan ne doit subir aucun stress en ce moment. Heureusement que sa chambre se trouve de l'autre côté, sinon elle aurait été aux premières loges.

— Je comprends, céda-t-il, même s'il n'était pas d'accord.

— Merci.

— Va te faire soigner. Je te revois bientôt.

Elle acquiesça.

— Et… Erin ? ajouta-t-il.

— Oui ?

— Je suis vraiment content que tu n'aies rien.

9

Lorsque Blade et Erin furent entrés dans l'hôpital, Marcus partit à la recherche de Dawson. Il aperçut son adjoint en train de fouiller les buissons aux abords du parking, à la lumière de sa lampe torche.

— Alors ? demanda-t-il.

— Rien.

— D'accord. Écoute, tu vas te rendre à l'accueil et trouver le responsable de la sécurité. Il doit y avoir des caméras de vidéosurveillance. On va voir si on peut apprendre quelque chose.

Marcus se dirigea ensuite vers la témoin.

— Merci d'être restée, madame. Je suis le lieutenant Marcus Price. Voulez-vous bien me donner votre nom ?

— Holly Andrew.

— Pouvez-vous me raconter ce qui s'est passé ce soir ?

— Je ne sais pas si je vais vous être très utile… Mon mari est hospitalisé ici. Pneumonie.

— Je suis navré de l'apprendre.

— Le pire est derrière nous. Bref. J'étais en voiture, je sortais du parking quand j'ai vu quelqu'un courir entre les véhicules. Je n'y ai pas accordé plus d'attention. Les gens font du jogging n'importe où, de nos jours. Mais un peu plus loin j'ai aperçu cette pauvre femme par terre. Lorsque je me suis arrêtée, elle m'a expliqué qu'on venait de lui voler son sac.

J'ai constaté qu'elle était blessée. J'ai contacté les secours et je suis restée avec Erin jusqu'à ce que vous arriviez.

— C'est gentil à vous. Vous l'avez appelée Erin. Vous la connaissez ?

— Non. C'est elle qui m'a dit son nom. Je sais que sa sœur tient la boutique de souvenirs.

— Pouvez-vous me décrire la personne qui courait sur le parking ?

— Il courait assez vite. Vêtements sombres.

— Vous êtes sûre que c'était un homme ?

Elle réfléchit une seconde.

— Moui. Il courait comme un homme. Jeune.

— Couleur de cheveux ? Couleur de peau ?

Elle fit signe qu'elle ne savait pas.

— Je crois qu'il portait un sweat à capuche. Je l'ai vu de profil, puis de dos. Je n'ai jamais vu son visage.

Marcus tendit sa carte de visite à la femme.

— Si vous vous souvenez de quoi que ce soit, appelez-moi.

Elle hocha la tête, rangea la carte dans son sac, puis s'éloigna. Marcus aperçut alors Blade qui se dirigeait vers lui.

— C'est bon, annonça-t-il avant que Marcus puisse poser la question. Ils l'ont prise en charge. Ça va aller.

— C'est juste que…

— Je comprends. Je croyais que tu finissais à 19 heures.

— Je suis sorti plus tard. J'allais rentrer quand j'ai entendu l'appel.

— Comment as-tu su que c'était elle ?

— Je ne sais pas. Je le sentais, c'est tout.

— D'accord, marmonna Blade en regardant ses chaussures. Tu étais bizarre, hier soir. Comme si tu voulais l'éloigner de Daisy et moi le plus vite possible. Je vous ai aperçus tous les deux quitter le port au pas de charge, peu après.

— Je t'ai parlé de cette menace ?

— Il s'est passé quelque chose ?

— Non. Je dis simplement que la vigilance est de rigueur.

— Quoi ? s'écria Blade, avant de baisser subitement la voix : Tu crois que c'est une terroriste ?

— Non ! Je ne sais pas. Je ne sais plus quoi penser. Mais je l'ai vue discuter avec deux types arrivés en ville à peu près en même temps. Franchement, ils me mettent mal à l'aise. J'ignore pourquoi. Hier soir, pendant qu'elle faisait la queue pour les donuts, l'un d'eux s'est glissé derrière elle et ils ont échangé quelques mots. Ensuite, elle est partie avant d'avoir eu ses donuts et elle était soudain très pressée de rentrer.

— Tu lui as demandé pourquoi ?

— Non. Je ne voulais pas lui mettre la puce à l'oreille. En revanche, j'ai fait une requête pour obtenir son casier judiciaire et d'autres informations.

— Et alors ?

— Rien pour l'instant. J'attends des données complémentaires.

— Tu ne penses pas que c'est le policier qui parle, là ? hasarda Blade.

— Tout à fait. Je n'y peux rien, c'est comme ça.

— Et tu ne pourrais pas oublier de temps en temps que tu es flic ?

— Autant me demander d'arrêter de respirer. Le succès n'est pas garanti.

— Et maintenant ? soupira Blade.

— C'est l'avantage d'être flic : je vais retrouver le fumier qui a fait ça.

— Bonne chance, alors.

— La chance n'a rien à voir là-dedans. Pas pour moi, en tout cas. Pour ce type, en revanche, c'est une autre histoire.

Lorsque Blade fut remonté dans le camion de pompiers, Marcus se dirigea vers l'hôpital pour rejoindre Dawson. Son collègue avait rejoint le poste de la sécurité et était déjà en train de visionner les images de vidéosurveillance du parking, en compagnie du responsable.

— Voici la victime en train de quitter le bâtiment, annonça Dawson.

Sur l'écran, Erin franchissait la porte à tambour pour sortir dans la nuit ; elle portait le sac en cuir marron à son épaule, serré contre son flanc gauche, et tenait ses clés de voiture à la main.

— On la retrouve ensuite près de son véhicule, expliqua le vigile en changeant de caméra.

Erin fit encore quelques pas avant que son assaillant surgisse dans le champ. Marcus sentit sa gorge se nouer en le voyant la pousser avec force. Puis, alors qu'elle tentait de se relever, son agresseur lui arracha son sac puis s'enfuit par la gauche. Sans traîner. On ne distinguait pas son visage sur la vidéo, mais Marcus était d'accord avec Erin et la témoin : il s'agissait sans doute d'un homme jeune.

— La silhouette te rappelle quelqu'un ? demanda Dawson.

— Non. Il y a beaucoup de touristes en cette saison.

L'été, la criminalité augmentait. C'était le revers de la médaille des stations balnéaires. Marcus repensa aux ordres transmis : « Surveillez de près les inconnus et les nouveaux venus. » Aucun souci. Tout le monde allait ouvrir l'œil, à présent. Il remercia le responsable de la sécurité et quitta son bureau avec Dawson.

— On va établir un périmètre de recherche, annonça-t-il.

Ils savaient dans quelle direction le voleur s'était enfui. Ils commenceraient par les rues et ruelles voisines, avant de s'intéresser aux jardins des maisons si nécessaire. Dawson et lui prirent de puissantes lampes-torches de leur coffre et enfilèrent des gants. Avec un peu de chance, l'imbécile aurait laissé des empreintes digitales. Pas question de rater ça.

Une dizaine de minutes plus tard, dans la seconde ruelle, il retrouva le sac marron en soulevant le couvercle d'une poubelle. Il ne toucha à rien, mais avertit Dawson sur la radio, puis contacta le commissariat. N'importe quel policier était habilité à collecter des preuves, mais ils disposaient d'une technicienne experte. Elle ne serait sans doute pas ravie de travailler un dimanche soir, mais pour être parfaitement honnête Marcus s'en fichait comme de sa première chemise. Il composa ensuite le numéro d'Erin, s'attendant plus ou moins à tomber sur sa messagerie. Il fut presque surpris quand elle décrocha.

— Bonsoir, Marcus.

— Bonsoir. Comment ça se passe ?

— Le Dr Jamie Weathers est vraiment, vraiment très très méchant. Mais il est doué.

— Pardon ?

— Quand il a remis mon épaule en place, ça a littéralement fait « ploc ». Je suis encore traumatisée par ce bruit.

Marcus rit, sentant un peu de sa tension se libérer.

— Où en es-tu ?

— J'attends une ordonnance, ensuite je peux sortir.

— D'accord. Tu vois le hall d'entrée, avec la fontaine ? Tu vas m'attendre là-bas. Je ne devrais pas en avoir pour longtemps.

— Est-ce que… est-ce qu'on sait qui a fait ça ?

— Non. Mais j'ai retrouvé ton sac.

— Où ça ?

— Dans une poubelle, à deux rues d'ici.

— Bigre, soupira-t-elle. Il n'était pas de première jeunesse, mais j'adorais ce sac. Je l'ai depuis tellement longtemps.

— Tu pourras le récupérer après l'enquête.

— Beurk. Il a traîné dans une poubelle…

— Je sais.

Il lui en rachèterait un. Il lui en rachèterait dix.

— Une technicienne est en route pour traiter la scène. C'est elle qui sera chargée de récolter les preuves.

— Comme à la télé ?

— Hum… Moui.

— Je vois. Oh ! je dois y aller ! L'infirmière est là. Merci, Marcus.

— Pas de quoi. Attends-moi dans le hall.

Lorsque Marcus raccrocha, Dawson était déjà en train d'interroger le propriétaire de la maison, Ray Raymond. Non, celui-ci n'avait rien vu ni entendu, mais est-ce que la police avait vraiment besoin de prendre sa poubelle ? Apercevant la voiture de la technicienne, Marcus s'avança à sa rencontre pour la mettre au courant de la situation. Quand il revint, Dawson fouillait le reste de l'allée, à la recherche d'indices supplémentaires.

— Je n'ai rien, annonça-t-il à Marcus. On ferait mieux de revenir demain matin.

— Oui.

Il reviendrait. L'hôpital se trouvait en pleine zone résidentielle. Il faudrait quadriller le quartier pour vérifier si un système de surveillance particulier avait capturé des informations utiles.

— Je rentre, dit-il. À demain.

Dawson sembla hésiter, puis demanda :

— J'ai entendu dire que vous étiez au marché gourmand… avec la victime.

— C'est exact.

Si Dawson avait l'intention de lui faire la morale pour s'être personnellement impliqué sur cette affaire, le moment était mal choisi.

— Je suis désolé, reprit son collègue. Ça doit être dur pour vous. Si c'était ma petite amie, je crois que je deviendrais fou.

Marcus voulut protester qu'Erin n'était pas sa petite amie, mais ne sachant trop comment qualifier leur relation il préféra se taire.

— Vous faites du bon boulot en tant que chef intérim, ajouta Dawson. On est nombreux au commissariat à penser que ce serait bien que vous soyez titularisé. Non pas qu'on souhaite se débarrasser de Ralley. Mais il est peut-être temps.

— Ce qui doit arriver arrivera, répondit Marcus, philosophe. Mais merci de ton soutien.

— Avec plaisir. Bonne nuit, chef.

— Bonne nuit.

Pour la seconde fois, Marcus franchit les portes de l'hôpital.

Erin se dirigea vers le hall d'entrée, presque vide et à peine éclairé. Sur sa droite, le même vigile qu'elle avait salué une heure plus tôt était toujours à son poste. La télévision accrochée au mur dans un coin diffusait une sorte de course de voitures, sans le son. Erin regarda le programme un instant, comme hypnotisée par ces véhicules qui tournaient en rond à toute allure. Elle finit par s'asseoir sur un des sièges de l'espace d'attente. Elle aurait donné n'importe quoi pour une tasse de thé.

Ce n'était pas si grave, se répétait-elle. Tellement de gens enduraient des drames bien pires tous les jours. « Je suis vraiment content que tu n'aies rien », avait dit Marcus. D'un ton qui lui avait fait oublier la douleur à son épaule. Peut-être disait-il la même chose à toutes les victimes d'agression ? Probablement pas.

Soudain, elle le vit franchir la porte d'un pas décidé et s'approcher d'elle. Elle s'efforça de sourire.

— J'ai ma voiture, rappela-t-elle. Mais je ne crois pas être en état de conduire. Après que le *méchant* Dr Weathers m'a torturée, le *gentil* Dr Weathers m'a donné une pilule magique contre la douleur.

— Ne t'inquiète pas, dit-il en s'asseyant sur la chaise voisine. Tu pourras récupérer ta voiture demain. Ce soir, je te raccompagne.

— C'est terriblement gentil de ta part.

— Je suis terriblement gentil. Tout le monde te le dira.

Il observa son visage avec attention.

— J'ai à peu près le même look que la fois où j'ai fait un vol plané avec mon vélo. Je devais avoir dix ans.

— Ça va aller, assura-t-il.

— Qu'est-ce qui va se passer maintenant ? Pour l'enquête, je veux dire.

Elle ne voulait surtout pas qu'il s'imagine une question d'ordre plus personnel.

— On a récupéré les images des caméras de sécurité du parking. On n'en a pas appris beaucoup plus que ce que tu nous as déjà dit, mais c'est quand même bien. L'équipe technique s'occupe de ton sac en ce moment même. Demain, quand il fera jour, on repassera le quartier au peigne fin pour s'assurer qu'on n'a rien raté. On va aussi vérifier les caméras de sécurité privées, pour voir si on trouve quelque chose d'utile.

— Bigre… Tout ça pour un vieux sac en cuir.

— Il t'a agressée. Violemment poussée. Tu es tombée. Tu t'es blessée. Cela aurait pu être bien pire.

— J'ai eu très peur, admit-elle, lasse de faire semblant.

Quand il posa une main sur son genou, elle sentit la chaleur de son corps remonter le long de sa jambe.

— Rien que pour ça, il va falloir qu'il paie.

Le Dr Weathers s'était trompé en affirmant que l'antalgique l'aiderait rapidement à se relaxer. Le contact de Marcus lui mettait les nerfs en ébullition… Elle détourna le regard, cherchant à reprendre contenance, et se concentra sur la course de voitures. Elle avait l'impression que son cerveau aussi tournait en rond à toute allure. Son moteur s'emballait même un peu.

— Il faut que je rentre, bredouilla-t-elle.

— Bien sûr.

Il se leva et lui tendit la main pour l'aider à se mettre debout. Elle ne la lâcha qu'en arrivant devant son SUV. Marcus lui ouvrit la portière, attendit qu'elle s'installe, puis referma avec précaution.

— Ça va toujours ? demanda-t-il en s'asseyant à son tour.

— Oui. Mais c'est la dernière fois que tu me poses la question, répondit-elle doucement.

— Non.

Erin bâilla à s'en décrocher la mâchoire.

— Tu seras dans ton lit dans dix minutes, assura-t-il en souriant.

Il démarra et sortit du parking. Lorsqu'ils arrivèrent devant chez Morgan, il se tourna vers elle.

— Il fait bien noir, là-dedans. Est-ce que Brian est rentré ?

— Sans doute pas. Il passe souvent la nuit à l'hôpital. Il y a un fauteuil inclinable dans la chambre de Morgan.

Marcus tapota un instant le volant.

— Ça ne te dérange pas de rester seule dans la maison ?

Elle vivait seule depuis dix ans. Elle avait habité des endroits bien moins rassurants que Knoware.

— Pas du tout.

Il hocha la tête.

— Tu penses que je devrais m'inquiéter ? demanda-t-elle, soudain pleine d'appréhension.

Il n'y avait cependant rien dans le sac qui permettait de remonter jusqu'à la maison de Morgan.

— Non, non. Je voulais juste être sûr.

— Tu sais, dès que je vais fermer les yeux, le monde va disparaître dans la brume, confia-t-elle, une main sur la poignée.

Il sortit rapidement pour l'aider, puis il lui prit les clés et ouvrit la porte.

— Merci de m'avoir raccompagnée, dit-elle, d'un ton volontairement léger.

Le médicament la rendait émotive – du moins, c'était ce dont elle essayait de se convaincre.

— Ça te dérangerait que j'entre une minute pour faire un tour de la maison ? demanda-t-il.

Elle l'invita à le précéder d'un geste et attendit qu'il ait vérifié toutes les pièces du rez-de-chaussée et de l'étage. Il descendit ensuite rapidement au sous-sol.

— Tu ne me rassures pas du tout, avoua-t-elle quand il fut de retour.

— Simple précaution. Rien ne laisse croire que tu aies

été visée en particulier. As-tu… As-tu des raisons de penser le contraire ?

— Bien sûr que non. Je ne connais personne dans cette ville. Qui pourrait bien m'en vouloir ?

Il sembla hésiter avant de sourire.

— C'est ce que je pensais. Tu as besoin d'aide pour te mettre au lit ?

Si elle avait l'impression de s'emballer quelques minutes plus tôt, elle frôlait à présent l'excès de vitesse.

— Heu… non, merci.

Il ne la quittait pas des yeux.

— Il y a quelque chose, non ? demanda-t-il. Entre nous. Quelque chose de différent.

Erin avait la gorge nouée.

— Différent comment ? parvint-elle à articuler.

— Différent de ce que j'ai pu connaître avant, expliqua-t-il d'une voix paisible.

— Pareil pour moi, admit-elle.

— Je m'en doutais, répondit-il, sans préciser si cela le rendait triste ou heureux.

— Et maintenant ?

Il s'approcha, lui releva doucement le menton avec deux doigts puis, tout aussi doucement, l'embrassa. Sans s'attarder. Il s'écarta avec un petit soupir.

— Ferme bien la porte derrière moi et va te coucher, Erin.

Il ressortit de la maison.

10

Le lundi matin, quand Marcus entra au Gertie's Café, Blade et Jamie étaient déjà installés à leur place habituelle.

— Tu as une sale tête, fit remarquer Jamie. Et je suis qualifié pour émettre un tel diagnostic.

— Comme d'habitude, mon cher docteur Weathers, on se passera de votre avis.

Blade pouffa dans sa tasse de café, puis demanda :

— Comment va Erin, après hier soir ?

— Physiquement, ça va.

— Évidemment se rengorgea Jamie. C'est moi qui l'ai soignée.

— Elle t'appelle « le méchant Dr Weathers », lui dit Marcus.

— Hum. Ça risque de compliquer les choses quand elle se sera lassée de toi. À ce propos… Quelles sont les règles d'usage concernant la durée du « prems » ? Est-ce que… ?

— C'est toujours valable, coupa Marcus d'une voix dure. J'ai passé la nuit dans mon SUV devant la maison d'Erin, ajouta-t-il à voix basse.

— Que craignais-tu ? demanda Jamie, soudain très sérieux.

— Je ne sais pas…

— Il a consulté son casier judiciaire, précisa Blade à l'adresse de Jamie, d'un ton qui indiquait clairement qu'à ses yeux Marcus avait perdu la boule.

Jamie eut l'air interloqué :

— Rassure-moi : tu ne fais pas ça avec toutes les filles avec qui tu sors ?

Marcus ne prit même pas la peine de répondre. Quand Cheryl leur apporta leurs assiettes, il attaqua aussitôt son omelette. Il avait faim, il était fatigué et troublé. Erin et lui avaient tous les deux convenu qu'il se passait « quelque chose de différent » entre eux. Pendant la nuit, pour s'occuper l'esprit et lutter contre le sommeil, il avait dressé une liste d'adjectifs permettant de qualifier ce « quelque chose ». Il n'en avait retenu qu'un : substantiel. Mais il se sentait dépassé. S'il y avait quelqu'un à qui il pouvait en parler, c'était bien ses deux amis. Mais il préféra demeurer silencieux.

— Et tu as les résultats de ta petite enquête ? demanda Jamie, sans se laisser impressionner par l'absence de réponse de Marcus.

— Une enquête préliminaire, précisa ce dernier. Rien qui sorte vraiment de l'ordinaire.

— Et dans le genre qui sorte un peu de l'ordinaire ? insista Jamie.

— Elle est venue aussitôt que sa sœur a appelé. J'ai d'abord pensé qu'elle avait démissionné, mais le rapport indique qu'elle a quitté son travail il y a un mois.

— Et alors ? Ça n'a rien d'exceptionnel.

— C'est vrai. Mais la plupart du temps les gens lâchent leur emploi pour un autre.

— Peut-être que la boîte a fermé ou bien qu'ils ont dû licencier, suggéra Blade.

— Possible. C'est pour ça que j'attends des informations complémentaires.

— Et quand t'estimeras-tu satisfait des informations recueillies ? demanda Jamie en repoussant son assiette vide.

— Comment ça ?

— Quand t'estimeras-tu satisfait ? répéta Jamie. À quel moment auras-tu réussi à te convaincre que ce n'est pas la bonne ?

— Quoi ?

Marcus n'y comprenait plus rien. Jamie poussa un long soupir.

— On est amis depuis longtemps, Marcus. Notre amitié est une des choses les plus importantes de ma vie. Je voudrais que tu gardes ça en tête, avant que je poursuive.

— D'accord, d'accord, maugréa Marcus avec impatience.

— Tu cherches toujours des raisons pour justifier qu'une relation ne durera pas. Cela te permet de confirmer que tu n'es pas programmé pour t'engager sérieusement avec une femme. J'imagine que ça doit avoir un lien avec... ton père.

Estomaqué, Marcus en oublia de respirer pendant quelques secondes.

— Je ne savais pas que tu avais changé de spécialité, marmonna-t-il enfin. Ils avaient besoin de monde en psychiatrie ?

Jamie ne réagit pas. Les deux amis s'affrontaient du regard, tandis que Blade jouait nerveusement avec la salière. Marcus la lui arracha des mains avec mauvaise humeur.

— Tu es d'accord avec Jamie, si je comprends bien ?

— Allez, Marcus..., répondit Blade. Ne le prends pas comme ça. On n'est pas tes ennemis.

À deux contre un, le combat n'était pas très loyal. Marcus hésita, puis sentit soudain la pression sur ses épaules s'alléger. Ses amis avaient tous les droits de ne pas jouer à la loyale. Surtout s'ils essayaient de l'aider.

— Je suis désolé, soupira-t-il en les regardant tour à tour.

— Pas de souci, répliqua aussitôt Jamie. Tu ne parles pas de ton père, donc on ne parle pas de ton père. Mais il n'est jamais très loin dans tout ce mélange.

À présent plus que jamais. Il savait qu'il aurait pu se confier à propos de ces messages non écoutés. Blade et Jamie étaient ses deux meilleurs amis. Il n'était pourtant pas encore prêt. Il avait besoin de temps. Et peut-être d'une bouteille d'un très bon whisky. Il posa un billet sur la table et se glissa hors de leur box.

— Pas fâchés ? s'enquit Jamie.

Marcus sourit.

— Pas fâchés. Mais vous payez votre petit déj'.

En sortant du Gertie's Café, il composa le numéro d'Erin.

— Allô ?

— Bonjour. Tu as bien dormi ?

— Super.

— Et ton épaule ?

— J'ai l'impression qu'elle a été déboîtée hier soir.

— Erin…

— Ça va. Écoute, je n'ai pas le temps, là. Je dois me préparer pour partir travailler.

Marcus resta un instant interdit. Il s'attendait à ce qu'ils évoquent leur baiser de la veille.

— Tu pourrais demander à Jo-Marie de te remplacer.

— C'est inutile. Je suis parfaitement capable d'assurer aujourd'hui. Je file sous la douche.

— D'accord. Bon, si tu as besoin…

— Marcus, interrompit-elle. J'ai raconté à Brian ce qui s'est passé. Je craignais qu'il ne l'apprenne au travail. Je commence à comprendre que les rumeurs circulent vite dans cette ville. On est tombés d'accord sur le fait qu'il est inutile d'en informer Morgan pour l'instant. Elle ne risque pas de l'apprendre par hasard, car elle n'a que très peu de contact avec le monde extérieur. Pas besoin de lui donner des raisons de s'inquiéter.

— Tu as bien fait.

Il avait quitté son poste ce matin, lorsque Brian s'était garé dans l'allée, vers 7 heures.

— Je voulais te prévenir au cas où tu le croiserais à la mairie. Pour éviter qu'il y ait de malaise.

— Merci. On devrait avoir le rapport préliminaire du labo dans la journée, si des indices utiles ont été relevés. As-tu besoin d'un chauffeur pour récupérer ta voiture ?

— Brian m'emmène, merci. Je dois filer. Au revoir !

Elle raccrocha avant qu'il puisse ajouter quoi que ce soit. Marcus retourna alors dans la ruelle pour tenter de repérer le moindre indice qu'ils auraient pu rater la veille, dans l'obscurité. Quand il arriva à l'endroit où le sac avait été jeté, il aperçut un cercle de poussière et de rouille sur le trottoir, à l'emplacement où se trouvait la poubelle. Peut-être celle-ci avait-elle été oubliée dehors longtemps. Avec un peu de chance, son contenu leur donnerait quelques indices. C'était trop d'espérer que l'agresseur se soit coupé sur le couvercle en métal et qu'ils retrouvent du sang. En revanche, il y aurait peut-être des fibres, des cheveux ou des cellules de peau. Marcus arpenta toute la ruelle, sans résultat. Ensuite, il frappa à la porte d'une première maison. Une dame âgée encore en robe de chambre lui ouvrit.

— Oui ?

— Je suis le lieutenant Price de la police de Knoware, madame, annonça-t-il en présentant son insigne.

— Je vous ai déjà aperçu en ville. Que puis-je faire pour vous ?

— Hier soir, une femme s'est fait dérober son sac à main sur le parking de l'hôpital. On a retrouvé le sac dans la poubelle de votre voisin d'en face. Je me demandais si vous auriez vu quelque chose ou si vous disposiez d'une caméra de surveillance.

La femme fit signe que non.

— J'étais chez moi, mais je n'ai rien remarqué, désolée. Et je n'ai pas de caméra. Vous devriez interroger les Swanhill, à côté, ajouta-t-elle en désignant la bâtisse sur sa gauche. Ils ont un chien qui entend tout. Et qui aboie au moindre bruit…

Elle haussa les yeux au ciel d'un air un peu agacé.

— Merci.

Marcus se dirigea vers la maison voisine. À peine eut-il sonné que des jappements retentirent. Un homme d'environ soixante-dix ans ouvrit la porte, presque aussitôt suivi par un chien minuscule avec une frange de poils devant les yeux, qui tournait comme un fou furieux autour des pieds de son maître. L'homme détailla d'abord l'uniforme, puis ordonna :

— Judy ! Ça suffit !

Marcus s'efforça de dissimuler son sourire.

— C'est encore la voisine qui s'est plainte ? demanda l'homme. Elle déteste les animaux, celle-là.

— Aucune plainte, monsieur. Je suis le lieutenant Marcus Price, de la police de Knoware. Vous êtes monsieur Swanhill ?

— En personne.

— Avez-vous un instant à m'accorder ?

L'homme ouvrit la porte moustiquaire, ce qui suffit à relancer Judy. Pas étonnant que la voisine se plaigne. Cette chienne avait un aboiement aigu des plus désagréables. Dans le salon, Judy se dirigea droit vers un petit panier posé dans un coin. Marcus attendit qu'on l'invite à s'asseoir d'un geste.

— Merci, monsieur. Une femme s'est fait voler son sac à main hier soir sur le parking de l'hôpital. Peu après 21 heures. Le voleur s'est enfui par cette ruelle derrière votre maison et a jeté le sac dans la poubelle d'un de vos voisins.

— Ray et Paula. Ce sont eux qui vivent là. On est amis depuis longtemps.

— D'accord. Nous avons parlé à Ray. Je voudrais simplement vous demander si vous avez vu ou entendu quelque chose ou si vous avez une caméra de sécurité qui filme cette portion de la rue.

— Pas de caméra. Mais Judy a fait un sacré raffut vers l'heure que vous m'indiquez. J'étais en train de manger une glace devant la télé. J'ai fini par la laisser sortir, de crainte qu'elle réveille ma femme qui était déjà couchée. Je suis allé avec elle jusqu'au portillon. Je n'ai vu personne près des poubelles, mais il y avait quelqu'un au bout. Vêtements noirs. Il est monté dans une voiture.

— La voiture était garée dans la ruelle ?

— Non. Juste à l'entrée, sur webster Street. L'individu est

monté côté passager. Ils se sont éloignés et Judy s'est enfin calmée. Ma glace avait presque fondu quand je suis rentré.

— Pourriez-vous décrire l'homme à pied ou le chauffeur de la voiture ?

— Je ne peux pas vous dire grand-chose de plus sur l'homme et je n'ai pas vu le conducteur. La voiture était une berline de couleur claire, si ça peut vous être utile.

— Tout peut être utile.

— J'espère que la dame du sac à main n'a pas été blessée.

— Elle sera vite sur pied.

Quand il se leva, Judy tourna aussitôt la tête dans sa direction, aux aguets.

— Merci, monsieur Swanhill. N'hésitez pas à contacter le commissariat si vous repensez à autre chose.

Il rejoignit rapidement son SUV, accompagné par les aboiements de Judy. Ainsi, ils étaient donc au moins deux. Le voleur et le conducteur. Il avait aussi une description de la voiture. Il progressait.

Quatre heures plus tard, après un somme revigorant, Marcus était prêt à affronter le reste de la journée. Debout dans sa cuisine, il dévorait un sandwich poulet-avocat avec un verre de lait quand son téléphone sonna. Le numéro ne lui disait rien.

— Allô ?

— Marcus ? C'est Brian Tiddle.

Marcus posa son verre. Brian semblait inquiet.

— Que se passe-t-il ?

— J'ai besoin d'aide. Chez moi. Je crois qu'on a été cambriolés.

— Où est Erin ? demanda Marcus en cherchant ses clés du regard.

— Au magasin.

Marcus en fut soulagé.

— Qu'est-ce qui te fait craindre un cambriolage ?

— Il y a un carreau cassé et… J'aperçois le désordre à l'intérieur. Ça a dû arriver ce matin.

— Qu'est-ce qui te fait penser ça ?

— J'ai passé la nuit à l'hôpital. Je suis rentré vers 7 heures pour prendre une douche et me raser, avant une réunion en visio. Ensuite, j'ai conduit Erin à l'hôpital pour qu'elle récupère sa voiture et je suis parti au bureau. Je devais retrouver Morgan pour déjeuner, mais j'ai fait un crochet par la maison pour récupérer une chemise propre, au cas où je déciderais de dormir encore à l'hôpital. J'ai vu le carreau cassé et, étant donné ce qui est arrivé à Erin hier soir, j'ai préféré t'appeler plutôt que de faire le 911.

— J'arrive dans cinq minutes. Ne touche à rien et n'entre pas. Et contacte Erin au magasin. Pour t'assurer que tout va bien.

— Est-ce que je lui explique ce qui s'est passé ?

Marcus était déjà en train de sortir son SUV du garage.

— Pas encore. Vérifie juste que tout est normal de son côté. À tout de suite.

Quand Marcus arriva devant la maison, Brian était adossé à la boîte aux lettres sur le trottoir.

— Tu penses que ça a quelque chose à voir avec l'agression d'Erin ? demanda-t-il aussitôt en guise de salut.

— Je ne sais pas.

L'idée avait tourné en boucle dans sa tête pendant tout le trajet. S'agissait-il d'une simple coïncidence ? C'était possible, mais cela lui paraissait étrange. Les deux événements devaient être liés.

— Tu as eu Erin ?

— Oui. Je lui ai dit que je voulais m'assurer qu'elle n'avait pas de contrecoup. Tout va bien et il y a beaucoup de monde au magasin.

Un souci de moins.

— Je vais aller voir, annonça Marcus en enfilant des gants en latex. Reste ici. Est-ce que je peux avoir la clé ?

Brian la lui tendit et il déverrouilla la porte, l'ouvrit du bout du pied et entra, son arme à la main. Dans la maison régnait un chaos invraisemblable ; rien à voir avec ce qu'il avait aperçu la veille au soir en raccompagnant Erin. Chaque pièce avait été fouillée avec soin. Dans la cuisine, les tiroirs et les placards étaient ouverts, leur contenu éparpillé au hasard sur le carrelage. Les coussins du canapé avaient été enlevés, le meuble télé et la bibliothèque, entièrement vidés.

Marcus passa en revue le rez-de-chaussée, avant de monter à l'étage. Dans la chambre d'Erin, le désordre semblait plus prononcé. Le matelas avait été soulevé et lacéré, tout comme le sommier. Les tiroirs et la penderie avaient été vidés de leur contenu, et certains meubles avaient été déplacés. Au sous-sol, la situation était la même. Il ressortit de la maison pour alerter le commissariat.

— La bonne nouvelle, c'est qu'il n'y a personne à l'intérieur, annonça-t-il à Brian quand il eut raccroché. La mauvaise, c'est que c'est un sacré bazar, là-dedans. Quand les techniciens du labo seront passés, il faudra que tu fasses le tour pour nous dire ce qui a disparu.

— Ce genre de trucs n'arrive jamais ici, murmura Brian.

— Ce genre de trucs, ça arrive partout. Mais tu as raison : les cambriolages à Knoware sont en général rapides et efficaces. Tout ce qui se glisse dans la poche et s'emporte facilement. On constate rarement des dégâts pareils.

— On dirait que c'est personnel. Je suis comptable à la mairie. Morgan tient une boutique de souvenirs. Je ne comprends pas qui pourrait nous en vouloir.

Brian balaya du pied un caillou.

— Je pense que ça a quelque chose à voir avec Erin, ajouta-t-il soudain, d'un ton plein d'appréhension.

Brian semblait en proie à une lutte intérieure. D'un côté,

il cherchait un bouc émissaire, de l'autre, il s'en voulait d'accuser sa belle-sœur.

— Parle-moi d'Erin, demanda-t-il doucement.

Brian haussa les épaules.

— Elle est super. Je veux dire… Elle est drôle, sympa, vive et elle a toujours été adorable avec moi.

— Mais ?

— Je lui en ai toujours voulu de causer des soucis à Morgan.

— Pourquoi des soucis ?

— Erin a toujours été… inconstante. Jamais le même boulot très longtemps, jamais longtemps dans la même ville ou le même pays. Morgan disait souvent que sa sœur cherchait quelque chose, mais quand je lui demandais quoi, elle ne voulait pas ou ne pouvait pas répondre. Erin a même fait de la prison une fois, en Amérique du Sud.

— Est-ce que tu sais pourquoi ?

— Oui. Elle est intervenue pour défendre une femme battue par son mari. Elle voulait l'aider, mais l'homme en question était un personnage influent et Erin a été arrêtée. On a fini par la relâcher, mais tu n'imagines pas l'enfer que ça a été à la maison pendant trois jours. J'ai cru que Morgan allait devenir folle. Parfois, j'en veux encore à Erin pour ça.

— Elle a sans doute fait ce qui lui semblait juste.

— Je sais…

— Que faisait-elle quand Morgan l'a appelée pour lui demander de la remplacer au magasin ?

— Elle travaillait chez un revendeur de voitures à Paris. Elle a dit qu'elle pouvait demander un congé.

Si le rapport d'enquête était exact, alors Erin avait menti à sa sœur. C'était probablement insignifiant, mais ce détail le perturbait. Il ne pouvait cependant continuer à poser des questions à Brian sans révéler qu'il en savait déjà plus qu'il n'aurait dû. De plus, il n'était certainement pas prêt à admettre qu'il nourrissait également des doutes concernant Erin.

Ses collègues arrivèrent à cet instant et il les mit rapidement au courant de la situation. Une heure plus tard, ils avaient terminé et Brian put enfin entrer pour constater l'étendue des dégâts. Quand il revint dans la cuisine, Marcus lui laissa une minute pour reprendre ses esprits.

— Est-ce que quelque chose a disparu ? demanda-t-il enfin.

— Oui. Environ trois cents dollars en liquide qu'on garde en permanence dans un des placards de la buanderie. Sinon, je n'ai rien remarqué d'autre. Tu… Tu crois que tout ça, c'était juste pour quelques pauvres billets de dix ?

— Je ne sais pas. Mais on va retrouver les coupables. On a une fenêtre assez étroite pour déterminer l'heure du cambriolage. Peut-être un des voisins a-t-il vu quelqu'un. On va tous les interroger.

— Je devrais aller à l'hôpital. Morgan va se demander ce que je fabrique.

— Tu vas lui en parler ?

— Hors de question. Elle va me faire une crise quand elle apprendra la nouvelle, mais tant pis. Il faut juste que je trouve un moyen de nettoyer tout ça avant qu'elle rentre. On a une femme de ménage qui vient tous les quinze jours. Peut-être qu'elle pourrait appeler quelqu'un pour l'aider…

— C'est une bonne idée. Et Erin ? Tu vas lui en parler ?

— Il vaudrait mieux. De toute façon, elle va bien voir le bazar ce soir.

— Je peux passer au magasin, proposa Marcus. Comme ça, tu peux filer à l'hôpital.

— Merci. Ce serait vraiment super.

Il fit trois pas en direction de la voiture, puis se tourna de nouveau vers Marcus.

— Tu as remarqué ? C'est sa chambre la pire.

— Oui.

— Qu'est-ce que ça signifie, à ton avis ?

— Je n'en ai pas la moindre idée.

Marcus se gara devant le Coffre aux Trésors et resta assis un instant dans son SUV. Il redoutait un peu de lui apprendre la nouvelle. Erin avait été agressée la veille au soir et on lui avait volé son sac. À présent, la maison où elle logeait venait d'être cambriolée. Il avait la main sur la poignée de la portière quand son téléphone sonna. Une fois encore, le numéro lui était inconnu, mais il décrocha. Il n'évitait que les appels de son père.

— Allô ?

— Lieutenant Marcus Price ?

— Oui.

— Je suis l'agent spécial Pierre Sargeant du FBI. Je travaille pour le bureau de Seattle.

Marcus ne recevait pas souvent d'appels du FBI.

— Que puis-je faire pour vous ? s'enquit-il.

— Je voudrais savoir pourquoi vous vous êtes renseigné sur Erin McGarry.

Marcus accusa le coup.

— Comment êtes-vous au courant ?

— Nous surveillons les demandes qui concernent Mme McGarry sur les bases de données. Nous avons obtenu votre nom par l'enquêteur qui a effectué la recherche. Il a été interrogé ce matin et il nous a expliqué que vous vous intéressiez particulièrement à son dernier emploi chez Preston's Automobile Exchange.

— Pourquoi le FBI s'intéresse-t-il aux recherches que j'effectue ?

L'agent spécial Sargeant soupira. Avec force.

— Écoutez, on est dans le même camp. Si j'ai bien compris, elle vit et travaille sur votre secteur. Avez-vous une heure de libre cet après-midi, afin que l'on se rencontre ? Je peux faire le déplacement facilement.

— D'accord. Pouvez-vous être là vers 15 heures ?

Marcus lui donna l'adresse du commissariat, puis raccrocha. Le FBI voulait le rencontrer à propos d'Erin.

Que se passait-il donc ? Devait-il attendre avant d'aller voir Erin ? Non, impossible. Et si elle décidait de retourner chez sa sœur pour chercher quelque chose ? De plus, il avait dit à Brian qu'il avertirait Erin. Il devait tenir parole.

Il entra dans le magasin. Debout derrière la caisse, Erin s'entretenait avec une cliente. Elle était belle et semblait parfaitement à sa place parmi les œuvres d'art. Elle portait plus de maquillage que d'habitude, sans doute pour dissimuler les égratignures sur son visage. Elle avait réussi à estomper les plus importantes, mais on apercevait encore çà et là les traces de sa mésaventure. Marcus fit mine de s'intéresser aux tableaux accrochés au mur, mais il n'avait qu'une pensée en tête : l'embrasser de nouveau. Enfin, la cliente sortit et il s'approcha rapidement du comptoir avant qu'une autre arrive.

— Bonjour.

— Puis-je vous renseigner, monsieur ?

— Pas aujourd'hui. Comment te sens-tu ?

— Ça va. Tu es la seconde personne à me poser la question ce matin.

— Oui. J'ai demandé à Brian de t'appeler.

— Pourquoi ? Et quand as-tu croisé Brian ?

— Écoute… Il s'est passé quelque chose. Brian et Morgan vont bien, mais la maison a été cambriolée ce matin. C'est un sacré bazar. Brian était revenu pour récupérer quelque chose et il a remarqué un carreau cassé. Étant donné ce qui s'est passé hier soir, il a préféré me contacter.

Erin ne répondit rien, mais il pouvait presque entendre les rouages de son cerveau se mettre en branle.

— C'est lié à moi, affirma-t-elle d'une voix tendue. C'est à cause de moi que c'est arrivé.

— Vraiment ?

Savait-elle quelque chose ? Dans ce cas, il était grand temps qu'elle joue cartes sur table.

— Sans doute. Brian le pense certainement, en tout cas.

Et puisque tu lui as demandé de vérifier si j'allais bien, ce doit également être ton avis.

Elle était maligne.

— Je lui ai demandé d'appeler parce que j'étais inquiet. Pas parce que je soupçonnais que tu étais mêlée à tout ça. Cependant… quand j'ai examiné la maison, j'ai constaté que c'était dans ta chambre que les dégâts étaient les plus importants.

Il se tut un instant.

— La maison est toujours sous scellés. On les retirera demain, sans doute. En revanche, je peux t'accompagner à l'intérieur, si tu veux récupérer des affaires.

— J'ai simplement besoin de deux ou trois trucs. Ensuite, je me trouverai une chambre d'hôtel.

— La plupart des établissements affichent complet, en ce moment. C'est la période la plus active de l'année.

— Brian pourra dormir à l'hôpital, poursuivit-elle, comme si elle tenait à régler le plus rapidement possible les détails matériels. Il y est presque tous les soirs, de toute façon. Morgan aime bien… Est-ce que Brian l'a dit à Morgan ?

— Je ne crois pas que ce soit son intention. Mais vous devriez en discuter tous les deux.

— Oh là là ! Et Morgan se réjouit déjà de pouvoir rentrer chez elle dans un jour ou deux.

— Brian a parlé d'embaucher quelqu'un pour remettre la maison en ordre.

Erin faisait les cent pas dans la boutique.

— Et si c'était vraiment à cause de moi ? Je ne peux pas perturber la vie de Morgan en ce moment. Elle ne doit pas subir de stress. Je fais un saut à côté.

— Quoi ?

Marcus avait du mal à suivre.

— Je vais chez Gertie. Elle connaît tout le monde. Elle saura me conseiller un endroit où dormir.

Elle se figea soudain.

— Il faut que je parle à Brian.

— Revenons à cette idée de tout à l'heure : existe-t-il la moindre raison pour qu'on s'en prenne à toi ?

— Non.

— Il ne t'est rien arrivé d'inhabituel depuis ton arrivée à Knoware ?

— À part hier soir, tu veux dire ?

Ils n'avançaient pas.

— Oui. Écoute, c'est important que…

— Je dois vraiment parler à Brian, l'interrompit-elle. Pour m'assurer que lui et moi sommes sur la même longueur d'onde et que l'un de nous ne fasse pas de gaffe devant Morgan. Elle ne doit pas s'inquiéter à cause de tout ça.

— Morgan est sans doute plus solide que vous le croyez, suggéra Marcus avec douceur.

— Elle est très solide, mais son médecin a demandé de limiter le stress au maximum et c'est bien ce que j'ai l'intention de faire.

Il ne pouvait insister davantage sans que cela paraisse suspect. Mieux valait attendre. Peut-être l'agent du FBI lui en apprendrait-il plus.

— Brian devait se rendre à l'hôpital.

Erin sortit son téléphone portable d'un tiroir sous la caisse et composa le numéro. Elle dut tomber sur la messagerie, car elle dit :

— Brian, c'est Erin. Je viens de parler avec Marcus Price. Rappelle-moi dès que tu peux.

— Je peux te conduire à leur maison et t'aider à récupérer ce dont tu as besoin, proposa Marcus quand elle eut raccroché.

— J'ai ma voiture.

Elle verrouilla l'entrée, activa l'alarme, puis se dirigea vers l'arrière-boutique pour prendre son sac à main. Ils sortirent ensemble par la ruelle et Erin ferma la porte à clé.

— Je suis désolée, Erin. On va trouver qui t'a volé ton sac

hier soir et qui a cambriolé la maison de ta sœur ce matin. Comme ça, on aura des réponses à toutes ces questions.

— Je l'espère, murmura Erin en montant dans sa voiture. Je l'espère vraiment.

11

Arrivée devant chez sa sœur, Erin sortit de sa voiture. Marcus l'avait suivie et s'était garé juste derrière elle. Elle avait beau s'être préparée, la vue du ruban jaune lui causa un choc. À cet instant, son téléphone sonna. C'était Brian.

— Salut ! Merci de me rappeler. Morgan est avec toi ?

— Je suis à la cafétéria de l'hôpital.

— Marcus m'a expliqué que tu n'avais pas l'intention de lui en parler dans l'immédiat.

— Exact. Ça ne me plaît pas beaucoup, mais je m'en voudrais encore plus de la stresser.

— Je suis d'accord. C'est un moindre mal. Quand la police nous autorisera à entrer de nouveau dans la maison, je t'aiderai à tout ranger et nettoyer.

— J'ai appelé la femme de ménage. Occupe-toi du magasin. C'est déjà bien assez.

— Tu crois que la boutique pourrait être prise pour cible ?

— Je ne sais pas. J'y ai pensé. Je vais demander à Marcus de renforcer les patrouilles de nuit. Et puis, il y a l'alarme. Morgan a eu du flair en la faisant installer.

— Brian, je… Je suis désolée. Si tout ça est lié à moi d'une façon ou d'une autre, j'en suis navrée.

— Ce n'est pas toi. J'ai eu le temps d'y réfléchir sur le chemin de l'hôpital. Comment serait-ce possible ? Tu es arrivée à Knoware il y a quelques jours à peine. C'est simplement une coïncidence démente.

— Je vais quand même aller loger ailleurs.

Marcus, qui venait de la rejoindre, suivait la conversation sans chercher à s'en cacher.

— Ce n'est pas nécessaire, protesta Brian. Ce serait bizarre en plus. Que va penser Morgan ?

— Tu n'auras qu'à lui dire que je ne voulais pas m'imposer et lui rajouter du stress quand elle rentrerait chez elle.

— Je doute qu'elle y croie…

— On trouvera une excuse. Je suis devant chez vous. Marcus va m'accompagner, le temps que je récupère quelques affaires.

— D'accord. À plus tard.

Erin rangea son téléphone et se tourna vers Marcus.

— Je suis prête, annonça-t-elle.

Sans un mot, il se dirigea vers la porte d'entrée, sortit les clés et ouvrit.

— Ne touche à rien, rappela-t-il.

Erin passa de pièce en pièce au rez-de-chaussée. Elle avait du mal à reconnaître l'intérieur propre et ordonné qu'elle avait quitté ce matin.

— Allons voir en haut.

Sa chambre était véritablement sens dessus dessous. Cela la mit incroyablement mal à l'aise.

— Je peux récupérer mes vêtements ? demanda-t-elle en désignant un tas sur le sol.

Quand Marcus lui fit signe que oui, elle commença à les rassembler.

— C'est mon sac marron qui aurait été utile, marmonna-t-elle.

Elle jeta un coup d'œil à la valise ramenée de Paris. La doublure avait été lacérée et la coque en plastique semblait avoir été défoncée à coups de pied. Elle ne servirait plus à grand-chose. Elle décida d'emprunter un grand sac de sport à sa sœur.

— Je peux t'aider à porter, proposa Marcus. Tu as beaucoup de vêtements. Tu avais tout ça dans l'avion ?

— Non, une partie est arrivée par fret. Je n'avais que ma petite valise et mon sac marron avec moi.

Elle relaverait tout quand elle aurait trouvé un hôtel. *Surtout ça*, pensa-t-elle en ramassant ses soutiens-gorge et ses culottes, qu'elle tenta de dissimuler entre ses jeans et ses T-shirts. Lorsqu'elle se releva, elle tenait dans ses bras une grosse boule de tissu.

— Ça ira comme ça, annonça-t-elle en jetant un dernier regard à la pièce.

— Et maintenant ? demanda Marcus, tandis qu'ils redescendaient.

— Je vais tout stocker dans mon coffre et retourner travailler. Ça fait presque une heure que le magasin est fermé.

— Tu as l'intention de dormir dans ta voiture ?

Elle espérait bien que non, même si c'était déjà arrivé. Parfois, un électron libre avait du mal à trouver un lit.

— Je réfléchirai à une solution cet après-midi.

Elle dénicha un sac de sport dans le placard de l'entrée. Elle ferait le tri plus tard. En s'installant au volant, elle leva les yeux vers Marcus, qui se tenait près de la portière.

— Merci de m'avoir annoncé la nouvelle et de m'avoir accompagnée ici. Je crois que je n'aurais pas aimé me retrouver toute seule dans la maison.

— C'est bien normal, répondit-il, très sérieux. Tu sais que tu peux demander de l'aide. Pour tout.

Son insistance sembla étrange à Erin.

— Bien sûr. Bon. À plus tard ?

Quand elle s'éloigna, elle remarqua dans son rétroviseur que Marcus continuait à l'observer, debout sur le trottoir.

Sa lingerie était comme tout ce qu'elle portait : bariolée. Des jaunes, des bleus et des verts. En revenant au commissariat pour son rendez-vous, Marcus se doutait bien que ce ne serait pas le genre de détails qui intéresserait le FBI.

L'agent spécial Pierre Sargeant arriva juste avant 15 heures. C'était un homme mince et pâle d'une petite quarantaine d'années qui ne semblait pas souvent voir la lumière du jour. Marcus le conduisit jusqu'à son bureau.

— Café, agent spécial Sargeant ? proposa-t-il en l'invitant à s'asseoir.

— Vous pouvez m'appeler Pierre. Et je veux bien un café, merci.

Marcus revint rapidement avec un café et une tasse de thé pour lui, et s'installa en face de l'agent du FBI.

— Merci de me recevoir, dit celui-ci d'un ton détendu.

Marcus, lui, était crispé à l'extrême.

— Je n'avais pas beaucoup le choix. Je dois avouer que je suis un peu curieux. Aucune de mes requêtes n'a jamais éveillé l'intérêt du FBI auparavant.

— Consultez-vous les bases de données externes ?

Marcus fit signe que non.

— Dans ce cas, ma question est la suivante : pourquoi Mme McGarry ?

D'habitude, c'était Marcus qui posait les questions et cela ne lui plaisait pas beaucoup de subir un interrogatoire.

— Mme McGarry est arrivée à Knoware à peu près au moment où nous avons été avertis d'une menace d'attentat sérieuse sur le sol américain. On nous a conseillé de surveiller les étrangers et les nouveaux venus.

Inutile d'entrer davantage dans les détails.

— Aucune autre raison ?

Marcus avait un mauvais pressentiment, mais il fit signe que non.

— Avant de venir ici, reprit l'agent spécial, Mme McGarry habitait à Paris. Elle travaillait pour un revendeur de voitures, Preston's Automobile Exchange. Est-ce que cela vous dit quelque chose ?

— L'information m'est connue. J'ai lu ça dans le rapport. Mme McGarry a elle-même indiqué au cours d'une conversation qu'elle vivait en France avant de venir à Knoware pour aider sa sœur au magasin.

— Nous avons Preston's Automobile Exchange à l'œil depuis quelque temps déjà.

— Je ne suis pas certain de vous suivre. À moins qu'ils aient une branche américaine ?

Le FBI enquêtait au niveau fédéral, pas à l'international.

— Il s'agit d'une opération jointe avec les autorités françaises. Mme McGarry n'est pas la seule citoyenne américaine à être surveillée dans ce cadre.

— Donc, vous surveillez bel et bien Erin McGarry ?

C'était grave. Très grave.

— Oui.

— Pourquoi ?

— Parce que Preston's Automobile Exchange est certainement un maillon dans une chaîne relativement complexe qui fournit un groupuscule terroriste fondamentaliste en armes et en argent. En plus du propriétaire de Preston's, nous surveillons un dénommé Albert Peet, avec lequel Mme McGarry a eu une relation de nature sentimentale et qui est probablement à l'origine de son embauche chez Preston's Automobile Exchange.

Une relation de nature sentimentale. Difficile de ne pas laisser cette phrase résonner dans sa tête, au point d'assourdir le reste des informations. Le vrai problème n'était cependant pas de savoir si Erin avait ou non été amoureuse.

— En dehors de son lien avec Peet, existe-t-il d'autres preuves qui justifient votre intérêt pour Erin McGarry ?

— Son contrat chez Preston's s'est terminé de façon brutale. Nous avons appris grâce à une de ses amies à Paris que cela avait été une nouvelle très désagréable pour elle. Ce qui nous a amenés à penser qu'elle n'était peut-être impliquée qu'involontairement. Après plusieurs semaines de surveillance, au cours desquelles il n'y a eu aucun contact entre elle et Albert Peet, nous étions sur le point de l'approcher pour lui demander son aide, quand elle a soudain appelé Peet, avant de quitter Paris pour les États-Unis.

— Sa sœur vit à Knoware et a été hospitalisée pour la fin de sa grossesse. Erin doit tenir sa boutique à sa place.

— Il serait en effet difficile de mettre sur pied un stratagème pareil, reconnut Pierre, presque à contrecœur.

— En effet.

L'agent regarda Marcus d'un air songeur.

— Cette ville est une station balnéaire, non ?

— Oui.

— Vous recevez donc beaucoup de visiteurs. Beaucoup d'inconnus et d'étrangers. Cependant, c'est sur Mme McGarry que vous avez décidé de vous renseigner. Quelque part, cela me chiffonne.

L'agent Sargeant était loin d'être idiot. Et ils étaient dans le même camp, se rappela Marcus. Peut-être pouvait-il lui être utile.

— Son arrivée à Knoware coïncide avec celle de deux autres personnes. Deux hommes qui, sans que je sache dire exactement pourquoi, me mettent mal à l'aise.

Un bon policier comprendrait qu'il n'était pas prudent d'ignorer ce genre d'intuition.

— Peut-être est-ce parce que cela fait plus de dix ans que je suis dans les forces de l'ordre. Peut-être parce que ces deux-là ne ressemblent pas aux touristes habituels. Peut-être aussi que je m'inquiète pour rien. Peu importe. Quand j'ai vu Erin McGarry interagir avec eux… j'ai décidé de faire une enquête de routine sur elle. Les résultats préliminaires m'ont intrigué. Comme il y avait un trou entre son dernier contrat à Paris et son arrivée à Knoware, j'ai demandé des infos supplémentaires.

— Parlez-moi de ces deux hommes, dit l'agent en sortant un calepin de sa poche.

— Je ne sais pas grand-chose. Je les ai croisés quatre fois. La première, c'était samedi, en face d'un restaurant et du Coffre aux Trésors, le magasin de souvenirs tenu par la sœur de Mme McGarry. Nous avons échangé quelques mots. La deuxième, c'était quelques heures plus tard le même jour. Ils étaient en train de pêcher sur la jetée. La troisième fois, toujours le même jour, je les ai surpris en pleine conversation avec Mme McGarry, dans la ruelle latérale du Coffre aux Trésors. La quatrième, samedi soir, c'était à l'occasion d'un événement touristique sur le port. L'un des deux hommes faisait la queue juste derrière Mme McGarry et a eu un bref échange avec elle.

— Comment s'appellent ces deux hommes ?

— Je l'ignore. Je n'ai pas insisté. Je les ai surnommés Causeur et Casquette, parce que le plus âgé des deux est le seul à parler et que le second porte une casquette fourrée en été.

— Où logent-ils ?

— Je l'ignore également. En revanche, je sais où ils ne logent pas. Ils m'ont affirmé être aux Brickstone Bungalows, mais j'ai réussi à prendre quelques photos d'eux que j'ai montrées aux propriétaires. Aucun des deux n'est client chez eux en ce moment.

— Bizarre de mentir sur sa location de vacances, fit pensivement remarquer l'agent.

— C'est aussi mon avis.

— Pouvez-vous me transmettre ces photos ?

N'y voyant aucune objection, Marcus sortit son téléphone et envoya les clichés à Sargeant.

— Je ne les ai pas recroisés depuis. Ni hier ni aujourd'hui. Peut-être ont-ils quitté la ville. Et sans doute n'avaient-ils rien à voir avec Erin McGarry.

Était-ce la vérité ou bien simplement ce qu'il espérait ?

— Avez-vous interrogé Mme McGarry à leur sujet ?

— Non.

— Tant mieux.

Marcus n'était pas sûr de comprendre.

— Vous n'êtes probablement pas au courant, mais

Mme McGarry a été agressée hier soir sur le parking de l'hôpital, alors qu'elle revenait de rendre visite à sa sœur. Quelqu'un l'a bousculée et lui a volé son sac. On a retrouvé le sac dans une poubelle, quelques rues plus loin. L'agresseur n'a pas été arrêté. On a appris depuis qu'un complice l'attendait dans une berline de couleur claire.

— Intéressant.

— Mme McGarry va bien, ajouta Marcus. Cependant, elle est un peu ébranlée, car ce matin la maison de sa sœur et de son beau-frère chez qui elle loge a été cambriolée.

Sargeant posa son crayon.

— Vous pensez qu'il s'agit d'un message ?

— On dirait. Mais rien d'évident. Du moins à mes yeux.

— Et pour elle ?

— Je ne crois pas non plus.

Il n'en aurait pas mis sa main au feu, mais il était à peu près certain qu'Erin était aussi perplexe qu'eux.

— Nous nous sommes vus une ou deux fois dans un cadre non professionnel, ajouta-t-il enfin.

Sargeant l'apprendrait rapidement s'il commençait à poser des questions sur Erin en ville.

— Je crois qu'elle me fait confiance.

— Cela pourra peut-être nous être utile…

Marcus était sur le point de protester, afin d'expliquer clairement qu'il n'était la marionnette de personne, quand quelqu'un frappa à la porte et ouvrit sans attendre de réponse. C'était Serenity. Les yeux écarquillés. Marcus pensa d'abord qu'elle avait appris quelque chose d'intéressant auprès des voisins, mais se ravisa. Sa réaction était disproportionnée. Il devait s'agir d'autre chose.

— Je suis désolée, bafouilla-t-elle en apercevant l'agent Sargeant. Je ne savais pas qu'il y avait quelqu'un.

— Que se passe-t-il ? demanda Marcus.

Quand Serenity lui fit signe d'approcher, Marcus remarqua qu'elle tremblait.

— Ma sœur est rentrée de l'université pour l'été, expliqua-t-elle à voix basse. Elle travaille comme femme de ménage au motel du Pinetree Paradise. Elle a été agressée ce matin dans une des chambres. Presque violée, ajouta-t-elle dans un sanglot.

Marcus prit son adjointe par l'épaule et jeta un regard en direction de Sargeant :

— L'entretien est terminé, décréta-t-il.

Sargeant haussa un sourcil, mais se leva.

— Est-ce qu'elle est blessée ? demanda Marcus quand il fut sorti.

— Elle a reçu un coup à l'arrière du crâne. Le type avait réussi à lui arracher son pantalon quand elle a entendu la porte s'ouvrir. Elle a pensé que quelqu'un venait à son secours, mais l'homme l'a lâchée et elle a été assommée. Lorsqu'elle a repris connaissance, elle était seule. Elle m'a appelée tout de suite.

— Serait-elle en mesure de décrire son agresseur ?

Serenity fit signe que non.

— Il est arrivé par-derrière. Il l'a poussée à plat ventre.

L'agression semblait hasardeuse, pas organisée. Il y aurait d'autres preuves sur les lieux. Ils retrouveraient le fumier.

— On va l'avoir, Serenity.

12

Gasdrig envisageait sérieusement d'étrangler Ivan. Le jeune homme le méritait. Il avait mis toute l'opération en danger.

— J'étais en colère, il fallait bien que je lâche un peu la pression, expliqua Ivan sans le regarder, tandis qu'ils s'éloignaient du Pinetree Paradise.

— La prochaine fois que tu dois « lâcher un peu la pression », tu vas courir cinq kilomètres. Ce que tu as fait, c'était risqué… et c'est mal.

Gasdrig avait des filles. Il aurait sans hésiter tué un homme qui aurait agi de la sorte. Cependant, il avait besoin d'Ivan.

— Tu ne comprends pas, se plaignit celui-ci. On n'a rien trouvé. Il n'y avait rien dans son sac, rien à la maison. On ne sait plus où chercher et le temps presse.

— Je comprends parfaitement. Pourtant, je m'efforce de ne pas nous compliquer davantage la vie. Maintenant, on n'a plus de logement. On n'est plus libres de nos mouvements. Il faut qu'on fasse profil bas, au cas où quelqu'un t'aurait repéré ou une caméra aurait filmé ton visage.

Cela allait rendre encore plus difficile la surveillance d'Erin McGarry, mais Gasdrig avait sa petite idée.

— Il n'y avait pas de caméra, protesta Ivan. Ce motel est pourri.

— Tu n'en sais rien. De toute façon, la police risque d'être sur le qui-vive.

— Comme j'ai dit : tous les flics sont stupides.

Ivan baissa sa vitre et cracha dehors. Gasdrig préféra ne rien dire. Il devait réfléchir. Ils avaient suivi la jeune femme rousse la veille lorsqu'elle avait quitté le magasin pour rentrer chez sa sœur. Peu après, elle était réapparue avec le sac marron à son épaule, mais ils n'avaient pas pu l'approcher, à cause d'une voisine en train d'arroser ses fleurs.

Ils l'avaient suivie jusqu'au parking de l'hôpital, mais de nouveau il y avait eu trop de monde pour tenter quoi que ce soit. « On attend. » C'était ce qu'il avait répété à Ivan. Quelques heures plus tard, à la nuit tombée, leur patience avait été récompensée, car elle était ressortie seule et le parking était vide. Ivan avait agi rapidement, comme Gasdrig le lui avait demandé, mais à leur grand désespoir la clé USB dont ils avaient tant besoin ne se trouvait plus dans le sac. Ivan avait voulu rattraper la jeune femme pour la forcer à avouer, mais l'alerte avait déjà été donnée.

Ils avaient ensuite envisagé de fouiller le domicile de la sœur pendant la nuit. Ils s'étaient garés quelques rues plus loin pour s'approcher à pied, mais avaient tout de suite repéré le policier en planque devant la maison. Gasdrig refusait de tuer un flic, à moins d'y être obligé. Ils étaient donc rentrés, espérant avoir plus de chance le lendemain. Au final, le cambriolage avait été d'une facilité déconcertante. Une vitre cassée, un verrou tourné ; un jeu d'enfant. Malheureusement, leur fouille minutieuse n'avait rien donné. La clé USB ne s'y trouvait pas.

Il savait qu'Ivan perdait patience. Il l'avait laissé seul quelques minutes, juste le temps d'une douche, mais cela avait suffi pour que ce jeune sot s'en prenne à la femme de ménage dans une chambre voisine. Ils s'étaient enfuis à la hâte.

Et à présent ? Ils ne pouvaient pas rouler indéfiniment.

Gasdrig ralentit, avant de tourner sur une route de terre pleine d'ornières, bordée de profonds fossés. Sur sa droite, il aperçut une petite bicoque défraîchie, entourée d'un jardin envahi de mauvaises herbes. Une femme d'un certain âge était installée dehors sur une chaise en plastique. Un vieux pick-up était garé sur le côté. Personne d'autre en vue. Gasdrig s'engagea dans la longue allée.

— On va où ? demanda Ivan en le regardant.

— Chez nous. Notre nouvelle maison.

Le motel du Pinetree Paradise était situé à une quinzaine de minutes du centre. Marcus et ses collègues passèrent la chambre au peigne fin, puis interrogèrent le responsable de jour, sept clients et deux des femmes de ménage. Tout le monde se montra aimable, serviable et soucieux d'aider… mais en vain. Personne n'avait rien vu ni entendu. Selon le gérant, vingt-huit autres clients n'étaient pas au motel au moment des faits. Rien de surprenant : ce n'était pas le genre d'endroit où on avait envie de traîner pendant la journée.

Marcus releva les données du registre : noms des clients, marques et modèles des véhicules, plaques d'immatriculation, dates de séjour. Il s'intéressait particulièrement à ceux qui avaient réglé leur note le matin, mais personne n'avait rendu sa clé. Il informa le gérant qu'il repasserait plus tard pour interroger sa collègue de nuit et laissa sa carte à tous ceux à qui il avait parlé.

— Prends ta journée, avait-il ordonné à Serenity. Reste auprès de ta sœur.

Elle avait protesté, affirmant qu'elle n'avait pas encore pu interroger tous les voisins de Morgan et Brian Tiddle. Cependant, Marcus n'attendait pas grand-chose de ces témoignages.

— Qui va me remplacer aujourd'hui ? avait insisté Serenity.

— Ne t'inquiète pas pour ça, avait-il répondu, sachant que ce serait sans doute lui.

Il retournait à son SUV quand son téléphone sonna. C'était Dawson.

— J'ai une bonne et une mauvaise nouvelle, chef, annonça celui-ci.

— Commence par la bonne, soupira Marcus.

— On a trouvé du sang sur un des éclats de verre du cambriolage chez les Tiddle.

Marcus tapa du poing sur son volant.

— Bien ! Et la mauvaise ?

— Le sac à main et la poubelle n'ont rien donné.

Il leur restait la caméra de sécurité de l'hôpital. L'image était floue, mais c'était un début.

— Merci, Dawson. Je rentre.

— Comment va la sœur de Serenity ?

— Ça va…

Il venait à peine de raccrocher quand son téléphone sonna de nouveau. C'était Jamie.

— Oui ?

— J'ai trente secondes de libres. Je voulais t'appeler et… m'excuser, je crois. Je suis désolé si j'y suis allé un peu fort, ce matin. C'est juste que je pense que cette fille te plaît vraiment et que, d'après ma brève mais intense interaction avec elle, elle en vaut peut-être la peine. Je ne voudrais pas que tu fuies quelque chose qui pourrait être bien. Je tiens trop à toi pour te laisser faire ça.

— Je sais.

Marcus était touché. Jamie, Blade et lui ne se l'avouaient pas souvent, mais ils étaient comme des frères les uns pour les autres.

— C'est une journée bizarre, poursuivit-il. La maison de Brian Tiddle a été cambriolée ce matin. Beaucoup de dégâts. Un peu d'argent volé.

— Plutôt étrange, comme coïncidence.

— Étant donné l'état de la chambre d'Erin en particulier, je pense qu'il ne s'agit pas du tout d'une coïncidence. Un agent du FBI est passé me voir tout à l'heure. À propos d'Erin.

— Pourquoi ?

Il rapporta sa conversation avec Pierre Sargeant.

— Il veut se servir de ta relation avec Erin ?

— Je ne sais pas. Mais je ne devrais pas tarder à comprendre. Je crois que je n'ai pas fini d'entendre parler de lui.

— Tu vas en informer Erin ?

— Je ne peux pas vraiment.

Il ne pouvait pas risquer de compromettre une enquête en cours.

— C'est dur, répondit Jamie. Ça ne va pas te plaire de ne pas dire la vérité.

Il avait raison, mais Marcus n'avait pas vraiment le choix.

— Tes trente secondes sont écoulées.

— À bientôt, Marcus.

En raccrochant, Marcus se demanda si Erin avait trouvé un hôtel. Peut-être Brian avait-il réussi à la convaincre de rester. Elle était sans doute retournée au magasin. Il reprit sa voiture et se rendit au Coffre aux Trésors. À l'intérieur, il y avait plusieurs clients et il reconnut aussitôt Jordan Reese, la femme renversée à vélo.

— Mme Reese ?

— Lieutenant Price. Je ne m'attendais pas à vous croiser ici.

— C'est un de mes magasins préférés quand j'ai des cadeaux à faire.

— C'est un endroit fantastique. J'ai décidé de m'offrir une autre boîte de chocolats et puis j'ai aperçu ces foulards. Maintenant, je suis obligée d'en ramener un chez moi.

— Je suis heureux de voir que vous avez quitté l'hôpital.

— Merci. Et merci pour votre message. On va rentrer chez nous dans quelques jours, mais vous avez mon numéro ?

— Oui.

Marcus se tourna pour vérifier si Erin était toujours occupée avec sa cliente. Elle avait très certainement aperçu Marcus, même si elle n'en laissait rien paraître. Lorsque la cliente eut terminé, il souffla à Jordan Reese :

— C'est à vous.

Elle s'approcha et Erin l'accueillit avec un sourire lumineux.

— Comme je suis contente de vous revoir !

— Je vous avais dit que je passerais. C'est une boutique magnifique.

— Je transmettrai à ma sœur, merci. Comment allez-vous ?

— Très bien, merci. J'ai des hématomes d'une très jolie teinte violette.

— C'est comme ça qu'ils se portent, cet été !

Elles éclatèrent de rire. En les voyant côte à côte, Marcus eut soudain un flash : les chevelures des deux femmes étaient vraiment similaires. Bien que Jordan soit plus grande, la ressemblance était frappante. Elles devaient également avoir à peu près le même âge.

Étant donné ce qui était arrivé à Erin au cours des dernières vingt-quatre heures, il eut alors la certitude qu'Erin était la cible initiale et que Jordan n'avait été que l'infortunée victime d'une erreur d'identité. Devait-il avertir les deux femmes ? Il jugea préférable de ne pas en parler tout de suite à Jordan Reese, afin de ne pas l'inquiéter inutilement. Mieux valait qu'elle continue à croire que son accident était l'œuvre d'un chauffard. Quant à Erin… la question était bien plus délicate. Elle risquait de se sentir responsable. D'un autre côté, cela pouvait l'inciter à se montrer plus ouverte avec lui sur tout ce qu'elle savait. Et aussi à faire preuve de la plus grande prudence. Ne pas lui donner d'informations pouvait avoir des conséquences désastreuses.

Jordan lui adressa un petit signe, puis quitta le magasin avec ses emplettes. Marcus s'approcha alors du comptoir avant qu'un autre client puisse le faire.

— Comment ça va ?

— Très bien. Je suis contente de voir que Jordan Reese va mieux.

— Oui. Je me demandais si tu avais trouvé un endroit où loger…

— J'y travaille.

— Tu as appelé des hôtels ? insista-t-il.

— Quatre, soupira-t-elle. Tu avais raison : tout est plein. Gertie m'a conseillé quelques noms, mais ça n'a rien donné non plus. Au pire, je dormirai dans ma voiture. Ce ne serait pas la première fois.

— Hors de question.

Il ne voulait pas avoir à la surveiller dans sa voiture. Ses heures de sommeil étaient déjà assez limitées comme ça.

— Je vais trouver une solution.

— Tu peux venir chez moi.

Erin sursauta.

— Quoi ?

Voyant qu'une femme s'approchait de la caisse, Marcus s'écarta et fit mine de s'intéresser aux romans d'un auteur local. Du coin de l'œil, il vit Erin compter la monnaie de la cliente, se tromper et recommencer. Sa proposition l'avait surprise. Déstabilisée. Il ne la laisserait pas refuser. Son idée était sensée : sa maison était grande, tout le monde savait où il habitait et personne n'oserait s'approcher avec de mauvaises intentions. Il pourrait aussi dormir dans son propre lit. Les bonnes raisons s'accumulaient rapidement.

Quand la cliente sortit, Erin se tourna vers lui, l'air déterminé. Comprenant qu'elle allait refuser, Marcus décida de la prendre de vitesse.

— C'est vraiment la meilleure solution. Je vis seul, donc tu ne gêneras personne. Ce n'est pas la place qui manque chez moi. Tu pourras choisir où tu préfères dormir…

Il se tut. Sa dernière phrase pouvait sembler un peu ambiguë.

— Je parle des chambres d'amis, évidemment, précisa-t-il.

— Je comprends. Mais ce n'est pas nécessaire. Je vais trouver.

— Ça va être court. Tu ne dois pas passer à l'hôpital ce soir ?

— Si.

— Tu n'auras pas le temps. Écoute, voici ce que je te

propose : dors chez moi juste cette nuit. Et demain, tu recommences à chercher un hôtel.

Erin hésita.

— Tu es sûr ?

Pendant trois secondes, Marcus se demanda ce que l'agent spécial Sargeant penserait en apprenant qu'il hébergeait Erin. C'était une entorse flagrante aux règles de déontologie du métier. À vrai dire, il avait dépassé ce stade depuis longtemps.

— Certain.

Il inscrivit son adresse au dos d'une carte de visite.

— Appelle-moi quand tu quittes l'hôpital. Et reste prudente sur le parking.

— Merci. Enfin, je crois…

Il sourit.

— Ravi de pouvoir t'aider. Ces derniers jours n'ont pas été de tout repos pour toi. Tu as bien mérité un peu de confort et d'attention.

Confort et attention.

Erin ne pouvait s'empêcher d'appliquer ces termes à Marcus, ce qui leur conférait tout de suite un caractère beaucoup plus équivoque. Fébrilement, elle retourna la carte pour lire l'adresse inscrite au dos. Quelques jours plus tôt, il lui avait laissé son numéro de portable. À présent, elle emménageait chez lui. Pas étonnant qu'elle se sente un peu chamboulée.

Elle réfléchit un instant. D'un point de vue logistique, il n'y avait aucun souci. Elle avait des vêtements, une brosse à dents et le reste de son nécessaire dans son coffre. Le problème serait de justifier ce brusque changement auprès de Morgan. Morgan n'était pas stupide et flairait toujours ses mensonges et approximations. Elle était aussi douée pour évaluer rapidement une situation et en comprendre tous les ressorts. La plupart du temps, Erin appréciait ces compétences chez sa sœur. Cette fois, cela lui compliquait la vie.

Elle ferma le magasin, sortit par la ruelle et surveilla les alentours avant de verrouiller la porte. Puis, elle se dirigea d'un pas pressé vers sa voiture. Rien à signaler. Pourtant, son cœur battait la chamade. Elle n'en avait pas parlé à Marcus, mais la visite de Jordan Reese l'avait ébranlée : elle s'était rendu compte qu'il aurait été facile de les confondre, toutes les deux. Sans l'agression sur le parking et le cambriolage, elle aurait balayé cette idée saugrenue, mais il lui semblait soudain tout à fait possible que Jordan ait été visée à sa place.

C'était écœurant.

Et terrifiant.

C'était pour cela qu'elle avait aussi rapidement accepté la proposition de Marcus. Juste pour une nuit. Il était policier. Chef par intérim. Elle serait certainement en sécurité chez lui. Dès le lendemain, elle recommencerait à chercher un hôtel et finirait bien par trouver une solution temporaire. Elle se rendit à la banque pour déposer la recette, puis prit la direction de l'hôpital. Elle fit quatre fois le tour du parking, attendant qu'une place se libère devant l'accueil.

— Salut ! lança-t-elle en entrant dans la chambre de sa sœur.

Elle déposa un baiser sur sa joue, puis leva les yeux vers son beau-frère en souriant. Brian avait le regard fuyant. Que se passait-il ?

— Tout va bien ? demanda-t-elle à Morgan.

— Super. Je rentre demain.

— Génial ! Tu dois être contente.

Pourquoi Brian se comportait-il de façon aussi étrange ? Craignait-il que la maison ne soit pas remise en état à temps ? À deux, ils pouvaient certainement y parvenir.

— Oui.

Morgan ne la quittait pas des yeux.

— Quoi ? J'ai un bout de salade dans les dents ?

Brian se leva.

— Je lui ai tout raconté, avoua-t-il. Le vol de ton sac à main et le cambriolage de la maison.

— Il est incapable de me cacher quoi que ce soit, expliqua Morgan.

— On ne voulait pas t'inquiéter, dit Erin.

Elle comprenait que Brian ait cédé aussi rapidement. Elle aussi espérait un jour rencontrer un homme qui ne serait pas capable de lui mentir.

— Évidemment que je suis inquiète ! s'emporta Morgan. Et furieuse. Pas contre vous deux, mais contre celui qui a fait ça. En revanche, arrêtez de me traiter comme si j'étais en sucre. Je n'ai pas besoin d'être protégée.

— Je crois que tout ça c'est à cause de moi, soupira Erin.

— Ne sois pas ridicule.

— Le type sur le parking. Le cambriolage, avec ma chambre particulièrement touchée. Tu dois bien admettre que ça fait beaucoup.

— Tu es arrivée il y a quelques jours seulement. C'est beaucoup plus probable que ce soit lié à Brian ou moi. La mairie vient d'envoyer des courriers signés de la main de Brian à des gens qui fraudaient sur leur consommation d'eau. Peut-être que l'un d'eux s'est agacé. Ou alors, c'est quelqu'un qui a acheté quelque chose dans mon magasin et qui a cru se faire arnaquer.

— C'est impossible.

— On ne sait jamais.

Morgan avait les joues roses. Erin savait qu'elle ne lui ferait pas entendre raison et sa tension devait déjà être en train de grimper.

— Peu importe qui est la cible, finit-elle par dire. Ce qui compte, c'est de se protéger mutuellement.

— Et comment comptes-tu t'y prendre ? demanda Morgan.

— Je déménage, pour commencer.

— Pour aller où ?

— Je ne suis pas encore sûre, mais je vais trouver.

— Ce n'est pas ce que j'ai entendu dire…

— Quoi ? Je ne…

— J'ai appelé Marcus Price. Je voudrais mettre en place des mesures de sécurité supplémentaires pour le magasin. J'ai pensé qu'il saurait me renseigner. Il connaît les patrons d'une petite société de surveillance sur Knoware. D'anciens collègues du LAPD.

— Il m'en a parlé quand on a dîné ensemble. Jim et Tyson, si ma mémoire est bonne.

— C'est ça. Tu feras la connaissance de Jim demain. J'ai déjà prévenu Jo-Marie. Elle approuve ma décision.

C'était sans doute une bonne idée, pensa Erin. Surtout si c'était elle qui était visée, car c'était aussi elle qui passait le plus de temps au magasin.

— Marcus t'a proposé de loger chez lui, ajouta Morgan.

— C'est vrai. Et j'ai accepté pour ce soir. Je chercherai autre chose dès demain.

— Non. Je veux que tu restes chez Marcus. Il peut te protéger.

— Mais…

Elle lança un regard suppliant en direction de Brian, espérant un peu de soutien.

— Je suis d'accord avec Morgan, répondit celui-ci. Je pense que c'est la meilleure solution pour toi.

Ils se liguaient tous contre elle.

— On fait confiance à Marcus. Je m'inquiéterai moins de te savoir chez lui.

C'était un coup bas, mais Erin ne pouvait pas protester, car elle voulait avant tout permettre à Morgan de terminer sa grossesse en paix. Son cerveau s'était mis à tourner à une allure surnaturelle. Après le baiser échangé la veille, inutile de nier l'attraction qui bouillonnait entre Marcus et elle.

Ils étaient tous les deux majeurs et vaccinés. Que pouvait-il leur arriver ? Au pire, elle aurait le cœur brisé quand Marcus déciderait qu'il était temps de passer à autre chose.

— Erin…, murmura Morgan, les yeux brillants et une main posée sur son ventre rebondi.

Erin sourit.

— D'accord.

13

Marcus retourna au Pinetree Paradise vers 19 h 30. Contrairement au matin, le parking était presque plein, car les clients commençaient à revenir au motel, après une longue journée d'activités. À la réception, il attendit que l'employé termine de s'occuper d'un résident pour s'approcher.

— Je suis le lieutenant Marcus Price. J'ai rendez-vous avec la responsable de nuit.

Dot Mobly était une femme dynamique d'une cinquantaine d'années. Ses cheveux gris, coupés très court, lui donnaient un petit air un peu martial probablement très utile en présence de clients grincheux. Elle lui serra la main avec fermeté.

— Ce qui est arrivé à Faith Jones est tout simplement révoltant, annonça-t-elle aussitôt avec une indignation non feinte. Je lui ai téléphoné tout à l'heure pour lui faire part de mon inquiétude et de mon soutien.

— Votre collègue qui s'occupe de la journée m'a donné une liste de vos clients actuels, dit Marcus en sortant le document de sa poche. Quelqu'un a-t-il rendu ses clés depuis midi ?

— Non.

— Je me suis entretenu avec plusieurs clients ce matin et il faut que je voie les autres. Je vais frapper aux portes et, si je n'ai pas de réponse, je vous demanderai de bien vouloir m'ouvrir.

La gérante pouvait refuser. Il lui faudrait alors obtenir un mandat, ce qui prendrait du temps.

— J'ai vérifié avec le patron, annonça Dot Mobly. Nous sommes à votre disposition.

— Merci. Allons-y.

Il lui fallut une heure pour visiter douze chambres, pour un total de vingt clients. Personne ne lui parut suspect. Certains avaient eu vent de l'agression en rentrant, mais la plupart n'étaient pas au courant et avaient semblé choqués d'apprendre la nouvelle. Marcus leur posa à tous les mêmes questions : à quelle heure avaient-ils quitté le motel ce matin-là ? Quelle était leur destination et quel itinéraire avaient-ils suivi pour s'y rendre ? Quelqu'un pouvait-il confirmer leurs propos ? Pour terminer, il releva les plaques d'immatriculation de chaque véhicule et les compara au fichier.

La nuit tombait. Il restait quatre chambres où personne n'avait ouvert. Il devait y retourner pour tenter une dernière fois sa chance, avant de demander à la gérante d'intervenir. Les deux premières ne présentaient rien d'inhabituel. Elles étaient louées par des couples : Bob et Beth-Ann Ricket, et Anthony et Sela Drake. Des vêtements étaient suspendus dans l'armoire, et des affaires de toilette, bien alignées sur la tablette de la salle de bains. Sur la poignée de la troisième chambre, le panneau « ne pas déranger » était accroché. Marcus l'ignora de nouveau et frappa avec force. Comme personne ne répondait, il fit signe à Dot Mobly d'ouvrir. À l'intérieur, les deux lits étaient défaits et des serviettes humides traînaient par terre.

— L'équipe de ménage n'entre pas s'il y a le panneau, expliqua rapidement Dot, comme si elle craignait que Marcus la croie capable de louer des chambres dans un état pareil.

C'était pourtant le cadet de ses soucis. Ce qui le tracassait le plus, c'était qu'il ne voyait aucune valise, aucun vêtement dans le placard et que la salle de bains était vide, à l'exception de quelques canettes de bière abandonnées sur le rebord du lavabo. Il ne toucha à rien.

— Parlez-moi des gens qui ont loué cette chambre.

Dot vérifia sa liste.

— Michael Stone et Don Burtiss. Ils sont arrivés jeudi dernier.

Elle tapota pensivement le document.

— Je me souviens d'eux. C'est moi qui les ai accueillis. Ils sont arrivés tard. Ils ont réglé la première nuit en liquide, mais sont revenus le lendemain matin pour payer d'avance une semaine complète.

— Exigez-vous toujours une pièce d'identité auprès des clients qui règlent en liquide ?

— Absolument. Le plus âgé, Michael Stone… C'est lui qui a payé et m'a montré sa carte d'identité. Il était cordial. Je ne me souviens pas avoir entendu parler le plus jeune.

Un frisson parcourut Marcus. Deux hommes. Un vieux. Un jeune. Un bavard. Un mutique.

— Vous souvenez-vous si le plus jeune portait une casquette fourrée ? demanda-t-il.

Un éclair d'inquiétude passa dans le regard de Dot.

— Oui, il me semble bien.

Causeur et Casquette. Marcus sortit son téléphone et chercha une photo.

— Est-ce qu'il s'agit de ces deux hommes ?

Dot Mobly examina l'image avec attention.

— Oui.

— Vous êtes sûre ? insista Marcus, soudain hésitant.

Dot Mobly hocha vigoureusement la tête.

Bien. Causeur et Casquette avaient donc un nom. Michael Stone et Don Burtiss. Il préférait Causeur et Casquette. Ils étaient descendus au Pinetree Paradise le jeudi soir, puis avaient décidé de conserver la chambre pour une semaine. C'était bien la preuve qu'ils lui avaient menti quand il les avait croisés devant le Gertie's Café.

C'était d'autant plus louche qu'ils semblaient s'intéresser à Erin et que la silhouette sur la vidéo surveillance de l'hôpital pouvait tout à fait correspondre à Casquette. Peut-être était-ce

Causeur qui l'attendait dans la berline claire, au bout de la ruelle. Marcus baissa les yeux vers la liste, où la marque et le modèle de la voiture étaient indiqués : Un Ford Explorer. SUV. Absolument pas une berline. Impossible de se tromper.

— Comment obtenez-vous les informations concernant les véhicules des clients ?

— On leur pose la question. S'ils ne peuvent pas répondre, le personnel de l'accueil est censé les envoyer vérifier. Ensuite, on leur donne un petit carton à accrocher à leur rétroviseur pour signaler que le véhicule est bien enregistré et est autorisé à stationner sur le parking.

— « Est censé » ?

— Parfois, quand il y a beaucoup de monde, certains employés se montrent moins rigoureux. Les clients proposent en général de revenir plus tard pour compléter le formulaire. Ils ne le font jamais, évidemment. Mais comme vous le voyez, ça n'arrive que rarement.

— Vous avez toutes les informations pour ces deux-là.

— C'est sans doute pour ça que je me souviens aussi bien d'eux. Non seulement c'est moi qui les ai accueillis, mais en plus j'ai dû corriger leur formulaire.

— Expliquez-moi ça.

— Le type qui a payé est ressorti pour vérifier son numéro de plaque. Ça ne m'a pas surprise, car ça arrive souvent. Plus tard, pendant la nuit, pendant que je faisais ma ronde sur le parking…

— Vous faites des rondes en pleine nuit ? s'étonna Marcus.

— Oui. Le parking n'est pas grand et des tas de gens se garent chez nous sans y être autorisés. Je surveille toujours que les véhicules stationnés ici aient leur autorisation. Dans le cas contraire, je vérifie les plaques sur le registre informatique. La plupart du temps, les gens ont oublié d'accrocher leur carton au rétroviseur. On a beau leur répéter dix fois… En revanche, si l'information ne correspond pas, j'appelle la fourrière.

— Même en pleine nuit ?

— Oh oui ! Le garage Savick assure un service vingt-quatre heures sur vingt-quatre pendant l'été. Ils me font même un rabais, la nuit.

C'était le garage tenu par les parents de Blade. Le commissariat y faisait réviser et réparer tous ses véhicules.

— Je vois. Expliquez-moi ce que vous avez dû corriger.

— J'ai aperçu un SUV qui n'avait pas son carton. Je me suis souvenue que les deux hommes arrivés tard conduisaient un Ford Explorer mais, en vérifiant les plaques, j'ai constaté que ça ne collait pas. Pensant à une erreur de saisie de ma part, j'ai ressorti le formulaire papier rempli par les clients. C'est là que j'ai compris que le type avait inversé les quatre derniers chiffres. J'ai effectué la modification dans le fichier informatique.

— Juste pour être sûr : la liste que j'ai ici est exacte ? Vous avez confirmé visuellement la bonne immatriculation ?

— Oui.

— Ça ne vous a pas paru étrange ?

— Non, c'est même très fréquent.

Sans doute, pensa Marcus, pourtant toujours méfiant.

— Vous ne faites pas de photocopie des cartes d'identité, par hasard ?

Si Causeur et Casquette avaient menti sur leur hôtel, peut-être avaient-ils aussi menti sur leur nom. Dot Mobly fit signe que non.

— Une vidéosurveillance de leur arrivée jeudi soir ?

— Désolée. On a une caméra, mais les images sont effacées au bout de quarante-huit heures.

Marcus réfléchissait.

— Vous voulez voir la dernière chambre sur la liste ? demanda Dot, qui devait sans doute retourner travailler.

— Oui, allons-y. Vous voulez bien me rendre encore un service ? Ne nettoyez pas la chambre. Laissez-la en l'état et interdisez-en l'entrée. C'est possible ?

— Oui. Je vais désactiver la carte magnétique des occupants. S'ils reviennent, ils devront se présenter à la réception. Je peux aussi bloquer le passe utilisé par les femmes de ménage.

— Parfait.

Cinq minutes plus tard, après avoir vérifié qu'il n'y avait rien d'inhabituel dans la dernière chambre, Marcus regagna son SUV pour rentrer chez lui. Le témoin qui avait aperçu un homme dans la ruelle, peu après l'agression d'Erin, avait été formel sur le modèle et la couleur de la voiture. Causeur et Casquette pouvaient-ils avoir deux véhicules ? Peu probable. Dot Mobly l'aurait remarqué. À moins qu'ils en aient changé… par exemple parce que leur SUV avait été endommagé après avoir renversé Jordan Reese.

Ça pouvait coller. Les deux hommes prenaient la chambre au Pinetree Paradise le jeudi soir. Il les croisait à Knoware tôt samedi matin ; plus tard dans la même journée, Jordan Reese, qui ressemblait beaucoup à Erin, se faisait percuter par un SUV de couleur sombre.

Michael Stone avait-il loué un Ford Explorer le jeudi, avant de le rendre en catastrophe le samedi après un accident ? Marcus sortit son téléphone et contacta le commissariat. Ce fut Dawson qui décrocha.

— Salut, chef ! Quoi de neuf ?

Étrange. Son adjoint aurait dû se trouver en patrouille.

— Que se passe-t-il ? demanda Marcus.

— J'allais vous appeler. J'ai eu un empêchement. Mon pneu arrière droit a été lacéré devant chez moi, pendant ma pause déjeuner.

— Lacéré ?

— Oh oui ! Trois entailles.

Vandaliser un véhicule de police était à la fois osé et stupide.

— Tu as remarqué quelque chose ?

— Non. J'ai posé la question à mes voisins, qui n'ont rien vu non plus.

Marcus repensa alors à un détail.

— J'ai croisé un de tes voisins, l'autre soir. Sa fille se trouvait avec la bande qui s'amusait à faire des courses sur River Road. Il a spécifiquement évoqué ton nom.

— Je suis au courant. Il est déjà passé à la maison pour savoir si je pouvais « arranger les choses ».

— Il s'agit peut-être d'une vengeance bête et méchante.

— Je vérifierai. Le garage Savick est en train de réparer mon pneu. Vous vouliez me demander quelque chose ?

— Il faudrait que tu vérifies une plaque d'immatriculation.

Il récita la succession de chiffres et de lettres.

— Je pense qu'il s'agit d'une location. Je veux savoir qui la conduisait jeudi dernier et où se trouve le véhicule à présent.

— Reçu.

— Merci.

Marcus raccrocha et jeta son téléphone sur le siège passager. Quelques secondes plus tard, l'appareil sonna et il décrocha en voyant l'identité de l'appelant.

— Erin ?

— Tu m'as demandé de te prévenir quand je quittais l'hôpital.

Elle venait. Malgré son accord, il avait continué à douter.

— D'accord.

— Je me mets en route pour chez toi.

— Parfait. Je suis là dans dix minutes.

Il raccrocha et démarra rapidement, afin d'arriver avant elle. Un peu plus tôt dans l'après-midi, il avait fait un crochet par son domicile pour y déposer quelques courses et s'assurer que tout était en ordre. Une fois devant chez lui, il ne put cependant s'empêcher de se demander ce qu'Erin penserait de la maison. Ce n'était pourtant pas la première fois qu'il avait de la visite ni qu'une femme passait la nuit chez lui. Cette fois… c'était « différent ». Et il se sentait nerveux.

Il vérifia le contenu du réfrigérateur pour la troisième fois. Il avait de quoi nourrir un régiment : œufs, lait, pain, yaourts, fruits variés. À quoi jouait-il ? Il devait se calmer un peu.

Il repensa alors à la conversation qu'il avait eue plus tôt avec Morgan Tiddle. Celle-ci n'avait pas semblé trop perturbée. Elle cherchait surtout à savoir comment la police de Knoware avait l'intention de protéger sa famille, sa maison et son commerce. Pour commencer, il avait promis plus de patrouilles dans leur rue et une vigilance accrue dans le centre-ville. Quant à la boutique elle-même, la solution était facile. Lorsqu'il avait évoqué la possibilité d'accueillir Erin chez lui, il avait été surpris de la réponse immédiate de Morgan : « C'est parfait. Je me charge de la convaincre. ». Visiblement, ça avait marché.

Il attendit quelques minutes devant la fenêtre, jusqu'à ce qu'il aperçoiveles phares d'une voiture. Erin se gara, puis s'approcha de la maison, son sac sur l'épaule. Il ouvrit la porte avant qu'elle puisse sonner.

— Bonsoir !

Elle s'arrêta pour le regarder.

— Tu es sûr que ça ne te dérange pas ?

— Absolument, répondit-il en lui prenant la main.

La soirée était chaude et la peau d'Erin était délicieusement fraîche.

— Wouah ! C'est magnifique ! s'exclama-t-elle presque avec vénération. Je ne savais pas trop à quoi m'attendre, mais certainement pas à ça.

Marcus adorait sa maison et passait presque tout son temps libre depuis deux ans à l'aménager. La bâtisse centenaire en brique n'était pas en très bon état, lorsqu'il l'avait achetée.

— Tu veux une visite guidée ? proposa-t-il.

— Carrément.

— Au rez-de-chaussée, il y a le salon, la salle à manger, le salon télé, la cuisine, une salle d'eau et la buanderie, commença-t-il en la précédant.

Lorsqu'ils arrivèrent à la cuisine, Erin s'arrêta net :

— Wouah encore ! Tu m'as dit que tu aimais cuisiner, mais pas que tu étais équipé comme un pro.

— Amateur au sens noble du terme. C'est un passe-temps très agréable.

— J'ai vécu dans des appartements plus petits que cette cuisine.

À Paris, sûrement ? Où elle avait entretenu une relation d'ordre sentimental avec Albert Peet ? Il avait tant de questions à lui poser. Ce soir-là, cependant, il avait simplement envie d'un peu de repos. La journée avait été longue. Et Erin était là. En sécurité.

— Mon appartement était minuscule à Los Angeles. Lorsque j'ai emménagé ici, j'ai tout de suite cherché une grande maison. J'ai fait la plupart des travaux moi-même, même si j'ai eu de l'aide pour la cuisine.

Erin s'assit sur un tabouret devant l'îlot central en granit.

— Je me suis toujours demandé quel genre de maison j'achèterais si je devais me poser quelque part. Maintenant que j'ai vu la tienne, je me rends compte que j'avais mis la barre assez bas.

Marcus se sentit absurdement joyeux de ses compliments. Il ouvrit le réfrigérateur pour sortir le plateau de fromages et la corbeille de pain qu'il avait préparés.

— Un verre de vin ? proposa-t-il.

— Avec plaisir.

Il leur versa à chacun un verre de pinot noir et prit la direction du salon. Il s'installa dans un fauteuil, tandis qu'Erin choisissait le canapé.

— Comment va Morgan ? s'enquit-il.

— Bien. Elle rentre demain. Je sais que vous vous êtes parlé. Merci de l'avoir aidée pour la sécurité du magasin. Je valide tout ce qui peut la rassurer.

— Je comprends. Mais il est aussi important qu'elle soit informée de ce qui se passe. Pour qu'elle reste prudente.

Erin but une gorgée de vin.

— Ça a marché pour moi. Je me suis quasiment garée

dans le hall d'entrée de l'hôpital. Pas question de traverser le parking seule ce soir.

— C'est très bien.

Il poussa le plateau de fromages et la corbeille de pain dans sa direction.

— On a reçu un témoignage qui pourrait être utile.

Il lui parla de Judy, la petite chienne bruyante, et du voisin qui avait vu un homme monter dans une voiture au bout de la ruelle.

— Il semblerait donc que ton agresseur ait un complice.

Erin réfléchit un instant.

— Deux personnes.

— Apparemment.

— Mmmh, dit-elle pensivement.

— Quoi ?

— Ce n'est sans doute rien, mais j'ai croisé plusieurs fois deux hommes dans des circonstances un peu bizarres.

Devait-il lui avouer tout de suite qu'il savait très bien de qui elle parlait ? Non. Il devait l'entendre de sa bouche.

— Bizarres comment ? s'enquit-il, aussi nonchalamment que possible.

— Je les ai vus une première fois au Gertie's Café. Ils entraient et je sortais. On n'a fait que se croiser. Puis, plus tard dans la journée, ils sont passés au magasin. Ils n'ont rien acheté et sont partis un peu brusquement. Quand je suis sortie à mon tour, quelques minutes après, je les ai trouvés dans la ruelle en train d'examiner ma voiture.

— Pourquoi examinaient-ils ta voiture ? demanda-t-il en veillant bien à répéter le terme qu'elle avait utilisé, afin de ne pas l'influencer.

— Ils ont dit qu'ils cherchaient à acheter et que ce modèle leur plaisait bien. Ils ont voulu savoir si elle consommait beaucoup, mais j'ai répondu que c'était une location et que je l'ignorais.

— C'est tout ?

— Il me semble.

Quand Marcus avait aperçu Erin, Causeur et Casquette près de la voiture, il avait pensé surprendre la fin d'une plus longue conversation. D'après ce qu'Erin venait de décrire, il avait été témoin de l'échange dans sa totalité.

— Tu les as revus après ça ?

— Samedi soir, au marché gourmand. Je faisais la queue pour les donuts quand je me suis rendu compte que le monsieur plus âgé se tenait juste derrière moi. Il m'a fait une remarque sur mon sac et m'a demandé si je l'avais trouvé au magasin. Apparemment, il aurait bien aimé offrir le même à sa femme.

— Est-ce qu'il est repassé au magasin pour en acheter un ?

— Non. Mais je ne m'attendais pas vraiment à le revoir. Je crois qu'il cherchait juste à faire la conversation.

— Si je me souviens bien, tu as quitté la queue sans tes donuts.

— Oui. Je ne sais pas trop pourquoi. Ce type me mettait mal à l'aise. Je m'en veux de dire ça, parce qu'il ne m'a rien fait, mais je… je ne le sentais pas.

— Et tu ne connais pas ces deux hommes ? Tu ne les avais jamais vus avant ?

Elle hésita. Une fraction de seconde.

— Non.

Il fut quasiment certain que ce n'était pas la vérité. Mais elle avait l'air fatiguée et vulnérable et, même s'il aurait voulu insister, il avait également envie de la laisser en paix. À peine vingt-quatre heures plus tôt, elle était agressée sur le parking de l'hôpital.

— Te souviens-tu d'autres éléments qui pourraient être intéressants ? demanda-t-il doucement.

— Non. Et je suis sûre que tout cela n'a aucune importance.

— Tu serais surprise.

— J'imagine.

Elle vida son verre de vin.

— Tu en veux encore ?

— Un tout petit peu. Je ne bois pas beaucoup, mais ce vin est délicieux. Et toi ? Comment s'est passée ta journée ? En dehors du cambriolage chez ma sœur, évidemment.

Il ne pouvait pas évoquer la visite du FBI.

— La sœur d'une de mes adjointes a été agressée dans une chambre d'hôtel. Elle travaille comme femme de ménage pendant l'été.

— Oh non ! C'est terrible ! Est-ce que… elle va bien ?

— Par chance, l'homme a été interrompu avant d'avoir pu la violer. Elle a reçu un coup sur la tête, mais à part ça, elle n'a rien.

— J'imagine qu'il n'y a pas souvent d'agression sexuelle à Knoware.

— Pas qui soient signalées, répondit-il avec gravité.

— Si Morgan l'apprend, elle va être encore plus soulagée de savoir que je loge chez toi. Quelle quantité de chocolat es-tu capable d'ingurgiter par an ?

— Ceux du magasin ? Plusieurs dizaines de kilos.

Il se cala dans son fauteuil. Il était fatigué. Toutefois, il appréciait beaucoup cet instant paisible, à partager un verre de vin avec Erin tout en parlant de leur journée, des bons moments comme des mauvais. Ni elle ni lui ne semblaient enclins à évoquer leur conversation de la veille. *C'est différent.* Il l'avait dit. Elle était d'accord. Et elle avait répondu à son baiser. Il mourait d'envie de l'embrasser de nouveau.

— À quoi penses-tu ? le taquina Erin. Tu as l'air terriblement sérieux. Tu imagines tous ces chocolats ?

Il secoua la tête. Il n'avait jamais été lâche.

— Je me disais que je mourais d'envie de t'embrasser de nouveau.

— Oh.

Elle posa son verre de vin. Fantastique. Elle allait s'enfuir en courant.

— Je… Je crois que ça me plairait aussi, dit-elle, parfaitement immobile.

Marcus n'attendit pas un carton d'invitation. En trois enjambées, il rejoignit le canapé et s'assit à côté d'elle. L'instant d'après, elle était dans ses bras et le monde retrouvait son équilibre naturel. La saveur du vin était encore sur ses lèvres douces et le parfum qu'elle avait sans doute appliqué derrière ses oreilles flottait autour d'elle, léger et fleuri, parfait pour un soir d'été.

— J'adore t'embrasser, murmura-t-il entre deux baisers délicieux.

Elle tira sur son T-shirt pour le libérer de son jean, puis glissa ses mains tièdes sous le tissu pour les poser sur ses reins. Une vague de chaleur se répandit en lui. Vers le haut. Vers le bas. Dans toutes les directions. Il s'efforça de garder l'esprit clair, mais c'était extraordinairement difficile, tant il était excité. Il ne pouvait pas l'emmener dans son lit ce soir. Impossible. Trop de questions restaient encore sans réponse. Pour la première fois de sa vie, il envisagea de tout envoyer promener et de ne pas écouter la voix de la raison.

Soudain, Erin se recula.

— Il est tard. Je crois qu'il serait mieux que j'aille me coucher.

Quoi ? Non. Idée stupide. Il avait tous les arguments sur le bout de la langue pour la faire changer d'avis. Cependant, il s'écarta lentement et gagna l'extrémité du canapé. Elle allait sans doute exprimer ses regrets pour ce qui venait de se produire. Au lieu de ça, il se vit gratifié d'un sourire.

— Moi aussi, j'aime beaucoup t'embrasser, ajouta-t-elle doucement.

Il sentit ses épaules se dénouer. Les questions étaient toujours là, mais il était certain d'une chose : ce qui se passait entre eux était bel et bien différent.

— Ta chambre est à l'étage, première porte à gauche. Il y a une salle de bains attenante.

— Merci.

Elle se leva et récupéra son sac. Marcus était déstabilisé,

dépassé, lui qui parvenait toujours à rester maître de lui-même. Erin avait évoqué les deux hommes spontanément et fourni une explication parfaitement logique. La question qui le taraudait était : *pourquoi maintenant ?* Se pouvait-il que quelqu'un l'ait informée de la visite de l'agent spécial Sargeant ? Savait-elle que le FBI la surveillait ? Que Marcus s'était renseigné sur elle ?

Quand elle eut disparu dans sa chambre, il ramassa les verres de vin et gagna la cuisine. Son téléphone sonna. C'était Dawson. Il devait avoir des nouvelles.

— Marcus Price, dit-il en décrochant.

— Le Ford Explorer appartient à une agence située à l'aéroport de Seattle, annonça Dawson. Il a été loué jeudi soir pour trois jours, mais a été restitué samedi matin.

Le jour de l'accident de Jordan Reese.

— Où se trouve le véhicule, à présent ?

— Portland, dans l'Oregon. Il a été reloué dimanche. Pas de retour prévu avant samedi prochain.

— Quand le SUV a été rapporté samedi dernier, était-il abîmé ?

— Rien n'a été signalé sur l'état des lieux.

Raté.

— Le nom de la personne qui a loué la voiture ?

— Un certain Scott Einstein.

Non. Dot Mobly avait affirmé que la chambre était occupée par un Michael Stone. Elle avait vu son permis de conduire. La société de location avait sans doute aussi fait une copie du document.

— Tu leur as demandé une copie du permis de conduire de ce Scott Einstein ?

— Ils me l'envoient par mail.

— Parfait. Merci, Dawson. Tu as pu faire réparer ton pneu ?

— Oui. Je vais aller voir mon voisin et sa fille.

— Fais-moi signe si besoin.

— D'accord. Merci.

Dawson raccrocha. Marcus contempla les deux verres vides posés sur le plan de travail. Peut-être faisait-il fausse route. Mais il en doutait. Causeur et Casquette étaient bel et bien les deux hommes qui logeaient au Pinetree Paradise. Dot Mobly l'avait confirmé après avoir vu leur photo. Elle était également certaine d'avoir bien noté la plaque d'immatriculation du véhicule conduit par Scott Einstein. Il était prêt à parier que Scott Einstein et Michael Stone n'étaient qu'une seule et même personne.

Cette histoire devenait de plus en plus compliquée.

Il rappela Dawson.

— Chef ?

— Est-ce que tu as le numéro de l'agence de location avec toi ?

— Oui. Vous voulez que je les contacte ?

— Non. Je m'en charge. Merci encore pour ton travail.

Marcus écrivit sur un bloc-notes le numéro que Dawson lui indiqua. Puis il appela l'agence et demanda à parler au responsable. Lorsqu'il expliqua qui il était et ce qu'il désirait, il rencontra un peu de résistance.

— Mais, monsieur, protesta l'homme. Ce véhicule est loué jusqu'à samedi prochain !

— Je comprends bien, mais j'ai des raisons de croire que ce SUV a été impliqué dans un délit grave et je dois le faire examiner dans les plus brefs délais. Voici ce que vous allez faire : vous devez contacter le client, lui expliquer que son véhicule actuel va être remplacé par un autre similaire qui lui sera livré.

— Mais…

— Ce n'est même pas vous qui vous chargerez de ces démarches. Un policier de Seattle va venir chercher le véhicule de remplacement à votre agence et vous n'aurez qu'à lui indiquer l'adresse du client.

Marcus allait devoir solliciter un collègue du Seattle PD.

— Lorsque le véhicule de remplacement sera livré, le ou

la collègue se saisira du Ford Explorer pour le compte du commissariat de Knoware. Le véhicule vous sera restitué dès que nous aurons terminé, je vous donne ma parole.

— C'est de la folie, soupira le responsable.

Erin se mit au lit en pensant que sa vie était vraiment étrange, même pour un électron libre. Moins d'une semaine plus tôt, elle se trouvait à Paris en train de se gaver de glace pour oublier sa dernière déception sentimentale. À présent, elle se cachait en espérant protéger le reste de sa famille. Cela ressemblait à un film de série B du dimanche soir.

Était-il simplement question des trois cents dollars récupérés par les voleurs dans la maison ? Était-ce à cause d'elle ? Ou bien avait-elle été prise pour cible en raison de sa relation avec Brian et Morgan ? Quand sa sœur avait suggéré que c'était eux qui étaient visés, Erin avait été tentée de lui rappeler ce qui était arrivé à Jordan Reese. Morgan n'avait jamais croisé cette femme et ignorait la ressemblance troublante avec Erin. Sinon, elle aurait facilement validé l'hypothèse d'Erin. Malheureusement, il ne s'agissait que d'une hypothèse. Aucune preuve. La meilleure chose était peut-être de faire une bonne nuit. À l'hôtel ou chez sa sœur, elle aurait été dans un état de tension inimaginable, à sursauter au moindre bruit. Avec Marcus, au moins, elle était en sécurité. Il la protégerait en cas de besoin.

En revanche, elle avait moins confiance en ses propres capacités à résister à Marcus. Il lui avait même fallu mobiliser toute sa volonté pour mettre un terme à leur étreinte. Elle ne savait pas ce qui lui était passé par la tête quand elle avait glissé les mains sous son T-shirt, mais il fallait qu'elle touche sa peau nue. Tout son corps le réclamait.

Il aurait été tellement facile de se laisser tomber sur son lit… ou amoureuse. C'était la seconde option qui l'avait arrêtée. Qu'avait suggéré Morgan, lorsqu'elles avaient parlé de Marcus ? Qu'il était peut-être un don Juan ? Un simple séducteur ? À présent qu'elle connaissait la relation qu'il entretenait avec son père, elle comprenait.

Toutefois, une rupture restait une rupture. Elle n'était pas certaine de pouvoir en supporter une de plus. Elle ne se sentait plus aussi solide. Un électron libre se devait d'être fort et résistant, capable de rebondir sans dommage. Pour l'instant, elle était surtout faible et vulnérable.

Le plateau de fromages et le vin avaient été une surprise agréable, à la fin de cette longue journée. Cela l'avait aidée à se détendre et elle avait pensé que Marcus ne reviendrait pas sur leur conversation de la veille. Elle s'était laissé bercer par un faux sentiment de sécurité. Elle s'était même sentie assez en confiance pour partager ses inquiétudes concernant les deux hommes qu'elle avait croisés. Marcus l'avait écoutée avec beaucoup d'attention, sans jamais se moquer de ses spéculations. Sans doute qu'un policier aussi expérimenté que lui en avait déjà vu de toutes les couleurs. Plus grand-chose ne devait le surprendre.

Elle s'en voulait de ne pas avoir été complètement honnête avec lui quand il lui avait demandé si elle connaissait ces deux hommes. La réponse à cette question n'était cependant pas évidente. Elle avait *l'impression* de les avoir croisés, mais comme elle ne parvenait pas à préciser où ni quand, elle avait préféré ne pas conjecturer.

Erin se mit au lit et admira une nouvelle fois l'élégante chambre d'amis. Une chance que la maison soit toujours debout, car lorsqu'il lui avait annoncé avoir envie de l'embrasser elle avait failli prendre feu. Combustion spontanée. Elle était restée figée sur place. Par chance, il n'avait pas eu le même problème. Leur baiser avait été délicieux. Vraiment, vraiment délicieux. À ce souvenir, elle se passa la langue sur les lèvres et laissa échapper un petit soupir de satisfaction. Elle pouvait encore le sentir sur elle.

Avec un peu de chance, elle aurait l'esprit plus clair après une bonne nuit de sommeil. Même s'ils percevaient tous les deux qu'il se passait quelque chose de « différent », rien ne les obligeait à aller plus loin.

Cela dit, pensa-t-elle en fermant les yeux, rien ne les en empêchait non plus…

14

Erin fut réveillée par une délicieuse odeur de bacon grillé – sans doute l'une des plus agréables au monde. Elle s'étira, se frotta les yeux et repoussa les couvertures. L'horloge de son téléphone portable indiquait 6 h 15 ; son alarme, réglée pour 6 h 30, n'avait pas encore sonné. C'était encore mieux de se réveiller comme ça.

Elle passa rapidement à la salle de bains, puis sortit de sa chambre toujours en pyjama – rien d'osé : un short et un T-shirt en coton – et se dirigea vers la cuisine. Marcus, debout devant l'îlot central, était en train de trancher des fruits frais. Le couteau s'élevait et s'abaissait à un rythme soutenu.

— Bonjour ! lança-t-elle. Quelle énergie de si bon matin !

Il haussa les épaules.

— Du thé ?

— Avec plaisir.

Il se retourna pour lui verser une tasse.

— Tu n'en prends pas ?

— J'ai déjà vidé une théière. On m'a appelé très tôt. Vers 5 heures.

— Pour du travail ?

— Oui. Encore un commerce cambriolé. Comme le Gertie's Café et le Feisty Pete's il y a quelques mois. Je t'en ai parlé.

— Oui. C'est où, cette fois ?

— À deux rues du Coffre. Un magasin d'art et de loisirs

créatifs. Ils organisent aussi des ateliers de poterie, de peinture sur vase ou de point de croix.

— Tu sais ce que c'est, le point de croix ?

— Non. Mais je connais des gens qui en font.

— Comment est-ce arrivé ?

— Mode opératoire similaire aux précédents cambriolages. Ils sont entrés par la porte arrière. Pas de vandalisme. Ils ont empoché environ cinq cents dollars.

— Tu penses qu'il s'agit de la même personne ?

— Je l'ignore, mais c'est probable. Ce qui me chiffonne c'est que les pneus d'un de mes adjoints ont été lacérés hier soir. Son véhicule a été immobilisé pendant plus d'une heure, donc il y a eu moins de patrouilles que d'habitude. Cela me semble suspect. J'avais des coupables potentiels pour les pneus, mais Dawson est allé leur parler et il est certain de leur innocence. En gros, on ignore qui a abîmé les pneus, on ignore qui a cambriolé le magasin et on ignore s'il s'agit ou non de la même personne.

— Je comprends mieux pourquoi tu maniais ton couteau avec autant de rage.

Elle but une gorgée de thé.

— Mmmh, il est délicieux.

— Merci. Mes copains se fichent tout le temps de moi parce que je suis un buveur de thé.

— C'est trop civilisé pour eux, répondit-elle en s'asseyant.

— Je n'ai jamais aimé le café, même si ma mère en buvait des litres chaque matin.

— Ton père est amateur de café aussi ?

Le regard de Marcus s'assombrit.

— J'étais très jeune lorsque mes parents ont divorcé. Je ne me souviens pas vraiment. Plus tard, quand il m'arrivait de dîner avec lui, il commandait toujours un gin tonic. Deux, la plupart du temps. Parfois trois.

Erin ne sut quoi répondre et Marcus semblait pressé de changer de sujet.

— Que veux-tu manger ? Il y a du choix. Des œufs. Des fruits. Je peux faire du pain perdu. Avec de la sauce aux myrtilles. Et du vrai sirop d'érable.

Lorsqu'elle sortait avec Albert, elle ne passait jamais la nuit chez lui. Ils n'avaient donc jamais partagé le petit déjeuner.

— Quel accueil, répondit-elle, la gorge soudain nouée.

Elle but un peu de thé pour se donner une contenance. Elle devait se ressaisir. Ne pas voir des signes où il n'y en avait pas.

— Comme tu veux, dit-elle enfin. De façon générale, je mange tout ce qu'on me propose. C'est un tel privilège de ne pas avoir à cuisiner. Est-ce que je peux t'aider ?

— Reste assise. Je m'occupe de tout cette fois.

— Mais…

— Tu te rattraperas demain.

Erin se figea. Elle ne serait pas présente pour le petit déjeuner du lendemain. Elle ne pouvait envisager de loger chez lui plus que la nuit convenue.

— Je vais trouver un hôtel, tu sais…

— Ce n'est vraiment pas la peine. Tu n'as pas bien dormi ?

— Bien sûr que si ! Mais peut-être qu'on s'inquiète pour rien. Les sacs volés, les maisons cambriolées, ça arrive. Cela ne signifie pas forcément que le monde s'écroule autour de moi. Bon. Évidemment, il y a aussi Jordan Reese…

Marcus la fixa en silence, de l'autre côté de l'îlot central.

— Que veux-tu dire, Erin ?

— Tu… tu as dû remarquer la ressemblance entre Jordan Reese et moi. Étant donné tout ce qui est arrivé, tu ne crois pas qu'il serait envisageable que quelqu'un l'ait confondue avec moi ? C'est juste une hypothèse…

Il ne répondit rien. Elle attendit, espérant qu'il lui annonce qu'elle était folle, que sa logique était tirée par les cheveux.

— Tu as peut-être raison, dit-il enfin.

Elle eut du mal à respirer.

— Je t'en supplie, dis-moi que la fille qui a été agressée au motel ne me ressemblait pas.

— Non. Cheveux noirs. Courts. Carrure différente.

— Ouf !

En portant de nouveau sa tasse à ses lèvres, elle se rendit compte qu'elle tremblait.

— Hé…

Marcus s'approcha pour la prendre dans ses bras. Elle se blottit contre lui, savourant la chaleur de son corps, le réconfort, le sentiment de sécurité qu'il lui offrait. Il sortait de la douche et l'odeur de sa peau fraîche et propre dénoua ses poumons comprimés.

— Je suis désolée, murmura-t-elle contre son épaule.

Il lui suffisait de tourner la tête pour… oui, pour lui mordiller le cou. Un contact léger, à peine un effleurement de ses dents, mais ce geste à la fois intime et audacieux suffit à réveiller tout son être. Marcus réagit aussitôt.

— Erin, chuchota-t-il dans un souffle.

Elle se redressa et écarta doucement les pieds afin qu'il puisse se coller contre elle. Il avait envie d'elle, cela ne faisait aucun doute. Il lui prit le visage à deux mains et sa bouche se posa sur la sienne, sa langue rencontra la sienne. Le désir d'Erin était tel que c'en était douloureux.

— Je veux…

Une brève sonnerie retentit derrière elle. C'était son portable.

Marcus avait du mal à se concentrer, tant le désir lui embrumait l'esprit. Il cligna des yeux et se pencha par-dessus l'épaule d'Erin pour lire le SMS :

Femme de ménage indisponible pour remettre la maison en ordre. Je m'en occupe aujourd'hui. Morgan espère sortir en fin d'après-midi.

C'était Brian. Erin chercha un instant un numéro de téléphone, puis porta l'appareil à son oreille.

— Jo-Marie ? C'est Erin. Je vous prie de m'excuser d'appeler aussi tôt, mais je me demandais si vous pouviez me remplacer au magasin aujourd'hui. Juste pour la matinée. Ça nous aiderait beaucoup.

Elle se tut pour écouter, puis :

— Merci beaucoup. C'est vraiment très gentil. Morgan vous a avertie pour le nouveau vigile ?

Elle raccrocha et se tourna vers lui.

— Désolée. Il fallait que je réponde. Je n'aurais sans doute pas été en état de gérer après… ça.

Ça pouvait être ranimé sans trop d'efforts, même s'il sentait qu'Erin avait l'esprit ailleurs. Il n'était cependant pas prêt à renoncer aussi vite.

— Qu'est-ce que tu allais dire ?

— Pardon ?

— Tu as dit : « Je veux… », mais tu n'as pas fini ta phrase. Que veux-tu, Erin ?

Une lueur de panique passa dans son regard. L'espace d'une seconde, il s'en voulut, mais c'était trop important. Elle était trop importante.

— Je ne sais pas. Je ne sais plus.

Cette fois, il était certain qu'elle mentait. L'instant s'était enfui. Elle s'inquiétait pour sa sœur, son beau-frère, et se demandait comment les aider.

— J'ai vu le message de Brian, annonça-t-il. Tu vas aller chez eux ?

— Oui. Il n'y arrivera pas tout seul. Toute la maison est sens dessus dessous.

— Je peux prendre quelques heures ce matin. Veux-tu que je passe quelques coups de fil pour nous trouver du renfort ?

Devant son air dubitatif, il comprit soudain que, même si Erin avait profité d'une grande liberté depuis une dizaine d'années, elle n'avait peut-être pas rencontré beaucoup de gens sur qui elle pouvait compter. *Elle peut me faire confiance,* pensa-t-il. Bon, d'accord : il lui cachait deux ou trois bricoles, mais c'était temporaire. Il tirerait tout ça au clair dès que possible.

— Ça ne pose aucun problème, ajouta-t-il avant qu'elle puisse refuser.

— Franchement, ce serait génial. Brian et Morgan apprécieraient énormément. Et moi aussi, précisa-t-elle doucement. Bon, ne traînons pas.

Bon sang qu'elle était belle. Et sexy. Il effleura son bras du bout des doigts.

— Mange quelque chose avant, proposa-t-il.

Brian était déjà à la maison et avait bien avancé dans la suite parentale. Il accueillit Marcus avec chaleur et le remercia de son aide. Erin se demanda si son beau-frère remarquait une différence dans sa relation avec Marcus. Elle avait l'impression de porter autour du cou un panneau qui annonçait : « Salut ! On a attaqué les préliminaires et c'était génial ! » Heureusement que ce n'était pas Morgan, pensa-t-elle. Elle aurait tout de suite vu clair dans son jeu.

— Je m'occupe de la cuisine, décréta Marcus. J'ai appelé quelques amis à la rescousse. J'espère que ça ne dérange pas.

— Au contraire, répondit Brian. Si on arrive à remettre la maison en ordre avant le retour de Morgan, je serai un homme comblé.

— Je me charge du salon, dit Erin.

Dix minutes plus tard, elle était en train de ranger les DVD dans le meuble de télévision quand elle entendit un bruit de portière. Elle regarda par la fenêtre. C'était Daisy et Blade Savick, le couple rencontré au marché gourmand, accompagné par le Dr Jamie Weathers. Lorsqu'elle se dirigea vers l'entrée, Marcus avait déjà ouvert.

— Salut, Erin ! lança Daisy, comme si la situation était tout à fait naturelle pour un mardi matin.

Elle portait un plateau chargé de muffins. Erin se sentit dépassée. Les électrons libres n'avaient pas l'habitude d'être entourés par une armée de gens prêts à tout lâcher pour venir en renfort.

— Ces muffins ont l'air délicieux, dit-elle, sans parvenir à dissimuler l'émotion dans sa voix. Tout cela est… inattendu. Mais c'est fantastique. Merci beaucoup.

— Avec plaisir, dit Blade.

— Comment avez-vous fait ? Vous travaillez tous, non ?

— Comme des dingues, précisa le Dr Weathers. Mais par chance on a tous la possibilité de prendre quelques heures pour aider un ami. Évidemment, ça va me coûter quelques boîtes de chocolats pour apaiser les collègues.

— C'est le magasin qui régale ! répondit aussitôt Erin. Passez quand vous voulez.

Daisy leva un poing victorieux en l'air et s'écria :

— Yes ! Du chocolat !

— Comment va cette épaule, Erin ?

— Je n'ai presque plus mal. Merci encore, docteur Weathers.

— En dehors de l'hôpital, je m'appelle Jamie.

Erin hésita et interrogea Marcus du regard.

— Il va sans doute cesser de te répondre si tu continues à lui donner du « docteur Weathers », avertit celui-ci. Blade et moi, on se demande parfois s'il est vraiment médecin.

— Et si je te cassais un bras pour voir si j'arrive à le réparer ? proposa Jamie, du tac au tac. Ça devrait suffire à te le prouver une bonne fois pour toutes, non ?

— Pardon, dit Marcus. Allez, au travail !

Quelques minutes plus tard, Blade et Daisy descendaient s'occuper du sous-sol, tandis que Jamie accompagnait Marcus dans la cuisine. Elle-même retourna au salon. Elle n'en revenait toujours pas que Marcus et ses amis soient venus prêter main-forte. La maison serait très certainement rangée avant l'arrivée de Morgan.

Elle terminait de remettre les livres dans la bibliothèque quand Marcus la rejoignit avec un plateau garni de deux tasses et deux assiettes avec un muffin. Une perspective plaisante, même si Marcus lui paraissait encore plus appétissant. Il était déjà très élégant en uniforme mais, avec son jean noir et son polo, il y avait chez lui quelque chose de terriblement viril et sexy.

— J'ai pensé que tu aurais envie de faire une pause, annonça-t-il. Il y a du thé pour nous et du café pour les autres.

— C'est incroyable que tes amis soient là.

Elle s'assit sur le canapé et mordit dans un muffin.

— Mmmh. Délichieux. Ils viennent de quelle boulangerie ?

— Celle de la mère de la fille de Blade. Daisy et elles sont en bons termes.

— J'ai du mal à croire que Daisy vit à Knoware depuis quelques mois seulement. Vous avez tous l'air de tellement bien vous entendre.

Marcus hocha la tête.

— Ça veut simplement dire que la relation entre Daisy et Blade est bonne.

Erin but une gorgée de thé.

— Qu'auriez-vous fait, Jamie et toi, si ça n'avait pas été le cas ? Seriez-vous intervenus ?

— Ça n'aurait pas été nécessaire, répondit Marcus, soudain très sérieux. Mais je ne crois pas que j'aurais dit quelque chose. J'ai déjà tenté l'expérience avec mon père. C'est une des raisons pour lesquelles on ne se parle plus beaucoup.

— Que s'est-il passé ?

— C'était son troisième mariage. Sa seconde femme n'était pas si mal. Enfin… J'étais furieux que ma mère et lui se séparent, mais celle qu'il a épousée ensuite était sympa. Pas du genre marâtre. Je ne voyais pas souvent mon père, mais quand j'allais chez lui, elle était toujours gentille avec moi. Ils sont restés mariés pendant presque tout mon collège et mon lycée. Je pensais qu'ils étaient heureux, mais soudain ils ont parlé de divorce. Par la suite, j'ai appris que mon père avait eu une aventure. De toute évidence, ce n'était pas la première fois.

— Donc, il ne fait pas toujours les bons choix.

— Visiblement. Cette maîtresse l'a convaincu de l'épouser, à peine le divorce prononcé. Je n'ai pas été invité au mariage. Quand j'ai fini par la rencontrer quelques mois plus tard, je l'ai trouvée superficielle. L'intérêt qu'elle portait à mon père était fortement influencé par son compte en banque. Je l'ai dit à mon père.

— Comment l'a-t-il pris ?

— Pas très bien. J'étais encore jeune et j'ai cru que mon père était idiot. À présent, je comprends que j'ai eu le culot de dénoncer ouvertement ce que mon père savait sans doute déjà, sans trop oser l'admettre.

— Le troisième mariage n'a pas duré, j'imagine.

— Moins de deux ans. Ils ont passé beaucoup plus de temps à se déchirer sur le partage des biens. Mon père a réussi à rester célibataire pendant ce temps. Du moins, je crois. Je le voyais encore moins qu'avant. Il s'est marié une quatrième fois il y a quelques années. Je n'ai jamais rencontré la nouvelle.

— Ce ne doit pas être facile.

— Je me fiche bien de faire sa connaissance, en fait.

— Non, je parle de la distance entre ton père et toi. Ce n'a pas dû être évident pour toi qu'il ne soit pas là quand tu avais besoin d'un père. Ça a dû être dur de ne jamais sentir son amour.

Marcus contempla sa tasse de thé.

— Mouais. Je parle rarement de mon père, mais je pense à lui. Il a cherché à me joindre plusieurs fois, la semaine dernière. Il m'a laissé plusieurs messages.

— Qui disent quoi ?

— Je ne sais pas. Je ne les ai pas écoutés.

Il haussa les épaules.

— Ai-je vraiment besoin d'apprendre qu'il est encore en train de divorcer ? Ou que c'est déjà fait et qu'il souhaite me présenter la cinquième épouse ?

Cette relation l'avait beaucoup blessé. Cependant, son

père avait repris contact après des années de silence. Il avait appelé plusieurs fois.

— Ce pourrait être important, murmura Erin. Je peux les écouter pour toi, si tu veux.

Marcus la regarda, étonné.

— Tu es vraiment quelqu'un de bien, tu sais ?

Elle balaya sa remarque d'un geste.

— Non, c'est vrai. Il y a quelques jours au magasin, tu avais l'occasion de vendre à une grand-mère un collier plus cher, mais tu lui as suggéré l'autre.

— Ça m'a paru évident.

— Je devrais rappeler mon père, murmura-t-il. Ce serait bien. Me comporter de façon responsable et magnanime, blablabla.

Erin sourit.

— Blablabla, répéta-t-elle. Vas-y, écoute les messages.

Marcus jeta un regard par-dessus son épaule. Erin avait raison : il avait tort d'ignorer son père. De toute façon, ça ne l'empêchait pas d'y penser tout le temps. Il sortit son téléphone, composa le numéro de sa boîte vocale et écouta les messages dans leur ordre d'arrivée. Les deux premiers demandaient simplement qu'il rappelle. Le troisième était plus direct : « Marcus, il faut vraiment que je te parle. S'il te plaît, rappelle-moi. S'il te plaît. »

Il ne se souvenait pas l'avoir jamais entendu aussi suppliant. Il était encore très jeune quand son père était parti. À l'adolescence, les visites avaient toujours été brèves. Le plus long séjour avait été ces quinze jours passés chez lui, pendant les vacances d'été ; il avait alors quatorze ans. Son père travaillait toute la journée et ils dînaient tous ensemble le soir, en général au country club. Son père commandait pour lui et sa belle-mère, puis le serveur demandait : « Et pour votre fils ? »

Cela avait toujours vaguement angoissé Marcus, qui ne se considérait pas vraiment comme le fils de Theodore Price.

Ils devaient bien discuter au cours de ces repas, mais Marcus n'avait aucun souvenir de leurs conversations. Après le restaurant, ils rentraient à la maison et Marcus regagnait sa chambre pour regarder la télévision. Il ne se passait jamais rien. Pas de disputes ni de cris, ni aucune autre forme d'émotion. Son père lui demandait des nouvelles de l'école, puis de son travail. Comme ils appréciaient tous les deux le sport, c'était un sujet facile. Jamais de politique. Jamais de religion. Exactement le genre de propos insignifiants que Marcus échangeait à présent avec son facteur ou son coiffeur.

Son père n'avait pas supporté le jugement de Marcus sur sa troisième épouse. Après cet incident, les relations avaient été rompues pendant plus d'un an. Finalement, son père lui avait envoyé une invitation à dîner. Juste tous les deux. La conversation avait été guindée, maladroite, évitant soigneusement tous les sujets fondamentaux. Ils n'avaient eu aucun contact depuis que Marcus était revenu à Knoware. Même pas à la mort de sa mère.

Il écouta le quatrième message : « Rappelle-moi, Marcus. Je dois te parler de quelque chose d'important. » Il avait du mal à envisager en quoi cela pouvait le concerner. Le cinquième message datait du matin même : « J'essaie une dernière fois. J'imagine que ça ne t'intéresse pas. Au revoir, Marcus. »

— Il me dit au revoir, annonça-t-il en raccrochant. Sur le dernier message seulement.

— Quoi d'autre ? demanda gentiment Erin.

— Qu'il n'insistera plus. Le problème est résolu !

Erin fit la moue.

— Rabat-joie, soupira Marcus. Je le rappellerai tout à l'heure.

— Tu devrais le faire tout de suite.

— Il est au travail.

Elle ne répondit rien, mais son silence était éloquent.

— Je vais le faire dans ma voiture.

Il sortit de la maison.

Erin s'approcha de la fenêtre. Elle savait que cela ne la regardait pas, mais elle était inquiète pour Marcus. Il avait fermé son cœur à son père ; il s'était endurci, s'était convaincu que sa relation avec lui n'avait pas d'importance. Toutefois, ce ne pouvait être aussi simple. Assis dans sa voiture, le téléphone collé contre son oreille, il ne parlait pas beaucoup, mais elle percevait que son père avait répondu. La conversation dura moins de trois minutes. Elle s'attendait à ce que Marcus revienne après avoir raccroché, mais il appuya sa tête contre le volant.

Erin eut alors la certitude de voir ses épaules tressaillir, comme parcourues de soubresauts. Il pleurait.

15

Impossible de rester dans la maison les bras croisés. Erin sortit en hâte et se dirigea vers la voiture pour frapper doucement à la vitre, côté passager. Marcus releva la tête en essuyant les larmes qui coulaient sur ses joues. Après un instant de confusion, il déverrouilla la portière.

— Que se passe-t-il ? Qu'est-ce que je peux faire ? demanda Erin en s'installant à côté de lui.

Il ne répondit rien, mais l'attira contre lui pour enfouir son visage au creux de son cou. Après quelques longues secondes, il se redressa et annonça :

— Il va mourir.

— Il est malade ?

— Depuis plus de deux ans. Maintenant, il va mourir. Une unité de soins palliatifs a déjà été contactée.

— Oh ! Marcus… Je suis tellement navrée.

Tous les souvenirs du décès de ses parents lui revinrent d'un seul coup.

— Mélanome. Un stupide cancer de la peau. Qui meurt d'un cancer de la peau ?

Plein de gens. Tout le temps.

— Je suis navrée pour toi, répéta-t-elle.

— Je lui ai dit qu'il devait se battre. Le père de Blade a un cancer du pancréas, mais il lutte de toutes ses forces. Alors, il m'a expliqué qu'il s'est déjà battu. Pendant deux ans. Mais qu'il a perdu la bataille. Il veut que j'aille le voir. Aujourd'hui ou demain.

Pas étonnant que Marcus se sente submergé par les émotions. Il se retrouvait obligé d'agir rapidement, sans avoir le temps de digérer la nouvelle.

— Il doit y avoir plusieurs vols quotidiens entre Seattle et Los Angeles, murmura-t-elle.

— Oui. Viendrais-tu avec moi ?

Erin ouvrit la bouche, mais aucun son ne sortit. Comment refuser ? Elle s'était pourtant engagée auprès de Morgan.

— Je… Je ne sais pas si je peux. Le magasin…

— Tu veux bien essayer ?

Oui. Elle était prête à tout pour effacer ce chagrin dans les yeux de Marcus. Elle se pencha vers lui et déposa un doux baiser au coin de ses lèvres.

— C'est promis.

— Ça m'embête de t'abandonner ici, mais je dois retourner au commissariat pour tout mettre en ordre avant mon départ.

— J'expliquerai la situation à tes amis.

Il acquiesça.

— Je t'appelle. On pourrait prendre l'avion ce soir, passer voir mon père demain et être rentrés en fin d'après-midi.

— On va se débrouiller, dit-elle en ouvrant la portière. C'est bien que tu l'aies contacté, Marcus. Il vaut mieux savoir.

— Il n'a que cinquante-huit ans. C'est beaucoup trop jeune pour mourir, bon sang ! Je n'ai jamais imaginé qu'il puisse m'appeler pour ça.

Erin retourna dans la maison le cœur gros et alla trouver Blade et Daisy au sous-sol.

— Qu'est-ce que tu en penses ? demanda Daisy, les poings sur les hanches.

Ils avaient fait un excellent travail.

— Je dois avouer que je ne suis pas souvent descendue ici, mais c'est bien plus propre et rangé qu'avant le cambriolage.

— Magnifique, répondit Daisy. Maintenant… j'ai un petit creux.

— Pour changer…, dit Blade.

— Est-ce que je perçois du sarcasme ? s'offusqua Daisy en s'emparant d'une clé anglaise. Méfie-toi, je suis armée.

— Je vois ça ! Mais les enfants ne devraient pas voir leurs parents se battre.

— Hum, je suis à peu près certaine qu'ils n'ont pas encore les yeux ouverts.

— Nos bébés sont déjà très lucides, j'en suis sûr. Allez, viens. On va te trouver quelque chose à manger.

Marcus avait raison, pensa Erin avec un pâle sourire. Blade et Daisy allaient parfaitement ensemble.

— Tout va bien Erin ? s'enquit Blade, à qui rien ne semblait échapper.

— Marcus a reçu une mauvaise nouvelle. Son père est malade. Très malade. Il n'en a plus pour longtemps, en réalité. Il a demandé à Marcus de venir le voir en Californie aujourd'hui ou demain.

— Bon sang, soupira Blade. Où est Marcus ?

— Il a filé. Il devait régler deux ou trois trucs au travail avant son départ.

— Il ne faut pas qu'il y aille seul, intervint Daisy en se tournant vers Blade.

— Je peux poser un congé…, commença ce dernier.

— Il… Il m'a demandé de l'accompagner, admit Erin. J'en ai envie, mais je ne suis pas certaine de pouvoir. À cause du magasin et tout.

— Il y a bien une employée à temps partiel, non ? dit Daisy.

— Jo-Marie. C'est elle qui me remplace ce matin, mais je suis censée prendre la relève tout à l'heure. Je m'en voudrais de lui imposer de travailler toute la journée et demain.

Daisy et Blade se regardèrent.

— Tu penses à la même chose que moi ? demanda Daisy.

— Sophie et Raven ?

— On a tous les deux une fille de seize ans, expliqua Daisy. Elles sont très matures et responsables. Est-ce qu'elles pourraient t'aider ?

Des gens pareils existaient-ils vraiment ? Y avait-il des limites à leur générosité ? C'était trop pour Erin, qui n'avait jamais eu beaucoup de proches sur qui compter.

— Je n'oserais jamais vous demander une telle chose.

— Elles vont adorer, j'en suis sûre. Surtout si c'est pour que tu accompagnes Marcus. Elles aiment beaucoup Marcus.

Erin n'hésita pas une seconde de plus. Elle savait que Morgan serait d'accord.

— Ma sœur a recruté des vigiles pour le magasin, après le cambriolage ici. Marcus les connaît. Ils s'appellent Jim et Tyson.

— Je les connais, dit Blade. Ils sont sympas. C'est encore mieux s'ils sont là.

— Dans ce cas, merci, reprit Erin. Je vais avertir Marcus. Je suis sûre qu'il sera content.

— On va prévenir Jamie, ajouta Blade. Maintenant, retournons là-haut. Ma femme se transforme rapidement en harpie quand elle a l'estomac vide. Tu n'as pas envie d'assister à ça, crois-moi.

À la grande surprise de Marcus, aucun message de l'agent spécial Sargeant ne l'attendait au commissariat. Le répit serait sans doute de courte durée. Serenity, qui était de retour, l'informa que sa sœur allait bien. Elle n'avait pas encore repris le travail, mais c'était prévu pour la fin de la semaine. C'étaient de bonnes nouvelles. Son adjointe avait également terminé d'interroger les autres voisins des Tiddle. Personne n'avait rien vu et aucune caméra de sécurité n'avait capturé quoi que ce soit d'intéressant. En revanche, l'échantillon de sang était en cours d'analyse. Avec un peu de chance, ils auraient de l'ADN. L'enquête progressait.

Dans son bureau, Marcus vérifia les horaires d'avion. Il y avait encore de la place sur un vol direct qui partait à 16 h 10 le jour même. La question était de savoir s'il réservait un ou deux billets. Il appela Erin.

— Allô, Marcus ?

Le son de sa voix suffit à l'apaiser un peu. Cela ne lui était jamais arrivé auparavant avec une femme.

— Comment avance le ménage ? demanda-t-il.

— Très bien. J'ai expliqué à Blade et Daisy. Ils sont inquiets pour toi. J'imagine qu'ils te téléphoneront dans la journée.

Marcus n'était pas vraiment prêt à évoquer la question avec ses amis. Il n'était même pas encore certain d'avoir bien compris ce qui se passait. Pour être parfaitement honnête, il s'était surpris lui-même en se mettant à sangloter juste après la conversation avec son père. Depuis quand n'avait-il pas versé une larme ? Des années. Et pourquoi pleurait-il un quasi-étranger ? Il repensa aux paroles d'Erin : « Ce doit être dur de ne jamais avoir ressenti son amour. » Peut-être était-ce la source de sa tristesse. Il avait pleuré parce qu'un homme qui aurait dû l'aimer était en train de mourir. S'était-il accroché à la possibilité de cet amour pendant toutes ces années, sans jamais réellement reconnaître ce besoin ? En tous les cas, sans jamais le verbaliser.

À présent, il était trop tard. Il ne pouvait s'appesantir sur la question pour le moment. Il ne pouvait se laisser consumer. Il avait une tâche à accomplir, afin de ne pas le regretter plus tard.

— Je m'apprête à réserver un vol. Je te prends une place ?

Il devait se concentrer sur les petites étapes à franchir pour atteindre son objectif.

— C'est bon, répondit Erin. Daisy et Blade ont proposé que leurs filles tiennent la boutique en mon absence.

— C'est une excellente solution, approuva Marcus, absurdement joyeux d'apprendre qu'Erin l'accompagnait. Sophie et Raven sont très chouettes et très responsables. Tu as prévenu Blade et Daisy de la présence du vigile ?

— Oui. Ils trouvent ça très rassurant.

— Veux-tu que je passe te prendre chez ta sœur ?

— Au magasin, plutôt. Je dois faire la connaissance des deux filles et leur expliquer deux ou trois trucs.

— D'accord. On se retrouve vers 13 heures. Ça nous laissera largement le temps de rejoindre l'aéroport. Je m'occupe aussi de nous réserver un hôtel.

— Parfait.

— On sera de retour à Knoware demain en début de soirée.

— D'accord. À tout à l'heure.

Erin raccrocha. Une heure plus tard, elle avait fait ses adieux à Blade, Daisy et Jamie. Brian était retourné à l'hôpital ; c'était lui qui mettrait Morgan au courant. Il ne lui restait plus qu'à préparer un petit sac de voyage. La plupart de ses vêtements étaient encore dans le coffre de sa voiture, avec le sac emprunté à sa sœur. Cinq minutes plus tard, son sac était prêt. Elle se souvint ensuite que son passeport se trouvait au magasin. Même si son permis de conduire suffisait pour un vol intérieur, elle préférait le prendre avec elle quand elle voyageait. Elle ne devait pas oublier de le récupérer avant de partir.

Sur la route, elle ne put s'empêcher de penser au père de Marcus. Sa maladie était terrible, évidemment. On ne pouvait souhaiter un drame pareil à personne. C'était bien que Marcus se rende à Los Angeles. Il avait déjà tant de regrets qu'il aurait été insensé de rater une occasion de le voir une dernière fois. Elle entra dans la boutique et alla rapidement trouver Jo-Marie pour la mettre au courant de la situation.

— Je serais restée si cela avait été nécessaire, répondit Jo-Marie, mais je ne te cache pas que c'est mieux ainsi pour moi. Ma grand-mère est de passage ce soir et ça m'aurait embêtée de la rater.

— C'est déjà très gentil à toi de m'avoir remplacée ce matin. Merci encore.

— Avec plaisir.

— Je vais aller saluer Jim, annonça Erin.

Elle s'approcha de l'homme vêtu de noir qui se tenait près de la vitrine, surveillant à la fois la rue et le magasin.

— Bonjour, Jim ! Je suis Erin McGarry. Merci d'être là.

— Ravi de pouvoir vous aider. Je viens d'avoir Marcus au téléphone. Il m'a expliqué que vous devez partir bientôt et que les filles de Blade Savick vont assurer la relève. Ne vous inquiétez pas. Mon collègue et moi veillerons sur elles.

— Merci. On prend sans doute des précautions inutiles...

— On n'est jamais trop prudent, pas vrai ?

— Vous avez raison. N'hésitez pas à vous faire du thé ou du café dans la cuisine, lorsque vous êtes au magasin. Il y a aussi des chocolats.

— Ne me tentez pas, parce que je risque de ne plus passer la porte pour rentrer chez moi. C'est un des gros désavantages de la retraite : plus besoin de se préoccuper de sa ligne pour les évaluations physiques.

— Marcus vous a-t-il donné mon numéro de portable ?

— Oui. Enregistré dans mon téléphone.

— Parfait. Dans ce cas, je vous laisse.

Apercevant des cartons dans le couloir, elle prit un cutter dans la cuisine. C'était les livraisons du matin. Elle entreprit alors d'étiqueter chaque article, avant de les mettre en rayon. Elle avait presque terminé quand Jo-Marie la rejoignit.

— Sophie et Raven sont arrivées. Elles sont tellement excitées qu'elles ne tiennent pas en place.

Erin retourna dans la boutique pour faire la connaissance des adolescentes.

— Je suis Erin. Merci beaucoup de venir nous aider.

Quarante minutes plus tard, elle recevait un SMS de Marcus annonçant qu'il se mettait en route.

— Est-ce que vous avez des questions ? demanda-t-elle à Raven et Sophie.

— Non, c'est bon, répondit Raven. On gère.

Erin n'en doutait pas une seconde. Elle leur avait expliqué le fonctionnement de la caisse enregistreuse et du lecteur de cartes de crédit, puis elle avait parcouru la boutique avec elles pour leur préciser quelques informations utiles. Les deux filles avaient aussi fait la connaissance de Jim. Elles ne devaient pas se préoccuper de la banque et laisser la recette dans l'arrière-salle pour la nuit. Pour terminer, Erin leur avait montré comment activer et désactiver l'alarme.

Tuer la vieille femme avait été si facile que c'en était absurde, pensa Gasdrig. En revanche, il aurait préféré un garde-manger un peu mieux approvisionné. La dame stockait trop de conserves de légumes à son goût. Pas assez de boîtes de raviolis. Il aurait également apprécié quelques fruits. Avec une alimentation pareille, elle n'aurait pas tardé à mourir. Ivan et lui n'avaient fait qu'accélérer le processus.

Il préférait loger dans une maison qu'à l'hôtel. C'était plus tranquille. Malheureusement, cela ne réussissait pas du tout à Ivan, qui ne tenait pas en place.

— On perd du temps, se plaignit-il encore.

— On fait profil bas, corrigea Gasdrig. Je te rappelle que c'est toi qui nous as mis dans cette situation.

— Arrête, avec cette histoire de femme de chambre ! explosa Ivan. Ce qui est fait est fait. On tourne la page.

Il le faudrait bien. Même si Ivan lui tapait sur les nerfs, Gasdrig savait qu'il avait raison. Le temps pressait. La clé USB n'était pas dans le sac en cuir marron ni dans la maison. Il n'avait pas encore fouillé le véhicule de location, mais avait jeté un coup d'œil par la fenêtre, sans rien voir. Logiquement, il ne restait que le magasin, mais la présence d'une alarme rendait toute tentative hasardeuse.

À moins de frapper pendant les heures d'ouverture. Ils étaient deux. Si la jeune femme travaillait seule, cela ne poserait aucun problème. L'un d'eux pourrait détourner son attention pendant que l'autre cherchait. Il fallait agir le jour même. C'était peut-être risqué pour Ivan de se montrer en public – peut-être même pour lui –, mais ils n'avaient plus le choix. Le garçon allait devoir renoncer à sa casquette fourrée et ils reprendraient les déguisements utilisés dans l'avion. Une fois la clé USB récupérée, ils ficheraient le camp de ce trou. Ils accompliraient leur mission. Celle pour laquelle ils avaient été sélectionnés. Celle pour laquelle on les fêterait en héros.

— Écoute, dit-il à Ivan. Voici le plan.

Erin adressa un dernier signe à Sophie et Raven et monta dans le SUV de Marcus. Il était à peine 13 heures, mais elle avait l'impression d'être debout depuis très longtemps. Quand Marcus s'était garé devant la boutique, elle avait rassemblé ses affaires pour le rejoindre. Sur le pas de la porte, elle s'était soudain souvenue de son passeport et était retournée en courant dans la réserve pour le récupérer. Elle boucla sa ceinture de sécurité et rangea à la hâte l'enveloppe contenant le passeport dans son sac.

— Merci de m'accompagner, dit Marcus en quittant sa place de parking.

— Avec plaisir. Ton père sait que tu arrives ?

— Oui. Je lui ai envoyé un SMS et il a répondu par un pouce levé. Je pensais que ce n'était pas son genre d'utiliser des smileys. Il est plutôt costard-cravate. Je crois qu'il rangeait les gens en deux catégories : ceux qui cirent leurs chaussures et les autres.

Erin baissa les yeux vers ses sandales crème.

— J'ai laissé mes escarpins vernis à Paris.

Marcus sourit.

— Franchement, ma chère Scarlett, c'est le cadet de mes soucis, répondit-il, en essayant d'imiter Clark Gable dans *Autant en emporte le vent.*

— Tu as réussi à faire tout ce que tu voulais au commissariat ? demanda Erin, heureuse de le voir détendu.

— Oui. Le reste attendra mon retour…

Quelque chose dans son ton la surprit. Il avait toutes les raisons d'être stressé, se rappela-t-elle. L'été, son travail ne devait pas être de tout repos.

Ils arrivèrent en avance à l'aéroport. Lorsque Erin sortit l'enveloppe en kraft pour récupérer son passeport, elle aperçut la clé USB. Elle n'avait pas eu l'occasion de vérifier son contenu. Elle la remit dans l'enveloppe et rangea le tout dans son sac. Sur le chemin des portes d'embarquement, elle acheta quelques magazines et un sachet de pop-corn au caramel. Avant de rejoindre Marcus, elle appela sa sœur.

— Salut !

— Où es-tu ? demanda aussitôt Morgan.

— À l'aéroport. Tu sors toujours ce soir ?

— Oui ! Tout le monde a été très gentil avec moi. Mais j'ai trop hâte de dormir enfin dans mon lit.

Grâce à Marcus et ses amis, le lit en question avait été remis d'aplomb, avec des draps propres.

— Je suis contente pour toi.

— C'est terrible pour le papa de Marcus. Comment va-t-il ?

— Ça va, pour l'instant. Ou alors, c'est un menteur incroyable.

— J'en doute, s'esclaffa Morgan. Cela dit, il est policier. Mentir fait sans doute partie des compétences requises pour le métier. Tu sais, quand ils doivent convaincre un suspect qu'ils ont des tonnes de preuves contre lui, alors qu'ils n'ont rien du tout. On voit ça tout le temps à la télé.

— Et on sait bien que tout ce qu'ils disent à la télé est vrai.

— Absolument. Bon, je dois te laisser. Fais bon voyage et reviens vite.

— Promis. À demain.

Quand elle rejoignit Marcus, l'embarquement commençait. Quinze minutes plus tard, leur avion décollait. C'était un petit appareil, avec seulement deux colonnes de sièges de chaque côté d'une allée centrale.

— L'avion que j'ai pris en venant était énorme. Tu sais, avec trois fauteuils de chaque côté et cinq au milieu.

— Tu étais assise où ?

— Vers le milieu, sur le côté. Dans un groupe de trois.

Marcus regarda autour de lui.

— Je suis surpris de voir autant de places libres. La plupart des vols que j'ai empruntés récemment étaient bondés.

Le vol depuis Paris était plein aussi. Par chance, elle était installée du côté de l'allée et ses deux voisins n'avaient pas… Oh bon sang ! pensa-t-elle. Les deux hommes de Knoware étaient à bord du même avion qu'elle. Leur apparence était un peu différente, mais c'était bien eux. Elle en était certaine.

— Que se passe-t-il ? demanda Marcus.

Devait-elle lui en parler ? Mais que pourrait-il faire ? Ils étaient dans un avion en vol et partaient rendre visite à son père mourant. De plus, elle devait réfléchir au changement d'apparence étrange des deux inconnus. Et au fait qu'ils se trouvaient également à Knoware.

— Rien, rien. J'ai juste oublié d'acheter de l'eau.

— Il suffit de demander à une hôtesse de l'air, je pense.

— Bien sûr. Bonne idée.

Dès qu'il eut poussé la porte du Coffre aux Trésors, Ivan sur ses talons, Gasdrig remarqua le vigile. Certes, l'homme ne portait pas d'uniforme, mais il avait l'allure d'un ancien policier et Gasdrig eut la certitude qu'il cachait une arme sous son ample chemise. Comme il était déjà entré et qu'il ne voulait pas attirer l'attention, il ne s'arrêta pas et salua les deux jeunes filles qui tenaient la caisse. C'était la première fois qu'il les croisait. Lors de leur dernier passage, il n'y avait qu'Erin McGarry et une femme plus âgée appelée Jo-Marie.

Gasdrig s'approcha d'un lot de gravures et en vit une représentant la côte pacifique.

— Celle-ci me plaît beaucoup, mais je l'aimerais en plus grand. Vous avez d'autres formats ?

Les deux filles se regardèrent.

— Tout est là, monsieur, répondit la blonde.

— Je comprends. Mais je suis venu l'autre jour et je crois avoir entendu quelqu'un dire qu'il s'agissait d'une artiste locale. Je me demande si elle en aurait des plus grandes. Est-ce que votre patronne le saurait ? Je peux lui parler ?

— Erin ne rentrera que demain, intervint la seconde jeune fille. Nous lui transmettrons votre demande, monsieur. Si vous voulez bien laisser vos coordonnées afin qu'elle vous recontacte.

Erin était absente. Peut-être était-elle auprès de sa sœur. Ou bien elle avait quitté la ville pour la soirée. Quelle que soit la raison, ce retard supplémentaire ne les arrangeait pas.

— Inutile. Je repasserai à l'occasion. Nous sommes dans le coin toute la semaine.

Plutôt mourir, pensa-t-il en ressortant du magasin. Ils devaient être à Washington le jeudi suivant au plus tard et on était déjà mardi. Quand ils regagnèrent la voiture, Ivan avait l'air de mauvaise humeur.

— Quelle perte de temps !

— Pas tant que ça. On a appris qu'il y avait non seulement une alarme mais un vigile. Si on décide de passer à l'action ici, on devra être prêts.

— Elle rentre demain soir.

— J'ai entendu.

Gasdrig était agacé. C'était à cause d'Ivan qu'ils avaient dû rester cachés plusieurs jours. À présent, ils devaient attendre le lendemain en se tournant les pouces. Il leur fallait quelqu'un pour surveiller la femme et il connaissait la personne idéale pour ça. Il gagna la ruelle latérale et se gara de façon à pouvoir observer la porte de service du restaurant.

— Qu'est-ce qu'on fiche ici ? demanda Ivan.

— On assure nos arrières.

— Il fait chaud dans la voiture, se plaignit Ivan.

— Il doit faire encore plus chaud dans les prisons américaines, répondit Gasdrig sans quitter la porte des yeux.

Quelques minutes plus tard, le jeune homme au tablier blanc sortit fumer une cigarette.

— Ne bouge pas, ordonna Gasdrig en descendant de la voiture.

16

Le trafic entre l'aéroport de LA et leur hôtel était épouvantable, et le chauffeur du taxi avait une façon d'accélérer brusquement qui rendait Erin nerveuse et vaguement nauséeuse. La sérénité dont Marcus avait fait preuve pendant le voyage s'était envolée. Il s'était renfermé sur lui-même dès l'atterrissage et n'avait pas prononcé un mot depuis une quarantaine de minutes.

Erin poussa un soupir de soulagement lorsque l'enseigne de l'hôtel apparut au loin. Le taxi se gara devant l'entrée, sur l'aire de dépôt circulaire. L'extérieur était magnifique, avec beaucoup de verdure et de fleurs ; deux grooms montaient la garde de chaque côté de la large porte à tambour. Erin n'avait pas l'habitude de descendre dans des établissements aussi luxueux quand elle voyageait seule.

— Ça a l'air très chic, lança Erin.

— Mmmh, répondit Marcus, sans un regard autour de lui.

Il avait la tête ailleurs. Ils entrèrent dans un hall spacieux, aux sols de marbre brillant recouverts de riches tapis.

— Je passe à la réception, annonça Marcus.

— Je viens avec toi. Pour payer ma chambre.

— Ne sois pas ridicule. Je m'en occupe.

Elle préféra ne pas insister. Cinq minutes plus tard, Marcus revenait avec deux clés.

— On est au même étage, dit-il en lui en tendant une. On

nous a réservé une table dans un restaurant à quelques rues d'ici pour ce soir. Ça te convient ?

— C'est parfait.

Ils prirent l'ascenseur jusqu'au cinquième étage, puis Marcus déverrouilla une première porte.

— Tu peux occuper celle-là. Je vais juste faire un petit tour pour vérifier, ajouta-t-il, prouvant ainsi qu'il n'avait pas laissé ses réflexes de policier chez lui.

Il revint rapidement dans le couloir.

— On repart dans une vingtaine de minutes. Ça te suffit ?

— Absolument.

— Je frapperai à ta porte.

Elle le regarda se diriger vers sa chambre, située quatre portes plus loin, puis entra. Une fois seule, elle se déshabilla pour prendre une douche. Cinq minutes plus tard, parfaitement revigorée, elle se séchait avec énergie. Rien ne valait une bonne douche pour se remettre les idées en place. Elle appliqua une goutte de parfum derrière chaque oreille, puis ouvrit son sac pour prendre des sous-vêtements propres et l'unique robe qu'elle ait emportée – une robe fourreau sans manches bleu roi qui épousait la courbe de ses hanches et s'arrêtait juste au-dessus du genou. Elle espérait que cela conviendrait pour le restaurant. Elle renfila les sandales qu'elle portait dans l'avion, puis se brossa les dents, et mit un peu de mascara et de rouge à lèvres. Comme il lui restait cinq minutes, elle appela la boutique pour vérifier que tout allait bien, puis envoya un SMS à sa sœur

Marcus frappa à l'heure exacte. Il s'était également douché et changé : il portait une chemise et un pantalon en toile, avec le même blouson que dans l'avion. La lueur qui s'alluma dans son regard quand elle ouvrit la porte suffit pourtant à la faire frémir avec délice : elle y lut une appréciation purement virile.

— Tu es… magnifique, dit-il laconiquement.

— Merci.

C'est différent. Était-ce vraiment le cas ou bien s'agissait-il d'une simple attirance sexuelle ? Son regard lui faisait soudain envisager de sauter le dîner pour l'inviter directement dans sa chambre. Il y avait cependant toujours cette ombre dans ses yeux, comme s'il luttait contre une migraine assommante. Ou un chagrin. Elle ne le presserait pas. Il parlerait s'il en avait envie.

— On y va à pied ? demanda-t-elle.

— C'est ce que je pensais faire, oui.

Elle attrapa un gilet posé sur une chaise pour le retour. Il leur fallut moins de cinq minutes pour atteindre le restaurant qui leur avait été recommandé. Quand Marcus eut indiqué son nom, on les installa rapidement. C'était un bel établissement, avec beaucoup de plantes et de bois clair, ainsi qu'une haute verrière qui éclairait les deux étages. Les tables étaient couvertes de nappes blanches et décorées de bougies.

— Pour notre premier dîner, tu avais envisagé une rôtisserie. Nous y voilà.

— Et tout ça, en moins d'une semaine.

Comment était-ce possible ? Elle avait l'impression de le connaître si bien, comme s'ils s'étaient rencontrés des années plus tôt. L'arrivée du serveur lui épargna de devoir répondre. Elle commanda un pinot noir et Marcus choisit la même chose.

— Comment te sens-tu ? ne put-elle s'empêcher de demander quand le serveur fut parti.

— Je ne sais pas, admit-il. Je n'ai pas vraiment eu le temps de digérer la nouvelle. Mais maintenant qu'on est ici, à quelques kilomètres à peine, je prends conscience que je vais revoir mon père demain. Et que je n'ai pas la moindre idée de ce que je vais lui dire.

— Tu sauras trouver les mots.

Avec un sourire, il tendit la main vers la sienne.

— Ta confiance me touche, même si elle n'est sans doute pas méritée. Mais je veux que tu saches que j'apprécie beaucoup ta présence. Cela rend mon séjour plus…

— Acceptable ? suggéra-t-elle.

— Envisageable.

Quand le serveur revint avec leur vin, Marcus lâcha sa main. Après avoir rapidement consulté les menus, ils passèrent commande : un petit filet avec une pomme de terre au four pour elle et une entrecôte avec des patates douces pour lui ; tous les deux prirent également une salade verte en accompagnement.

— C'est la première fois que je viens en Californie, dit Erin.

— Je croyais que tu avais fait le tour du monde.

— Loin de là ! C'est très beau. Malgré la circulation. Est-ce qu'on ira chez ton père en taxi ?

— Il nous envoie une voiture avec chauffeur.

Erin ouvrit la bouche, mais se ravisa, se rendant compte que sa remarque n'était pas très polie.

— Super, dit-elle simplement.

— Vas-y. Dis-moi ce que tu penses vraiment.

— On se croirait dans un film, avoua-t-elle. « Mon chauffeur passera vous prendre », ajouta-t-elle d'une voix guindée.

— Bienvenue dans ma vie.

— Mais tu es tellement normal !

— Ça n'a été qu'une toute petite partie de mon histoire. La plupart du temps, j'ai mené une existence très banale. Ma mère conduisait un vieux break.

— Mais alors que tu étais exposé à… disons… à cette abondance, tu n'as pas été frustré de devoir y renoncer ?

— Non. Je sais que ça va te paraître bizarre, mais même quand j'étais enfant je pensais que ce que mon père devait faire pour gagner tout cet argent ne valait sans doute pas la peine.

— Wouah ! Très belle maturité, jeune homme.

Il rit.

— J'espère juste que le chauffeur de mon père conduit mieux que le gars du taxi.

— Tu as remarqué, toi aussi ?

— J'ai surtout remarqué tes réactions. J'ai regretté de ne

pas avoir emporté une seconde paire de chaussures, vu que tu étais à deux doigts de vomir sur les miennes.

— Ça n'est pas passé loin. Bon, parle-moi de la Californie.

— Ce serait plus simple d'aller sur Wikipedia.

— Arrête. Tu sais ce que je veux dire. Parle-moi de ta vie ici. Commence par le commencement et n'omets aucun détail.

Il en oublia certains car, après tout, c'était juste un dîner, pas un séminaire de deux jours. Mais il traça les grandes lignes : il lui raconta l'université et pourquoi il avait choisi le droit criminel ; puis il parla du LAPD et évoqua quelques anecdotes croustillantes. Il ne s'attarda pas sur les éléments plus sordides, effrayants ou tristes, même si cela faisait partie du métier. Oui, il y avait des mauvais jours, de mauvaises circonstances et des gens méchants. En revanche, c'était une profession où on avait vraiment l'impression de servir à quelque chose.

Lorsque leurs assiettes furent terminées et leurs verres vides, ils hésitèrent longuement sur la question du dessert mais finirent pas se laisser tenter. Cheese-cake à la cerise pour Marcus et tarte aux pommes avec une boule de glace à la cannelle pour Erin.

— Je n'en peux plus, soupira-t-elle avec satisfaction. Mais c'était délicieux et j'ai beaucoup aimé t'entendre parler de toi.

— J'attends toujours que tu me rendes la politesse, rappela-t-il en tendant sa carte de crédit au serveur. Je n'ai eu le droit qu'à une version très abrégée le soir du marché gourmand.

Erin repoussa sa chaise.

— Je comprends. Donnant-donnant. On va voir jusqu'où on peut aller sur le chemin du retour.

Il lui tint la porte du restaurant. À présent que le soleil était couché, il faisait plus frais. Erin enfila son gilet. Quand elle eut terminé, Marcus lui prit la main. Elle ne résista pas. Peut-être avait-elle aussi besoin de contact.

— Le plus simple, c'est peut-être de commencer en disant

que je me suis toujours considérée comme un électron libre. Toujours en mouvement. L'immobilité ne me convient pas.

— Un électron libre, répéta-t-il. Pourquoi ?

— Au début, ça me plaisait. J'aimais découvrir de nouveaux endroits et essayer différents boulots, apprendre de nouvelles compétences. Je n'étais pas instable. Ce n'était pas une semaine ici, une autre ailleurs. Mais tous les douze ou dix-huit mois je ressentais le besoin de passer à autre chose. Je respectais scrupuleusement les préavis auprès de mes propriétaires ou de mes employeurs, afin de partir la conscience tranquille et pleine d'optimisme pour la suite.

— Tu étais peut-être gitane dans une vie antérieure, plaisanta-t-il.

Elle sourit.

— Je crois que ça ne me posait pas de problème parce qu'au fond de moi je savais que Morgan serait là pour moi. Stable. Responsable. Je ne m'élançais pas dans le grand méchant monde toute seule. Je prenais mon envol en sachant que j'avais la possibilité de retourner au nid en cas de pépin. Que j'y serais toujours la bienvenue.

— Tu en as déjà discuté avec Morgan ?

— Pas la peine. Elle comprenait. Elle disait souvent que j'étais à la recherche de quelque chose. Quand je lui demandais quoi, elle répondait qu'elle l'ignorait, mais que je saurais, lorsque je l'aurais trouvé.

— Mais ça n'est jamais arrivé ?

— Non. Avant mon retour aux États-Unis pour aider Morgan, j'étais à Paris. Je travaillais pour un revendeur de voitures. Preston's Automobile Exchange.

Il aurait pu lui avouer qu'il était au courant pour Preston's Automobile Exchange. Mais, alors, il aurait dû expliquer qu'il s'était renseigné sur elle et le lien naissant entre eux risquait d'être rompu pour toujours.

— Ce boulot te plaisait ?

— Oui. Évidemment, c'est un peu différent en France.

La plupart des gens gardent leur véhicule longtemps, là-bas. Pas comme ici, où on change de voiture tous les deux ou trois ans. Il y a d'autres particularités mais, en général, les clients venaient nous voir, identifiaient un véhicule avec un des vendeurs, puis la transaction s'effectuait. Je travaillais à l'administration avec une autre employée. Elle était chargée de l'inventaire, et moi, des formalités de vente. Chacune avait son domaine. Ça marchait comme sur des roulettes.

— Je sens qu'il va y avoir un « mais ».

— Tu dois être un bon interrogateur, dit-elle taquine en se tournant vers lui.

Sa chevelure flamboyante dansait doucement dans la brise et les lumières de la ville se reflétaient dans ses yeux. Elle était belle.

— Ça m'arrive, répondit-il.

— Je n'en doute pas. Tu sais, je n'ai jamais discuté de tout ça avec personne. Mais avec toi j'ai envie d'en parler. Vraiment.

Marcus eut l'impression qu'on venait de lui planter un couteau entre les deux omoplates. Sa franchise le clouait sur place. Impossible de se montrer aussi ouvert en retour. Impossible.

— Je veux tout savoir, assura-t-il.

— Mon patron est parti en vacances avec sa famille et ma collègue est tombée malade. Comme je craignais que le retard s'accumule pour elle, j'ai pris le relais. Sans rien dire à personne. Au bout de quelques jours, j'ai commencé à me rendre compte que quelque chose clochait. Des ventes étaient signalées dans l'inventaire, alors qu'elles n'avaient pas eu lieu. Au début, j'ai pensé à une erreur. Mais comme l'anomalie s'est répétée plusieurs fois j'ai compris qu'il ne s'agissait pas d'erreurs. Il se passait quelque chose de louche.

— Qu'est-ce que tu as fait ?

— J'ai attendu le retour de mon patron. Ma collègue était revenue et je crois que notre chef ne savait même pas qu'elle avait été absente. J'ai laissé passer un jour ou deux, puis je lui ai montré ce que j'avais découvert.

— Que s'est-il passé ?

— Il m'a dit que je me trompais, que cela faisait des semaines qu'il n'était plus satisfait de mon travail et qu'il avait pris la décision de mettre un terme à mon contrat. J'avais quinze minutes pour vider mon bureau.

— Le timing t'a paru louche ?

— Évidemment. Mais c'était un sacré coup. Personne ne m'avait jamais reproché de faire du mauvais travail. Jamais. C'était humiliant de me faire renvoyer de la sorte.

— Je ne connais pas trop le droit du travail en France, mais n'y avait-il pas une instance que tu aurais pu contacter ?

— Oui, j'y ai pensé. Mais j'étais sonnée. J'ai passé une semaine devant la télé. La semaine suivante, j'ai trié mes photos. Ensuite, j'ai fait de la pâtisserie et je me suis baladée. Je venais juste de reprendre pied quand Brian m'a appelée.

— Tu as parlé à Brian ou Morgan de ce qui s'est passé à Paris ?

— Bien sûr que non. Je me suis convaincue que ce n'était pas la peine, que j'avais tourné la page. Pourtant, je n'arrête pas d'y penser. Je continue de croire qu'il se tramait vraiment des trucs louches dans cette boîte.

— Pourquoi ?

— Plusieurs fois pendant que je travaillais là-bas, j'ai aperçu dans le hall d'exposition des gens que j'étais certaine d'avoir déjà croisés quelques mois plus tôt. J'ai même demandé à mon chef si tel client venait rapporter sa voiture parce qu'il n'était pas satisfait. Il m'a répondu que je me trompais, que c'était la première fois que l'homme en question entrait dans le magasin. Pourtant, j'en aurais mis ma main à couper.

— Que crois-tu qu'il se passait ?

— Je n'en sais rien. Ce n'est pas faute d'avoir retourné le problème dans tous les sens, je t'assure. Enregistrer des ventes qui n'existent pas, cela signifie exagérer le chiffre d'affaires. J'ai donc logiquement pensé à du blanchiment. C'est comme ça que ça marche, non ? Tu reçois de l'argent d'une source illégale, mais afin de pouvoir la faire transiter par une entreprise, il faut des documents expliquant l'origine des sommes.

Elle était maligne.

— Ce sont exactement les principes de base, en effet.

— En revanche, je ne sais pas quoi faire des visites répétées de ce type. À moins qu'il y ait eu d'autres visites régulières d'autres personnes, mais que je n'ai remarqué que lui.

Ils étaient revenus à leur hôtel.

— Pourrais-tu décrire cet homme si besoin ?

Elle haussa les épaules.

— Je ne vois pas en quoi ce serait utile.

— C'est le policier qui parle, dit-il en guise d'explication.

— Et voici la réponse de la citoyenne lambda : oui, je pourrais le décrire. Mais franchement j'essaie de ne pas trop réfléchir à cette histoire. Ça a été dur pour moi de m'entendre dire que je n'étais pas à la hauteur. Très dur.

Ils pénétrèrent dans le hall et montèrent dans l'ascenseur en compagnie d'un autre couple. Devant la chambre d'Erin, Marcus lui prit la clé des mains et ouvrit la porte. Il alluma, vérifia rapidement la salle de bains et la penderie, avant de lui faire signe d'entrer. Lorsqu'ils furent tous les deux dans la chambre, il se tourna vers elle.

— Ton chef était un imbécile. Tu étais sans aucun doute à la hauteur. Je soupçonne même que tu aies été trop bien pour lui.

— Où te cachais-tu quand j'avais besoin de quelqu'un pour prendre mon parti ? demanda-t-elle en riant, alors que ses yeux trahissaient encore la douleur de cette expérience passée.

Il prendrait toujours son parti. Il mènerait ses combats avec elle. Chaque jour. Pour le reste de sa vie.

— Si tu veux mon avis, tu es même sacrément parfaite, ajouta-t-il avant de se pencher pour l'embrasser.

Il percevait la saveur sucrée de la glace à la cannelle, la texture douce de ses lèvres, le parfum qu'elle achetait à Paris. Ce fut comme une déflagration dans son corps, une saturation de tous ses sens, un désir incandescent, intensifié par chaque baiser, les laissant serrés l'un contre l'autre, hors d'haleine.

— Reste, chuchota-t-elle. Reste avec moi.

— Essaie un peu de me mettre dehors pour voir, murmura-t-il d'une voix rauque au creux de son oreille.

Sans la lâcher, il recula jusqu'à atteindre le lit, puis il se coucha avec elle en douceur. Lentement, très lentement, il releva le bas de sa robe bleue.

— Très sexy, dit-il en froissant le tissu soyeux entre ses doigts.

Elle retira sa robe et s'allongea de nouveau, vêtue d'un soutien-gorge en dentelle et d'une culotte coordonnée, du même vert acidulé.

— Encore plus sexy, ajouta-t-il.

Quelques secondes plus tard, quand elle fut entièrement nue entre ses bras, il se redressa pour la contempler. Ses seins fermes et ronds, son ventre musclé, ses hanches étroites.

— De mieux en mieux, parvint-il à articuler, la gorge nouée par le désir.

Elle était parfaite.

— Alors au travail, répondit-elle en l'attirant contre lui.

Il se fit un plaisir d'obéir.

Lorsque Marcus se réveilla, il faisait jour. Il était dans le lit d'Erin, qui dormait encore près de lui, couchée sur le côté et lui tournant le dos. La nuit avait été exceptionnelle. Ils avaient fait l'amour deux fois, avant que la fatigue les emporte. Cela faisait des mois qu'il ne s'était pas senti aussi reposé.

Cependant, à la lueur du jour qui dansait sur son corps nu et magnifique, il dut bien affronter la réalité : il n'aurait jamais dû faire l'amour avec elle. Il n'avait pas été honnête et franc en lui cachant qu'il s'était renseigné sur son compte et que le FBI s'intéressait aussi à elle. Malheureusement, il n'avait été ni capable ni disposé à interrompre ce qui se passait entre eux. Surtout après qu'Erin lui eut donné le feu vert de façon limpide. *Hé, Erin ? Je suis excité comme un fou, comme tu peux sans doute le remarquer, mais tu veux bien patienter juste une minute, le temps que je te parle de mon nouveau copain, l'agent spécial Sargeant ?*

Impensable. Pourtant, tandis qu'il suivait la courbe de sa hanche du bout du doigt, tout en s'imaginant vivre de nombreuses autres nuits et réveils aussi parfaits, il savait qu'il s'était fourré dans de sales draps.

— Bonjour, marmonna-t-elle en se retournant.

— Bonjour. Tu as bien dormi ?

Elle s'étira langoureusement, dévoilant ses seins, ce qui provoqua une réaction immédiate chez lui.

— Comme si j'avais couru un marathon sans entraînement. Je sens certains muscles qui protestent ce matin.

Rien d'étonnant. La journée, Erin McGarry était une femme distinguée, polie et parfaitement civilisée. Au lit, en revanche, c'était une véritable furie. À un moment, il y avait eu tant de manœuvres, de roulades et de changements de position, qu'il avait craint finir par terre. Elle donnait autant qu'elle recevait, ce qu'il avait trouvé à la fois surprenant et tout à fait réjouissant. Il ne s'était pas attendu à ce que ce soit aussi explosif entre eux.

Elle sourit.

— J'ai besoin d'une douche. Pas toi ?

— Heu… si.

— À quelle heure le chauffeur passe-t-il nous prendre ? demanda-t-elle en lui prenant la main.

— Le chauffeur nous attendra.

Finalement, le chauffeur n'eut pas à les attendre, car ils descendirent dans le hall trois bonnes minutes avant son arrivée. Marcus n'avait jamais vu la nouvelle maison de son père, mais il ne fut pas trop surpris en approchant. Un quartier très chic et arboré, avec de larges trottoirs ombragés, une allée de brique à la courbe parfaite, menant à une immense demeure moderne. Exactement le même genre que les précédentes.

Cependant, les similarités s'arrêtaient là.

Une femme du nom de Maggie leur ouvrit la porte et se présenta comme l'infirmière à domicile de Theodore Price. Marcus ne savait pas à quoi s'attendre, mais certainement pas à cet homme trop maigre et trop pâle, installé dans un fauteuil médicalisé et qui ressemblait à une mauvaise imitation du père viril et masculin dont il se souvenait.

— Hum, je te présente Erin, bafouilla-t-il en faisant un geste dans sa direction.

Ils s'assirent sur le canapé du vaste salon, juste en face de son père qui ne s'était pas levé pour les accueillir. Pas d'embrassades pour fêter les retrouvailles. À vrai dire, cela n'avait jamais été dans leurs habitudes.

— Ravi de vous rencontrer, Erin, dit son père d'une voix faible.

— Enchantée également, monsieur Price, répondit-elle.

— Vous avez fait bon voyage ?

— Sans problème, répondit Marcus, qui craignit soudain que cette visite se déroule comme toutes les précédentes.

Bientôt, ils parleraient de la météo. Son père tourna la tête vers la fenêtre qui donnait sur une pelouse impeccable.

— Belle journée, n'est-ce pas ? À peine un peu de vent.

Et voilà. Marcus eut envie de hurler. Peut-être Erin perçut-elle son désarroi, car elle lui prit la main, comme pour lui insuffler du courage.

— Je suis navré que tu sois malade, dit-il.

Son père acquiesça.

— Est-ce qu'on peut faire quelque chose pour toi ?

— On s'est très bien occupé de moi. Les meilleurs soins qu'on puisse s'offrir avec de l'argent, ajouta-t-il avec un triste sourire. Une bonne leçon sur les limites d'un portefeuille bien garni.

Marcus ne sut quoi répondre.

— Ta femme n'est pas là ?

Son père fit signe que non.

— C'est terminé. On n'est restés mariés qu'un an. Quatre à zéro.

Exactement ce que Marcus était en train de penser.

— Ça a dû être compliqué, en plus de la maladie.

— Le mariage n'a jamais été mon fort.

Difficile de dire le contraire.

— Ni la paternité, d'ailleurs, ajouta son père.

Marcus sentit sa gorge se nouer et il serra la main d'Erin.

— J'en suis désolé, poursuivit-il. J'ai eu le temps de réfléchir, ces derniers temps, et j'en suis arrivé à la conclusion que j'éprouve plus de regrets que je ne suis capable d'en exprimer.

Et maintenant ? Marcus se mit à réfléchir à toute allure. Devait-il rassurer son père mourant ? Le déculpabiliser ? Lui affirmer qu'il avait fait de son mieux ? Qu'élever un enfant était difficile ? Lui rappeler qu'il s'en sortait bien, au final, avec un bon travail, des amis. Les accomplissements d'un enfant ne reflétaient-ils pas ceux des parents ?

— Tu devrais te concentrer sur ce qui te permettrait de moins souffrir, répondit-il.

Ce fut tout ce qu'il parvint à dire.

— Mes actifs sont réunis dans un fidéicommis dont tu es le seul bénéficiaire, Marcus, annonça soudain son père. Cela représente beaucoup d'argent.

Marcus n'avait que faire de la fortune de son père.

— Je… Je ne suis pas venu pour avoir ce genre de conversation avec toi. Je suis là parce que tu es malade.

— Ce qui fait sans doute de toi un homme meilleur que je ne l'ai jamais été. Un père, aussi piètre soit-il, est toujours fier de savoir que son fils est un homme bon.

Il jeta un regard à Erin et ajouta :

— Je suis également heureux de constater que tu as quelqu'un qui compte à tes côtés.

Marcus sentit Erin se tendre et il caressa du pouce le dos de sa main.

— C'est vrai, dit-il simplement.

Il était trop tôt pour faire des déclarations devant son père ou toute autre personne. Il n'avait même pas encore parlé d'avenir avec Erin, mais il savait qu'il y en aurait un. L'inverse était impensable pour lui.

— Je crois que tu ne commettras pas les mêmes erreurs que moi, reprit son père. Grâce à ta mère. Heureusement qu'elle était là pour pallier mes déficiences.

Marcus ne répondit rien et un long silence s'installa. Il sentait que son père était fatigué. Peut-être que ce fauteuil était déjà trop pour lui. Peut-être passait-il le plus clair de son temps allongé. Il était temps de partir. S'il avait quelque chose à dire, c'était maintenant ou jamais.

— Papa... Une fois encore, je suis navré que tu sois malade. Notre relation était loin d'être idéale et cela m'attriste. Mais j'ai appris au fil des ans que les gens ont rarement l'intention de mal faire, que ce soit dans leur vie professionnelle, conjugale ou familiale. En général, on veut bien faire, on veut réussir. Mais il y a beaucoup de paramètres qui peuvent empêcher ça. Parfois, à notre insu, parfois non. Une chose est certaine, en tout cas : tu m'as élevé quand j'étais enfant. Tu m'as fait découvrir la Californie. Tu as financé mes études à l'université. J'ai passé des années merveilleuses ici. Tu as fait certaines choses qui m'ont permis de devenir l'homme que je suis aujourd'hui. Et je t'en remercie. J'ai pris la décision de me concentrer sur les aspects positifs de notre relation, plutôt que sur mes regrets. Je… Sans doute que je te souhaite la même chose.

Marcus se leva alors, traversa la pièce et, avec une infinie tendresse, prit son père mourant dans ses bras.

17

Quelques heures plus tard, Erin était de retour au magasin pour vérifier que tout s'était bien passé. Elle salua Jim, le vigile, puis attendit que les deux filles aient fini avec un client.

— On a assuré ! s'exclama Raven, l'air ravi. Mais on ne pensait pas que vous reviendriez si tôt.

— On a pu prendre un vol plus tôt, expliqua Erin. J'aimerais filer voir ma sœur. Si vous pouviez tenir la boutique encore jusqu'à 16 heures ?

Elles acceptèrent avec joie et Erin récupéra sa voiture pour se rendre chez Morgan.

— Tu es censée être alitée ! s'exclama-t-elle en découvrant sa sœur installée sur le canapé du salon. Je vais devoir te dénoncer à la police médicale.

— Allongée au lit ou sur le canapé, c'est pareil. J'ai simplement le droit de me lever pour aller aux toilettes. Aie un peu pitié de moi !

— C'est bon pour une fois, concéda-t-elle en l'embrassant. Où est Brian ?

— Au travail. Il doit faire les courses avant de rentrer.

Elle soupira.

— Tu savais que tes pieds grandissaient pendant la grossesse ? demanda-t-elle en examinant ses orteils.

— Tu fais du 37. Pourquoi t'inquiètes-tu ?

— Je ne m'inquiète pas. C'est juste que ce bébé change complètement la donne.

— À tous les niveaux, visiblement.

— C'était comment la Californie ?

— Marcus a été fantastique avec son père. Gentil. Attentionné. Indulgent.

Sa sœur sourit.

— Quoi ?

— On dirait bien que tu as un tout petit faible pour le lieutenant Price.

— On a passé la nuit ensemble, avoua Erin.

Elle n'était pas du genre à divulguer des détails intimes, mais il s'agissait de Morgan, sa sœur et sa meilleure amie à la fois. Elle voulait connaître son avis. Elle avait besoin de ses conseils.

— Je ne te demande même pas si c'était bien, dit Morgan. Il suffit de regarder Marcus pour comprendre que c'est un bon plan au lit.

Erin était absolument d'accord. Marcus était si parfait physiquement, si fort et confiant, qu'elle en avait renoncé à toute retenue. Ils avaient manqué de casser le lit les deux premières fois, et la troisième, sous la douche, avait été brûlante, sauvage et… délicieuse. Heureusement qu'elle n'avait pas rencontré Marcus dix ans plus tôt. Elle n'aurait pas été prête et n'aurait pas su comment réagir. Sans avoir couché à droite et à gauche, elle avait eu de nombreux amants. Toutefois, après une seule nuit avec Marcus Price, elle avait du mal à se souvenir de leur nom.

— Il me plaît vraiment beaucoup, admit-elle.

— Il te plaît ou bien il y a quelque chose en plus ?

— Je ne sais pas, hésita Erin. J'ignore à quoi ressemble ce quelque chose en plus. Je n'ai jamais été amoureuse.

— Tu sauras. Prends ton temps. Il va peut-être y avoir un moment d'adaptation.

— Je ne suis pas pressée, j'imagine.

La porte d'entrée s'ouvrit et Brian apparut, les bras chargés de quatre sacs de courses.

— Quel homme ! s'exclama Erin avec un clin d'œil en direction de sa sœur.

— Pourquoi crois-tu que j'ai mis le grappin dessus aussi vite ? Moralité : prends ton temps, mais ne lambine pas trop quand même.

Erin sourit et partit aider son beau-frère à ranger les provisions. Elle n'avait certainement pas lambiné, la nuit précédente, avec Marcus.

Après avoir déposé Erin, Marcus prit la direction du commissariat. Deux messages intéressants l'attendaient sur le répondeur de son bureau. Le premier annonçait que le Ford Explorer avait été récupéré et que les techniciens étaient en train de l'examiner. C'était une bonne nouvelle. Le second était de l'agent spécial Sargeant, qui le priait de rappeler. Marcus envisagea une seconde de l'ignorer, mais se ravisa. C'était impossible. Il composa le numéro.

— Bonjour, c'est Marcus Price, dit-il quand son interlocuteur décrocha.

— Notre conversation s'est terminée de façon un peu abrupte la dernière fois.

— J'en suis désolé. Une urgence qui exigeait mon attention.

— Je comprends. Cela m'a donné l'occasion de discuter de votre situation avec ma hiérarchie.

Votre situation. Il avait une situation ?

— D'accord.

— Mais d'abord je voulais vous informer que j'ai avancé sur les photos des deux hommes, ceux que vous avez baptisés Causeur et Casquette.

— Je vous écoute.

— Causeur s'appelle Gasdrig Olimar et Casquette, Ivan Smertoski.

Des noms qui ne lui évoquaient rien.

— Ils sont connus du FBI ?

— Et d'autres agences. Ce sont des ressortissants russes, même si Ivan Smertoski a grandi aux États-Unis.

La logique imposait la question suivante, mais Marcus répugnait à la poser.

— Et… quel est le lien avec Erin McGarry ?

— C'est bien ce qu'on aimerait comprendre. Olimar et Smertoski font partie d'une petite cellule terroriste que nous tenons à l'œil depuis quelques années. Anti-américanisme très prononcé mais aussi quelques attaques au Royaume-Uni et en France.

Erin avait séjourné en France.

— Un lien avec Albert Peet ou Preston's Automobile Exchange ?

— Pas à notre connaissance. En revanche, leur présence aux États-Unis ne nous plaît pas beaucoup.

— Ils ne sont pas surveillés ?

— Gasdrig Olimar est sur liste noire. Mais il a voyagé sous un faux nom.

— Laissez-moi deviner : Michael Stone ou Scott Einstein ?

— Michael Stone, en effet. Comment le savez-vous ? demanda Sargeant d'une voix dure.

Marcus lui raconta ce qui était arrivé à la sœur de Serenity au Pinetree Paradise, ainsi que la conversation qu'il avait eue avec la gérante.

— Si je comprends bien, l'un d'eux est soupçonné d'agression sexuelle sur cette femme ?

— Ils sont nos principaux suspects.

— Et qui est ce Scott Einstein ?

— Le type qui a loué la voiture que conduisait Michael Stone.

Il laissa Sargeant réfléchir un instant, puis ajouta :

— De toute évidence, Michael Stone est le pseudonyme qu'il a utilisé pour prendre l'avion et il en a utilisé un autre, Scott Einstein, pour louer une voiture.

— Comment le savez-vous ?

Marcus lui parla du Ford Explorer.

— Je viens d'apprendre que le véhicule a été récupéré par nos collègues et qu'il est actuellement entre les mains des techniciens.

— Il me faudra une copie du rapport.

— Très bien.

Autant garder son énergie pour discuter de détails importants.

— Vous vous êtes absenté, fit remarquer Sargeant.

— Exact.

— Avec Mme McGarry.

— Exact encore. Raison familiale.

— Je sais.

Marcus ne lui demanda même pas comment il savait. À vrai dire, peu importait. Il présumait que l'agent spécial Sargeant avait une idée derrière la tête et cela ne lui plaisait pas du tout.

— On va inviter Mme McGarry au commissariat.

Marcus sentit une douleur sourde lui nouer le ventre.

— Vous allez la placer en garde à vue ?

— On veut juste lui parler. Nous n'avons aucune raison de penser qu'il existe une association antérieure entre elle et Olimar et Smertoski, mais il n'en reste pas moins étrange qu'ils se soient tous trouvés à bord du même avion en provenance de Paris, qu'ils aient tous fait escale à New York, avant de prendre de nouveau le même vol pour Seattle. Tout ça pour les retrouver à Knoware, où vous avez vous-même été témoin d'interaction entre eux.

Résumées ainsi, les choses ne se présentaient pas bien pour Erin. Mais il la connaissait. Il lui faisait confiance. En revanche, elle allait s'inquiéter d'apprendre que le FBI voulait lui parler.

— Laissez-moi lui expliquer ce qui se passe, demanda-t-il.

— Mauvaise idée, répondit aussitôt Sargeant. Et honnêtement, ma hiérarchie n'acceptera jamais.

— Dans ce cas, permettez-moi d'être présent pendant l'interrogatoire.

— Accordé.

Heureusement que son interlocuteur n'était pas en face de lui, pensa Marcus. Sans quoi, il aurait été tenté de lui mettre son poing dans la figure.

— Une idée de l'endroit où je peux la trouver à cette heure de la journée ? demanda l'agent.

Marcus aurait pu répondre qu'il n'en savait rien, mais cela reviendrait à retarder l'inéluctable. Et il serait encore pire de croiser Erin plus tard chez lui.

— Elle doit se rendre chez sa sœur.

— Merci. Marcus ? ajouta Sargeant d'un ton plus aimable. Ne l'appelez pas pour la prévenir de ma visite. Cela ne ferait qu'embrouiller inutilement une enquête à laquelle vous ne devriez vraiment pas être mêlé. De plus, cela ne serait pas vous rendre service, ni à elle, ni à vous.

— Où souhaitez-vous l'interroger ? demanda Marcus, sans commenter.

— Dans votre commissariat, si vous êtes d'accord.

Il les attendait de pied ferme. La veille, il s'était promis d'être aux côtés d'Erin pour tous ses combats et il était encore plus déterminé à tenir parole.

— Je ne bouge pas.

Après avoir rangé les provisions, Brian avait coupé un gâteau apporté par une voisine.

— Il faut vraiment que je file, annonça Erin, après avoir pratiquement léché le glaçage de son assiette.

Il lui restait plusieurs heures de travail et la journée avait été riche en événements. Cependant, elle soupçonnait que Marcus et elle disposeraient de l'énergie nécessaire pour faire de nouveau l'amour, quand ils se retrouveraient le soir. Sur le vol du retour, il avait fait remarquer en plaisantant qu'elle ne pourrait pas continuer à vivre avec ses bagages dans son coffre de voiture et qu'elle devait envisager de laisser quelques affaires dans sa maison. Elle lui avait alors rappelé que son projet initial était de rester une seule nuit chez lui.

— C'était nul, comme projet, avait-il simplement répondu.

Il avait probablement raison. Elle aurait dû se douter qu'elle ne résisterait pas. Ils n'avaient pas abordé la question du lendemain, en dehors de cet accord tacite qu'elle logerait chez lui dans l'immédiat. C'était tout. Cela suffisait cependant pour lui faire tourner la tête.

La sonnette de la porte d'entrée retentit.

— Tu veux que j'aille ouvrir ? proposa-t-elle à Brian.

— J'y vais. J'aurais mauvaise conscience de t'arracher à ce bijou de comédie romantique que vous regardez.

Erin et Morgan échangèrent un sourire. Deux minutes plus tard, Brian était de retour accompagné d'un homme brun très grand, vêtu d'un costume. Devant son air sérieux, Morgan baissa immédiatement le volume de la télévision.

— C'est l'agent spécial Sargeant du FBI, annonça Brian, qui tenait une carte de visite à la main. Il voudrait parler à Erin.

Erin se leva. Le FBI ? Qu'est-ce que… ?

— Heu… Entrez, je vous en prie.

— J'ai pris mes dispositions pour qu'on puisse discuter au commissariat, répondit l'homme.

Il fallut quelques secondes à Erin pour comprendre. Des dispositions. Au commissariat. Marcus était forcément au courant d'un entretien avec le FBI dans ses locaux. Elle attrapa son sac posé sur une chaise.

— Ma sœur a-t-elle besoin d'un avocat ? s'enquit Morgan en se levant, une lueur inquiète dans les yeux.

— Nous souhaitons simplement avoir une discussion avec elle, madame.

Erin aurait voulu demander pourquoi, mais elle ne pouvait pas le faire devant sa sœur.

— Tout va bien, Morgan, assura-t-elle avec un calme

olympien, en lui faisant signe de se rasseoir. Je t'appelle dès que j'ai fini. J'aimerais utiliser mon propre véhicule, ajouta-t-elle à l'adresse de l'agent. Je dois me rendre au travail après. Il y a deux adolescentes qui attendent que je les relève.

— Pas de problème. Je vous suis.

Quand elle monta dans sa voiture, elle avait les mains qui tremblaient. Même si l'agent spécial avait assuré qu'il s'agissait d'une simple discussion, il était troublant que le FBI ait pris la peine de venir chez sa sœur. Erin avait la tête qui tournait. Cela avait-il quelque chose à voir avec Preston's ? Elle avait toujours soupçonné qu'il s'y passait quelque chose de louche. Peut-être espérait-on qu'elle soit en mesure de les éclairer ?

Le SUV de Marcus était garé devant le commissariat. Il savait que le FBI voulait lui parler. Pourtant, il n'avait pas appelé pour la prévenir. Qu'est-ce que cela signifiait ? Elle se gara à son tour et attendit que Sargeant la rejoigne sur le trottoir. Il l'invita à entrer et, à l'accueil, demanda Marcus.

Les lèvres pincées, ce dernier sortit de son bureau. Il ne la quittait pas du regard, mais ne la salua pas. Il ne la prit pas dans ses bras. Il n'eut pas le moindre geste dans sa direction. Il leur fit simplement signe de le suivre jusqu'à une salle de réunion. Erin s'assit d'un côté de la table ovale, tandis que l'agent spécial s'installait au bout. Marcus tira la chaise juste en face d'elle. Erin gardait les yeux rivés sur l'agent du FBI.

— Madame McGarry, je crois que vous connaissez le lieutenant Price, chef par intérim de ce commissariat.

— Oui.

— Avez-vous la moindre objection à ce qu'il assiste à cette conversation ?

— Non.

— J'aimerais savoir quelle est votre relation avec Gasdrig Olimar et Ivan Smertoski.

Erin réfléchit un instant, cherchant à se souvenir de certains clients chez Preston's, mais ces deux noms ne lui disaient rien.

— Je ne connais personne de ce nom-là, répondit-elle.

L'agent du FBI la regarda longuement.

— Avez-vous pris l'avion entre Paris et New York jeudi dernier ?

— Oui.

— Puis entre New York et Seattle le même jour ?

— Oui.

— Si je vous informais que Gasdrig Olimar et Ivan Smertoski avaient suivi exactement le même itinéraire le même jour, que répondriez-vous ?

— Je ne sais pas. Cela ne me dit rien du tout.

L'agent spécial Sargeant sortit alors son smartphone de sa poche.

— Examinez cette photo, je vous prie. Elle a été prise à bord du vol 425 de Paris à New York.

Erin se pencha vers l'écran. C'était une photo d'elle à bord de l'avion. Elle était assise dans son siège et regardait droit devant elle. Sans doute le cliché avait-il été pris au début du vol, pendant qu'elle visionnait un film. Les deux inconnus qu'elle avait fini par reconnaître occupaient les fauteuils voisins. Bien qu'ils ne soient pas au premier plan, on les distinguait parfaitement.

— Qui a pris cette photo ? s'enquit-elle.

— Un steward. À notre demande.

— Pourquoi ?

— Nous y viendrons plus tard.

Pour la première fois, Erin regarda Marcus, essayant de déchiffrer son expression. Que se passait-il ? Pourquoi restait-il aussi impassible ?

— Qui sont les hommes assis à côté de vous ? interrogea l'agent du FBI.

— Je n'en ai pas la moindre idée. Des inconnus. Je ne les avais jamais vus avant.

— Les avez-vous revus depuis ?

Elle eut soudain la certitude que l'agent Sargeant connaissait parfaitement la réponse à cette question.

— Oui. Ici, à Knoware.

En face d'elle, Marcus se crispa mais ne dit rien.

— Pour quelle raison avez-vous rencontré ces deux hommes à Knoware ? poursuivit Sargeant.

— Pour aucune raison. Je les ai croisés une première fois dans le magasin de ma sœur. Ils sont repartis sans rien acheter. Puis, quelques minutes plus tard, quand je suis sortie à mon tour, je les ai trouvés près de ma voiture. Ils ont expliqué qu'ils cherchaient à acquérir une nouvelle voiture et que le modèle que j'avais leur plaisait. La seconde fois, il y avait juste le plus âgé des deux. Il se tenait derrière moi pendant que je faisais la queue au marché gourmand. On a échangé quelques mots à propos de mon sac à main. C'est tout.

— Vous avez parlé de votre sac à main ? répéta Sargeant, incrédule.

— Oui. Il a dit qu'il voulait en acheter un pour sa femme et a demandé s'il venait du magasin. Ce ne sont pas ses propos exacts, mais le sens général de la conversation. Je ne comprends pas vos questions. Je ne comprends pas pourquoi c'est important.

— N'avez-vous pas trouvé étrange de croiser à Knoware des gens qui étaient sur le même vol en provenance de Paris ?

— Je ne les ai pas reconnus tout de suite. Ce n'est que récemment que je me suis rendu compte que c'était eux.

L'agent Sargeant s'empara de la carafe d'eau posée au milieu de la table sur un plateau et se servit un verre. Il interrogea Marcus et Erin du regard, mais ils déclinèrent tous les deux.

— Récemment ? Quand exactement ?

— Hier. À bord du vol pour Los Angeles.

Sargeant se tourna vers Marcus.

— Donc après notre première discussion.

Marcus acquiesça. Quoi ? Marcus avait parlé d'elle avec le FBI avant leur voyage à LA ? Comment était-ce possible ? Comment avait-il pu lui cacher une chose pareille ? Erin avait soudain du mal à respirer. Elle devait sortir de cette pièce. Vite.

— Quel est le rapport avec Preston's ? demanda-t-elle.

— À vous de nous l'apprendre, madame McGarry.

— Je n'en ai pas la moindre idée ! s'écria-t-elle, exaspérée.

Elle se sentait oppressée. Marcus se pencha en avant :

— Elle vous a expliqué qu'elle ne connaissait pas les deux hommes de l'avion. Que voulez-vous qu'elle vous dise de plus ?

L'agent du FBI poussa un soupir.

— Voici Gasdrig Olimar, dit-il en désignant le plus âgé des deux. Et voici son filleul, Ivan Smertoski. Olimar est sur la liste noire du gouvernement pour ses activités terroristes. Nous avons récemment été informés de menaces sérieuses d'attentat sur le territoire américain, et l'arrivée d'Olimar et Smertoski nous inquiète particulièrement.

Des terroristes. Elle avait parlé avec des terroristes. Ils étaient venus dans le magasin de sa sœur.

— Comment ont-ils pu prendre l'avion s'ils sont surveillés par le gouvernement ? bredouilla-t-elle.

— Ils ont tous les deux utilisé de fausses identités soigneusement construites depuis plusieurs années. Leur passeport n'a déclenché aucune alerte.

— Pourtant vous les aviez à l'œil, non ? Sinon, pourquoi les auriez-vous pris en photo à bord de l'avion ? Vous ne photographiez quand même pas tout le monde ?

— Non, en effet. Mais ce n'était pas eux que nous visions. C'était vous.

Erin accusa le coup.

— Pourquoi ?

— Parce que le FBI et d'autres agences internationales vous suivent depuis quelque temps déjà.

— Moi ? demanda-t-elle d'une toute petite voix, avant de s'éclaircir la gorge.

— Oui. À cause de votre relation avec Albert Peet et Preston's Automobile Exchange.

Qu'est-ce qu'Albert venait faire avec Preston's Automobile

Exchange ? En dehors du fait qu'il avait été client chez eux et avait aidé Erin à trouver du travail chez le revendeur.

— Vous pensez qu'Albert est impliqué dans ce qui se passe chez Preston's Automobile Exchange ?

L'agent Sargeant inclina la tête sur le côté et demanda :

— Et que se passe-t-il exactement chez Preston's Automobile Exchange ?

Elle raconta la même histoire qu'à Marcus : la collègue absente, les anomalies répétées, puis son licenciement brutal, juste après avoir signalé ces problèmes à son chef. L'agent l'écouta avec attention, prenant parfois des notes.

— Vous entreteniez une relation sentimentale avec Albert Peet, dit-il.

— On sortait ensemble, indiqua-t-elle.

— Il vous a aidée à trouver un emploi chez Preston's. Lui avez-vous parlé de votre licenciement ?

— Non. Nous avions cessé de nous fréquenter à cette période.

Sargeant feuilleta un instant ses notes.

— Nous avons des traces d'un appel vers le téléphone portable de M. Peet une semaine avant votre départ de Paris.

Son téléphone était sur écoute. Elle était surveillée. C'était irréel.

— Si vous avez enregistré mes conversations, vous devez savoir pourquoi je l'ai appelé.

— Votre smartphone n'était pas sur écoute. Nous avons simplement obtenu un mandat pour consulter votre journal d'appels.

C'était sans doute mieux que rien.

— J'avais quelques vinyles à lui rendre. Je l'ai appelé pour le prévenir que je les laisserais devant sa porte.

— Quelqu'un vous a vue déposer les disques ?

— Non. Mais j'ai croisé ma voisine en sortant de chez moi.

— D'accord. Nous vous demanderons peut-être les coordonnées de cette voisine.

Il consulta de nouveau ses notes.

— Donc, vous n'aviez jamais vu aucun des deux hommes chez Preston's ou ailleurs dans Paris ?

— Non.

Marcus se servit à son tour un verre d'eau. Puis un second, qu'il fit glisser dans la direction d'Erin. Elle ne broncha pas.

— Cela me semble étrange et très improbable qu'ils aient emprunté exactement le même itinéraire que vous, fit remarquer l'agent Sargeant. D'ailleurs, nous avons vérifié leurs billets achetés sous un faux nom. Ils n'ont réservé pour Seattle qu'une fois arrivés à New York.

Qu'est-ce qui avait bien pu décider ces deux hommes à venir à Seattle ? L'avaient-ils suivie ? Mais pourquoi deux terroristes peut-être sur le point de commettre un attentat s'intéresseraient-ils à elle ? Elle n'était personne. Une femme seule partant rejoindre sa sœur. Ils auraient dû comprendre au premier regard qu'elle n'avait rien de particulier.

Au premier regard. Elle rumina cette pensée. Qu'avaient-ils vu ? Elle voyageait en pantalon de yoga et avec des chaussures confortables. Elle avait un bagage-cabine qu'elle avait rangé dans le compartiment au-dessus de son siège. Et son grand sac cabas en cuir marron glissé entre ses pieds.

— Oh ! mon Dieu ! s'écria-t-elle. Je crois que je sais quelque chose !

— Quoi ? s'exclama l'agent spécial Sargeant.

Quand elle se baissa pour prendre son sac à dos, elle le vit se crisper.

— J'ai trouvé une clé USB. Dans mon vieux sac à main. Celui dont je me sers surtout quand je voyage.

Elle sortit l'enveloppe en kraft de son sac à dos.

— Le premier jour au magasin de ma sœur, j'ai remarqué un autre sac à main, très joli. J'ai fait le transfert et j'ai rangé quelques bricoles dont je n'avais pas l'utilité immédiatement dans cette enveloppe que j'ai laissée à la boutique. Je ne l'ai récupérée qu'hier parce que j'ai eu besoin de mon passeport. C'est alors que j'ai retrouvé la clé USB.

Elle retourna l'enveloppe et la clé glissa sur la table avec un petit bruit sec.

— Tenez, dit-elle en la poussant vers Sargeant à l'aide de l'enveloppe.

— Avez-vous regardé ce qu'il y a dessus ?

— Non. Quand je l'ai trouvée au fond de mon vieux sac, j'ai cru que je l'avais oubliée là il y a longtemps. Je l'ai rangée avec mon passeport et je n'y ai plus pensé.

Marcus se leva.

— Cela semble logique. Je vous ai dit qu'Erin avait été agressée samedi soir sur le parking de l'hôpital. On l'a bousculée pour lui voler son sac, qui a été retrouvé quelques rues plus loin. La clé USB ne s'y trouvait pas, évidemment, puisqu'elle l'avait déjà rangée dans l'enveloppe. Le lendemain, la maison où Erin logeait a été cambriolée. Un peu d'argent a été dérobé, mais la pièce qui a été le plus saccagée était celle d'Erin.

— Ils cherchaient la clé, murmura l'agent Sargeant.

— Oui ! s'exclama Marcus en tapant du poing sur la table. Il faut qu'on sache ce qui se trouve sur cette clé.

— Pouvons-nous utiliser l'ordinateur de votre bureau ? demanda Sargeant.

— Allons-y.

Les deux hommes semblaient l'avoir oubliée.

— Vous avez encore besoin de moi ? s'enquit-elle. Il faut que je retourne au magasin de ma sœur.

— J'aimerais prendre vos empreintes digitales. Vous avez manipulé la clé USB. Il faut qu'on puisse vous écarter.

— Inutile, répondit Marcus avec impatience. Ses empreintes sont déjà fichées.

Ses empreintes avaient été enregistrées lors de son bref passage en prison en Amérique du Sud. Mais comment Marcus pouvait-il être au courant de ce détail ?

— Comment le sais-tu ?

— Je… heu… On en reparlera plus tard, bafouilla-t-il.

Hors de question.

— Vous pouvez y aller, madame McGarry, intervint l'agent Sargeant. Je vous remercie de votre franchise. La découverte de cette clé USB est une sacrée bonne nouvelle. Ça pourrait être énorme.

Énorme comme le trou qui était en train de s'ouvrir dans son cœur. Pendant qu'elle se confiait à Marcus, celui-ci n'avait fait que garder ses secrets.

— Inutile de me raccompagner jusqu'à la sortie, marmonna-t-elle. Je connais le chemin.

18

Le regard vide et distant d'Erin fit l'effet d'une gifle à Marcus. Il aurait voulu l'arrêter, la serrer contre lui, la convaincre que tout allait bien se passer. Mais l'agent Sargeant l'attendait avec impatience. Ils devaient se dépêcher de vérifier le contenu de la clé USB.

Erin et lui parleraient plus tard. Il tenta de lui faire comprendre cela d'un regard, mais elle lui tournait le dos. Il avait fait une erreur en évoquant les empreintes digitales. Elle était fatiguée et stressée, et il espérait simplement la libérer plus vite de cette situation. Cependant, maligne comme elle était, elle avait aussitôt relevé son lapsus. Sargeant n'avait rien arrangé en rappelant que Marcus et lui s'étaient parlé auparavant.

En fin de compte, c'était peut-être mieux ainsi. Toutes les cartes étaient sur la table à présent. Il lui expliquerait. Ses actes étaient sensés et justifiés. Elle ne manquerait pas de comprendre. Elle devait comprendre.

Dans son bureau, il invita Sargeant à prendre place et l'agent inséra dans l'ordinateur la clé USB qu'il tenait toujours avec un mouchoir. Aussitôt, un message d'erreur apparut sur l'écran. Sargeant eut l'air contrarié. Il cliqua plusieurs fois, tentant une manœuvre qui dépassait les compétences en informatique de Marcus.

— J'ai une adjointe qui est assez pointue pour ce genre de choses, proposa-t-il en pensant à Serenity.

Sargeant ne réagit pas, concentré sur l'écran et ses tentatives infructueuses.

— Nous avons affaire à un cryptage d'un excellent niveau, annonça-t-il enfin. Cela m'étonnerait que votre collègue ait plus de chance que moi. Il va nous falloir la crème de la crème. Heureusement, nous avons ça chez nous au FBI.

— Comment comptez-vous procéder ?

— Je ne sais pas exactement, répondit Sargeant en sortant son smartphone.

Dix minutes plus tard, ils étaient fixés. Une experte informatique du Bureau, actuellement en poste à Seattle, arrivait par jet officiel directement au petit aérodrome de Knoware, où l'agent spécial Sargeant irait la chercher.

— Nous serons de retour dans quatre-vingt-dix minutes, annonça Sargeant.

Marcus consulta l'horloge murale. Il était tout juste 16 heures. Ils n'auraient aucune précision avant 17 h 30. Une éternité. Cependant, il savait comment occuper son temps.

— Je serai là, répondit-il. En revanche, il ne faut pas oublier qu'Olimar et Smertoski n'ont pas été aperçus dans Knoware depuis samedi soir.

— Vous avez pourtant des raisons de penser qu'ils étaient en ville lundi, quand cette jeune femme a été agressée à l'hôtel.

— Oui.

— Alors, ils sont toujours dans le coin. Peut-être se cachent-ils, à cause de la situation. Mais ils ne partiront pas avant d'avoir récupéré cette clé.

Ce qui signifiait qu'Erin n'était pas en sécurité.

— Mettez cette clé en lieu sûr, demanda Sargeant, avant de sortir de la pièce.

Marcus l'enferma dans le second tiroir de son bureau, puis il signa rapidement une pile de formulaires, valida quelques achats de matériel et posa son stylo. Il devait voir Erin. Sans doute Olimar et Smertoski ne tenteraient-ils rien au magasin, avec la présence du vigile, mais il préférait ne prendre aucun risque. Il sortait à son tour quand le téléphone sonna sur son bureau.

— Marcus Price, annonça-t-il en décrochant.

— Bonjour, c'est la médico-légale. On a des informations concernant le Ford Explorer.

Quinze minutes plus tard, lorsque Marcus entra au Coffre aux Trésors, il y avait du monde dans la boutique. Il salua Tyson, qui avait remplacé Jim. Erin l'avait vu, mais n'afficha aucune réaction, restant parfaitement concentrée sur la personne qu'elle servait. Marcus attendit en examinant un nouvel arrivage d'angelots en pierre. Quand le dernier client fut sorti, il s'approcha enfin.

— Salut, dit-il.

— Bonjour, répondit-elle d'un ton glacial.

— Comment ça va ?

— Bien. Et toi ?

Elle était furieuse. Lui-même se sentait désorienté. L'idée qu'elle ait été en possession de cette clé USB tout ce temps le rendait malade. Elle avait couru un grave danger et cela n'était pas terminé. Pas tant que les deux hommes ne seraient pas interpellés. Il se tourna vers Tyson :

— Erin et moi allons deux minutes dans l'arrière-boutique, lança-t-il à Tyson. Tu nous avertiras s'il y a du monde, s'il te plaît ?

— Je n'ai aucune envie d'aller dans l'arrière-boutique, protesta Erin.

— Je t'en prie. J'ai des informations concernant le Ford Explorer qui a renversé Jordan Reese.

— Très bien.

Elle passa en trombe devant lui et gagna la cuisine.

— Je t'écoute.

— Il y a plusieurs choses. D'abord, sur les lieux de l'accident, on a retrouvé un morceau de plastique. On n'était pas sûrs de ce que c'était, mais comme Jordan avait décrit le véhicule comme étant un SUV noir on était à peu près certains qu'il s'agissait d'un élément de preuve. Ensuite, en enquêtant sur l'agression de Faith Jones, la sœur de Serenity, on a découvert que deux clients avaient quitté leur chambre plus tôt que prévu et sans prévenir. Ils conduisaient un Ford Explorer, loué le jeudi soir de ton arrivée à Knoware, et restitué le samedi, jour de l'accident de Jordan.

— Ces deux hommes, c'étaient Olimar et Smertoski ?

— Oui, sous une fausse identité. De plus, l'état des lieux de retour à l'agence de location ne mentionnait aucun impact. On a fait saisir le véhicule, afin qu'il soit examiné par le labo. Il manque un morceau de plastique sous le pare-chocs avant. Ce sont donc bien Olimar et Smertoski qui ont renversé Jordan. Ils vont devoir affronter une avalanche de chefs d'accusation quand on les arrêtera.

— C'est une bonne nouvelle. Autre chose ou bien je peux retourner travailler ?

Il aurait voulu lui dire qu'il l'aimait, mais le moment était vraiment mal choisi. Voyant qu'elle faisait mine de regagner la boutique, il la saisit par le bras. Elle serra les dents, le regard furieux. Oui, il n'avait pas été honnête. Mais elle aussi avait gardé des secrets.

— Quand avais-tu l'intention de me dire que tu avais reconnu les deux hommes de Knoware ? demanda-t-il.

— Comment savais-tu que mes empreintes étaient déjà fichées ? rétorqua-t-elle.

Plus question de mentir.

— Je me suis renseigné sur toi.

— Quand ça ?

Elle n'avait pas l'air trop choquée de l'apprendre. Sans doute avait-elle eu le temps de réfléchir.

— Après t'avoir vue discuter avec Olimar au marché gourmand. Tu semblais réticente à parler de toi et ce type ne m'inspirait pas confiance. En plus, on avait été informés d'un risque d'attentat élevé.

— Tu as pensé que j'étais une terroriste ?

— Non, je… Je ne sais pas ce que j'ai pensé. Mais j'avais besoin d'en apprendre plus.

— Et tu n'as jamais envisagé de me poser la question ? Un truc du genre : « Hé, Erin ? Qui est ce gars avec qui tu parlais ? »

Il tenta de se détendre, en vain.

— Je me demandais si ses types et toi n'étiez pas… complices d'une façon ou d'une autre.

— Du coup, tu as vérifié mon casier judiciaire. Tu as déniché des détails croustillants ?

— J'en ai appris plus que ce que tu avais bien voulu me dire à ce moment.

— Dans ce cas, bravo, lieutenant. C'était un bon plan.

— Bon sang, Erin ! Je suis flic ! J'ai reçu très récemment un message officiel m'avertissant d'un risque élevé d'attentat sur le sol américain et me recommandant la plus grande vigilance. Tu étais une inconnue qui venait de débarquer en ville.

Elle fit un pas vers lui et chuchota :

— Ça ne t'a pourtant pas empêché de m'emmener voir ton père. Ni de coucher avec moi. Malgré tout ça, tu avais encore des doutes ?

— Non ! Je savais que tu ne représentais aucun danger. Tu m'avais parlé de Preston's. J'ai bien compris que cette expérience t'avait échaudée.

— Une fois encore, tu as laissé passer une occasion de me dire la vérité, répondit-elle en reculant.

— J'allais le faire, répliqua-t-il, piqué au vif.

— Je ne te crois pas, Marcus. Sors d'ici, s'il te plaît.

Il ne voulait pas partir. Pas comme ça. Cependant, mieux valait peut-être prendre le temps de se calmer tous les deux.

— On en reparlera ce soir chez moi.

— Non. Je ne dors plus chez toi.

— Olimar et Smertoski sont toujours dans la nature. C'est dangereux.

— C'est vous qui avez la clé USB.

— On n'arrive pas à l'ouvrir. Sargeant fait venir une experte en informatique.

Erin ne put cacher sa surprise.

— Tu vois, reprit-il. Il faut vraiment que tu loges encore chez moi cette nuit.

— Non.

— Si. Je viens de t'expliquer que cette affaire est loin d'être réglée.

— Je m'en fiche.

— Tu ne devrais pas !

Il ne pouvait pas la laisser se mettre en danger. Erin passa à côté de lui et regagna la boutique d'un pas furieux. Il prit quelques secondes pour retrouver son calme, puis la suivit. Tyson le regarda d'un air étonné.

— La conversation n'est pas terminée, annonça-t-il, refusant de poursuivre en public.

Puis il sortit du magasin.

Erin avait envie de pleurer, mais se retenait avec détermination. Pas question de craquer. Pour s'occuper les mains et l'esprit, elle se mit à ranger fébrilement les rayonnages. Son répit fut cependant de courte durée, car le carillon au-dessus de la porte tinta et Daisy Savick entra dans la boutique.

— Salut !

— Comment ça va, Daisy ? demanda-t-elle bravement.

Elle refusait de se donner en spectacle.

— J'aurais mieux fait de passer directement à la maison. Je pensais que Raven et Sophie étaient toujours ici.

— Elles sont parties il y a un moment. On a pu prendre un vol plus tôt.

— J'ai hâte qu'elles me racontent tout ça.

— Elles sont super. Vous devez être très fiers d'elles.

— C'est vrai. Ça s'est passé comment à Los Angeles ? Comment va le père de Marcus ?

Les yeux d'Erin se remplirent de larmes. Tout lui avait semblé beaucoup plus simple en Californie. À présent, ce n'était plus qu'un sac de nœuds.

— Oh ! Erin ! Je suis désolée, s'écria Daisy en la prenant par les épaules. Je n'aurais pas dû en parler.

Erin jeta un regard à Tyson, qui s'était détourné avec tact.

— Ce n'est pas ta faute. C'est… compliqué. Marcus a été super avec son père. Il a réussi à le réconforter, le rassurer et le déculpabiliser. Sans doute tout ce qu'un père est en droit d'attendre d'un fils.

— Mais ? insista Daisy.

— Je ne sais pas trop où on en est, Marcus et moi. Je ne sais plus. Mais je crains que ce ne soit pas terrible. Je ne peux pas en dire plus.

Elle ne pouvait pas lui avouer que Marcus s'était entendu avec le FBI contre elle et qu'il avait vérifié en douce son casier judiciaire.

— Ma pauvre Erin. Je ne veux pas être indiscrète, mais ça me fend le cœur de te voir comme ça. Tout ce que je sais, c'est que je fais confiance à mon mari et Blade est sûr à cent pour cent que Marcus est amoureux de toi. Tu es celle qu'il attend depuis si longtemps.

Était-ce la vérité ? Cela avait-il seulement encore de l'importance ?

— Merci, Daisy. Merci de ne pas t'être enfuie en courant en me voyant fondre en larmes. C'était courageux de ta part et Marcus a de la chance d'avoir des amis comme toi, Blade et Jamie. Beaucoup de chance.

— Il a aussi de la chance de t'avoir. Que dirais-tu d'un peu de chocolat ? Je crois qu'il va m'en falloir plusieurs boîtes.

Erin terminait d'encaisser les achats quand de nouveaux clients entrèrent. Elle adressa un petit salut à Daisy et s'avança, confiante de réussir à faire bonne figure. Tyson, en revanche, ne la quittait pas des yeux, l'air pensif. Elle s'attendait plus ou moins à ce qu'il tente de plaider la cause de Marcus mais il garda ses distances. Elle lui en fut reconnaissante. Cela aurait été la goutte d'eau proverbiale et Tyson n'était responsable de rien. Ce n'était pas contre lui qu'elle était en colère. Ce n'était même pas contre Marcus. Elle était blessée. Elle se sentait stupide. Elle avait parlé de Preston's à Marcus, alors qu'elle n'avait rien dit à sa sœur. Comment avait-elle pu se confier aussi facilement à un homme qui lui mentait ? Comment avait-elle pu être aussi aveugle ? Blade affirmait que Marcus l'aimait. Dans ce cas… peut-être l'amour ne suffisait-il pas. Que faire d'un amour sans confiance ? Marcus ne pouvait pas la forcer à loger chez lui. Elle retournerait chez sa sœur.

Elle repensa alors à ce que Marcus avait dit : le danger était encore grand, car personne ne savait où se trouvaient les deux hommes. De plus, ces derniers ignoraient qu'elle avait donné la clé USB à la police.

Peut-être devait-elle afficher un mot sur la porte. L'idée était plaisante mais impossible. C'étaient peut-être des terroristes. Elle ne devait surtout pas dévoiler que le FBI était sur leur piste. Cela signifiait aussi qu'elle ne pouvait pas non plus retourner chez sa sœur. Pas question d'attirer une seconde fois ces hommes qui étaient très certainement à l'origine du cambriolage. Ils n'hésiteraient sans doute pas à attaquer de nouveau.

Marcus avait expliqué qu'une experte devait arriver pour déverrouiller la clé USB. Bientôt, le FBI comprendrait qu'elle n'avait rien à voir avec tout ça.

— Qu'est-ce que c'est que ça ? demanda Marcus, penché par-dessus l'épaule de l'informaticienne du FBI.

Sargeant restait silencieux, tout comme Angela Richards, l'autre agente qui accompagnait la spécialiste. Cette dernière étudiait minutieusement les pages, trente-deux en tout, remplies de schémas. Enfin, elle se redressa :

— Je suis presque certaine qu'il s'agit du réseau métropolitain de Washington, annonça-t-elle.

Il n'existait pas beaucoup de raisons pour qu'un terroriste notoire se trouve en possession de ce genre de plan détaillé.

— Il y a deux autres fichiers, ajouta la femme. Mais je n'arrive pas à les ouvrir. Franchement, je n'ai jamais vu un tel degré de protection. Je sais que ce sont des documents assez lourds, aussi lourds que celui-là. On finira par les débloquer, c'est certain, mais ça va demander du temps.

— Nous n'avons peut-être pas ce luxe, fit remarquer Sargeant. Il faut retrouver Olimar et Smertoski. Rapidement.

— Tout porte à croire qu'ils ont quitté Knoware, rappela Marcus.

Il l'espérait sincèrement.

— Ce n'est pas mon avis, répondit Sargeant. Ils ont peut-être quitté la ville, mais ils sont probablement dans le secteur. Ils ne partiront pas sans avoir épuisé toutes les possibilités pour récupérer cette clé.

— Peut-être ont-ils l'impression d'avoir tout essayé, suggéra Marcus.

— Non. Ils n'ont pas encore tenté d'approcher directement Erin McGarry. Ils ne lui ont pas demandé de leur rendre ce qui leur appartient.

— Qu'est-ce que tu as en tête ? intervint alors Richards à l'adresse de son collègue.

— On va utiliser McGarry pour les faire sortir de leur trou.

— Non, dit brusquement Marcus. Trouvez un autre moyen.

Sargeant le regarda.

— Elle est au centre de tout ça. Depuis le début. Nous veillerons à sa sécurité. Elle ne risquera rien.

Marcus était policier depuis suffisamment longtemps pour savoir que ce genre de promesses ne valait rien.

— Vous ne pouvez pas garantir sa sécurité à cent pour cent.

— Je dois parler à Erin McGarry, demanda l'agente

Richards. D'ici à quinze minutes. Et il me faut une ligne terrestre pour contacter mes supérieurs.

Marcus aurait voulu protester encore, mais il ne pouvait les empêcher de s'entretenir avec Erin.

— Vous pouvez occuper la salle de réunion. Je me charge de prévenir Erin McGarry.

Il était sur le point de quitter le bureau quand son téléphone sonna. C'était Tyson. Le cœur battant, il sortit dans le couloir. Était-il arrivé quelque chose au magasin ?

— Que se passe-t-il, Tyson ?

— Rien d'urgent, le rassura aussitôt Tyson, qui comprenait que Marcus avait pensé au pire. La boutique est fermée à double tour, l'alarme est enclenchée. Erin est au Gertie's Café. Je… Je voulais te parler tout à l'heure, quand tu es passé, mais ce n'était visiblement pas le bon moment.

— C'est compliqué, soupira Marcus.

— Toujours. J'ai deux ex-femmes qui pourront te le confirmer. Je t'appelle à propos de ce que j'ai vu hier soir. C'était Jim qui était en poste, mais je l'ai remplacé pendant une demi-heure, afin qu'il puisse aller chez le coiffeur. Il ne voulait pas reporter son rendez-vous.

— D'accord.

Jim avait toujours été très soigneux de sa chevelure et s'enorgueillissait de ne pas se dégarnir comme la plupart des hommes de son âge.

— J'étais en train de me garer quand j'ai aperçu deux types sortir du Coffre aux Trésors pour regagner leur voiture. Sur le moment, je n'ai pas trouvé qu'ils ressemblaient aux deux types de la photo que tu nous as montrée mais, si on fait abstraction des détails facilement modifiables, je crois qu'ils avaient la même carrure.

Marcus comprenait. Il était aisé de changer de vêtements ou de cheveux. D'afficher de faux tatouages temporaires, une fausse barbe, une fausse moustache. Les policiers apprenaient à voir plus loin que ces détails, à saisir les caractéristiques qui ne peuvent être altérées, comme la taille, le poids, l'ossature.

— Ils sont remontés dans leur voiture et se sont éloignés. Quand Jim est revenu, je suis parti à mon tour. Mais en passant devant la ruelle latérale j'ai encore aperçu leur véhicule. Garé. Avec les deux gars à bord. J'ai attendu un peu et, une quinzaine de minutes plus tard, le nouvel employé de Gertie… Sonny, je crois, celui qui fait la plonge… il est sorti fumer une cigarette. Le plus vieux des deux hommes est alors descendu de la voiture et s'est approché pour lui montrer quelque chose sur son téléphone. Ils ont discuté un moment. Je n'entendais pas ce qu'ils disaient, mais Sonny n'avait pas l'air ravi. Ensuite, il est rentré et les deux types sont partis. J'ai tenté de les prendre en filature, mais ils m'ont semé à l'ouest de la ville.

— Merci, Tyson. Ça nous aide beaucoup.

— Tant mieux. Et puis… Je ne suis sans doute pas de bon conseil en matière de femmes, mais je te suggère de ne pas renoncer trop vite avec Erin McGarry. C'est une chouette fille.

— Oui. J'avais remarqué.

Après avoir raccroché, il envoya un SMS à Erin, craignant qu'elle ne réponde pas s'il appelait.

Erin, rappelle-moi le + vite possible. Très important. Ça concerne ton passage tout à l'heure au commissariat.

Trente secondes plus tard, son téléphone sonnait. C'était Erin.

— Merci de me rappeler.

— De quoi s'agit-il ? demanda-t-elle d'un ton détaché.

— On a pu avoir accès à quelques-uns des fichiers figurant sur la clé que tu nous as transmise. Nos visiteurs aimeraient discuter de certains détails avec toi. Peux-tu revenir ?

Elle soupira.

— J'arrive, dit-elle avant de raccrocher.

Le téléphone de Marcus resonna aussitôt. C'était Blade, cette fois. Il envisagea une seconde de ne pas répondre, mais se ravisa : en général, quand Blade appelait, c'était important.

— Allô ?

— Comment ça s'est passé avec ton père ?

— Aussi bien qu'on pouvait l'espérer. Je suis content d'y être allé.

— Tant mieux. Je suis soulagé pour toi. Je… Bon, écoute : Daisy est passé au Coffre aux Trésors tout à l'heure. Elle m'a dit qu'Erin était dans tous ses états. Elle ne s'est pas beaucoup confiée, évidemment. Elle a simplement sous-entendu que la situation était compliquée entre vous deux.

— J'ai fait n'importe quoi. Erin a découvert que j'avais été en contact avec le FBI à propos d'elle et que j'avais consulté son casier judiciaire. Malheureusement, elle l'a appris après qu'on… qu'on a fait plus ample connaissance à Los Angeles.

— Aïe.

— Oui. Aïe. Je ne sais pas trop comment je vais régler ça.

— Tu vas trouver, répondit Blade d'un ton impérieux. Tu dois trouver une solution. Excuse-toi. Mets-toi à genoux. Rampe, s'il le faut. Je sais que tu l'aimes, Marcus. Ça crève les yeux.

— Évidemment que je l'aime. Mais ça ne suffira peut-être pas. Je dois filer. Merci de ton appel, Blade. Je sais que tu veux m'aider. Mais c'est…

— Compliqué ?

— Ouais.

Il raccrocha et retourna dans son bureau pour informer les deux agents du FBI de ce que lui avait raconté Tyson.

— Ça me semble logique, dit Richards, quand il eut terminé. Olimar et Smertoski vont avoir besoin de quelqu'un pour surveiller Mme McGarry. Il faut qu'on puisse entrer en contact avec ce Sonny. Nous étions en train de réfléchir à un moyen de créer une situation où Olimar et Smertoski seraient susceptibles d'aborder Mme McGarry. Bien évidemment, il y aurait des agents prêts à intervenir pour les arrêter.

C'était trop dangereux. Erin n'était pas obligée d'accepter et le FBI ne pouvait pas la forcer. C'était une civile.

— Utilisez quelqu'un d'autre. Un leurre.

— On l'a envisagé. Ça ne marchera pas. Ils l'ont déjà croisée trop souvent.

Je refuse de la mettre en danger. Les mots lui brûlaient la gorge, mais il les retint tant bien que mal. D'abord, parce que ce n'était pas du tout professionnel. Ensuite, parce que c'était une insulte à Erin. C'était une femme intelligente qui se débrouillait seule depuis des années, dans divers pays. Elle était en mesure de juger par elle-même. Personne n'avait besoin de son opinion à lui.

Et, d'après le ton d'Erin lors de leur dernier échange, son avis n'était pas désirable. S'il l'avait déjà perdue à cause de sa stupidité, de son incapacité à se montrer honnête avec elle au moment le plus crucial, il ne pouvait s'en prendre qu'à lui-même. Même si cela devait le hanter pour toujours.

Par la fenêtre de son bureau, il la vit se garer devant le commissariat et sortit à sa rencontre.

— Ils ne peuvent pas te forcer à faire quoi que ce soit, dit-il simplement, car l'agent spécial Sargeant s'approchait d'eux.

Erin acquiesça rapidement. Ils se dirigèrent ensuite vers la salle de réunion où l'agente Richards se présenta, avant de mettre Erin au courant de leurs soupçons concernant les informations trouvées sur la clé USB et les deux fichiers encore verrouillés. Le 4 Juillet approchant et l'une des plus importantes cérémonies nationales devant se dérouler à Washington, tous s'accordaient à penser que le temps pressait.

— Nous avons besoin de votre aide, conclut Sargeant.

19

— Je vous écoute, annonça Erin, sans quitter l'agente des yeux.

— Olimar et Smertoski n'ont pas réussi à récupérer ce qu'ils cherchaient. Logiquement, leur prochaine action devrait être de s'en prendre directement à vous.

Erin ne broncha pas et Marcus ne put qu'admirer son courage. Il aurait préféré que le FBI fasse preuve d'un peu plus de tact mais, à vrai dire, il était inutile d'édulcorer.

— Les moments où vous êtes le plus vulnérable sont lors de vos déplacements en voiture et le soir. Nous proposons de vous loger dans un lieu où nous pourrons positionner des agents prêts à intervenir.

— Vous avez déjà une idée en tête ? demanda-t-elle.

— On étudie la question.

— Je peux peut-être vous aider sur ce point, reprit Erin. J'ai parlé tout à l'heure à Gertie, la patronne du Gertie's Café. Elle est aussi propriétaire de quelques gîtes et l'un d'eux vient de se libérer. Je me suis arrangée avec elle et j'ai prévu de dormir là-bas ce soir.

Les deux agents du FBI se tournèrent en même temps vers Marcus. Était-ce de la pitié qu'il lisait dans leur regard ? Il s'efforça de rester impassible, mais il crut mourir intérieurement. Erin n'avait pas traîné pour s'assurer de ne pas avoir à passer une nuit de plus chez lui.

— De quel gîte s'agit-il ? parvint-il à demander d'une voix posée.

— Celui sur Prospect Road.

— Je connais l'endroit, indiqua-t-il aux deux agents. Ça pourrait fonctionner. Il y a un bois juste derrière. Des policiers pourraient se cacher dedans, en plus de la maison.

— Des voisins ? s'enquit Richards, qui craignait sans doute la présence de civils dans la ligne de tirs éventuels.

— Non.

— Quelqu'un vous a-t-il entendue parler à cette Gertie ? demanda encore Richards.

— Nous étions au comptoir. Je crois qu'il y avait plusieurs personnes autour.

— Tant mieux. L'employé qui fait la plonge, peut-être ? Sonny, il me semble.

— Je ne me souviens plus, répondit Erin. Il est peut-être passé pour ramasser de la vaisselle. Je n'en suis pas certaine.

Sargeant se tourna alors vers Marcus :

— Connaissez-vous cette Gertie ?

— Oui.

— Vous lui faites confiance ?

— Évidemment. Gertie est un peu une institution dans cette ville. Tout le monde lui fait confiance.

Richards et Sargeant échangèrent un regard, puis Richards demanda à Erin :

— Est-ce que vous êtes à l'aise avec cette idée ?

— Je ne comprends même pas ce que vous attendez de moi, répondit Erin.

— Tyson m'a appelé, expliqua Marcus. Il a surpris Olimar en train de discuter avec Sonny entre les deux magasins. Nous pensons qu'il se sert de lui pour t'espionner. Surveiller tes allées et venues, certainement. Comme tu te gares dans la ruelle, Sonny n'aurait aucun mal à savoir quand tu arrives et quand tu repars.

— Qu'a dit Sonny ? demanda Erin.

— Nous venons juste d'apprendre cette information, répondit Richards. Nous n'avons pas eu l'occasion de lui parler. J'aurais plutôt tendance à ne pas vouloir le faire, d'ailleurs. Nous avons assez de détails qui prouvent qu'il joue les chiens de garde. Ce dont il faudrait s'assurer, en revanche, c'est qu'il ait bien entendu que vous allez louer le gîte de Gertie.

— Comment comptez-vous vous y prendre ?

— Vous allez retourner au magasin. Nous allons organiser un nouvel échange entre Gertie et vous à propos de la location. La conversation devra avoir lieu dans la ruelle latérale et vous vous tiendrez à plusieurs mètres l'une de l'autre, afin d'être obligées de parler fort. Le lieutenant Price fera en sorte que Gertie comprenne bien son rôle, qui consiste à s'assurer que Sonny sorte en pause à ce moment. De votre côté, tout ce que vous avez à faire, c'est patienter dans le magasin qu'on vous envoie un SMS pour rejoindre votre voiture.

— Quand je quitte la boutique, je passe en général à la banque pour déposer la recette de la journée, précisa Erin.

— Si c'est votre habitude, ne changez rien. Cela donnera une chance à Sonny de faire son rapport. Évidemment, si nous nous trompons sur Sonny, il faudra rester vigilante. Olimar et Smertoski pourraient être en planque à la banque, dans l'intention de vous suivre et de vous intercepter avant que vous arriviez à destination. Cependant, si Sonny ne dit rien, ils s'attendront à ce que vous retourniez soit chez votre sœur, soit chez le lieutenant Price. En vous voyant prendre une autre direction, je crois qu'ils vont se mettre un peu en retrait, le temps de comprendre où vous allez.

— Si vous pensez qu'ils seront près du magasin ou de la banque, pourquoi ne pas simplement les arrêter ? demanda Erin.

— Nous n'avons trouvé aucune empreinte digitale sur la clé USB, expliqua Marcus. L'experte informatique estime qu'il sera sans doute délicat de remonter jusqu'à un ordinateur précis.

— Donc, vous avez besoin qu'ils me réclament spécifiquement la clé, murmura Erin. Qu'ils verbalisent qu'elle leur appartient bien.

— Exactement, intervint Richards, visiblement ravie de constater qu'Erin comprenait vite.

— Que dois-je faire s'ils m'arrêtent avant que j'arrive au gîte ?

— Ils vont vous demander où se trouve la clé. Répondez qu'elle est dans votre voiture. Qu'elle a dû glisser entre les sièges ou quelque chose dans ce genre. Nos agents ne vous quitteront pas d'une semelle. Vous ne serez pas seule très longtemps.

Tout cela ne plaisait pas à Marcus.

— Et si j'arrive au gîte de Gertie, qu'est-ce que je fais ?

— Vous entrez. Vous allumez la lumière dans la pièce qui donne sur la rue. Vaquez dans la maison comme si de rien n'était. Des agents seront cachés dans les autres pièces, ainsi que dehors. Il faut rester le plus discrets possible, afin qu'Olimar et Smertoski n'aient pas une seconde d'hésitation. Ils n'auront pas peur de vous. Ils sont deux, ils sont armés et ils vous prennent pour une proie facile. Dès qu'ils auront formulé une demande claire, nous les appréhenderons.

— Ça a l'air simple, dit comme ça…

— Ça n'est jamais simple, répondit Richards. Mais ça devrait fonctionner.

— Avez-vous l'intention de l'équiper d'un micro ? intervint alors Marcus.

Les deux agents se consultèrent du regard.

— Ce serait une possibilité, hésita Richards. Mais également un risque, si jamais Olimar et Smertoski le découvrent avant d'avoir évoqué la clé.

Erin les considéra tour à tour, puis revint vers Marcus.

— Tu penses que je devrais porter un micro ?

— Oui, répondit-il, soulagée que son opinion ait encore de la valeur à ses yeux. Tu ne nous entendrais pas, parce que tu n'aurais pas d'oreillette, mais nous on t'entendrait.

— Je veux un micro, trancha Erin.

Marcus se tourna vers les deux agents du FBI.

— Je l'accompagne, annonça-t-il. Au magasin, puis chez Gertie.

— Impossible. Ils n'oseront pas approcher s'ils vous voient.

— Ils ne me verront pas. Je vais me dissimuler dans le coffre de sa voiture.

Les deux agents semblèrent surpris.

— Il fait trop chaud pour se cacher dans un coffre, fit remarquer Sargeant.

— Erin n'aura qu'à se garer à l'ombre dans l'allée et j'entrouvrirai le coffre pour laisser passer un peu d'air. Personne ne verra rien. C'est la meilleure façon de s'assurer qu'il y a bien toujours quelqu'un avec elle.

— Vous devez vous occuper de régler les détails avec Gertie, rappela Sargeant.

— Mon adjointe Serenity peut s'en charger. Accordez-moi un instant pour la mettre au courant.

Dix minutes plus tard, Erin reprenait le chemin de la boutique. Le micro scotché entre ses seins était petit et léger, mais il lui semblait peser des tonnes. Elle était extrêmement tendue et devait se comporter comme si de rien n'était. Beaucoup de gens s'activaient derrière elle. Serenity devait prendre contact avec Gertie et des agents du FBI étaient sans doute en train de prendre position dans le gîte et les bois alentour.

La vraie question était de savoir ce que faisaient Olimar et Smertoski ? Où se trouvaient-ils ? Quand passeraient-ils à l'action ? Et était-elle assez bonne actrice pour se comporter comme on l'attendait d'elle et permettre une arrestation ? Pourvu que oui. Le métro de Washington. Misère. Elle ne voulait pas envisager les conséquences désastreuses si elle échouait.

Pour être honnête, elle était soulagée de pouvoir réfléchir

à toutes ces questions. Cela lui évitait de penser trop à la présence de Marcus dans le coffre de sa voiture. Certes, il avait trahi sa confiance, mais c'était parce qu'il était policier et qu'il n'avait pas encore pu déterminer si elle représentait ou non une menace. À présent, il était prêt à tout pour assurer sa sécurité.

Elle se gara dans la ruelle, entra dans le magasin et attendit, son téléphone à la main. Les minutes s'égrenèrent lentement. Enfin, presque d'une demi-heure plus tard, un SMS arriva. Elle prit une profonde inspiration, réenclencha l'alarme et sortit. Tandis qu'elle se tournait pour fermer à clé, elle aperçut du coin de l'œil un jeune homme adossé au mur en train de fumer une cigarette. Ce devait être Sonny. Puis, elle entendit une porte claquer et Gertie sortit de l'arrière de son restaurant. Elle se trouvait à une quinzaine de mètres d'elle.

— Coucou, Gertie ! lança-t-elle joyeusement.

— Je t'ai expliqué où était la clé, ma belle ? Sous le paillasson. Tu as bien noté l'adresse ? 4040 Prospect Road. Première maison sur la droite après le croisement de White Road. Maison blanche, portail blanc.

— D'accord, c'est noté. Merci encore, Gertie ! Ça me dépanne vraiment de pouvoir loger là-bas cette nuit.

Bon sang, Gertie se comportait avec un tel naturel ! On aurait dit qu'elle avait fait ça toute sa vie.

— Pas de souci. Je suis sûre que Marcus et toi allez vous réconcilier. Bonne soirée !

Gertie disparut dans son restaurant et Erin reprit sa voiture et partit. Avant de quitter la ruelle, elle risqua un rapide coup d'œil dans son rétroviseur : Sonny avait son smartphone collé à l'oreille.

Le téléphone de Gasdrig sonna. C'était le numéro de l'employé du Gertie's Café.

— Quoi ? demanda-t-il en décrochant.

— Elle loge dans une des locations de Gertie, ce soir. Un gîte. 4040 Prospect Road. Maison blanche, portail blanc.

Il hésita.

— Il ne va rien lui arriver, hein ?

— Bien sûr que non, répondit Gasdrig, que ce changement de plan agaçait. Pourquoi a-t-elle encore déménagé ?

— Apparemment, le flic et elle se seraient disputés. Je ne sais pas. Écoutez, j'ai fait ce que vous m'avez demandé. Vous n'allez pas montrer cette vidéo à qui que ce soit, hein ?

— Détends-toi. Je suis un homme de parole.

Gasdrig raccrocha. Quand ils auraient réglé la question de la femme, il leur faudrait revenir pour se débarrasser du plongeur. Mieux valait ne pas prendre de risques.

— C'est l'heure, annonça-t-il à Ivan, qui terminait un sandwich.

Ce gamin passait vraiment sa vie à manger. Gasdrig vérifia rapidement l'horaire des vols suivants.

— On a largement le temps de récupérer la clé, d'éliminer le plongeur et de prendre le vol de 23 heures pour Washington.

Ivan essuya les miettes tombées sur son T-shirt.

— En avant, marmonna-t-il la bouche pleine. Elle mérite de mourir. Elle nous a causé assez d'ennuis.

Il ramassa le revolver qui traînait sur la table et le glissa dans la ceinture de son pantalon.

— Tu prends la voiture et tu me suis, déclara Gasdrig. Je vais conduire le pick-up de la vieille.

C'était la seule bonne surprise de leur nouvelle maison : un vieux pick-up bien solide, sans tous ces bouts de plastique qu'ils rajoutaient partout depuis quelques années.

— Pourquoi ? demanda Ivan.

— Tu verras bien. En route.

Erin s'arrêta à la banque et glissa le sac de la recette dans le tiroir des dépôts de nuit.

— Je suis à la banque, dit-elle à voix basse, s'adressant surtout à Marcus. Rien à signaler.

Évidemment, personne ne pouvait lui répondre. En remontant dans sa voiture, elle entendit un coup en provenance du coffre. Marcus lui indiquait qu'il avait reçu le message cinq sur cinq.

Peut-être s'agissait-il simplement d'un mauvais rêve. Non, pensa-t-elle. Même ses pires cauchemars n'étaient pas aussi effrayants. Elle entra l'adresse du gîte de Gertie dans son GPS. Elle avait dix minutes de route. Elle maintint sa vitesse à cinquante, respectant scrupuleusement la limitation. À chaque bosse, elle se demandait si Marcus n'était pas trop secoué. Il lui restait un peu plus d'un kilomètre.

— Quelques minutes, dit-elle.

Deux petits coups lui répondirent. Elle aperçut le vieux pick-up trop tard. Il surgit du carrefour et la percuta de plein fouet sur le côté arrière droit. L'impact déclencha l'airbag qui la cloua contre son siège. Elle ne pouvait plus bouger.

Lorsqu'elle s'arrêta enfin, sa voiture avait effectué un demi-tour complet. Désorientée et nauséeuse, elle se rendit compte seulement à cet instant qu'un second airbag s'était déployé sur le côté, la protégeant du pire. Les deux coussins s'étaient dégonflés, la laissant recouverte d'une substance poudreuse. Elle déglutit avec peine, priant pour ne pas vomir.

— Marcus, balbutia-t-elle.

Pas de réponse. Pas de coups pour la rassurer. Avant qu'elle puisse appeler une seconde fois, sa portière s'ouvrit en grand. Une main trancha sa ceinture de sécurité, puis la tira brusquement hors de l'habitacle.

— Madame McGarry, gronda une voix.

C'était Gasdrig Olimar. Disparu l'homme affable croisé au marché gourmand. À présent, son visage était dur et les veines saillaient à son cou. Ses yeux étaient pleins… de haine.

— Monsieur Olimar, marmonna-t-elle avant de perdre l'équilibre.

En tentant de la retenir, Olimar dévoila le fil du micro sur sa hanche. D'un geste furieux, il arracha l'appareil et le jeta par terre avant de l'écraser sous son talon. Son micro avait-il fonctionné pendant ces quelques secondes ? Le FBI savait-il ce qui venait de se passer ? Oh ! bon sang. Marcus. Le choc avait dû être terrible pour lui. Il se trouvait juste à côté du point d'impact, sans le moindre airbag pour le protéger. Il devait être gravement blessé. Peut-être même était-il mort ! Elle ne lui avait pas dit qu'elle l'aimait, qu'elle lui pardonnait, qu'elle voulait vivre avec lui.

— On n'a pas beaucoup de temps, aboya Olimar.

Erin pensa d'abord qu'il s'adressait à elle, puis elle se rendit compte que l'homme plus jeune s'était approché. Ce devait être Ivan Smertoski.

— Qu'est-ce que tu fabriques ? s'exclama ce dernier.

— J'ai trouvé ça un peu bizarre que le flic et elle aient rompu comme ça. Je craignais qu'on ait de la compagnie en arrivant.

Olimar la secoua brutalement :

— Où est-elle ?

— Où est quoi ? bredouilla Erin.

Le FBI n'allait pas tarder. Elle devait simplement gagner du temps. Olimar la regardait comme s'il avait envie de lui tordre le cou.

— Changement de plan, annonça-t-il soudain en la saisissant par le bras. On l'emmène avec nous.

Saisie de panique, Erin ne parvenait plus à réfléchir.

— La clé USB, bafouilla-t-elle. Elle a dû tomber entre les sièges.

Mais ils ne l'écoutaient plus. Ils ne la croyaient plus. Rien ne se passait comme prévu. Elle sentit l'adrénaline se ruer dans ses veines. Elle tendit le bras et, en même temps, remonta son genou pour frapper Olimar. Elle allait se battre de toutes ses forces. Ils finiraient par la tuer, elle le savait.

Elle repensa à la sœur de Serenity. Certaines choses étaient pires que la mort.

— Saler petite…, fulmina Smertoski en la giflant avec force.

Sonnée, Erin se laissa traîner vers leur voiture. Olimar ouvrit la portière arrière pendant que Smertoski la poussait à l'intérieur. Soudain, une voix retentit :

— Police ! Écartez-vous de cette femme et levez les mains au-dessus de votre tête.

C'était Marcus.

Olimar et Smertoski la lâchèrent pour faire volte-face. Elle se tourna à son tour. Marcus se tenait près du coffre de sa voiture, son arme pointée vers eux. Du coin de l'œil, elle vit Smertoski glisser une main sous son T-shirt. Un revolver apparut.

— Couche-toi, Erin ! cria Marcus.

Sans hésiter, elle obéit.

20

Assise par terre, adossée à véhicule, Erin avait l'impression de revivre son agression sur le parking de l'hôpital. La principale différence, c'était que la rue grouillait de policiers, d'agents du FBI, d'ambulances et de camions de pompiers. Il y avait même un hélicoptère.

Chaque fois qu'elle retirait le pain de glace de son visage, Marcus, accroupi à côté d'elle, le remettait en place d'un geste tranquille.

— Si ce n'était pas déjà fait, je pense que je le tuerais pour ça, murmura-t-il en palpant avec douceur sa joue meurtrie.

Il avait abattu Smertoski, blessé Olimar à l'épaule en évitant au passage de se faire tirer dessus.

— J'ai cru que tu étais mort, dans le coffre, chuchota-t-elle en observant des policiers qui prenaient des photos de sa voiture sous tous les angles.

— Ça a été une sacrée collision. Je ne te reprocherai jamais d'avoir trop de vêtements. Ils ont bien amorti le choc. Je crois quand même que j'ai perdu connaissance un moment. Lorsque je me suis réveillé et que j'ai compris la situation…

Il eut un frisson.

— Je refuse de te perdre, Erin. Je t'aime.

— Je t'aime aussi. Je le savais et j'ai eu peur de mourir avant de pouvoir te le dire.

Elle posa une main sur sa cuisse.

— Si tu ne les avais pas arrêtés…

— Je serais venu à ton secours, répondit-il simplement. Rien ne m'en aurait empêché.

Elle savait que c'était la vérité. Il la protégerait, au péril de sa propre vie.

— Et maintenant ? demanda-t-elle.

Elle avait déjà parlé au FBI et Marcus aussi.

— Je te ramène chez moi. Tu prends une douche. Tu te reposes. J'ai deux ou trois trucs à régler au commissariat avant de rentrer. Et demain, on ira faire du shopping.

— Du shopping ? Tu crois qu'ils vont garder mes vêtements pour les besoins de l'enquête ?

— Non. Il te faut une robe de mariée.

Il se tourna et mit un genou à terre.

— Épouse-moi, Erin. Marions-nous et je te promets de t'aimer pour toujours. Je ne suis pas comme mon père. Il avait raison sur un point : je ne ferai pas les mêmes erreurs que lui.

Erin sourit.

— Ça ne m'inquiète pas du tout. … Tu es sûre que tu n'as pas peur d'un électron libre ?

— Non. Tu sais ce qui se passe quand un électron libre en croise un autre doté de la bonne charge électrique ? Il se fixe. Satisfait de l'énergie et de l'expérience accumulées au cours de ces années de vadrouille, il est heureux de se poser enfin. Ensemble, ils peuvent essuyer des tempêtes, admirer des couchers de soleil et élever les petits électrons qui leur feront peut-être l'honneur d'agrémenter leur avenir.

— Pas mal, comme programme, répondit-elle en s'avançant pour l'embrasser. Morgan avait raison, tu sais. Je cherchais quelque chose et c'était toi. Depuis le début, c'était toi que je cherchais.

Il écarta le pain de glace pour l'embrasser plus longuement.

— Quand veux-tu qu'on se marie ? demanda-t-elle.

— Vite. Le plus tôt possible.

— Est-ce qu'on peut faire la cérémonie sur le port et organiser un marché gourmand pour la réception ?

— Ça doit pouvoir s'arranger, répondit-il en riant.

Elle appuya la tête contre son épaule et ferma les yeux.

— Tant qu'il y a des donuts, ça me va, soupira-t-elle.

Retrouvez prochainement,
dans votre collection

BLACK ROSE

En sécurité dans tes bras, de Carla Cassidy - N°737

ENQUÊTES À COYOTE CREEK – 1/3

D'une voix blanche, Chelsea répète à Johnny le message qu'elle a trouvé peint à la bombe sur son mur : « Tu n'es pas la bienvenue ici. » Ainsi, on veut la chasser de Coyote Creek où elle est de retour après cinq ans d'absence. Mais qui ? Et pourquoi ? Inquiète, elle sent alors sur elle le regard de Johnny et comprend que la passion qui les liait autrefois n'est pas morte et qu'il fera tout pour la protéger...

Au nom de la justice, de Barb Han

Jeune geek très talentueuse, Layla West est soupçonnée d'avoir détourné deux millions de dollars. Tout l'accuse, mais Dash, son frère, agent du FBI, sait qu'elle est innocente et il va le prouver... Pour l'aider dans sa mission, il reprend contact avec la meilleure amie de Layla : Raina. Raina avec qui il a eu une brève aventure des années auparavant et qui hésite à enquêter à ses côtés...

Plongé dans le passé, de B.J. Daniels - N°738

Assis dans le fauteuil de détective de son défunt père, James parcourt les notes de sa dernière enquête et s'interroge. Pourquoi ce meurtre n'a-t-il jamais été élucidé ? Et pourquoi les noms de certains citoyens de la ville sont-ils cités ici ? Intrigué, il prend alors une décision : il va rouvrir ce *cold case* et interroger les témoins. À commencer par la belle-mère de Lorelei, sa jolie voisine...

Un secret dans ton regard, de Tyler Anne Snell

Qui terrorise Bella Green ? Et quel secret dissimule-t-elle derrière ses silences. Depuis qu'il l'a prise en stop sur la route où sa voiture était en panne, Marco Rossi, shérif adjoint de Kelby Creek, s'interroge sur l'attitude méfiante de la jeune femme à son égard. Hanté par le souvenir de ses regards apeurés, troublé malgré lui par sa beauté, il décide de fouiller discrètement dans son passé...

Périlleuses retrouvailles, de Jennifer D. Bokal - N°739

Exaspéré, Luke ramasse la lettre d'amour qu'il vient de trouver devant sa porte et la froisse. Après tout, la femme avec qui il a eu une brève aventure, quelques mois plus tôt, cessera bien un jour de le harceler... D'autant qu'il vient juste de retrouver Bridgette, son amour de jeunesse. Bridgette qu'il n'a jamais cessé d'aimer et qui est revenue en ville depuis peu pour mener une mystérieuse enquête...

Un garde du corps très exigeant, de Rachel Lee

« Tu as besoin d'un garde du corps. » En entendant ce conseil d'un vieil ami de son père, Allie retient un sourire. Le fait de détenir des preuves de la malhonnêteté de son patron représente-t-il réellement un danger pour elle ? Bientôt, cependant, elle se rend compte que la menace est réelle et accepte à contrecœur la protection de Hale Scribner, un garde du corps aussi taciturne qu'exigeant...

La brûlure du doute, de Delores Fossen - N°740

« Votre fils adoptif, Evan, est bien né le 16 septembre ? » Quand Slade Becker lui pose cette question, Maya pense à une plaisanterie. Mais, bientôt, le séduisant shérif lui explique que plusieurs enfants nés ce jour-là ont été enlevés et que, parmi eux, se trouve sans doute son propre fils... Inquiète, Maya s'interroge : se pourrait-il que Slade soit le père d'Evan et qu'il cherche à récupérer son enfant ?

Une troublante enquête, de Julie Miller

Annie ne décolère pas : on l'envoie, un 31 décembre, enquêter sur un meurtre aux côtés de Nick Fensom ? Ce macho de la pire espèce a intérêt à prendre son avis en compte, sinon elle exigera un autre coéquipier ! Bientôt, pourtant, elle constate que Nick se montre prévenant à son égard. Et comprend pourquoi : le tueur vient à nouveau de frapper, et Nick veut se servir d'elle comme appât...

Retrouvez prochainement,
dans votre collection

BLACK ROSE

Le testament mystérieux, de Rita Herron - N°741

« Êtes-vous une des maîtresses de mon père ? » En entendant l'agressivité contenue dans la voix de Ray McCullen, Scarlet n'a qu'une envie : fuir cette famille à laquelle elle n'appartiendra jamais... Pourtant elle n'y est pour rien si Joe McCullen avait une double vie et l'avait adoptée... Prenant son courage à deux mains, elle tend alors à Ray la lettre dans laquelle son père lui révèle qu'il lui lègue une partie de ses terres...

Enquête à Mystic Glades, de Lena Diaz

Alors qu'elle s'apprête à inaugurer son *bed and breakfast* dans les Everglades, Silver voit arriver un homme au look de cow-boy qui réserve une chambre et la bombarde de questions sur elle et ses proches. Fascinée par son regard bleu, Silver décide de se tenir sur ses gardes. Car l'inconnu, elle le sent, n'est pas un touriste arrivé là par hasard et en aucun cas elle n'est disposée à le laisser percer ses secrets...